读客外国小说文库

激发个人成长

TRIPLE

三角谍战

[英]肯·福莱特 著

胡允桓 译

江苏凤凰文艺出版社
JIANGSU PHOENIX LITERATURE AND
ART PUBLISHING, LTD

Triple

KEN FOLLETT

献给

阿尔·祖克曼

目　录

开罗机场的播音系统发出门铃一般的响声。随后便分别用阿拉伯语、意大利语、法语和英语宣告，来自米兰的阿里塔利亚航班已经到达。陶菲克·马西里离开他在快餐桌的小桌，一路走向上层的观察台。

从加利利海刮来的阵阵冷风，吹得葡萄园里尘土飞扬。他俩并肩工作着：除草和松土。狄克斯坦已经脱掉了衬衣，只穿着短裤和凉鞋干着农活儿，他对烈日毫不在乎，只有生在城里的人才会。

狄克斯坦解决了一个问题，又面临着另外一个问题。他本想弄清他能够到什么地方找到放射性物质的存储地，他如今有了答案。

他被发现了，要么在这里，要么在卢森堡，很可能是在卢森堡。发现他的人大概是亚瑟夫·哈桑——没有理由相信他不是间谍——或者是别人。

第十六章 / 385

入夜后天气益发糟糕了。斯特罗姆堡号的船长说还没有遭到称作暴风雨的地步,可是雨下得瓢泼一般,狂风刮得一个钢质吊桶在甲板上咔咔乱响。巨浪迫使狄克斯坦只好紧紧抓住摩托艇里的板凳座位。

第十七章 / 402

随着打雷似的一声闷响,斯特罗姆堡号的中部眼看着下陷了。船上的油箱起了火,暴风雨的夜晚被直冲天际的火苗照亮。狄克斯坦瞅着如此巨大破坏的景象,暗自得意之中夹杂有几分忧心。斯特罗姆堡号开始下沉,起初比较缓慢,随后就越来越快了。船尾沉下海中,几秒钟之后船首继而下沉,船上的烟囱一时之间还翘在水面之上,如同一个溺水之人伸出的一只手臂,随后便不见了。

第十八章 / 422

突然之间,他感到了生存的欲望。那种嗜血的劲头已经消失:他不再对消灭敌人、打败罗斯托夫、挫败突击队的阴谋或者智胜埃及的情报机关感兴趣。他只想找到苏莎,想带她回家,与她共享余生。他害怕会死。

尾　声 / 432

婴儿和父母一样个头矮小。刚一露头就张嘴大叫。狄克斯坦的目光变得湿润模糊起来。他托着婴儿的头,查看脐带没有绕着脖子,说道:"就快出来了,苏莎。"

楔　子

有一次，只有这么一次，他们全都聚在了一起。

多年前，他们都还年轻的时候相聚过，那时候，这一切还没有发生，可惜那次聚会让往后的几十年都笼罩在阴影中。

确切地说，那是1947年11月的第一个星期天，大家都见了面——事实上，有几分钟他们还在同一个房间里。一些人当时就忘记了自己看到的面孔和从正式介绍中所听到的姓名。有些人实际上把那一整天忘得一干二净；而在21年以后，当那次聚会变得如此重要之时，他们不得不假装记忆犹新，瞥上一眼那些脏兮兮的照片，嘴里煞有介事地嘟囔着说："啊，是啊，当然啦。"

早年的那次聚会是个巧合，但并不是令人惊叹的意外。他们都算是年轻有为，注定要在各自的国家里以不同的方式执掌权力，作出决定，促进变革。他们年轻的时候经常在牛津大学这类地方相会。何况，当这一切发生之后，那些没有从一开始就卷入其中的人，也恰恰因为他们曾与别的人在牛津有过一面之交，从而被牵扯进来。

然而，在当时，那看起来并非是什么历史性的聚会，不过是某处众多雪莉酒会中的其中一场而已（而且大学生们还会抱怨酒不够喝）。那只是一次无足轻重的偶然机会。是啊，差不多就是这样。

阿尔·科顿敲了敲门，在厅里等候一个死人来开门。

三年来，他对朋友已经死去的事实终于从怀疑变得确信。起先，科顿听说，纳特·狄克斯坦已经入狱。在战争快结束的时候，有关犹太人在纳粹集中营中的遭遇已经广为流传。之后，那些可怖的事实真相就公之于众了。

房门里边，一个鬼魂在地板上拖着一把椅子，慢步走过房间。

科顿猛然感到紧张起来。要是狄克斯坦残疾了、破相了，该怎么办？他要是精神失常了呢？科顿从来不知道该怎么对付残疾人或者疯子。他和狄克斯坦只是在1943年有那么几天走得比较近，可狄克斯坦现在会是什么样子呢？

门开了，科顿招呼说：“你好，纳特。”

狄克斯坦盯着他看了一会儿，随后脸上绽出了笑意，用他那可笑的伦敦东区土腔说道：“天啊，好家伙！”

科顿也回报以微笑，心里踏实了下来。他们握了手，互相拍了拍后背，为了好玩，还冒出几句士兵的俚语，然后就进了屋。

狄克斯坦的住所位于城市一个破败地区的一栋旧房子里，天花板倒挺高。房间里有一张单人床，按军队的样子收拾得很整齐；深色木头做的沉重的旧衣柜旁边有一张相配的梳妆台；小窗前还有一张桌子，上面堆满了书。科顿觉得屋子里显得很空荡。要是他不得不住在这儿，他会把一些私人用品摆放出来，让房间看着像他的家：比如家庭照片、来自尼加拉瓜和迈阿密海滩的纪念品、读高中时的足球赛奖品。

狄克斯坦开口说：“我想知道，你是怎么找到我的？”

"我这就告诉你，可不容易啦。"科顿脱下他的军用外衣，放到窄窄的床上，"昨天花了我大半天呢。"他瞥见了房间里唯一的安乐椅。两个扶手怪模怪样地歪在两侧，一根弹簧从褪色的菊花图案的坐垫中戳了出来，一条断了的椅子腿被一个柏拉图戏剧道具的复制品顶替。"这能坐人吗？"

"士官军衔以上的人不成。不过……"

"反正他们也不算人。"

他俩哈哈大笑：那是一个旧日的玩笑。狄克斯坦从桌子下拉出一把弯木椅，摆放好。他把朋友上上下下地打量了一番，然后说道："你发福了。"

科顿拍了拍稍稍隆起的肚皮："我们在法兰克福过得不错。你复员了，可就错过了机会。"他身体前倾，压低了声音，仿佛他要说的话有点私密，"我捞了一笔钱。珠宝、瓷器、古董，全都是用香烟和肥皂换的。德国人饿着肚子呢。而且最妙的是，为了填饱肚子，女孩子什么事都肯做。"他往后靠去，等着对方会意的笑声，可是狄克斯坦只是直愣愣地盯着他的面孔。科顿有些发窘，便换了个话题："你倒是没长什么肉。"

起初，他看到狄克斯坦毫发无损而且笑容依旧，总算感到宽慰，其实他没有仔细观察。此刻，他意识到，他的朋友岂止瘦弱，简直是营养不良。纳特·狄克斯坦一向矮小精干，可如今他看上去成了皮包骨头了。惨白的皮肤和塑料镜框后面的褐色大眼睛加深了这一印象。在袜口和裤脚之间露出的几英寸苍白的小腿就像火柴棍。四年前，狄克斯坦肤色微褐、肌肉饱满，像他脚上英军皮靴的皮底一样结实。科顿时常谈起他的英国伙伴，他总会说："那个最野蛮、最卑鄙的混蛋，是他救了我一命，我可没跟你们胡说八道。"

"肥肉？那可没有。"狄克斯坦说，"这个国家还在实行严格的分配制，伙计。不过，我们还能凑合。"

"更糟糕的事情你都知道。"

狄克斯坦微微一笑。"而且也尝过。"

"你坐过牢。"

"在拉摩尼亚。"

"他们到底是怎么把你抓进去的？"

"容易得很哪。"狄克斯坦耸了耸肩，"一颗子弹打断了我的腿，我失去了知觉。等我醒过来，已经在一辆德国卡车上了。"

科顿瞧了瞧狄克斯坦的腿："康复得还成吧？"

"我算是走运。战俘列车在我那节车厢里有个医生——他给我接上了骨头。"

科顿点了点头："后来就是集中营了……"他觉得或许不该问，可他想了解。

狄克斯坦把目光转向一旁："本来还没什么，后来他们发现我是犹太人。你想来杯茶吗？我买不起威士忌。"

"不啦。"科顿恨不得刚才没有开口，"反正我也不在大早上就喝威士忌。生命并不像原先想的那样短促啊。"

狄克斯坦的目光转回来对着科顿："他们决定要弄清他们能够在断腿处再打断和接好多少次。"

"天啊。"科顿的声音像是耳语。

"那还算是最好的了。"狄克斯坦以平和的语调低声说。他再次把目光转移开。

科顿说:"这群畜生。"他想不出别的字眼了。狄克斯坦的脸上有一种陌生的表情,是科顿从没见过的,他事后才明白过来——那很像是恐惧的样子。很奇怪啊。现在一切终归已经过去,不是嘛?"好吧,算啦,我们至少还是胜利了,是吧?"他按了按狄克斯坦的肩头。

狄克斯坦咧嘴一笑:"是啊,我们胜利了。你现在在英国做什么?你又是怎么找到我的?"

"我在回布法罗的途中,在伦敦停了下来。我去了国防部……"科顿犹豫着没说下去。他去国防部原本是要弄清楚狄克斯坦是什么时候怎么死的。"他们给了我一个在斯台普尼的地址。"他接着说,"我到那儿以后,看到整条街上只剩下一栋房子还没塌。在那栋房子里,在一英寸厚的灰尘下面,我找到了那个老人。"

"托米·考斯塔。"

"没错。嗯,我喝了十九杯淡茶,听完他的经历之后,他打发我到拐角处的另一栋房子,我见到了你母亲,又喝了不少淡茶,听了她的遭遇。等我拿到你的地址,已经太晚,赶不上去牛津的最后一班车了,我只好等到天亮,然后就来到这儿啦。我只有几个小时,我的船明天起航。"

"你拿到你的退伍证啦?"

"再过三个星期两天一小时三十四分钟。"

"你回家以后,打算干什么?"

"经管家中的生意。在过去的两三年里,我发现自己是个挺不错的商人呢。"

"你们家做什么生意?你从来没跟我说过。"

"卡车货运。"科顿简短地说，"你呢？看在老天的份儿上，你在牛津大学干什么呢？你在学些什么？"

"希伯来文学。"

"别逗了。"

"我不是告诉过你吗？我上学以前就会写希伯来文了。我祖父是个地道的学者。他住在里尽路①一家糕点店楼上臭烘烘的房间里。从我还不记事的年龄开始，我每周末都到那里去。我从来不抱怨，我喜欢嘛。话说回来，我还能学什么呢？"

科顿耸了耸肩："我也说不上，也许是原子物理，或者是经营管理。干吗非学习不可？"

"想要变得快活、聪明和富有。"

科顿摇了摇头："还像以前那样怪。这儿有很多姑娘吗？"

"少得很。何况，我挺忙的。"

他觉得狄克斯坦脸红了："撒谎。你正在恋爱，你这个傻瓜。我看得出来。她是谁啊？"

"哎，说实在的……"狄克斯坦不好意思了，"她是可望不可即的。一位教授的夫人。她有异国情调，非常聪慧，是我见过的最漂亮的女人。"

科顿露出将信将疑的表情："这是没指望的，纳特。"

"我明白，可我还是……"狄克斯坦站起身，"你会懂得我的意思的。"

"我能见她一面吗？"

"阿什福德教授要开个雪莉酒会。我受到了邀请。你进门的

---

① 里尽路（Mile End Road），位于伦敦。

时候，我正要出发。"狄克斯坦穿上了外衣。

"牛津的雪莉酒会。"科顿说，"等着他们在布法罗听到这件事吧！"

那天早晨，天气晴朗又寒冷。惨淡的阳光涂抹在城里老建筑物乳白色的石头上。他们舒舒服服、不言不语地走着，手插在衣兜里，拱起肩头，抵御着穿过街道呼啸而来的十一月的刺骨寒风。科顿不停地咕哝着："梦幻的尖塔①。去他的。"

周围没什么人，但在他们走了差不多一英里之后，狄克斯坦指着街对面的一个围着学院围巾的高个子男人。"就是那个苏联人。"他说着，然后打起招呼，"喂，罗斯托夫！"

那个苏联人抬眼看看，挥了下手，就横穿马路到了他们这一侧。他蓄着军队式的发型，对于他那身批量生产的西装来说，他的身材显得太高太瘦了。科顿这才想到，在这个国家里，每个人都很瘦弱。

狄克斯坦说道："罗斯托夫在巴利奥尔学院，和我同校……大卫·罗斯托夫，来认识一下阿尔·科顿。阿尔和我一起在意大利待过一段。到阿什福德家去吗，罗斯托夫？"

苏联人郑重地点了点头："只要能白混点儿喝的。"

科顿问："你也对希伯来文学感兴趣？"

罗斯托夫说："不，我在这里学资产阶级经济学。"

狄克斯坦放声大笑。科顿没明白这个玩笑。狄克斯坦解释说："罗斯托夫来自斯摩棱斯克。他是苏共党员。"科顿还是没懂

① 十九世纪学者马修·阿诺德（Matthew Arnold）称牛津大学为"梦幻的尖塔之城（The City of Dreaming Spires）"。

那个玩笑。

"我原以为没人能够获准离开苏联呢。"科顿说。

罗斯托夫做了一番冗长的解释，因为战争开始时，他父亲在日本当外交官。他表情诚恳，偶尔露出一点狡黠的笑容。尽管他的英语不够地道，却成功地让科顿觉得他在屈尊。科顿有些厌烦地转过脸去，开始琢磨：你怎么会像亲兄弟一样喜欢一个人，和他并肩战斗，而当他离开了，学起希伯来文学，这时你才醒悟，你根本不了解他。

最后，罗斯托夫对狄克斯坦说："去巴勒斯坦的事，你打定主意没有？"

科顿问道："巴勒斯坦？干吗去？"

狄克斯坦样子有些尴尬。"我还没定下来呢。"

"你该去。"罗斯托夫说，"犹太民族之家会有助于粉碎大英帝国在中东的残余势力。"

"那是个党派吗？"狄克斯坦问道，脸上有一丝不易察觉的微笑。

"是的。"罗斯托夫严肃地说，"你是个社会主义者……"

"就算是吧。"

"新的国家应该是社会主义的，这一点很重要。"

科顿心存疑虑。"阿拉伯人正在那里杀害你们的人。哎呦，纳特，你可是刚刚逃离德国人的魔爪！"

"我还没有决定嘛。"狄克斯坦又说了一次。他烦躁地摇着头，"我也不知道该怎么办。"他似乎不想谈这个话题。

他们轻快地走着。科顿的脸冻得发僵，可军用冬装里面却在出汗。另外两个人开始议论起一条传闻：一个名叫莫斯雷的人——这名字对科顿毫无意义——已经进入牛津，还在烈士纪念堂发表了一篇演讲。莫斯雷是个法西斯分子，他后来集结了一些人。罗斯托夫争辩说，这件事证明了社会民主主义比共产主义更接近法西斯。狄克斯坦宣称组织这次活动的本科生只是想试一试"震惊"的感觉。

科顿盯着这两个人，聆听着。他们是一对奇怪的组合：高个子的罗斯托夫系着的围巾如同绷带，脚下迈着大步，过短的裤腿旗子似的飘荡；而矮小的狄克斯坦，有一双大眼睛，戴着一副圆圆的眼镜，身穿一套退伍军人的制服，像是一具急匆匆的骷髅架子。科顿不是学者，可是他能嗅出任何语言中的废话，此时他明白，这两个人说的都是弦外之音：罗斯托夫是对某种官方教条的鹦鹉学舌，而狄克斯坦看似冷漠的无动于衷却在掩饰着一种不同的、更深沉的态度。当狄克斯坦嘲笑莫斯雷的时候，那笑声似是小孩子梦魇后的发笑。他们俩机智地争论着，其实毫不动情，如同两柄钝剑在对刺。

狄克斯坦终于像是意识到科顿被冷落了，就开始谈论起他们的东道主。"斯提芬·阿什福德有点古怪，不过确实是个出色的人。"他说，"他的大半生都在中东度过。据说发过一笔小财，又赔光了。他曾经干过一些荒唐事，比如骑着骆驼横跨阿拉伯沙漠。"

"骑骆驼也许是最不荒唐的方法。"科顿说。

罗斯托夫说："阿什福德有个黎巴嫩妻子。"

科顿瞅着狄克斯坦："她是……"

"她比他年轻。"狄克斯坦匆忙接茬说，"就在战前他刚刚把她带回英国，自己又当上了这儿的犹太文学教授。要是他用马沙拉白葡萄酒而不用雪莉酒款待你，那就表明你不那么受欢迎。"

"人们知道这种区别吗？"科顿问。

"这就是他家了。"

科顿原以为大概会看到一栋摩尔式①的小楼，但阿什福德的住宅却是都铎式②的仿制品，白墙配着绿色的木制品，前苑是一丛灌木。三名青年踏上通往房子的一条砖砌的通道。前门敞开着，他们走进了一座方形的小厅。屋里的什么地方有好几个人在哈哈大笑，聚会已经开始了。一道双扇门打开，那个世界上最美的女人走了出来。

科顿惊呆了。他呆立着，看着她迈过地毯来迎接他们。他听到狄克斯坦介绍说："这是我的朋友阿尔·科顿。"突然间他触到了她的那只纤长的棕色的手，骨骼小巧，温暖而干燥，他恨不得一直不松开。

她转身引导着他们进入客厅。狄克斯坦碰了碰科顿的胳膊，微微一笑：他已经知道了他的朋友脑子里在想什么。

科顿回过神来，镇静地说了声："哇哦。"

一张小桌上以军队的精准度摆着一排盛有雪莉酒的小杯子。她递给科顿一只酒杯，含笑说道："顺便说一句，我是艾拉·阿什福德。"

她递过酒杯时，科顿仔细地看了看她。她完全是素面朝天，令人惊艳的脸上没有化妆，漆黑的头发直直的，她身着白色的衣

---

① 摩尔文化，公元八至十五世纪北非和西班牙文化，具伊斯兰教文明特点。
② 都铎式建筑，因流行于英国都铎王朝而得名，混合着传统哥特式和文艺复兴风格。

裙，脚上也是白色的便鞋——其效果简直像是周身赤裸，科顿看着她，脑子里涌起动物的欲念，心中感到发窘。

他迫使自己转过头，打量起四周的环境。房间有一种未完成的优雅，使人感觉住在这里的人似乎有些入不敷出。华美的波斯地毯镶着皮灰色的亚麻边；有个人一直在修理收音机，零件摆满了一张腰形小桌；墙纸上原来挂着的照片被取下了，留有两三处亮白的长方形；一些雪莉酒杯与这场面不大相称。房间里大约有十几个人。

一个穿着一身漂亮的珠灰色西装的阿拉伯人站在壁炉跟前，端详着壁炉台上的一座木雕。艾拉·阿什福德把科顿叫了过来。"我想让你见见亚斯夫·哈桑，他是我们老家的一位朋友。"她说，"他在沃思塔学院。"

哈桑说："我认识狄克斯坦。"他跟四周的人一一握手。

科顿觉得哈桑作为一个黑人还是相当英俊的，他的高傲举止就像是那种赚了些钱而应邀到白人家中做客的做派。

罗斯托夫问他："你是黎巴嫩人吗？"

"巴勒斯坦。"

"啊！"罗斯托夫激动起来，"你对联合国的分治计划①怎么看？"

"不着边际。"那个阿拉伯人慢吞吞地说，"英国人应该撤离，我的国家会有一个民主政府。"

"可那样的话，犹太人就成了少数民族了。"罗斯托夫争

---

① 1947年11月29日，以色列根据联合国《巴勒斯坦将来处理分治计划问题的第181(二)号决议》宣布成立，这一决议偏袒犹太复国主义，遭到阿拉伯国家和人民的反对和抵制。

辩说。

"他们在英国也是少数民族啊。难道要把萨里①给他们，建立一个新的国家吗？"

"萨里从来就不是他们的，而巴勒斯坦却一度是他们的。"

哈桑优雅地耸了耸肩："是啊，威尔士曾经拥有英格兰，英国人曾经占有德国，而诺曼法国人曾经住在斯堪的纳维亚。"他转脸对着狄克斯坦，"你是有正义感的，你怎么看？"

狄克斯坦摘下了眼镜："别管什么正义不正义。我只想有一处可以叫作自己家园的地方。"

"哪怕你要从我的家园中盗取？"哈桑说。

"你们还能拥有中东余下的地方嘛。"

"我并不想要。"

"这场争论证明了分治的必要性。"

艾拉·阿什福德拿来一盒香烟。科顿取了一支，并且为她点燃。趁着别人争论巴勒斯坦的问题，艾拉问科顿："你认识狄克斯坦好久了吗？"

"我们是在1943年相识的。"科顿答道。他看着她叼着香烟的棕红色嘴唇。她即使吸烟也姿态优美。她优雅地从舌头上挑出一根烟草的碎屑。

"我对他特别好奇。"她说。

"为什么？"

"谁都会的。他还是个男孩，可他看着那么老成。再说，他显然来自伦敦东区，可他在所有这些上流阶级的英国人面前毫不

---

① 萨里，地名，位于英格兰东南部。

胆怯。而且他会谈论他自己以外的任何问题。"

科顿点了点头："我越来越感到，我也不真正了解他。"

"我丈夫说，他是个十分聪慧的学生。"

"他救过我一命。"

"天啊。"她更加仔细地盯着他看，仿佛不知道他是不是故作惊人之谈，随后她像是认同了他，"我倒想听听那件事。"

一个穿着宽松的灯芯绒裤子的中年男子碰了碰她的肩头，说道："一切还好吧，我亲爱的？"

"好着呢。"她说，"科顿先生，这是我丈夫，阿什福德教授。"

科顿说："你好。"阿什福德已经谢顶，衣装也不得体。科顿原以为会见到阿拉伯的劳伦斯呢。他心想，看来纳特也许还有机会。

艾拉说："科顿先生正跟我说纳特·狄克斯坦救了他一命的故事呢。"

"真的吗？"阿什福德说。

"说来很短。"科顿说。他瞥见狄克斯坦此时正沉浸在与哈桑和罗斯托夫的深谈中，他还注意到那三个人站立的姿势表明了他们的态度：罗斯托夫叉开两腿，教师似的摇着一根手指，对他的信念坚定不移；哈桑背靠着一个书柜，一只手插在裤兜里，吸着香烟，假装有关他的国家前途的这场国际争论只不过是个学术问题；狄克斯坦紧抱着双臂，肩头拱起，全神贯注地低着头，他的姿态暴露了他发言中的那种无动于衷并非真情。科顿听到英国人承诺将巴勒斯坦给予犹太人，还听到了回答：当心强盗的礼物。他转回来面对着阿什福德夫妇，开始给他们讲那段往事。

"那是在西西里的一座山城，靠近一个叫拉古萨的地方。"他说，"我已带领一支本土部队绕过山脚。到了那座山城的北部，我们在一处狭小的洼地里遇到了一辆德国坦克，就在一丛树木的边缘。那辆坦克看上去像是已经废弃了，可我还是向坦克里面塞进了一颗手榴弹来确认一下。我们经过那里时有一声枪响，只响了一声，一个手持机枪的德国兵从树上掉了下来。他原来是藏在那里专门等着我们经过时射杀我们的，是纳特·狄克斯坦射中了他。"

艾拉的眼睛里闪着激动的光，她的丈夫却脸色煞白。显然，这位教授对于生与死的故事毫无胃口。科顿心想，要是这个故事就让你受不了，老头子，我宁可狄克斯坦从来没跟你讲过他的故事。

"英国人从山城的其他方向接近了那里。"科顿接着说，"纳特和我一样看到了那辆坦克，并且嗅到有埋伏。他瞄上了那个狙击手，等着看清在我们出现时还有没有别的狙击手。要不是他那么机警过人，我就没命了。"

听故事的两个人一时沉默了。阿什福德说："这事还没过太久，可我们忘记得太快了。"

艾拉想起了她的别的客人："我希望在你走之前跟你再多谈一谈。"她对科顿说。她穿过房，走到哈桑准备打开的通向花园的门边。

阿什福德紧张地梳理着耳后的头发："公众听到的是大型战役，可士兵却记得那些亲身经历的细节。"

科顿点点头，心想阿什福德显然对战争是什么样子毫无概念，他怀疑这位教授年轻时是否当真如狄克斯坦所说历经过许多冒险。"后来我带他去见我的表兄弟——他们一家来自西西里。我们吃了意大利面食，喝了葡萄酒，他们把纳特奉为英雄。我们在一起只相处了几天，可我们情同手足，你明白吧？"

"我明白。"

"当我听说他成了战俘，我以为再也见不到他了。"

"你知道他经历了什么吗？"阿什福德问，"他没有谈过什么……"

科顿耸了耸肩："他从集中营死里逃生。"

"他算是运气好的。"

"不是吗？"

阿什福德的目光困惑地凝视了科顿一阵，随后便转过脸去打量房间的四周。过了一会儿他说："你知道，这不算十分典型的牛津聚会。狄克斯坦、罗斯托夫和哈桑都是有点不同寻常的学生。你该认识一下托比，他是个典型的本科生。"他看到了一个红脸青年，身穿一套花呢西装，系着一条极宽的涡纹图案的毛领带。

"托比，过来认识一下狄克斯坦的战友科顿先生。"

托比跟他握手，唐突地问道："有机会赌一把吗？狄克斯坦会赢吗？"

"赢什么？"科顿问。

阿什福德解释说："狄克斯坦和罗斯托夫打算来一场棋赛，据说他两人都精于此道。托比觉得你会掌握些内部消息。他大概想就结果打一场赌。"

科顿说："我认为下棋是老年人的游戏。"

托比说："啊！"声音太大，还震洒了手中酒杯里的酒。他和阿什福德看来因为科顿的这句话而有些尴尬。一个四五岁的小女孩抱着一只灰色的老猫从花园进来。阿什福德带着中年得子的那种羞怯和得意，向众人介绍她。

"这是苏莎。"他说。

女孩说："这是赫兹恰。"

她有母亲的肤色和头发，她也会长成美人的。科顿对她是不是当真是阿什福德的女儿心怀疑虑。她的外表毫不像他。她握着猫的前爪伸过来，科顿礼貌地握了，还说了一句："你好吗，赫兹恰？"

苏莎走到狄克斯坦跟前："早晨好，纳特。你愿意摸一下赫兹恰吗？"

"她真乖。"科顿对阿什福德说，"我得和纳特聊几句。你不怪我吧？"他朝狄克斯坦走去，狄克斯坦正跪在地上抚摸那只猫。

纳特和苏莎看上去是好伙伴。他告诉她："这是我的朋友阿尔。"

"我们见过了。"她说着，还像她妈一样眨着睫毛。科顿心想，她从她妈那儿学了这副样子。

"我们在一起打过仗。"狄克斯坦接着说。

苏莎直盯着科顿："你杀过人吗？"

他迟疑了："当然。"

"你没觉得不好吗？"

"没什么不好。他们是坏人。"

"纳特觉得不好。所以他不愿意多讲打仗的事。"

那孩子从狄克斯坦那里得到了比所有的成年人加在一起还要多的东西。

那只猫突然敏捷地从苏莎的怀里蹿了出去，她追着它。狄克斯坦站起了身。

"我不会说阿什福德夫人可望不可即了。"科顿悄悄地说。

"真的？"狄克斯坦说。

"她不过二十五来岁，而他至少比她大二十岁，而且我敢打赌他没摸过枪。如果他们是在战前结婚的，她当时也就十七岁上下。何况他们看来并不相爱。"

"但愿我能相信你。"狄克斯坦说。他不像原来那样兴致勃勃。"来，去看看花园吧。"

他们穿过那扇法式大门。太阳强烈地照射着，驱散了空气中的酷寒。花园随着一片褐绿色植物向下伸展到河畔。他们向远离住房的地方走去。

狄克斯坦说："你不大喜欢这伙人。"

"战争已经结束了。"科顿说，"你和我，我们如今处在不同的世界里。这里的一切——教授、棋赛、雪莉酒会……我还不如待在火星上呢。我的生活是做交易、打败竞争对手、赚上几块美金。我已决定在我的生意中给你安排个活儿，但我估计我是白费心。"

"阿尔……"

"听我说，真见鬼。我们很可能从此失去联系——我不爱写信。不过，我不会忘记你救过我一命。有一天你也许会来讨账。你知道到哪儿去找我。"

狄克斯坦张开嘴要说话，这时他们听到了声音。

"啊……别，别在这儿，别在这会儿……"那是一个女人的声音。

"就要！"一个男人说。

狄克斯坦和科顿站在把花园隔开一角的一圈粗粗的树篱旁边：一条曲径已经着手铺设，但一直没有完工。离他们站立的地方几步远，开着一条沟，树篱在那里拐了个直角，就沿着河岸而去了。说话的声音显然来自叶丛的对面。

那女人又开口了，是从嗓子眼里出来的压得低低的声音："别这样，该死的，不然我就叫了。"

狄克斯坦和科顿迈过了那条沟。

科顿绝不会忘记他在那里看到的情景。他瞪着那两个人，然后吃惊之中瞥了一眼狄克斯坦。狄克斯坦的脸色惊得发灰，看上去像生了病，他的嘴巴在恐惧与绝望的凝视中大张着。科顿回过头去看着那一对密侣。

那女人是艾拉·阿什福德。她的裙摆围在腰间，面孔兴奋得绯红，她在亲吻亚斯夫·哈桑。

第一章

开罗机场的播音系统发出门铃一般的响声，随后便分别用阿拉伯语、意大利语、法语和英语宣告，来自米兰的阿里塔利亚航班已经到达。陶菲克·马西里离开他在快餐间的小桌，一路走向上层的观察台。他戴上墨镜，向闪亮的水泥停机坪望过去。卡拉维尔号已经着陆滑行。

陶菲克来到这里是因为一封电报。那是当天早晨他在罗马的"叔叔"发来的，用的是密码。任何商务事宜都可以在国际电报中使用密码，只要事先把该密码的密钥存进邮局即可。这种密码使用范围越来越广，把普通句子压缩成词语，并不是为了保密，而是为了省钱。陶菲克"叔叔"的电报按照注册的电码本，写的是他已故婶婶遗嘱的细节。不过，陶菲克另有一个密钥，解读出来便是：

观察和跟踪弗莱德里希·舒尔茨教授，他于1968年2月28日星期三从米兰飞罗马，逗留数日。年龄51岁，身高1米8，体重150磅，白发蓝眼，奥地利国籍，仅携妻一人。

旅客开始陆续走出飞机，陶菲克几乎一眼就认出了他要找的人。这次航班上只有一个又高又瘦的白发男人。他身穿一套浅蓝色西装，白衬衫上系着领带，手提一只免税店的购物袋，身侧挎着一架照相机。他的妻子个子要矮得多，穿着一套迷你装，头上是金黄色的假发。他们跨出机舱时，一边打量着四周，一边像初次来到北非的大多数人一样，嗅着温暖又干燥的沙漠空气。

旅客在到达大厅内散开了。陶菲克在观察台上一直等到行李从飞机上运下才下去，随后他走进去，融入一小股人流中，紧靠在海关的栏杆外等候。

他等待了好久。这是他们没有教给他的——如何等待。他学会了使用枪支、记住地图、打开保险柜和徒手杀人，这一切都在训练的头六个月的课程中完成了，可是没有人讲授如何保持耐心，没有应对腿脚酸痛的练习，也没有对付单调乏味的课堂讨论。他觉得似乎开始出了差错，告诉自己要小心——

人群中还有一名特工。

陶菲克在耐心地思考问题时，下意识地触动了心中的警钟。等候走下飞机的亲戚、朋友和商界熟人的小股迎候人群有些不耐烦了。他们吸烟，倒替着双脚转移着体重，伸长脖子，躁动不安。有一个带着四个孩子的中产家庭、两个穿着棉布条纹的传统阿拉伯长袍的男人、一个穿着一套深色西装的商人、一名年轻的白人妇女、一个拿着"福特汽车厂"标志牌的司机，还有——

还有一个耐心的人。

他和陶菲克一样，有着深色的皮肤和短短的头发，穿着一身欧式西装。乍看上去，他像是和那个中产家庭一伙的，正如陶菲克看到的那样，而在一个漫不经心的人看来，他和那个穿深色西装的商人是在一起的。那名特工不动声色地站着，双手倒背，面对着行李厅的出口，毫不引人注目。在他的鼻侧有一道浅色皮肤，像是旧疤。他摸过那儿一次，大概是下意识的动作，随后就又倒背起双手。

问题在于，他是否看到了陶菲克？

陶菲克转向他身边的商人，说道："我始终不明白，这手续怎么会用这么长时间。"他面带微笑，语调轻声轻气，那商人只好靠近他，也还以微笑，两个人就像是熟人在闲聊。

那商人说："办手续比飞行的时间还长。"

陶菲克又偷瞥了一眼另一个特工。那人还在原地站着，眼睛盯着出口。他没有掩饰的意思，这是不是意味着他没有注意到陶菲克呢？要不就是他对陶菲克另有猜想，认定掩饰反倒会暴露自己呢？

旅客开始涌了出来，陶菲克意识到他已无能为力，怎么做都不成。他希望那名特工要迎候的人在舒尔茨教授之前出来。

事情并非如此。舒尔茨和夫人就在第一批人群中通过了大门。

那一位特工走近他们，与他们握了手。

当然，当然啦。

那位特工是来迎接舒尔茨夫妇的。

陶菲克注视着那名特工招来搬运工，引导着舒尔茨夫妇走了，随后他就从另一道门走向他的汽车。上车之前，他脱下了上衣，摘下了领带，戴上了墨镜和一项白色的棉布帽子。这样就不容易认出来他是刚才在接人地点的那个人了。

他推测那位特工一定会把车停在紧挨着正门的非等候区，便向那条路驶去。他估计得不错。他看到搬运工把舒尔茨家的行李放进一辆用了五年的灰色奔驰车的后备箱里。他继续朝前驶去。

他的脏兮兮的雷诺轿车转了个弯，驶上从机场所在的赫料珀里斯通往开罗的高速公路的主路上。他以每小时60公里的速度行驶在慢速道上。两三分钟之后，那辆灰色的奔驰超过了他，他就加速跟上去，让那辆车保持在视线以内。他记住了那辆车的号码，能够辨认出对手的车总是很有用的。

天空布起了云层。陶菲克在两侧种着棕榈树的笔直车道上减速行驶时，心中思忖着到目前为止的发现。电报中除去舒尔茨的长相和奥地利教授的身份之外，什么都没说。不过，机场的相遇还是说明了许多情况。那是一种私下的贵宾式的接待。陶菲克估摸那个特工是本地的，一切都说明了这一判断——他的服装、他的汽车、他等候的方式。这表明舒尔茨大概受到了这里政府的邀请，然而，无论他本人还是他要见的人都想为这次访问保密。

这还远远不够。舒尔茨是哪一行的教授？他可能是银行家、武器制造商、火箭专家或者棉花收购人。他甚至会是法塔赫的一伙，但陶菲克一点看不出他像个复兴的纳粹分子。话说回来，什么可能性都有啊。

诚然，特拉维夫①方面并没有把舒尔茨看得多重，否则，他们也不会启用陶菲克，他既年轻又缺乏经验，不适合这样的监视。整件事甚至可能只是又一次训练而已。

他们在莎莉·拉美西斯入口进入开罗，陶菲克驾车缩短了与那辆奔驰车的距离，直到中间只能容下一辆车。灰色轿车向右驶上尼尔滨海大道，然后穿过"七月二十六日"大桥过河，开进杰

---

① 特拉维夫，以色列重要城市。

兹拉岛上的扎马里克区。

郊外沉闷的富人区车辆要少很多，陶菲克担心会被驾驶奔驰车的那个特工盯上。还好，两分钟之后那辆车拐进了靠近军官俱乐部的一条居民街，停在了庭院中有一棵蓝花楹树的砖砌的公寓外面。陶菲克当即向右转，在那辆车开门之前，躲在了他们的视线以外。他停下车跳出来，往回走到街角。他刚好看到那名特工和舒尔茨夫妇走进大门，一个身穿阿拉伯长袍的管理人正吃力地搬着他们的行李，跟在后面。

陶菲克来回打量着那条街。不见有人在闲逛。他回到他的车旁，倒着绕过街角，停在奔驰车停靠的同一侧的两辆车之间。

半小时之后，那名特工独自出来，进了他的车，开走了。

陶菲克静下心来守候。

这样过了两天，然后就中断了。

到此为止，舒尔茨夫妇的行动完全像是游客，而且看起来玩得很开心。第一天晚上，他们在一家俱乐部吃晚餐，并且观看了肚皮舞表演。第二天，他们游览了金字塔和狮身人面像，午餐在格洛匹，晚餐在尼罗河希尔顿饭店。第三天一大早他们就起床，叫了一辆出租车，前往伊本·土伦清真寺。

陶菲克把他的车停在盖亚-安德森博物馆附近，跟踪他们。他们在清真寺里马马虎虎地看了一圈，就沿着莎莉·萨利巴大街向东驶去。他们一路闲逛，瞧瞧喷泉和建筑，窥窥阴暗的小店，瞅瞅当地妇女购买洋葱和辣椒，看看街旁厩房中的骆驼。

他们在一处十字路口停下脚步，进了一家茶叶店。陶菲克横穿马路来到"色比尔"——那是一座由条纹铁栅围着的带拱顶的喷水池，他琢磨着围墙上的巴洛克浮雕。他沿街继续前行，但那家茶叶店始终在他的视线之内，他花了一些时间从一个赤脚白帽的街头摊贩那儿买下四个长得不周正的大个儿西红柿。

舒尔茨夫妇从茶叶店出来，转向北去，在陶菲克身后进入了街市。陶菲克在这里很容易逛来逛去，时而在他们前面，时而在他们后面。弗洛·舒尔茨买了一双便鞋和一只金手镯，还付了过多的钱从一个半裸的孩子手中买了一包薄荷烟。陶菲克甩开了他们一大段距离之后，在一家叫作纳西夫的咖啡馆的凉棚坐下，喝了一杯不加糖的土耳其浓咖啡。

他们离开街市，进了一家专卖马具的商店。舒尔茨看了看手表，跟他妻子说了些话——让陶菲克第一次感到些许忧虑——随后他们就走得快了些，一直来到位于原先旧城墙的"巴伯·祖维拉"城门。

有几分钟，一辆驴车挡住了舒尔茨夫妇，那头驴拉着满满一车的阿里巴巴罐子，罐口塞着一团团皱巴巴的纸。车过去之后，陶菲克看到舒尔茨在向妻子告别，然后钻进了一辆旧灰色奔驰。

陶菲克在心里骂了一句。

那辆车的车门一关就开走了。弗洛·舒尔茨挥着手。陶菲克读着车牌——就是那天他一路跟踪的同一辆车——他看着车子向西行驶，然后左转，进入莎莉港区。

他撇下弗洛·舒尔茨，扭头便跑。他们刚才遛了差不多一个小时，可是只走了一英里。陶菲克全力跑过马具店和街市，东躲西绕地越过摊位，穿过挤满了人流的闹市，在撞上一个努比亚看门人时丢掉了他那袋西红柿，最终来到了博物馆和他的汽车跟前。

他一屁股坐进司机座上，喘着粗气，身体一侧疼得他直皱眉。他启动发动机，驶上通往莎莉港区的一条近路。

路上车不多，所以他上了主路之后，估摸自己应该在那辆奔驰的后面。他继续往南行驶，过了罗达岛和吉乍桥后，便开上吉乍路。陶菲克认定，舒尔茨并没有一心甩掉尾巴。不然的话，陶菲克肯定早就把教授跟丢了。是啊，他只是在赴某个人在一处定点的约会之前做了一次早上的散步罢了。但陶菲克肯定，约会地点和事前的散步，都是那个特工建议的。

他们可能去任何地方，但很像是要出城——不然的话，舒尔茨完全可以在巴伯·祖维亚打一辆出租车——这条路是西向的主路。陶菲克把车开得飞快。不久，他前面除去笔直的灰色道路就什么都没有了，两侧也只有黄沙和蓝天。

他一直追到金字塔也不见那辆奔驰的车影。路在这里分了岔，向北到亚历山大港，向南抵达法尤姆。从奔驰车接上舒尔茨的地点来判断，经过这里到亚历山大港是绕路的，不大可能；于是陶菲克便转向法尤姆驶去。

到他总算看到奔驰时，那辆轿车已经落在他后边，正在疾驶。在追上他之前，那辆车向右转，下了主路。陶菲克刹车，调头。奔驰车已经在辅路上前行了一英里。他紧随其后。

如今有点危险了。这条路大概深入到西部沙漠，可能是一路通往卡塔拉的油田。这条路看来行车不多，强风会把车子掩进一层沙土之下。奔驰车里的特工肯定意识到他在被跟踪。若他是行当中的一把好手，雷诺车甚至会触发他想起那天出机场后的行程。

训练过的内容在这里用不上了，特工职业中的一切精巧伪装和伎俩全都没用了，你只能继续跟踪，不管对方是否发现了你，都得咬住不放，因为要点在于发现他往哪里去，你要是做不到这一点，就成了无用之辈。

于是他把注意力放到沙漠之风上，紧紧追踪，可是，他还是把他们跟丢了。

奔驰车跑得更快，而且设计得更能应对狭窄、颠簸的路况，因此没出几分钟，便驶出了视野。陶菲克沿路行驶，希望能在那辆车停下来时赶上他们，或者至少在他们的目的地遇到些什么。

他在沙漠深处以六十公里的时速驾着车，心中开始担忧加油的事。他来到一处路口的绿洲小村，几只瘦骨嶙峋的家畜在啃吃一片泥塘周围稀疏的草木。一座茅屋外面，一张拼凑起来的桌子上摆着一罐蚕豆和三听芬达饮料，昭示这算是乡野咖啡馆。陶菲克走出车子，跟一个正在给一头骨瘦如柴的水牛喂水的老汉搭讪起来。

"你看到了一辆灰色的奔驰吗？"

那农民茫然地瞪着他，好像他说的是外国话。

"你看到了一辆灰色的小汽车吗？"

老人从前额上轰走一只黑色的大苍蝇，点了点头："有那么一辆。"

"什么时候？"

"今天。"

这恐怕是他所指望的最精确的回答了。

"走的哪条路？"

老人指着西边的沙漠。

陶菲克问："我在哪儿可以加油？"

老人向东指着开罗。

陶菲克给了他一枚硬币，返回到车里。他发动了车子，又看了一眼油量表。他还有足够的油可以返回开罗，也就刚够，要是他继续向西开，回程时就会没油了。

他认为自己已经尽力了。他感到困顿，调转雷诺车朝城里返回。

陶菲克并不喜欢干这行。工作乏味时，他心烦；工作激烈时，他又会恐惧。可他们告诉他，在开罗有重要又危险的工作要干，而且他有成为优秀特工的必要素质，更何况他们在以色列找不到足够的埃及犹太人。如果他拒绝的话，他们不能出去再找一个具备一切素质的人选。因此嘛，当然啦，他就点了头。他并非出于理想主义才为他的国家冒生命危险。这更像是出于个人利益，以色列的垮台会意味着他完蛋了；他以冒生命危险的代价来拯救自己的生命，这是合乎逻辑的。再有，他还期待着那一天——再过五年？十年？二十年？——到时候他会老得不适合做外勤，他们就会让他回家，让他坐办公室。他就能找一个犹太好姑娘，娶了她，安定下来，享受他为之奋斗的家园。

与此同时，他既然已经跟丢了教授，就转而跟踪他的夫人。

她还在观赏街景，此时身边多了一个阿拉伯青年陪护，大概是埃及人安排好在她丈夫不在时照顾她的。当晚，那个阿拉伯人带她到一家埃及餐厅吃了晚饭，送她回家，还在园中的蓝花楹树下吻了她的面颊。

第二天一早，陶菲克到中心邮局给他在罗马的"叔叔"发了一份电报：

舒尔茨在机场与可疑的当地特工见面。游览了两天。由前述特工接走，驶往卡塔拉方向。监视中断。现在监视其妻。

　　他在上午九点回到扎马里克。十一点半他看到弗洛·舒尔茨在阳台上喝咖啡，就此推测出舒尔茨夫妇所住的公寓房间。

　　午饭时分，雷诺车里变得酷热无比。陶菲克吃了一个苹果，喝了瓶中温热的啤酒。

　　舒尔茨教授黄昏时候才回来，乘的还是那辆灰色奔驰。他面容疲惫，如同一个中年人走了长路那样无精打采。他下了车，径直走进公寓楼，头也没回一下。那名特工放下他之后，驾车驶过雷诺，紧盯了一阵陶菲克。陶菲克对此无可奈何。

　　舒尔茨去了哪里？陶菲克思索着，花了大半天才抵达那里，他在那里待了两夜一天呢，今天又花了大半天才回来。卡塔拉只是许多可能的地点之一：沙漠中的那条公路一路直抵地中海沿岸的马特鲁；有一处拐弯通往南端的卡尔库尔·托赫尔；要是换一辆车，再有个沙漠中的向导，他们甚至可以远达利比亚边境的旅游胜地。

　　晚九点，舒尔茨夫妇又出来了。教授的精神恢复了。他们穿戴整齐去吃晚餐，走了没多远就叫了一辆出租车。

　　陶菲克做了决定，不去跟踪他们。

　　他下车走进公寓的花园。他走进遍地是土的草坪，找到一处灌木丛背后的有利地形，可以通过敞开的前门望进楼房的前厅。那个努比亚看门人坐在一条矮木凳上，掏着鼻子。

陶菲克等待着。

二十分钟之后，那人从木凳上站起身，走到楼房背后消失了。

陶菲克匆匆穿过前厅，轻手轻脚地跑上楼梯。

他有三把万能钥匙，可是没有一把能打开三号房间。最后，他用了一块从学生用的三角板上折下来的弯曲的塑料块捅开了门。

他进了房间，在身后把门关上。

这时外面天已经黑透了。路灯的微弱光线透过没遮蔽的窗子照了进来。陶菲克从裤兜里取出一个微型手电，不过暂时没有打开。

房间宽敞，通风很好，墙壁是白色的，摆着英国殖民时代的家具，有一种像是没人居住的清冷感。房间内设一间客厅、一间餐室、三间卧室和一间厨房。陶菲克飞快地瞥过全屋之后，开始认真察看。

两间小卧室空空荡荡。陶菲克在大卧室里迅速地翻看了所有的抽屉和柜门。立柜里面是年轻女人穿戴的五光十色的衣裙：亮丽的印花、饰有闪光圆片的长袍，绿松石色的、橘红色的和粉色的。标签都是美国制造。电报上说，舒尔茨是奥地利人，但或许他住在美国吧。陶菲克始终没听到他说话。

床头柜上摆着一本《时尚》出版社的英文版埃及导游手册，还有一份复印的论述同位素的讲稿。

如此看来，舒尔茨是位科学家。

陶菲克浏览了全篇讲稿，大多数内容超过了他的知识范畴。他心想，舒尔茨应该是位顶级的化学家或物理学家。特拉维夫方面要弄清的是：这位教授是否在这里为武器研制而工作。

屋里没有个人文件——显然，舒尔茨随身带着他的护照和钱夹。航班标签也已经从配套的几只黄色鞣皮箱上被取下了。

客厅的一张矮桌上，放着两只留有杜松子酒气味的空酒杯：他们在出发前喝过鸡尾酒，他想。

在浴室里，陶菲克发现了舒尔茨去沙漠时穿的衣物。鞋里有许多细沙，裤脚上沾上了灰色的小颗粒，很可能是水泥。在那件皱巴巴的衬衫的胸兜里，他找到了一个约一英寸的细长的蓝色塑料容器，里面装的是用来保护胶卷的那种防光包层。

陶菲克随手把那只塑料瓶装进了衣兜。

在小客厅的垃圾篓里，他发现了被取下的航班标签。舒尔茨夫妇的地址是马萨诸塞州的波士顿，这可能表明教授在哈佛、麻省理工学院或者那一带的某个次要些的大学任教。陶菲克迅速地计算了一下，二战期间，舒尔茨应该二十多岁：那么，他极可能是战后去往美国的一位德国火箭专家。

唔，不对。不会用一名纳粹分子为阿拉伯人干活的。

不管是不是纳粹分子，舒尔茨反正是个小气鬼：他的肥皂、牙膏和须后水，都是从不同的航班和旅馆拿来的。

在地板上靠近摆空酒杯的桌子旁边紧挨着一把藤椅，上面放着一个大张的横条笔记本，最上边的一页是空白，只躺着一支铅笔。舒尔茨大概在他的旅途中一边啜饮着加料的姜汁冷饮，一边随手记笔记。陶菲克在公寓房间里搜寻从笔记本上撕下的纸页。

终于，他在阳台上找到了。纸页已经在一个大型的玻璃烟灰缸里被烧成了灰。

那天夜间很凉。再过些日子，天气会变得暖和，空气中还会混有楼下庭院中蓝花楹盛开的香气。城里往来的车辆在远处呼吼着，这让陶菲克想起他父亲在耶路撒冷的公寓。他不晓得自己何日才能重返那座城市。

他在这里已经尽力了。他要再查看一下那个大笔记本，看看舒尔茨的铅笔笔迹是否在下一页留下了印痕。他转身离开护栏，跨过阳台，径直来到向后通往客厅的法式窗户。

他的手刚刚触碰到门上，就听到了说话声。

陶菲克顿时僵住了。

"抱歉，亲爱的。我实在无法再面对又一块煎得太老的牛排了。"

"看在上帝的份上，我们本来能够吃点什么的。"

舒尔茨夫妇回来了。

陶菲克迅速地回视了一下他在房间里走过的路线：卧室、浴室、客厅、厨房……除去那个小塑料瓶，他已经把他碰过的东西全都复位了。他无论如何是要把小瓶带走的。舒尔茨会以为自己把它弄丢了。

要是陶菲克这时候能够不被察觉地溜掉，他们可能永远不会知道他来过这里。

他抽身翻过护栏，用手指吊着，伸直全身。天太黑，他看不到地面。他松开手，轻轻地落地，快步溜开了。

这是他第一次入室行窃，他感到很高兴。事情进展得如同一堂训练课那样顺利，虽然主人早早返回，只好使用事先安排好的间谍突然溜走的通道。这种局面令人满意。他在暗中窃笑。他很可能熬到坐办公桌的那一天。

他进了汽车，启动引擎，打开大灯。

两个人从阴影中走出来，站到了雷诺车的两侧。

谁?

他没有停车思考是怎么回事。他换到一挡，把车开了出去。

那两个人匆忙地闪到一旁。

他们没有试图拦阻他。那他们到这里来又是为了什么呢？是要弄清他是否待在车里吗？

他踩住刹车，向后座看去，这时他才绝望地发现，他再也看不到耶路撒冷了。

一个身穿黑色西装的高个子阿拉伯人朝他咧嘴一笑，随手掏出一只小手枪对着他。

"继续开。"那人用阿拉伯语说，"不过请别开得这么快。"

问：你叫什么名字？

答：陶菲克·马西里。

问：说说你自己吧。

答：年龄二十六岁，身高五英尺九英寸，体重一百八十磅，眼睛褐色，头发黑色，闪米特人的五官，浅棕色的皮肤。

问：你为谁效劳？

答：我是个学生。

问：今天星期几？

答：星期六。

问：你的国籍？

答：埃及。

问：二十减七是多少？

答：十三。

上述问题旨在试用测谎器的标准。

问：你为中情局工作？

答：不。（真话）

问：德国人？

答：不。（真话）

问：那就是以色列。

答：不。（假话）

问：你真的是学生？

答：是。（假话）

问：告诉我你的学习情况。

答：我在开罗大学读化学。（真话）我对聚合物感兴趣。（真话）我想当石油化学工程师。（假话）

问：聚合物是什么？

答：具有长链分子的复杂的有机化合物——最普通的是聚乙烯。（真话）

问：你叫什么名字？

答：我告诉过你了，陶菲克·马西里。（假话）

问：贴在你的头部和胸部的衬垫用来测量你的脉搏、心跳、呼吸和排汗。你一说假话，你的新陈代谢就会揭露你——你的心跳加快、出汗增多，诸如此类。这台机器是我们的苏联朋友送给我们的，你说假话，它就会告诉我。我刚好知道，陶菲克·马西里已经死了。你到底是谁？

答：（没吱声）

问：连在你生殖器头上的这根电线是另一台机器的

一部分。连到这里的电钮上。当我按下电钮时——

答：（尖叫）

问：——一股电流就通过这根电线，震击你一下。我们已经把你的双脚放进一桶水里来加强机器的效果。你叫什么名字？

答：阿弗拉姆·阿姆巴什。

电子仪器干扰了测谎器的功效。

问：来支烟吧。

答：谢谢。

问：信不信由你，我痛恨这种工作。问题在于，喜欢干的人总也干不好——你需要感觉，这个你懂。我是个多愁善感的人……我不愿看着别人受罪。你呢？

答：（没吱声）

问：你现在在想办法和我对着干。请你别费心了。什么都抵挡不了现代技术的审问手段。你叫什么名字？

答：阿弗拉姆·阿姆巴什。（真话）

问：谁在控制你？

答：我不懂你的意思。（假话）

问：是波什吗？

答：不是，是弗莱德曼。（仪器显示不确定）

问：是波什。

答：是。（假话）

问：不对，不是波什。是克朗茨。

答：好吧，是克朗茨——随便你怎么说。（真话）

问：你们怎么联系？

答：我有一部电台。（假话）

问：你没有跟我说实话。

答：（尖叫）

问：你们怎么联系？

答：郊区的一个废信箱。

问：你在想，当你受到电击感到痛苦时，测谎器就不能正常运转了，因此，受刑反倒安全。你只对了一半。这是一台高智能的机器，我花了好几个月才学会正确使用它。我电击你之后，只消几分钟机器就会重新调整好测试你的新陈代谢；这时候，我就又可以指出你在说谎了。你们是怎么联系的？

答：一个废信箱——（尖叫）

问：阿里！他把两只脚蹬出来了，这种痉挛十分强烈。别等他醒过来，再把他捆上。去拿那只桶，再加上水。

（停顿）好啦，他正在醒过来，你出去吧。你听得见我说话吗，陶菲克？

答：（含糊不清）

问：你叫什么名字？

答：（没吱声）

问：小小击你一下，帮你——

答：（尖叫）

问：——想一想。

答：阿弗拉姆·阿姆巴什。

问：今天是星期几？

答：星期六。

问：我们早饭给你吃的什么？

答：蚕豆。

问：二十减七是多少？

答：十三。

问：你是做什么的？

答：我是学生。别，请不要过电，我是间谍，对。我是间谍，请你别碰那个电钮，噢，天啊，噢，天啊——

问：你们怎么联系？

答：密码电报。

问：来支烟吧。这儿……噢，你的嘴唇好像叼不住——让我来帮你……好啦。

答：谢谢。

问：尽力平静些。记住，只要你说实话，就不会有痛苦。

（停顿）你感觉好些了吗？

答：好些了。

问：我也一样。现在，就跟我说说舒尔茨教授吧。你为什么要跟踪他？

答：我是奉命。（真话）

问：受特拉维夫指派？

答：是的。（真话）

问：特拉维夫的什么人？

答：我不知道。（仪器显示不确定）

问：可是你可以猜嘛。

答：波什。（仪器显示不确定）

问：或者是克朗茨？

答：也许吧。（真话）

问：克朗茨是好样的。靠得住。他的妻子怎么样？

答：很好。我——（尖叫）

问：他的妻子在1958年就死了。你干吗要让我伤害你呢？

舒尔茨做了些什么？

答：旅游了两天，后来就乘一辆灰色奔驰消失在沙漠中了。

问：而你就溜进了他的公寓。

答：是的。（真话）

问：你弄清了什么？

答：他是位科学家。（真话）

问：还有呢？

答：他是美国人，就这些了。（真话）

问：训练时谁是你的教官？

答：厄特尔。（仪器显示不确定）

问：不过，那不是他的真实姓名。

答：我不清楚。（假话）别！别按那个电钮，让我想想，我记得只有一分钟有人说他的真名叫曼纳。（真话）

问：噢，曼纳。不光彩。他是个老派人物。他依旧相信可以把间谍训练得能够顶住审讯。要知道，你受这份罪，全都怪他。你的同伴怎么样？谁和你一同受训？

答：我始终不知道他们的真实姓名。（假话）

问：是吗？

答：（尖叫）

问：真实姓名。

答：不全知道——

问：把你知道的告诉我。

答：（不吱声）

（尖叫）

囚犯晕了过去。

（停顿）

问：你叫什么名字？

答：唔……陶菲克。（尖叫）

问：你早饭吃的什么？

答：不知道。

问：二十减七是多少？

答：二十七。

问：你跟克朗茨讲了舒尔茨教授的什么事？

答：旅游……西部沙漠……监视失败了……

问：谁和你一同受训？

答：（不吱声）

问：谁和你一同受训？

答：（尖叫）

问：谁和你一同受训？

答：是啊，尽管我走在死神阴影的峡谷里——

问：谁和你一同受训？

答：（尖叫）

囚犯死了。

卡瓦什要求会面，皮埃尔·波尔格就去了。没有商议时间和地点，卡瓦什传出的信息中给出了见面地点，波尔格肯定会到场。卡瓦什是波尔格一向确信的最出色的双面间谍，没错。

摩萨德的头目站在牛津环线地铁车站向北驶往巴克鲁线的站台上，他一边阅读一则关于在西奥索菲举办的讲座课的通告，一边等候着卡瓦什。他想不出那个阿拉伯人为什么挑选伦敦作为这次接头的地点；想不出他要告诉他的东家他在这座城市里做些什么；甚至想不出卡瓦什为什么是个叛徒。但这个人曾经帮助以色列赢得两场战争，还避免了第三场战争，所以波尔格需要他。

波尔格扫视着站台，寻找一个长着又大又窄鼻子的褐色脑袋。他觉得他知道卡瓦什想要谈些什么。他希望他的想法没错。

波尔格对舒尔茨一事忧心忡忡。开始时无非是一次日常的盯梢，让他在开罗的毫无经验的生手去完成这件事也是正确的分派，一位精力充沛的美国物理学家在欧洲度假期间决定到埃及逛上一圈。第一次警告的迹象是陶菲克跟丢了舒尔茨的时候。就在那一刻，波尔格启动了这一项目的行动。一名在米兰的自由记者偶然询及德国情报机构时，确定了舒尔茨飞往埃及的机票是由驻罗马的一名埃及外交官夫人付的款。随后，中情局在按照常规发给摩萨德的情报中传来了卡塔拉地区的卫星照片，仿佛显示了工程的迹象——波尔格想起了舒尔茨曾经到卡塔拉的方向去过，就是在那时候，陶菲克跟丢了他。

有什么事情正在进行着，可是他并不清楚，这使他焦虑不安。

他总是那么心事重重。如果不是埃及人，那就是叙利亚人；如果不是叙利亚人，就是反以色列的阿拉伯武装分子；如果不是他的敌人，就是他的朋友，而问题是他们能够在多长的时间内继续做他的朋友。他从事的是产生忧虑的职业。他的母亲有一次说："与工作没关系，你生来就忧虑，跟你可怜的爸爸一样。就算你是个花匠，你还是要为你的工作忧虑的。"她也许是对的，不过，对一个间谍头目来说，疑神疑鬼才是唯一理性的思路框架。

如今，陶菲克断了联系，这是最令人担忧的迹象了。

或许卡瓦什会有什么答案。

一列地铁呼啸着驶进了车站。波尔格并不在等车。他开始阅读一张电影海报上的参演人员名单，半数都是犹太人。他心想，或许我该当一名制片人。

列车停了下来，一个人影落在波尔格的面前。他抬头凝视着卡瓦什平静的面容。

那个阿拉伯人说："谢谢你赏光到来。"他总是这么说。

波尔格没去搭理这句客套话：他从来都不知道应该怎样应答感谢的话。他说："有什么新情况吗？"

"我不得不在星期五那天在开罗抓了你的一个年轻新手。"

"你不得不？"

"军事情报局正在为一个大人物安排保镖行动，他们却发现那小子在跟踪他们。军情局在那座城市里没有行动人员，于是就要求我的部下抓他。这是一道官方的要求。"

"该死。"波尔格痛切地说，"他怎么样了？"

"我只能照章办事。"卡瓦什说。他的神情很沮丧，"那小伙子受到了审讯，而且刑讯致死。他的名字叫阿弗拉姆·阿姆巴什，但在工作中叫陶菲克·马西里。"

波尔格皱起了眉头："他把他的真名告诉你了？"

"他死了，皮埃尔。"

波尔格气恼地摇着头：卡瓦什总想在个人问题上纠缠。"他干吗要告诉你他姓甚名谁呢？"

"我们用的是苏联设备，电震器和测谎仪一起上了。你们没有训练他们应付那东西。"

波尔格干笑了一声："我们要是把这种事告诉了他们，我们就休想招募到倒霉蛋了。他还招供了什么？"

"没说出我们想要知道的。他本会说出点什么的，可我先杀死了他。"

"是你杀死了他？"

"我亲自审讯，以便确保他不会说出什么重要的东西。全部审讯过程都有录音并且存了档。这是从苏联人那里学的。"那双褐色眼睛中的哀伤加重了，"怎么，你难道情愿由别人杀死你的手下吗？"

波尔格瞪着他，然后把目光移开。他不得不再一次从这个敏感的话题上转移开："那小伙子发现了舒尔茨的什么情况吗？"

"一名特工把教授带进了西部沙漠。"

"嗯，可是干吗去了呢？"

"我不知道。"

"你应该知道的，你在埃及情报部门工作！"波尔格控制着火气。他告诫自己，让这家伙自行其是吧，不管有了什么情报，他一定会说的。

"我不晓得他们在那块地方做些什么，因为他们成立了一个专门小组来处理相关事务。"卡瓦什说道，"我的部门没接到通知。"

"知道究竟为什么吗？"

那个阿拉伯人耸了耸肩。"我得说他们不想让苏联人知晓此事。近来，莫斯科把我们经手的一切全都弄到了。"

波尔格面露失望，毫不掩饰："陶菲克总共就弄到这点情报吗？"

那个阿拉伯人柔和的声音里突然带着怒气。他说："那孩子是为你而死的。"

"我要感谢在天堂的他。他没有白死吧？"

"他从舒尔茨的房间里拿到了这个。"卡瓦什从他的上衣内兜里抽出手，让波尔格看一个塑料的蓝色小方瓶。

波尔格掏出一个盒子："你怎么知道他从哪儿弄到这玩意的？"

"上面有舒尔茨的指纹。而且我们是在陶菲克刚刚溜出公寓时抓到他的。"

波尔格打开那瓶子，用手指夹出那只防光信封。信封没有封死。他取出了里边的底片。

那个阿拉伯人说："我们打开了信封，并且冲洗了底片。上面是空白。"

波尔格深怀喜悦地装好盒子，放进衣兜。现在一切都清晰了，他已经明白了，他知道该怎么办了。一列车开了进来。"你想乘这列车吗？"他问。

卡瓦什稍稍皱了下眉头，点了点头，在列车停稳，车门打开时，走到站台边上。他上了车，就站在门里。他说："我不知道那瓶子到底是什么。"

波尔格心想，你不喜欢我，不过我认为你很了不起。地铁列车门关上时，他朝阿拉伯人淡淡一笑。"我可知道。"他说。

第二章

那个美国姑娘对纳特·狄克斯坦颇感兴趣。

阵阵徐风从加利利海刮来，吹得葡萄园里尘土飞扬。他俩并肩工作着：除草和松土。狄克斯坦已经脱掉了衬衣，只穿着短裤和凉鞋干着活，他对烈日毫不在乎，只有生长在城里的人才会这样。

他是个小骨架的瘦子，窄肩膀，塌胸脯，肘部和膝部的关节突出。凯伦歇下来喘口气的时候，就瞅着他，她时时这样，可是他似乎从来都不需要休息。在他那疤痕累累的褐色皮肤下，虬筋的肌肉如同绳结般拉动着。她是个有肉欲的女人，很想用她的手指去触摸一下他的疤疤，问问他是怎么受的伤。

有时候，他会抬起目光，看到她的凝视，就报以尴尬的一笑，然后就继续干活了。他的面容一如既往的宁静，判断不出内心的活动。他的眼睛是黑黑的，上面戴着一副廉价的圆眼镜，是凯伦那一代人所喜欢的，因为约翰·列侬戴的就是这种款式。他的头发也是黑色的，留得很短，凯伦倒是喜欢他的头发长得长一些。在他咧嘴一笑的时候，样子要显得年轻，不过，在任何时候都难以说清他的年龄。他有年轻人的力气和精神，但是她注意到了他手表下面的集中营文身，所以嘛，她认为他不会小于四十岁的。

他是在1967年夏天，在凯伦到来不久之后来到这座农庄的。她来时带着除臭剂和避孕药，是想寻找一处地方，过上一段嬉皮士的生活，而不至于一天二十四小时被人横加指责。而他是用急救车拉来的。她猜想他是六日战争①中受的伤，而其他的庄员也含糊地默认，差不多就是那么回事。

他受欢迎程度与她大不相同。凯伦得到的接待虽然友好，却也被太过谨慎地对待。因为他们隐约觉得海伦似乎很懂他们的"秘密"。而纳特·狄克斯坦的归来却如同失散已久的儿子。他们簇拥在他的周围，喂他汤水，心疼他的伤口，然后眼含热泪地离去。

如果说狄克斯坦是他们的儿子，那么埃斯特就是他们的母亲。她是农庄里最年长的成员。凯伦曾经说过："她看上去像是戈尔达·迈尔的妈妈。"而另一个人则说："我倒觉得她是戈尔达的父亲。"引得大家一片亲昵的大笑。她拄着一根拐杖，步履沉重地在村里走来走去，不请自来地说东道西。不过，她的大多数的指点都满含智慧。她站在狄克斯坦的病房门外守候着，挥舞着拐杖驱赶那些吵吵闹闹的孩子，吓唬他们说要打他们，其实连孩子们都心中有数，她是不会真动手的。

狄克斯坦恢复得很快。没过几天就在外面晒太阳，为厨房择菜，还给大孩子们讲下流故事。过了两个星期，他已能下地干活，不久，他就卖力气胜过最年轻的小伙子之外的任何人了。

他的过去模糊不清，不过埃斯特给凯伦讲了他在1948年独立战争中来到以色列的故事。

① 第三次中东战争，以色列方面称六日战争。1967年开战，发生在以色列和毗邻的埃及、叙利亚及约旦等阿拉伯国家之间。

1948年是埃斯特近期经历的一部分。在20世纪的头二十年里，她是伦敦的一名青年女子，在移民到巴勒斯坦之前，是从妇女参政主义到和平主义等六七种激进的左派事业的活动分子。然而她的记忆却要追溯到更早的先前，帝俄时代对犹太人的大屠杀，她模糊地记着些可怕的梦魇般的印象。在白昼的炽热之中，她坐在一棵无花果树下，一边给她曾用自己关节粗大的双手亲制的椅子涂着清漆，一边讲述着狄克斯坦的故事，活像个聪明又淘气的小学生。

"他们总共有八九个人，有些来自大学，有些来自伦敦东区。就算他们有过什么钱，也在到达法国之前花光了。他们拦下一辆过路的卡车，搭乘到巴黎，随后又跳上一列火车抵达马赛。从那里，他们好像是步行了大部分路程到了意大利。后来，他们偷了一辆大型的奔驰牌德国军车，一路驶到意大利的南端尖角。"埃斯特的五官笑得皱在了一起，而凯伦心想，她倒宁愿与他们为伍呢。

"狄克斯坦在战争中到过西西里，看来他似乎与那里的黑手党相识。他们手里有打仗遗留下来的各种枪支。狄克斯坦想给以色列弄些枪，可是他手里没钱。他说服那些西西里人把一船冲锋枪卖给一个阿拉伯买主，然后告诉犹太人交货地点。他们知道他的目的，正求之不得呢。交易做成了，西西里人拿到了钱，狄克斯坦和他的朋友们偷了那条船和船上的货物，一直驶向了以色列！"

凯伦放声大笑，在那棵无花果树下，一只吃草的羊抬头恶狠狠地看着她。

"别忙。"埃斯特说道，"你还没听到结尾呢。一些大学生划过船，还有一个人当过码头工，这就是他们全部的海上经历了，可是他们此时却要凭自己的本领驾驶一艘五千吨的货船。他们从基本原理中大致弄通了航行的办法，船上有海图和罗盘。狄克斯坦曾经在一本书里查阅过如何启动船只，可他说书上没有怎样停船的说明。他们就这样驶进了海法①，挥臂欢呼，抛起帽子，就像大学运动队随风招展的旗子，一直驶进了码头。

"他们当场就得到了宽恕，当然啦，枪支比黄金更珍贵，一点不假。也就是在这时候，他们开始把狄克斯坦叫作'海盗'。"

凯伦心想，他在葡萄园里穿着肥短裤，还戴着眼镜，一点都不像海盗。尽管如此，他依旧魅力十足。她想勾引他，可想不出该如何下手。他显然是喜欢她的，而她也精心地让他明白，她是可以上手的。但是他始终不采取行动。或许他觉得她太年轻，天真而单纯。要不就是他对女人不感兴趣。

他的话打断了她的思绪："我看我们已经完事了。"

她看了看太阳，该走了。

"你干了我两倍的活。"

"我干惯了这种活。我在这里来来去去有二十年了。身体已经习惯了。"

他们往回走朝村子，这时天空变成了紫色和黄色。凯伦问："你不在这里的时候都干些什么？"

"噢……往井里投毒，绑架基督徒儿童。"

凯伦哈哈大笑。

---

① 海法，以色列的海港城市。

狄克斯坦问："这儿的日子比加利福尼亚怎么样？"

"这地方棒极了。"她告诉他，"我认为要真正男女平等，还有许多事情要做呢。"

"这在当前可是个大题目。"

"你对这件事从来没说过什么。"

"是啊，我认为你说得不错，但是人们最好是争取自由而不是得到恩赐的自由。"

凯伦说："这话听起来倒像是为无所作为而找好借口。"

狄克斯坦笑了。

他们进村的时候，遇到了一个骑马扛枪的小伙子，正要到定居点的边界去巡逻。狄克斯坦招呼他："当心点，伊斯莱尔。"来自戈兰高地的炮击已经停止，当然，孩子们再也不用钻到地下去睡觉了，但是基布兹农庄依旧坚持巡逻。狄克斯坦是力主保持警惕的一派人。

"我要去给莫蒂读书了。"狄克斯坦说。

"我能去吗？"

"干吗不呢？"狄克斯坦看了看手表，"我们还来得及洗洗。五分钟后到我的房间来。"

他们分开了，凯伦准备淋浴。她边脱衣服边想，农庄是孤儿的福地。莫蒂的父母双亡，他父亲在最近的一场战争中攻取戈兰高地时被炸捐躯，母亲早他一年前死于阿拉伯突击队的射杀。他俩都是狄克斯坦的挚友。这对那孩子来说无疑是一场惨剧。但他还睡在原先的床上，在同一个房间里就餐，而且几乎有上百个大人疼爱和呵护他。他没有被塞给不情愿的姨妈或者上年纪的祖父母那里去抚养，也没有被送进更糟糕的孤儿院去。他有狄克斯坦。

凯伦冲掉身上的灰土，穿上一身干净的衣服，就到狄克斯坦的房间去了。莫蒂已经在那儿，坐在狄克斯坦的膝头，嗫着大拇指，听着希伯来语的《金银岛》。狄克斯坦是凯伦所遇到的唯一讲希伯来语带伦敦东区土音的人。他的腔调此时愈发怪里怪气，因为他对故事中的人物使用着不同的声腔：给吉姆配高调门的男童声，给高个子的约翰·西尔瓦用低沉的喉音，而给疯子本·干则用悄声低语。凯伦坐在一旁盯着黄色灯光下的这两个人，心想狄克斯坦看着多么孩子气，那孩子反倒像个大人。

那一章读完之后，他们把莫蒂送回他自己的宿舍，吻着他道了晚安，便来到了餐厅。凯伦自忖，若是我们继续这样出双入对，谁都会认为我们已经是相爱的一对了。

他们与埃斯特坐在一起。饭后，她给他俩讲了一个故事，她的眼中闪起了少妇的光亮："我初到耶路撒冷的时候，人们常说，要是你拥有一个羽毛枕头，你就买得起一栋房子。"

狄克斯坦心甘情愿地上了钩："那是怎么回事呢？"

"你可以把一只优质的枕头卖出一镑的价钱。用那一镑，你就能加入一个借贷会，于是就有资格借到十镑。然后你就可以去找上一块地。那块地的主人收下这十镑的保证金，其余的作为期票。这时你就成为地主了。你就去找一个建筑师，对他说：'在这块地上为你自己盖一所房子。我只想要一个小单元，够我和家里人住就可以了。'"

他们全都开怀大笑。狄克斯坦朝门口望去。凯伦随着他的目光，看到了一个陌生人，他有四十岁的样子，身材壮实，脸庞肥厚而皮肤粗糙。狄克斯坦站起身，迎着来人走去。

埃斯特对凯伦说："别伤心，孩子。这小子不适合给你做丈夫。"

凯伦看着埃斯特，然后扭回头又盯着门口。狄克斯坦已经走了。几分钟之后，她听到了汽车发动和开走的声音。

埃斯特把她的老手放到凯伦的嫩手上，紧紧地攥着。

凯伦从此再也没见到狄克斯坦。

纳特·狄克斯坦和皮埃尔·波尔格坐在一辆黑色的大型雪铁龙轿车的后座上。开车的是波尔格的保镖，他的连发手枪放在他身旁的前座上。他们在黑暗中行驶，除去汽车头灯射出的光束，前面什么都没有。纳特·狄克斯坦心怀恐惧。

在别人的心目中，他是一名称职的称得上是十分机敏的特工，事实证明他能在任何情况下逃生，可他自己从来没这样看。后来，在行动过程中，他总能够凭自己的机智活下来。由于面对不同战略、问题和不同人物做着近距离的搏斗，他脑子里自然也就没有担惊受怕的余地了。可是眼下，波尔格即将给他下达指示，他却没法制订计划，没法完善预先设想，没法估量未知对手。他只晓得他不得不告别平静、单纯又艰苦的生活，告别阳光、土地和对作物生长的操心，转而要去面对可怕的冒险和巨大的危机，面对谎言、痛苦和流血，说不定还有死亡。因此，他就坐在车座的角落里，紧紧地抱着胳膊，叠着双腿，瞅着昏暗光线中波尔格的脸，心中的无名恐惧纠结着，扭动着，引起阵阵恶心。

在不停变幻的昏暗光线中，波尔格看着就像是童话里的巨人。他是个粗眉大眼的人：厚嘴唇、宽颧骨，浓眉遮着金鱼眼。

小时候，他听人说他长得丑，后来也就长成了一个丑陋的男人。他在不安的时候——现在就是如此——他的一双手就不停地伸向面孔，捂着嘴巴、搓着鼻子、揉着前额，下意识地想要掩盖自己不雅的五官。一次，在没事的时刻，狄克斯坦问他："你干吗冲着每个人大喊大叫？"他干脆地回答："因为他们全都长得英俊。"

他们交谈的时候，从来不知道该用什么语言。波尔格生在加拿大的法语区，讲希伯来语感觉不顺。狄克斯坦的希伯来语很好，可是法语只能凑合。通常他们都最终选定使用英语。

狄克斯坦已经在波尔格的手下工作了十年，可他还是不喜欢这个人。他觉得他了解波尔格的纠结、不悦的本性；佩服他的敬业精神和他对以色列情报工作着迷似的献身；但是在狄克斯坦的观念里，这还不足以让他喜欢上一个人。波尔格对他说谎时，总是听起来振振有词，然而狄克斯坦无法减少对他的反感。

他用"还治其人之身"的办法对付波尔格的诡计。他会拒不说出自己到哪里去，或者以谎言搪塞。他在实地工作时，从来不按时报告：他只是打电话或者传口信，提出断然的要求。有时候他还会将自己的工作计划，部分或者全部对波尔格秘而不宣。这样就防止了波尔格以他自己的安排对此加以干扰。而且还会更加安全——因为波尔格不管知道什么，都必须如实告诉那些政客，而政客们了解情况以后，很可能通过渠道将消息输送给对手。狄克斯坦深知自己作为特工，战绩斐然——波尔格业绩中的许多胜利都取决于他的贡献——而他只要认定这些事情值得一拼，就会一显身手。

雪铁龙轰响着驶过阿拉伯人的纳扎里思镇，这里如今已是一片荒漠，可能还在宵禁。汽车一路驶进黑夜，开往特拉维夫。波尔格点燃一支细雪茄，开口说话了。

"六日战争之后，国防部里一个聪明的小伙子写了一篇题为《以色列不可避免的毁灭》的报告。他的论据是这样的：在独立战争中，我们从捷克斯洛伐克购买军火，而当苏联阵营开始站在阿拉伯一方之后，我们就转向法国，后来又是西德。一旦阿拉伯人发现这一切以后，德国当即叫停了一切交易。法国在六日战争之后，强行禁运令。英国和美国都坚持拒绝出售武器给我们。就这样，我们一个接一个地失去了货源。

"或许我们可以通过不断地寻找新的供应商和建立我们自己的军火工业来弥补这些损失；但即使如此，事实仍将是以色列成为中东军备竞赛的失败者。在可预见的未来，石油国家会比我们富有。我们的国防预算已经成为我们国家经济的可怕负担。尽管我们的敌人也要花费几十亿的战争开支，虽然比起我们好不到哪儿去，但是他们拥有一万辆坦克的时候，我们就得有六千辆；他们要是有两万辆，我们就得拥有一万两千辆，以此类推。他们只消把每年的军费开支翻一番，就可以不开一枪地搞垮我们国家的经济。

"最后，中东近代史表明，大约十年左右就要有一次局部战争。这一模式的逻辑是不利于我们的。阿拉伯人可以输得起一次又一次的战争，但是我们却不可以：我们的首次失败将是最终的失败。

"结论是：以色列的继续生存取决于我们是否能够冲破敌人为我们设下的恶性螺旋上升的陷阱。"

狄克斯坦点了点头："这并不是什么新思路。这是'不惜代价换取和平'的陈词滥调。我估摸那个聪明的小伙子因这篇报告招来了国防部的攻击。"

"两次都错了。他继续说着，'我们必须承受，或者说有能力承受时时出现的损耗，直到阿拉伯人的军队下一次跨越我们的边界。那时，我们得手握核武器。'"

有一段时间狄克斯坦一动不动地坐着，后来才长舒了一口气。这是那种话一出口就昭然若揭的毁灭性的观点。一切都会改变的。他沉默了好一会儿，琢磨着其中的含义。他的头脑里充满了疑问。技术上行得通吗？美国人会施以援手吗？以色列的内阁会赞成吗？阿拉伯人会用他们的炸弹以牙还牙吗？但他说出口的却是："部里的聪明的小伙子，见鬼。那是摩西·戴严的报告嘛。"

"不要评论。"波尔格说。

"内阁采纳了？"

"一直在争论呢。某些资深的政客力争说，他们迄今尚未看到中东在一场核屠杀中遭到毁灭性的打击。但反对派的主要论据是，如果我们拥有一颗原子弹，阿拉伯人也就会有一颗，我们依旧会扯个平手。事实证明，他们犯下了大错。"波尔格把手伸进衣兜，取出一只塑料小瓶，交给了狄克斯坦。

狄克斯坦开亮了车内灯，察看着那只瓶子。瓶子大约一英寸半见方，薄薄的，呈蓝色。打开后，里面是一个由厚厚的防光纸做的信封。"这是什么？"他问。

波尔格道："一位名叫弗莱德里希·舒尔茨的物理学家于二月份访问了开罗。他是奥地利人，但是在美国工作。他表面上在欧洲度假，但他飞往埃及的机票却是由埃及政府付的款。

"我让人跟踪他，但他甩掉了我们的人，消失在西部沙漠中已达四十八小时了。我们从中情局的卫星照片中得知，在沙漠中的秘密地区有人正在建设一项庞大的工程。舒尔茨回来的时候，这玩意就在他的衣兜里了。这是一个工作人员用的放射性剂量仪。这个信封是防光的，里面包的是一段原始底片。你把这盒子放在衣兜里或者别到翻领或裤带上。如果你暴露在核辐射之下，底片冲洗出来就会显示雾蒙蒙的。按照规矩，每一个访问核能站的人都必须携带这种放射性剂量仪。"

狄克斯坦关掉了车内灯，把那盒子交还给波尔格："你是在告诉我，阿拉伯人已经在制造原子弹了。"他轻声说。

"就是。"波尔格说，声音故意被提得响亮。

"于是内阁就给达扬①开了绿灯，让他制造自己的核弹。"

"是的，原则上就是这样。"

"怎么样呢？"

"有一些实际困难。这种事的机理——也可以说是实际的运行步骤吧——倒是很简单。只要是能够制造常规炸弹的人都可以制造核弹。问题在于得弄到爆炸物质钚。你得从原子反应堆中提炼钚。那是一种副产品。现在，我们有了一个反应堆，设在涅杰夫沙漠里的迪摩纳地区。你知道吧？"

"知道。"

"那是我们保守得最糟糕的秘密。然而，我们没有把钚从消耗的燃料中提取出来的设备。我们可以建立一座再加工的工厂，可问题是我们自己手头没有用以引发反应堆的铀。"

"等一下。"狄克斯坦皱起了眉头，"我们应该有铀啊，就

---

① 达扬，以色列军事领导人。

算常规反应堆也需要这种燃料嘛。”

"不错。我们从法国得到了铀，供应的条件是我们要把用过的燃料返还给他们，以便再加工，所以他们得到了钚。"

"其他来源呢？"

"都提出了相同的条件——这是防止核扩散条约的一部分。"

狄克斯坦说："可是迪摩纳的人员可以截取一些用过的燃料啊，没人会知道的。"

"不成。原先提供的铀的数量是已知的，可以精确地计算出另一端出来多少钚。而且他们要仔细称重——那东西贵得很哪。"

"这么说，问题就是要弄到铀了。"

"正确。"

"解决办法呢？"

"办法就是要你去偷。"

狄克斯坦眺望着车窗外。月亮升起来了，照亮了在一片地的角落里挤作一团的羊群，它们由一个手中握着牧羊杖的阿拉伯牧人看管着：完全是一幅《圣经》中的景象。就是这样一场游戏：为了这块土地的和平和富足，去盗取铀吧。上一次是在大马士革谋杀了一名恐怖主义头目，再上一次是在蒙特卡洛敲诈一个阿拉伯富人，制止他资助敌对的武装分子。

在波尔格大谈政治、舒尔茨和核反应堆的时候，狄克斯坦的思绪已经推到了远处。此时，他想到这次又把他卷了进去，恐惧也就又回来了，随之便是一段记忆。他的父亲去世以后，家境贫困潦倒，债主们上门讨债的时候，纳特被打发去开门说，妈妈不在家。在他十三岁的时候，他感到了难堪的屈辱，因为债主明知道他在撒谎，他也知道他们明白真相，他们会以既轻蔑又怜悯的目光盯着他，刺得他直打战。他一辈子都不会忘掉那种感觉。而此刻，像波尔格这样的人说出"小纳撒尼尔，为了你的祖国去偷些铀吧"的时候，当年的感觉便不自觉地升腾起来。

对他的母亲，他总是这么说："我非得这样吗？"然而现在，他对皮埃尔·波尔格说的是："既然我们无论如何都要偷，何必不买下铀，为了再加工干脆拒不退还呢？"

"那样一来，人人都会知道我们要干什么了。"

"是吗？"

"再加工需要花些时间的，要好几个月呢。在这段时间里，可能发生两种情况：第一，埃及人会加速他们的项目；第二，美国人会向我们施压，不让我们制造核弹。"

"噢！"那样就更糟糕了，"所以你就想让我去盗取那东西，而没人知道是我们干的。"

"不仅如此呢。"波尔格用粗嘎的喉音说着，"甚至没人知道遇窃。要让人看着就像是丢了。我要让拥有者和国际间谍们对那玩意的消失感到尴尬，只好装聋作哑。之后，当他们发现被盗时，也只有吃哑巴亏，不了了之。"

"可终归还是会真相大白的。"

"到那时候我们的核弹也就造出来了。"

他们已经行驶在从海法到特拉维夫的沿海公路上，当汽车在黑夜里颠簸前进时，他可以看到右侧远处的地中海的粼粼闪光，在月光下如同宝石在辉映。他开口的时候，自己都没想到，声音里流露出了厌烦但必须顺从的情绪："那我们到底需要多少铀？"

"他们想的是十二颗核弹。这意味着要一百吨铀矿，那是一种黄饼似的东西。"

"那我可不能把它塞进衣袋里。"狄克斯坦皱起了眉头，"我们要是买的话，得花多少钱？"

"差不多一百多万美元吧。"

"你认为失主会缄口不言吗？"

"只要干得漂亮。"

"怎么干呢？"

"那就是你的事了，海盗。"

"我没有太大的把握。"狄克斯坦说。

"非干不可。我已告诉总理，我们能够尽力做到。我把个人的前途都压在这件事上了，纳特。"

"别跟我扯你那血腥的生涯。"

波尔格又点燃了一支雪茄，在狄克斯坦看来，那是一种神经质的反应。狄克斯坦把车窗摇下一道一英寸的窄缝，让烟飘出去。他那突发的敌意与波尔格愚蠢的诉求无关，那是作为个人无法理解别人如何看待他的典型表现。真正刺激狄克斯坦神经的，是在耶路撒冷和开罗上空的蘑菇云的幻影，那些在尼罗河畔经核辐射摧残破败的棉田和加利利海边凋萎的葡萄园，整个中东被烧成废墟，还有那里数代成长畸形的儿童。

他说："我依旧认为和平是一种选择。"

波尔格耸了耸肩："我说不上。我不卷进政治。"

"废话。"

波尔格叹了口气。"想想看，要是他们有了核弹，我们就也得有，对吧？"

"如果就是那么一点道理，我们完全可以召开一次新闻发布会，宣布埃及人在制造原子弹，让世界各国去制止他们。我认为，我们的人民反正想拥有原子弹。我认为，他们巴不得有这样的借口呢。"

"他们也许是对的！"波尔格说，"我们不能每隔几年就打上一仗。最近我们就可能输掉一场战争。"

"我们可以谋求和平。"

波尔格低吼了一声："见鬼的，你太天真了。"

"只消我们在一些事情上让一步，让出部分土地，归还法律，在以色列给予阿拉伯人平等的权益……"

"阿拉伯人平等的权益？"

狄克斯坦冷笑了一下："你太天真了。"

"听我说！"波尔格尽量控制着自己。狄克斯坦理解他的愤怒：这是他和许多以色列人很一致的反应。他们认为，这种自由思想一旦得逞，他们就会成为楔子的窄端，退让会接踵而来，直到把国土阖盘送给阿拉伯人，而这种设想恰好击中了他们内心的底线。"听我说。"波尔格又说了一次，"也许我们应该把我们的出生权以一团浓汤的价格卖出去。可这是一个真实的世界，这个国家的人民是不会投票赞成不惜代价的和平的，而且你心里清楚，阿拉伯人也并不急于实现和平。因此，在真实的世界里，我们还要和他们作战。既然要打仗，我们最好打赢；而若要稳操胜券，你最好给我们偷些铀。"

狄克斯坦说："我最不喜欢你的一点就是，你通常自以为是。"

波尔格摇下车窗，把烟头扔了出去。烟头在公路上爆竹似的撒出一串火星。前方特拉维夫的灯光已经显现，他们眼看就要到了。

波尔格说："你知道，对我的大部分下属，我觉得没必要在每一次给他们布置任务时都进行政治论证。他们只是接受任务，就像那些行动人员理所当然地要去遵照执行。"

"我不相信你。"狄克斯坦说，"这是个理想主义的国度，不然就什么也不是了。"

"可能吧。"

"我原先认识一个人，叫沃尔斯冈。他曾经说过：'我只接受任务。'后来他打断了我的腿。"

"是啊。"波尔格说，"你跟我讲过。"

当一家公司雇用一名会计师管账的时候，他做的头一件事就是宣称，他对公司的财务政策的总体方向忙不过来，因此，他需要再雇一个资历尚浅的会计师来做账。有时候，特工们也有同样的情况。一个国家建立起一个情报机构，以便弄清邻国有多少坦克、布置在什么地方，但是只有在军情五处宣布他们忙于惩治国内的颠覆分子之后，你才能够说有必要另建一个机构来处理军事情报。

1955年埃及的情况就是这样。该国初建的情报机构分成两个部门。军事情报处的任务是计算以色列的坦克，而总调查局则主管一切引人瞩目的事情。

两个部门的总负责人叫作情报总监，这恰恰造成了混乱，他在理论上应该向内务部长报告。可是谍报部门总要发生的情况是，政府首脑会想方设法地接手。其中有两个原因。一个是，间谍们总在不断地惹是生非，制造谋杀、敲诈和入侵等疯狂活动，一旦隐匿起来，便会造成十分狼狈的局面，因此，总统或者总理都愿意亲自盯着这些部门。另一个原因是，情报机构是权力的一种资源，在不稳定的国家里尤其如此，政府首脑当然愿意把这一权力掌握在自己手中。

于是，开罗的情报总监实际上总要向总统或者充当首脑的总理汇报。

卡瓦什，就是那个审讯并杀死陶菲克，随后又把搜到的剂量仪交给皮埃尔·波尔格的高个子阿拉伯人，便是情报总监的手下，他被委命参与非军事那一半的工作。他是个十分聪明又自视甚高的人，而且笃信宗教，狂热到了神秘主义的程度。他属于坚定而有力的那一派，能够支撑大多数有关现实世界的似是而非的——更不消说稀奇古怪的——信仰。他坚信一种基督教义，认为犹太人回归"希望之乡"，是《圣经》中早已明文规定的，而且是世界末日的前兆。因此，为阻止这一回归而工作就是一种罪孽；而反之为之努力，则是神圣的职责。这就是卡瓦什成为双面间谍的原因。

工作是他的一切。他的信念将他引入秘密生活，于是他逐渐剪断了和朋友、邻居乃至家庭——这一点是特例——的联系。除去升到天堂，他没有任何个人私欲。他过着苦行僧式的生活，唯一的实际乐趣便是在间谍游戏中获得积分。他与皮埃尔·波尔格酷似，只不过他觉得这么活着挺快乐。

不过，眼下他却遇到了麻烦。迄今为止，他在由舒尔茨教授缘起的事件中丢了分，这委实让他心情郁闷。问题在于卡塔拉的项目不由总调查局而是由情报部门的另一半——军事情报处分管。不过，卡瓦什经过斋戒和冥想，以及夜间的长时间监视，已经策划出一条可以渗透到那项秘密工程当中的诡计了。

他有个远房表亲阿萨姆在情报总监的办公室工作，该机构与军事情报处和总调查局协同配合。阿萨姆比卡瓦什资历深，但卡瓦什更精明。

热浪滚滚的一天，表兄弟二人坐在谢里夫巴萨附近的一家肮脏的小咖啡馆的后屋里，一边饮着微温的加香料甜酒，一边朝苍蝇喷着香烟。他俩都穿着薄料子的西装，蓄着纳赛尔式的胡须，看着很相像。卡瓦什想利用阿萨姆弄清卡塔拉的情况。他已经策划好了一条看似巧妙的路线，他觉得阿萨姆会采纳，但他也清楚，他必须精心地摆明情况，以便得到阿萨姆的支持。他尽管内心焦虑，表面上却一如既往的平静。

他看似单刀直入地开了场："兄弟，你知道卡塔拉那儿的事吗？"

阿萨姆英俊的面孔上露出极度慌张不安的神情："你既然不知道，我就不能告诉你。"

卡瓦什摇了摇头，仿佛阿萨姆误会了他的意思："我并不想让你泄密。何况，我能猜出那是个什么项目。"这是一句谎言。"我感到困惑的是，马拉吉已经控制了那里。"

"怎么回事？"

"为了你好。我在考虑你的前途。"

"我才不担心呢——"

"你还是担心点为好。马拉吉想得到你那个职务，这你该知道。"

咖啡馆老板端来了一碟橄榄和两张皮塔饼①。卡瓦什在继续讲话之前沉默了好一会儿。他注视着阿萨姆由有关马拉吉的谎言而引起的自然的不安全感。

卡瓦什接着说："我估计，马拉吉是直接向部长报告的。"

"不过，一切文件都要经我过目。"阿萨姆辩护道。

"可你无法知道他私下里跟部长说了些什么。他位高权重。"

阿萨姆皱起了眉头："你到底怎么发现的那个项目？"

卡瓦什向后靠到凉冰冰的水泥墙上："马拉吉的一名手下在开罗担任保镖的工作，他意识到自己被跟踪了。而那尾随者是一名以色列的间谍，名叫陶菲克。马拉吉在城里没有外场工作人员，于是那保镖所要求的行动就交到了我手上。我抓住了陶菲克。"

阿萨姆厌恶地喷了口气。"让自己被跟踪已经够糟的了。而求救于错误的部门更是错上加错。太可怕了。"

"也许我们能够做些什么，兄弟。"

阿萨姆用戴着几只沉重戒指的手挠了挠鼻子："说下去。"

"跟总监说说陶菲克的事。就说马拉吉虽然很有天赋，却用人不当，因为与像你这样的一些人相比，他就显得年轻、缺乏经验了。说你要坚持负责卡塔拉工程的人事安排。然后在那里安插一个忠于我们的人。"

阿萨姆缓缓地点着头："我明白了。"

卡瓦什的嘴里已经品尝到了胜利的滋味。他俯身向前："总监会因为你在极端安全的事情上发现了这种疏漏而感谢你。这样你

---

① 皮塔饼，一种起源于中东及地中海地区的美食，最大的特点在于烤的时候面团会鼓起来，形成一个中空的面饼。

就能够把握马拉吉所走的每一步了。"

"这是个非常好的方案。"阿萨姆说，"我今天就去跟总监说。我真感谢你，兄弟。"

卡瓦什还有一件事情要说，而且是最重要的，可他要在最恰当的时候才开口。他决定再等片刻。他站起身，说道："你一直不都是我的强大后盾嘛。"

他们挽着臂出来走到热烘烘的户外。阿萨姆说："我得赶快找一个合适的人。"

"啊，对了。"卡瓦什说，似乎提醒了他另一个细节，"我倒有个理想的人选。他有头脑，主意多，而且十分谨慎——他是我已故妻子的弟弟。"

阿萨姆眯起了眼睛。"这就是说，他也会向你报告的。"

卡瓦什露出一脸无辜的样子："要是我不该……"他摊开双手表示要退出。

"别。"阿萨姆说，"我们一向互相帮助的。"

他们走到街角准备分手。卡瓦什竭力不让胜利的心情流露在脸上："我会让那个人去见你。你会发现他绝对可靠。"

"就这样吧。"阿萨姆说。

皮埃尔·波尔格认识纳特·狄克斯坦已经二十年了。早在1948年，波尔格就认定这个年轻人不是当间谍的料，尽管他干出了劫夺那一船枪支的壮举。那小子是个瘦小苍白的人，举止不得体，难以讨人喜欢。但这不是波尔格说了算的，他们对狄克斯坦做了一次测试。波尔格很快就意识到，这小子虽说貌不惊人，却精明透顶。他还具备一种独特的吸引力，是波尔格始终理解不了的。摩萨德的一些女性为他发狂——而像波尔格那样的其他人却看不到他的魅力所在。狄克斯坦对两方面的看法都无所谓，他的档案中记录："性生活：无。"

历经多年的实战操练，狄克斯坦的专业技能和信心都大有提高，如今，波尔格对他的依赖胜过任何其他特工。事实上，如果狄克斯坦更有个人野心，他就会坐到波尔格眼下的位置上了。

然而，波尔格还是看不出狄克斯坦到底该如何完成他布置的任务。他们对核武器政治上争论的结果无疑是众多愚蠢政治妥协的典型，而这会给政府公职人员造成极大困惑。他们同意盗取铀，但前提是至少在若干年内没人能够知晓是以色列所为。波尔格曾经为这一决议奋力争取——他突发异想地提出了这一海盗行径，又不计后果地拼命争取。参与决议的内阁中的多数人本来持有更审慎的意见，但正是波尔格和他的一伙让议案得以通过。

在摩萨德内部还有别的一些人能够像狄克斯坦一样执行一项指令，特别行动队的队长麦克就是其中之一，波尔格本人也算一个。但是波尔格却无法对别人说出他对狄克斯坦说的那种话：这是一个问题，去解决吧。

两个人在特拉维夫郊外的拉玛干镇上的摩萨德安全基地中度过了一天。负责安保的摩萨德成员为他们制作咖啡、供应饭菜。他们的上衣里面还别着手枪，不时地在园中巡逻。那天上午，狄克斯坦会见了设在勒霍坲的威兹曼学院的一位青年物理教师。那位科学家留着长发，系着花领带，他条理清晰又极富耐心地讲解了铀的化学性能、放射性本质和原子反应堆的工作原理。午饭之后，狄克斯坦同一个来自迪摩那的经理谈了铀矿、浓缩厂、燃料厂、储存和运输等问题，以及安全法规和国际公约等有关事项。

他们还谈到了国际原子能机构、美国的原子能委员会、英国的原子能权力机构以及欧洲原子能共同体的现状。

当晚，波尔格和狄克斯坦共同进餐。波尔格跟以往一样不大认真地吃着清淡食物：不吃羊羔肉色拉杂拌中的面包，不过他把那瓶以色列红酒喝了一半多。他的借口是可以借此镇定神经，以便隐藏他对狄克斯坦的担忧。

晚饭后，他交给狄克斯坦三把钥匙。"在伦敦、布鲁塞尔和苏黎世的银行保险箱里有你的备用身份证。"他说，"每个身份证都配有相应护照、驾驶证、现金和武器。要是你想改变身份，就把旧的文件放在保险箱里边。"

狄克斯坦点了点头："我向你还是麦克汇报？"

波尔格心想：你这浑蛋，反正你是从来不汇报的。但他嘴里说道："请你向我汇报好了。时机合适的话，直接给我用暗语打电话。要是联系不到我，你就和相应大使馆取得联络，务必使用密码安排我们会面。不管你在什么地方，我都会尽量找到你。最后一招是，通过外交信使的信袋投送密码信件。"

狄克斯坦面无表情地点了点头：这一切都是例行手段。波尔格盯着他，试图看出他脑子里的想法。他有什么感觉？他认为他能做吗？他有了什么主意吗？他准备先试上一试，然后再报告说不成吗？他当真相信原子弹对以色列来说是个合适的玩意吗？

波尔格本可以去询问这些问题，但事实上他是不会得到答案的。

狄克斯坦说："总该有个期限吧。"

"有啊，可是我们也说不上。"波尔格开始从剩下的色拉里挑着洋葱，"我们得赶在埃及人前边搞出我们的原子弹。这就意味着，你的铀得在埃及人的反应堆运转之前流进我们的反应堆。在那之后，就全都是化学反应的事了。毕竟，谁也不能改变亚原子粒子的反应途径。最先开始的会最先结束。"

"我们需要一个在卡塔拉的特工。"狄克斯坦说。

"我正在办这件事。"

狄克斯坦点了下头："我们还需要在开罗有一个出色的人。"

这是波尔格想要回避的话题。"你打算怎么把情报及时告诉我？"他反问道。

"把你想的说出来吧。"

沉默了好一会儿。波尔格咯吱咯吱地嚼着刚放到嘴里的洋葱。他最后才开口："我已经告诉了你我想要的东西，至于怎么弄到手，一切由你决定。"

"是啊，你确实告诉我了，不是吗？"狄克斯坦站起身，"我觉得我该上床了。"

"你想好从哪里入手了吗？"

狄克斯坦答道："想好了。晚安。"

第三章

纳特·狄克斯坦始终没有习惯自己作为特工的角色。他总是被连续不断的欺骗困扰着。他总得对人们撒谎，四处躲躲藏藏，假扮着并非他本人的身份，偷偷摸摸地跟踪别人，还得在机场向工作人员出示伪造的文件。他一直都担心这一切伪装被揭穿。他白日里做过噩梦，梦见突然被警察包围，对他高喊，"你是间谍！你是间谍！"然后把他抓进监狱，打断他的腿。

此刻他身处卢森堡，待在与那座山巅城市隔着一条窄窄河谷的科奇堡高地上的让-莫内大厦之中，坐立不安。他坐在欧洲原子能共同体安全总监办公室的入口处，有意记住走进来上班的工作人员的面孔。他在等候面见一位名叫珀法埗的新闻官，显然他是故意很早就来的，为的是趁机寻找这机构的薄弱之处。但这种做法的不利之处是让这儿所有的人也都见到了他的长相，不过他还来不及采取隐秘的预防措施。

珀法埗原来是一个衣装不整的年轻人，脸上一副不以为然的表情，手中拿着一个揉皱的褐色皮包。狄克斯坦跟着他进了一间与他的外表相衬的凌乱的办公室，接过了对方端给他的咖啡。他俩用法语交谈。狄克斯坦此时的身份是作为一本不起眼的杂志——《国际科学》的驻巴黎记者。他告诉珀法埗，他的抱负是在《科学美国人》得到一份工作。

珀法埗问他："你此刻正在写些什么？"

"文章的标题叫《MUF》。"狄克斯坦用英语解释说，就是"未予计入的物质"。他接着说，"在美国，放射性的燃料在不断地丢失。在欧洲这儿，我听说，有一个国际机构，专门用来追踪这些物质的来去明细。"

"没错。"珀法埗说，"成员国把可裂变物的控制权交给了欧洲原子能共同体。不过首先，我们有一份具有存储设备的民用机构的完整名单——从采矿到准备和装配工厂、到存储设备和反应堆，直到再加工工厂。"

"你说的是民用机构。"

"对。军用的不在我们的权限之内。"

"说下去。"狄克斯坦让这位新闻官继续讲，以便对方没有机会意识到他这位访客在这些问题上的知识多么有限，这样，他心里总算松了口气。

"举例来说吧。"珀法埗接着说，"就从普通的重铀矿如何被制出燃料说起吧。原材料在进入工厂之前要由欧洲原子能共同体称重和分析。其分析结果要输入他们的专有电脑程序，并与各个生产配置线的监督员提供的数据相参照——一般这种情况，始于一座铀矿的开发之初。如果出自各个配送配置的铀矿数量和实际进入工厂的数量之间不一致，那么电脑程序就会如实指出。对于出厂的物质，在数量和质量的监控方面也要实施类似的测量。而在那些需用燃料的地方，可能是一座核电站，上述这些数据也同样需要和那里的监督员提供的数据资料相参照。此外，工厂的全部废料也要称重和分析。"

"这一监督和双重检测的过程一直要执行到放射性废料最终被处理为止。最后，工厂里每年至少要做两次存货盘点。"

"我明白了。"狄克斯坦一脸折服的样子，心中却万分沮丧。毫无疑问，珀法埗在对检测系统的效率夸大其词，但即使他们只完成了规定检测的一半，又有谁能够神不知鬼不觉地窃走一百吨黄饼铀矿而不被电脑检测到呢？为了让珀法埗讲下去，他顺嘴说："如此看来，你们的电脑在任何时候都知晓每一丁点铀在欧洲的下落了。"

"在成员国的范围内——法国、德国、意大利、比利时、荷兰和卢森堡就是这样。而且不仅仅是铀，对一切放射性物质都是如此。"

"那运输的具体情况呢？"

"都要经我们批准。"

狄克斯坦合上了他的笔记本："听起来这个系统不错。我能看看运转情况吗？"

"那可不是我们做得了主的。你得跟成员国的原子能权力机构联系，获准去参观一处装置。有些地方还备有参观导游呢。"

"你能给我一个电话号码名单吗？"

"当然。"珀法埗站起身，打开了一个文件柜。

狄克斯坦解决了一个问题，又面临着另一个问题。他本想弄清他能够到什么地方找到放射性物质的存储地，他如今有了答案：在欧洲原子能共同体的电脑系统。可是电脑所记录的铀都要经那个严密的监督系统所支配，因此实在难以窃取。狄克斯坦坐在那个凌乱的小办公室里，看着洋洋得意的赫尔·珀法埗翻找着旧时发布过的消息，心中自忖：如若你知道我脑子里想着什么，小官儿，你会晕过去的。想到此，他抑制住笑意，感觉振奋了不少。

珀法埒递给他一份无所不包的名单。狄克斯坦叠起来，放进衣兜。他说："多谢你帮忙。"

珀法埒问："你住在哪儿？"

"阿尔法酒店，火车站对面。"

珀法埒把他送到门口。"在卢森堡好好玩吧。"

"我会撒欢儿玩的。"狄克斯坦说，两人握了手。

记忆这东西就是个小把戏。狄克斯坦还是个小孩子的时候就开始了：那时候，他和祖父坐在里尽路上一家糕饼店楼上一间臭烘烘的屋子里，拼命辨认着希伯来语怪模怪样的文字。办法是挑出一个特别的形状去记忆，而对其余的一概搁置一旁。狄克斯坦现在就用这种办法来记住欧洲原子能共同体的工作人员的面孔。

黄昏时分，他守在让-莫内大厦门外，盯着那些下班回家的人。他对其中的一些人更感兴趣。秘书、信差和制作咖啡的人对他派不上什么用场，高级管理人员也用处不大。他的目标在这二者之间：电脑程序员、办公室主任、小部门的主管、私人助手和主管助理。他已经挑好了最适合的人选，靠姓名便可想起记忆中这些人的外貌特征：钻石、硬领、托尼·柯悌斯、瘪鼻子、银发、扎帕塔、肥臀。

"钻石"是个快四十岁的丰满女人，没戴结婚戒指。她的名号来自她亮晶晶的眼镜框。狄克斯坦随着她来到停车场，看见她钻进了一辆白色的菲亚特500轿车。狄克斯坦租来的标致牌轿车就停在近旁。

她开着车穿过了庞特-阿道尔夫大街,开得很慢,看得出其驾驶技术不佳,接着向东南行驶了大约十五公里,来到一座叫蒙道尔夫-雷-拜因斯的小村子。她把车停在一座门上具钉饰的卢森堡式的住宅院内,宅子呈方形,铺着石子路。她用钥匙开门走了进去。

那个村子是一处有温泉的旅游胜地。狄克斯坦脖子上挂着照相机,在四下游逛,好几次路过了钻石的住宅。其中有一次,他透过窗户看到,钻石正在服侍一个老妇人吃饭。

小型的菲亚特轿车一直停在住宅外面,夜半时分,狄克斯坦离开了那里。

选择盯着她并不恰当。她是个陪着老母亲过日子的未婚女子,不算富裕也不贫困,住宅大概是老母亲的,而且她显然没有恶习。假如狄克斯坦是另一种人,也许可以引诱她,但除此之外,没有别的办法接近她。

他回到了旅馆,心情失望又沮丧——其实毫无必要,因为他已经就掌握的信息做出了最好的推测。然而他觉察到白花了一天工夫打外围仗,此刻他已经没有耐心再对此抓住不放,于是他的焦虑就从模糊变成具体的了。

他在接下来的三天里哪儿也没去。他瞄准了扎帕塔、肥臀和托尼·柯悌斯。

可硬领是最理想的目标人选。

他和狄克斯坦年龄相仿,是一个优雅的瘦子,身着深蓝色的西装,系着淡蓝色的领带,白衬衫的领子僵硬地卡着脖子。他的深色头发留得比他同龄人要长些,耳朵上方的发丝已经斑白。脚上的皮鞋是手工做的。

他走出办公室，徒步跨过阿尔泽特河大桥，又上坡进入老市区。下了一条铺石子的窄街，他踱进了一座旧的依坡而建的住房。两分钟后，顶楼窗户的灯亮了。

狄克斯坦在那里待了两个小时。

硬领出来时穿了一条紧身的轻便裤子，脖子上围了一条橘色的围巾。他的头发向前梳着，看上去更年轻些，他的步伐逍遥自得。

狄克斯坦尾随着来到迪克斯街，硬领钻进了一个没亮灯的门洞里，不见了。狄克斯坦在外面停下脚步。门敞开着但显露不出里面有什么。一道光秃秃的台阶通往下边。过了一会儿，狄克斯坦听到了微弱的音乐声。

两个穿着相搭配的黄色牛仔裤的青年，经过他身边，走进了门洞。其中一个回头冲他一笑，说道："对啦，就是这地方。"狄克斯坦跟着他们走下台阶。

那是一家看上去很普通的夜总会，里面摆放着桌椅，设有一些隔断间、一座不大的舞池，角落里有一个三人的爵士乐队。狄克斯坦交了入场费，坐进一个隔断间，从那里看得见硬领。他要了一瓶啤酒。

他已经猜到了这地方何以充斥着如此谨慎的气氛，此刻，当他四下张望时，他的猜测得到了证实：这是一处同性恋的俱乐部。这是他头一次到这种地方来，略感惊异地发现这样的俱乐部竟然如此平常。有几个男人化着淡妆，两三个趾高气昂的女郎围在酒吧跟前，还有一个美女攮着一个穿裤子的年长些的女人的一双手。不过，多数顾客按照欧洲炫耀的标准来说穿着普通，而且没人吸毒。

硬领靠近一个身穿栗色双排扣上衣的金发男人。狄克斯坦对这种同性恋毫无感觉。当人们因为他这个年近四十的男人仍然打着光棍，误以为他可能是同性恋的时候，他并不以为忤。在他眼里，硬领不过是个在欧洲原子能共同体工作的人，而且有不光彩的隐私。

他边听音乐，边喝啤酒。一名侍者走过来，问他："你就一个人吗，乖乖？"

狄克斯坦摇了摇头："我在等我的朋友。"

一个吉他手取代了三人爵士乐队，开始用德语演唱下流歌曲。狄克斯坦没有听懂其中的大部分玩笑，但别的听众都哄堂大笑。之后，好几对人翩翩起舞。

狄克斯坦看到硬领把他的手放到他伙伴的膝头。他起身走到他们的隔断间。

"嘿。"他兴高采烈地说，"那天我不是在欧洲原子能共同体办公室见过你吗？"

硬领脸色刷一下变白了："我不记得……"

狄克斯坦伸出他的手。"爱德·罗杰斯。"他说，用的是他给珀法坲的名字，"我是一名记者。"

硬领咕哝着说："你好。"他浑身战栗，但头脑清楚地没有报出姓名。

"我急着要走。"狄克斯坦说，"很高兴见到你。"

"那就再见啦。"

狄克斯坦转过身，走出了夜总会。他已经做了眼下所必需的事情：硬领知道他的隐私外泄，已经吓坏了。

狄克斯坦朝他的旅馆走去，感到恶心和丢人。

从迪克斯街他就被跟踪了。

那尾随者并不专业，而且无意掩饰。他保持在狄克斯坦后面十五到二十步的距离，他的皮鞋在便道上踩出有节奏的咔咔声。狄克斯坦假装没注意到。他横穿马路时，看清了那条尾巴：一个大块头的年轻人，留着长发，穿着一件褐色皮夹克。

片刻之后，另一名青年从黑影中走了出来，迎面站在了狄克斯坦跟前，堵住了便道。狄克斯坦一动不动地站着，等候着，心中琢磨：这是怎么回事？他想不出有谁会已然跟踪上他，又是谁打发这样笨拙的生手在街边跟踪他。

一把刀刃在街灯下闪闪发光。那尾随者从后边靠了上来。

前面的年轻人说："好啊，同性恋小子，把钱包掏出来吧。"

狄克斯坦大大地松了一口气。他们不过是小毛贼，以为从那家夜总会出来的人都是软蛋。

"别动手。"狄克斯坦说，"我这就把钱给你们。"他掏出了钱包。

"钱包。"那青年说。

狄克斯坦并不想和他们动手，不过，虽说他很容易再拿到钱，可要是丢失了他的证件和信用卡，就会造成极大的不便。他从钱包里取出几张钞票递给他们。"我需要我的证件。把钱拿走好了，我不会报警的。"

前面的那个青年一把抄过钱币。

身后那个混混说："把他的信用卡拿过来。"

前面那个青年显然要弱一些。狄克斯坦直视着他，说道："你们得了手，干吗还不快走，小子？"说着话，他就向前走去，经过了在便道外侧的那个青年。

在另一个人向狄克斯坦冲过来时，穿皮鞋的小子冲着他一脚踢了过去。随后，这场对决当然只有一条出路。

狄克斯坦转身抓住了正在踢来的那只脚，一拽一扭，就把那小子的脚踝拧断。那小子疼得直叫，随即倒在了地上。

这时，拿刀子的那个奔狄克斯坦而来。他后跳一步，踢中了对方的小腿，再往回一跳，又踢出一脚。那小子持刀便刺。狄克斯坦躲闪过去，踢出第三脚，分毫不差地踢中原先的位置。随着骨断似的一声响，那小子也倒在了地上。

狄克斯坦站定一会儿，看着两个受伤的笨蛋。他感到就像是做父母的在孩子的逼迫下不得不动手打了他们。他心想：你们为什么要逼我出手呢？他们还是孩子啊，他猜也就十七岁左右。但是他们居心不善——在同性恋者的身上下手，可是当晚，狄克斯坦不也是这样做的嘛。

他走开了。应该忘掉这个晚上。他决定明天一早就出城。

他做特工的时候总是尽量待在旅馆房间里，以免被人看见。他本来是个酒量很大的人，但是在行动中喝酒是不明智的，酒精会使他的高度警觉变得迟钝，而在其他时间里他又觉得没有必要喝酒。他花了很多时间向窗外观察，或者坐在闪烁不定的电视屏幕前。他不在街上转悠，也不在旅馆的酒吧里闲坐，甚至不在旅馆的餐厅吃饭，他总是利用送饭入室的服务实施行动。但是他再小心也有限度，他无法让人们看不见他，在卢森堡的阿尔法酒店的大堂里他就刚好碰上一个认识他的人。

他当时正站在柜台旁边，办理着退房手续。他刚浏览完账单，拿出一张署名爱德·罗杰斯的信用卡，等候在美国运通信用卡的纸单上签名，这时身后响起一个说英语的声音："我的天！是纳特·狄克斯坦吧？"

这正是他害怕的时刻。和一切使用掩饰身份的间谍一样，他时时生活在恐惧里，担心会偶然撞上好久以前的相识，把他的面具揭开。这就是那种梦魇：警察高叫"你是间谍！"，或者收账人说"可你妈妈就在屋里，我刚刚从窗子看到她了，就藏在厨房的桌子底下"。

和任何特工一样，他接受过应对这种时刻的训练。手段很简单：不管是谁，反正你不认识他。在培训学校就是这样练习的。他们会说"今天你是柴姆·米尔森，一个工科大学生"，如此这般，而你就要绕着走开，去做你的事，继续扮演柴姆·米尔森。随后，在黄昏时分，他们会安排你碰上你的表亲，或者你读大学时的老教授，或者认识你全家的犹太教拉比①。起初，你总是微笑着说声"好啊"，然后谈上一会儿旧日的时光，当天晚上，你的指导教师告诉你，你已经死了。最后，你终于学会了直视老朋友的眼睛，说："你是谁啊？"

狄克斯坦受到的训练在此刻派上了用场。他先是看着柜台的职员，那人正在查看爱德·罗杰斯名下退房的事宜，没有作出反应，也许是他没闹明白，也许是他没听见，或者他根本没在意。

一只手拍着他的肩头。他扮起抱歉的笑容，转过头去，用法语说："恐怕你认错了——"

她的裙摆围在腰间，她的面孔兴奋得绯红，她在亲吻亚斯

---

① 拉比（Rabbi），犹太人中的一个特别阶层，是老师也是智者的象征，原意为教师。

夫·哈桑。

"真的是你!"亚斯夫·哈桑说。

之后,由于二十年前那天早晨在牛津的记忆可怕冲击,狄克斯坦一时竟失去了理性的控制,曾受过的训练也被置诸脑后,犯下了他的间谍生涯中最大的错误。他吃惊地瞪着眼,说道:"天啊,哈桑。"

哈桑笑容可掬地伸出了手:"多久了……该有……二十多年了吧!"

狄克斯坦呆滞地握住了那只伸过来的手,意识到了自己的慌乱,尽量镇定下来。"应该是吧。"他咕哝着说,"你在这里干吗呢?"

"我住在这儿啊。你呢?"

"我正要走。"狄克斯坦打定主意,只有走为上策,而且要尽快,以免给自己造成更大的伤害。柜台职员递给他信用卡的表格,他签上了"爱德·罗杰斯"的姓名。他看了下手表:"该死,我得赶这趟航班。"

"我的车就在门外。"哈桑说,"我把你送到机场好了。我们得聊聊。"

"我已经订好了出租车……"

哈桑对柜台职员说:"退掉那辆出租车,把这个给司机,算是给他添麻烦的补偿吧。"他递过去几枚硬币。

狄克斯坦说:"我真的在赶时间。"

"那就听我的!"哈桑提起狄克斯坦的皮箱,就往外走。

狄克斯坦感到无可奈何,愚蠢之极又无能为力,只好跟随在后。

他们上了一辆饱经日晒雨淋的双座英国跑车。哈桑驾车驶出非等候区停车处，进入了车流，狄克斯坦在一旁仔细打量着他。这个阿拉伯人变了，不只是年龄。他的胡须上已有几缕灰白，腰围也粗了，声音深沉了，这些都在意料之中。可是还有别的变化。以前在狄克斯坦眼中，哈桑始终一副贵族派头。他举止舒缓，在别人都年轻和情绪激动的时候，他却无动于衷，稍显厌烦。如今，他那种高贵风范已然不见。他就像他那辆车，有些无精打采、匆忙行事的样子。不过，狄克斯坦原本就想不出这个人的贵族做派有多少是培养出来的。

既然已经犯了错误，狄克斯坦对此也认了。当下最重要的就是尽量搞清损害会达到什么程度。他问哈桑："你现在住在这里吗？"

"我的银行的欧洲总部设在这里。"

狄克斯坦心想，如此说来，他可能依旧富有。

"是哪家银行？"

"黎巴嫩的雪松银行。"

"为什么设在卢森堡？"

"这里算得上是个金融中心吧。"哈桑回答说，"欧洲投资银行在这儿，他们还有一个国际股票交易的机构。那你呢？"

"我住在以色列。我住的农庄制作葡萄酒——我在试探欧洲经销的可能性。"

"那等于把煤运到纽卡斯尔。"

"我也才这么想。"

"要是你回来的话，我说不定能帮你一把。我在这儿有许多关系。我可以为你安排一些会面。"

"多谢了。你这么帮忙，我会采纳的。"狄克斯坦盘算着，即使出现了最糟不过的情况，他总能赴约，卖些红酒。

哈桑说："这么说，你家在巴勒斯坦，而我家在欧洲。"他是勉强笑着说的，狄克斯坦看得出来。

"银行干得怎么样？"狄克斯坦问道。他不清楚"我的银行"指的是"我拥有的银行"或"我经理的银行"还是"我上班的银行"。

"噢，相当出色呢。"

他们似乎彼此间没有更多的话题可谈。狄克斯坦本可以问问哈桑在巴勒斯坦的家怎么样了，他跟艾拉·阿什福德的关系怎么断的，以及他怎么会驾驶一辆跑车，但是他担心回答可能会带来痛苦，无论给哈桑，还是给他自己。

哈桑问道："你结婚了吗？"

"没有。你呢？"

"没有。"

"真怪。"狄克斯坦说。

哈桑笑了。"我们不是那种负得起家庭责任的人，你和我都一样。"

"噢，我可负有责任。"狄克斯坦说，心里想的是那个孤儿莫蒂，还没给他读完《金银岛》呢。

"可你的目光游移不定，是吧？"哈桑说着，眨了眨眼睛。

"我的记忆中，你是女士们的意中人。"狄克斯坦不自然地说。

"啊，那时候是吧。"

狄克斯坦尽量不去想艾拉。他们抵达了机场，哈桑停下车。

狄克斯坦说："谢谢你送我。"

哈桑在羊皮座椅上转过身。他盯着狄克斯坦。"我放不下。"他说。"实际上，你比1947年那时看着还年轻呢。"

狄克斯坦和他握着手："真抱歉，我这么匆忙。"他下了车。

"别忘了下次来这里时，给我打电话。"哈桑说。

"再见。"狄克斯坦关上车门，走进了机场。

随后，他才终于允许自己去回忆了。

在清冷的花园里，四个人就那么一动不动地待了长长的一次心跳的时间。之后，哈桑的一双手在艾拉的身体上移动着。狄克斯坦和科顿就穿过篱墙的缝隙走了出去，消失在视线之外。那一对情人始终没有看见他们。

他们朝住宅走去。他们来到没人听得见的地方以后，科顿才说："天啊，这可是热料。"

"咱们别谈这个了。"狄克斯坦说。他觉得就像一个人回头去看，结果撞上了电线杆，让人又疼又气，却只能怨自己怪不得别人。

所幸，聚会已经散了。他们离开那里而不必跟那个戴绿帽子的阿什福德教授说些什么，他正在一个角落里同一名研究生深谈呢。他俩到乔治餐厅吃午饭。狄克斯坦没吃什么，只是喝了些啤酒。

科顿说："听着，纳特，我不知道你为什么这么没胃口。我的意思是，这事恰恰表明了她是可以上手的，对吗？"

"对。"狄克斯坦应着，其实言不由衷。

账单来了，十先令多一些。科顿付了款。狄克斯坦步行送他到火车站。他们庄重地握了手，科顿上了火车。

狄克斯坦在公园里走了好几个小时，甚至没注意到天气的寒冷，只是在努力理清自己的情感。他失败了。他清楚他不嫉妒哈桑，不对艾拉抱有幻想，也不感到失望，因为他从来就没抱有希望。他垮了，而且他说不出原因。他巴不得能够有个人听他诉诉衷肠。

不久之后，他就去了巴勒斯坦，虽然并不仅仅因为艾拉。

在随后的二十一年里，他始终没有过女人，不过那也不仅仅完全是因为艾拉。

亚斯夫·哈桑莫名其妙地气呼呼地驾车驶离卢森堡机场。他能够清晰地勾画出年轻时的狄克斯坦，这光景恍如昨日：一个面色苍白的犹太人，身穿廉价西装，瘦得像个女孩，站立时总略显驼背，像是等着挨鞭子抽。他用成人渴望的目光盯着艾拉·阿什福德丰满的身体，顽固地争辩说，不管阿拉伯人赞成与否，他的人民都要占有巴勒斯坦。哈桑当时认为他像孩子般可笑。如今，狄克斯坦住在以色列，栽种葡萄并制作红酒，他是找到了家，可哈桑却失去了家。

哈桑不再富有了。虽说按照地中海东部的标准，他从来没有富裕得令人咂舌，但他总是吃着美食，穿得讲究，而且受到了良好的教育，也就自觉地端起了阿拉伯贵族的架子。他的祖父是个事业有成的医生，帮助长子从医、次子经商。次子就是哈桑的父亲，他在巴勒斯坦、黎巴嫩和外约旦买卖纺织品。在英国统治时期，他的生意兴隆，但是犹太移民吞食了市场。直到1947年，他们家在东地中海地区遍设店铺，并且在拿撒勒附近拥有了自己的庄园。

但是，1948年的那场战争摧毁了他们。

当以色列宣布建国、阿拉伯军队发动进攻的时候，哈桑一家犯下了致命的错误：他们打点行装逃往叙利亚，并且从那时起再也没有回去过。设在耶路撒冷的仓库被烧成了平地，店铺遭毁或者被犹太人侵占，而家中的地产也由以色列政府"代管"了。哈桑听说，他家那座庄园如今成了一家农庄。

从那时起，哈桑的父亲一直住在联合国的一处难民营里。他所做的最后一件大事是写了一封信，把亚斯夫推荐给在黎巴嫩的银行家们。亚斯夫手握大学文凭，讲着一口出色的英语，那家银行给了他一份工作。

他向以色列政府申请按照1953年的《土地占有法》给他补偿，但遭到拒绝。

他只到过一次难民营，去看望他的家人，但那里的景象却让他终身难忘。他们住在一栋木板房里，使用公共厕所。他们没有特殊待遇，不过是成千上万无家可归的家庭中的一个，没有前途，没有指望。看到他的父亲，那个曾经机灵果敢、靠坚定的手腕掌管着大宗生意的人物，如今沦为一个排队领取食物、玩十五子游戏熬过余生的老头，亚斯夫恨不得向校车扔枚炸弹。

女人们差不多像往常一样打水，清理房间，但男人们却身穿二手服装游来逛去，不知所终。他们的躯体松垮了，头脑麻木了。十几岁的孩子闲逛着、争吵着、动刀子打架，因为他们前途无望，只有在炙热的骄阳下听凭生命毫无作为地枯萎。

难民营中臭气熏天，令人绝望。哈桑再也没有回去过，不过他不断写信给母亲。他算是逃过了这一劫，如果说他抛弃了父亲，那正是父亲帮他做到这一步的，看来他倒是希望如此。

他做银行职员算是小有所成。他聪明正直，然而他成长的道路并不适合从事仔细计算的工作，包括整日里应付纷至沓来的备忘录和保存一式三份的记录。何况他心中另有所图。

对于他被剥夺的一切，他从未曾停止过尖刻的怨恨。他终身都怀着愤怒，如同一个隐秘的重负。无论他的理性告诉他什么，他的灵魂总会说着同一句话——他在父亲最需要之时抛弃了他，而那种愧疚之心则加强了他对以色列的仇恨。每年他都期待着阿拉伯军队能够粉碎犹太人的入侵，而他们一次又一次的失败更增加了他的沮丧和愤怒。

1957年，他开始为埃及情报部门工作。

他不是什么很重要的特工，但是随着银行业务在欧洲的扩展，他开始在办公室，从银行的散碎闲聊中偶尔得到一些有价值的东西。有时候，开罗会通过他获取有关某个军火制造商、某个犹太慈善家，或者某个阿拉伯大富翁的财产的专门信息；如果哈桑在他的银行档案中没有详细记录，他也总能从朋友们或者生意关系户那里得到。他还接到常规的指令，让他关注欧洲的以色列商人，以防他们是间谍；因此他才接近纳特·狄克斯坦，并假作友好。

哈桑认为，狄克斯坦的故事大概不假。他穿的那身破旧的西装，戴着的原样圆眼镜，以及一般无二的不引人注目的神情，都让他看上去像是个带着难以推销的产品的低薪销售员。然而，头一天晚间，在迪克斯街上出现了那桩稀罕事：人们发现在阴沟里有两个年轻人——据警察所知是两个小偷，被凶狠地打成了残废。哈桑从市警察局一个关系那里获知了详情，这俩毛贼显然是挑错了下手的对象。他们受的伤出自职业手法：伤他们的人可能是士兵、警察、保镖……或者是特工。在这样一次意外事故之后，任何一个于次日一早匆忙外逃的以色列人都值得审查。

哈桑驾车返回阿尔法旅馆，找到前台职员谈话。"一小时之前，你们的一位客人退房时，我就在这儿。"他说，"你还记得吧？"

"是的，先生。"

哈桑给了他二百卢森堡法郎。"请你告诉我他用什么姓名登记的好吗？"

"没问题，先生。"那职员翻看着登记簿，"爱德华·罗杰斯，来自《国际科学》杂志的记者。"

"不是纳撒尼尔①·狄克斯坦？"

那位职员耐心地摇着头。

"请你再仔细看看，有没有一个从以色列来的叫纳撒尼尔·狄克斯坦的人登记过呢？"

"好的。"那职员用了好几分钟从头到尾查看一沓材料。此刻，哈桑的兴奋之情在爆破上升。如果狄克斯坦用了虚假姓名登记，那么，他就不是红酒销售员——如此看来，他不是以色列特工还会是什么呢？最终那职员合上了登记簿，抬起了头；"肯定没有，先生。"

"谢谢你。"哈桑离开了。他驶回办公室的路上得意扬扬，他运用自己的智慧发现了重要的事情。他一坐到桌旁，马上就写出了一条信息。

---

① 纳特（Nat）是纳撒尼尔（Nathaniel）的简称。

此地出现可疑的以色列特工。纳特·狄克斯坦化名爱德华·罗杰斯。五英尺六英寸身高，瘦小，黑发，褐眼，年约40岁。

他将信息加密后，用直通电报发给银行的埃及总部，但在密码电文上面又附加了一句密文。这纸电文绝不会到达总部了，因为他附加的那句密文指示开罗邮局将该文发给调查局总监。

发出信息当然只是平淡的一举。不会从另一头得到回应或者感谢。哈桑无能为力，只有继续他的银行本职工作，不要去做白日梦。

随后，开罗给他打来了电话。

这是前所未有的。他们有时给他发来电文、用户直通电报甚至信函，当然都用密码。有一两次他见过阿拉伯使馆的人员，得到了口头指令。可是他们从来没打过电话。他的报告准是引起了超过他设想的震撼。

打电话的人想要知道有关狄克斯坦的更多的情况。"我想确认你在电文中提到的顾客的身份。"对方说，"他是戴圆眼镜吗？"

"是的。"

"他讲英语带伦敦东区的土音吗？你能辨出那种土音吗？"

"没错，是的。"

"他的前臂上有一个刺青的数字吗？"

"我今天没看到，不过我知道他有那刺青……多年前，我在牛津读大学，和他同窗。我可以肯定那就是他。"

“你认识他？”从开罗传来的声音中露出惊诧，“这条信息在你的档案里有吗？”

“没有，我从来没有——”

“这么说，应该填上。”那人动气地说，“你跟我们多久了？”

“从1957年。”

“这就说明……那都是旧日的事了。好吧，现在听好。这个人是个十分重要的……客户。我们想要你一天二十四小时地跟他在一起，你懂吗？”

“我做不到，”哈桑苦恼地说，“他已经走了。”

“到哪里去了？”

“我开车送他到了机场。我不知道他要去哪儿。”

“那就弄清楚。给航空公司打电话，询问他搭乘了哪次航班，十五分钟以后给我回话。”

“我尽力——”

“我对你尽力不感兴趣。”来自开罗的声音说，“我要他的目的地，而且要在他抵达那里之前就弄清。眼下我们已经搭上他，我们不能再丢掉。”

“我马上就去办。”哈桑说，但他那句话还没说完，电话已经挂断了。

他放好电话。一点不错，从开罗没有得到一句感激的话，但是这样已经不错了。一时之间，他变得重要了，他的工作变得紧迫了，他们要依靠他了。他可算有机会可以为阿拉伯的事业尽一些力了，终于有了机会可以反击了。

他重新拿起电话，开始打给航空公司。

第四章

　　纳特·狄克斯坦选定的目标是法国的一家核电站，只是因为他的法语相比欧洲各国语言（英语除外）来说是他唯一讲得还算可以的，而英国又不在欧洲原子能共同体之内。他搭乘一辆长途公共汽车前往目的地，乘客中有各色各样的学生和游客。窗外掠过的乡野是蒙着尘土的南方葱绿，更像加利利，而不像狄克斯坦幼时的"故乡"埃塞克斯。他长大之后遍游各国，像任何常客一样随意搭乘飞机，但记忆犹新的仍是英格兰东部南临大海、西部紧靠帕克湖地平线的那个时期。他还能记得，在他完成受戒礼及父亲去世后，开始自认为成了男子汉的时候，那条地平线是如何突然退去的。那时，和他同龄的男孩子已经在码头上或者印刷厂谋到了工作，娶了当地的女孩，在离父母居所四分之一英里的地方找到房子，住了下来，他们的抱负就是喂养一条夺冠的猎犬，看着西汉姆联队赢得奖杯，并且买上一辆轿车。但是，年轻的纳特却琢磨着去加利福尼亚或者罗德西亚或者香港，当一名脑外科医生或者考古学家，或者成为百万富翁。一方面，他比大多数同龄人聪明；另一方面，对那些人，外语是怪异的外国话，更像是学校里的代数课，而不是一种交流的方式。当然最主要的差别在于他是犹太人。狄克斯坦童稚时代的棋友哈利·切斯曼智力体力俱佳，而且脑子很快，但他自视是伦敦工人阶级的一员，而且相信自己会永远如此。狄克斯坦心中明白——尽管他不记得有谁当真对他这样说过——犹太人无论在什么地方出生，总能一路进入最好的大学，开创例如动画这种新型产业，成为最成功的银行家或律师或制造商，而如果他们不能在出生国做到这一点，就会移居其他地方从头干起。狄克斯坦在回首童年的往事时会觉得奇怪：一个受了几个世纪迫害的民族居然如此坚信自己的能力，凡是想干的，就一定能够办成。就像他们需要核弹时，就要出去搞到。

传统是一种令人惬意的东西，却无法给予他方式和方法上的帮助。

核电站在远处隐隐出现。随着汽车驶近，狄克斯坦意识到，那个反应堆比他设想的要大，占了十层楼的体量。他原以为是可以塞进一间小屋的东西呢。

可以看出外围的安全防范只是属于工业范畴而不是军事级别。主体建筑的周围是高高的篱墙，但是没设电网。在导游进行着常规讲解的时候，狄克斯坦盯着门房里边，警卫只有两台闭路电视屏幕。狄克斯坦心想：我可以在光天化日之下把五十个人弄进院子，而不会让警卫感到有什么异常。他略有不快地认定，这表明他们还另有防备。

他随其他人下了车，穿过停车场那条柏油碎石路，走进接待大厅。这栋建筑物的设计是为了让公众接受对核能的这样一种观念：养护极佳的草坪和花圃，有很多新栽种的树木，处处都涂着白漆，不见烟尘，一切都清洁和自然。狄克斯坦回头朝门房望去，看到一辆灰色的欧佩尔轿车停到了路上。车中有两个人，其中一个下车对警卫说了些什么，警卫看似指点着方向。车里有什么东西在阳光下闪烁。

狄克斯坦随着旅游者的队伍进入休息室。室内有一只玻璃柜，里面放着该核电站的橄榄球队赢得的奖杯。墙壁上悬挂着一幅该建筑物的航拍照片。狄克斯坦站在照片跟前，将其中的细节部分牢记在脑子里，随意琢磨着他该如何突袭这地方，而头脑深处则担心着那辆灰色欧佩尔轿车。他们由四名身穿神气制服的电厂女接待员引导着在厂里转了一圈。狄克斯坦对叶轮发电机、围墙上布满控制盘和开关的宽敞控制室，以及专为保护鱼类使之返回河流而设计的吸水系统都不感兴趣。他不清楚，欧佩尔车里的人是否在跟踪他，果然如此，而这又是怎么引起的。

他对传输港兴趣极大。他问女接待员："燃料是怎么运到的？"

"用卡车。"她狡黠地回答。参观的人群联想到装铀矿的卡车在乡间驰骋，都咯咯地惊笑起来。"没有危险的。"她在得到预期的笑声之后，马上接口说，"直到进入反应堆之前，根本就没有放射性。燃料从卡车上卸下之后，直接进入升降机，提到七层楼上的燃料库。从那儿以后，一切就都是自动的了。"

"交接的数量和质量是如何检测的呢？"狄克斯坦问道。

"那是由燃料制作厂完成的。交付的燃料在那里封装，这里只检查封印。"

"谢谢。"狄克斯坦点着头说，心中暗自高兴。整条系统并不像欧洲原子能共同体的珀法坶先生所宣称的那样严密。狄克斯坦的头脑里开始形成一两条谋划。

他们参观了正在工作中的反应堆装载机。在全部遥控之下，该机器将燃料从贮存库装进反应堆，又把装燃料槽的水泥罐提起，进行燃料更新和替换，最后自动关闭水泥罐，把用过的燃料倒进充满水的管道，注入冷却池。

这时，讲着一口地道的巴黎法语的女接待员，用奇怪的引诱腔调说："反应堆有三千个槽罐，每个槽罐里各有八根燃料棒。燃料棒能连续使用四到七年。装载机每次启动要更换五个槽罐。"

他们继续前进，观看冷却池。在二十英尺深的水下，用过的燃料被装入容器，然后冷却，但仍有很高的放射性——因此被封进五十吨的铅炉中，每个铅炉里封装二百个单位放射性物质，然后经过公路或铁路运输到再加工处理工厂。

在休息室中，女接待员为大家提供了咖啡和糕点，狄克斯坦借机回忆着刚刚学到的东西。他想到，既然最重要的是得到铀，他可以偷取用过的燃料。现在他明白为什么没人提过这样的建议了。拦截卡车轻而易举，这他能够独自办成，但如何把一个五十吨的铅炉偷运出法国到达以色列而不被任何人注意到呢？

从电站里盗取铀也不是什么可取的主意。是啊，他得以进来侦查，甚至还受有导游的引领的观光，这一事实就表明了这儿的安保相当松散。但是电站内的燃料被封锁在一个自动的遥控系统内。唯一可行的途径就是在提炼核燃料并进入冷却池的过程中下手。随后，他的思绪又回到该如何使偷运盛有放射性物质的巨大铅炉通过一些欧洲港口的问题了。

狄克斯坦心想，应该有办法闯进燃料储存库的，然后就能手工操作，把那些东西装进升降机，再取下来，放到卡车上，随即将车开走。但那种做法会在一段时间内被掌控目标电站的部分或全部工作人员察觉，而他得到的指令是把事情做得神不知鬼不觉。

一位女接待员要给他重新斟满杯子，他接受了。他相信法国人会提供优质的咖啡。一名年轻的工程师开始讲述核安全问题。他身穿一条没熨过的裤子和肥大的毛衣。狄克斯坦观察到，科学家和技术员全都有类似的外观：他们的衣装是旧的，搭配不佳，但穿在身上舒服，如果说他们当中有许多人蓄着胡须，那通常也是漫不经心而并非浮华虚荣的表现。他觉得那是因为工作人员个性的力量一般来说微不足道，而富有内涵的头脑才是一切，因此没必要给人留下外观上的印象。不过，也许这正是一种浪漫的科学观。

他没怎么在意那番讲述。威兹曼学院的那位物理学家讲的要简明得多。"没有放射性安全水准这样的东西。"他说，"这类提法让你觉得放射性如同池中的水，如果只有四英尺深，你就安全；如果到了八英尺深，你就会淹死。但实际上，放射水准更像是高速公路上的限速——每小时三十英里比八十英里要安全，但依然不如每小时二十英里的车速，而彻底安全的办法则是根本不坐进汽车。"

狄克斯坦的脑子又转回到偷铀的问题上。恰恰是秘密这一要求，使他设想的每一个方案都行不通。或许整个事情注定要失败。他想，毕竟不可能就是不可能。不对，这样说，还为时尚早。他回到了首要的原则。

他需要在燃料流通过程中下手：这一点从他今天的所见中已经十分清楚。看来，燃料在这一端并没经检测，而是直接装入系统的。他可以拦截一辆卡车，把从燃料中提取到的铀拿到，装载之后重新加封，然后贿赂或威胁司机，把空壳运走。那些没用的东西会在几个月的时间里，每次五罐一步步地进入反应堆。最终，反应堆的输出已经全空。他们会做调查，进行试验。但是在提空的燃料消耗殆尽，而新的真正的燃料进入，从而使输出上升之前，不会得出什么结论。很可能，没人会明白发生了什么事情，直到那些不中用的东西进入后处理程序，提炼出来的铀将少得可怜，到那时候——该是四到七年之后了——特拉维夫的踪迹早就难以辨认了。

但他们会很快就弄清真相。不过，东西是如何运出这个国家的问题依然悬而未决。然而，他总算有了一个可行的谋划，心中感到振奋不少。

讲解结束了。其间有一些散乱的提问。随后，参观团就返回到车上。一位中年妇女对他说："这是我的座位。"他冷冷地盯着她，直到她走开。

从核电站回来之后，狄克斯坦一路向车后窗外望着。大约一英里之后，那辆灰色的欧佩尔汽车从一处转弯开出来，跟在大轿车的后边。狄克斯坦高兴的心情消失了。

他被发现了，要么在这里，要么在卢森堡，很可能是在卢森堡。发现他的人大概是亚斯夫·哈桑——没有理由相信他不是间谍——或者是别人。他们跟踪他应该是出于一般性的好奇，因为他们无法——有办法吗？——确知他的目的何在。他只能甩掉他们。

他在镇子内外靠近核电站的地方转了一天，或搭公交车，或打出租车，或者驾驶租来的汽车，或者步行。一天过去，他已经认清了那三辆车，那辆灰色的奥佩尔，一台脏兮兮的平板小卡车，还有一部德国产的福特和侦查小组的五个人。那几个人有点像阿拉伯人，可是在法国的这一带，许多犯罪分子都是北非人，有些人会雇用当地的助理。那个小组的规模说明了他何以没有更早地嗅出他们。他们可以不断地更换车辆和人员。到核电站的长长的往返路程是一条乡下公路，路上车辆稀少，这样他们就最终暴露了自己。

第二天，他驾车出城，接着驶上公路。福特车跟踪了他几分钟，随后便由灰色的奥佩尔接手。每辆车里都有两个人。在那台平板货车里应该还有两个人，另外还要加上守在他的旅馆中的一个人。

当他看到一座过街天桥时，那辆奥佩尔还在跟着他。从那地方开始，在四五英里之内，两侧方向都没有岔路。狄克斯坦在路旁把车停下，从车里出来，打开了车顶棚。他向公路上望了几分钟。那辆灰色的奥佩尔在前面消失了，一分钟过后，福特车也驶了过去。福特车该在下一个岔道处守候，而奥佩尔会从公路的对面返回，看看他在做些什么。对于眼下这种境况，教科书里讲得一清二楚，他们的做法也正是那样。

狄克斯坦希望那些人照书中所预料的去行事，否则，他的招数便难以奏效。

他从后备箱里取出一个可折叠的用以警示的三角徽记，放到后车轮后面。

那辆奥佩尔在公路的对面驶了过去。

他们的做法和书中所写一般无二。

狄克斯坦开始步行。

他走下公路时，搭上了看到的第一辆公共汽车，一路驶到一个镇子。路上，他在不同的时间一辆接一辆地看到了那三辆监视车。他让自己感到一种提早的胜利：他们正在落入圈套。

他从镇上叫了一辆出租车，驶到他那辆车停下地点的附近，不过是在公路的对面。奥佩尔驶了过去，随后那辆福特在他身后二三百码的地方停了下来。

狄克斯坦拔腿就跑。

他在农庄的野外工作了几个月，身体状况很不错。他奔向过街天桥，快步过去，沿着公路另一侧的路边疾跑。他喘着粗气、汗流浃背，只用了三分钟便钻进了他撇下的那辆车。

从福特车里下来一个人，开始追他。那人此时意识到中了圈套。福特车启动了。那人朝回跑去，在车子加速时，跳了进去，车子摇晃着驶向了慢行道。

狄克斯坦坐在车里。几辆跟踪的汽车现在都在公路的对面，要一路行驶到下一个路口才能调头回来追他。以六十英里的时速，要花上他们十分钟，也就是说，他至少比他们早五分钟上路。他们追不上他了。

他发动汽车，朝巴黎驶去，哼起一支西汉姆联队看台上的曲调："放松，放松，放——松。"

莫斯科执政者听到阿拉伯人拟造原子弹的消息时，气急败坏。

外交部惊慌失措，因为他们未能早些获悉，克格勃（苏联国家安全委员会）的恼火是因为他们不是第一个得到情报的，而党中央书记处的办公室的忧虑则是出于最不愿意看到的又一轮在外交部和克格勃之间谁该受责的争吵，前者在克里姆林宫已经有十一个月把生活搅得一团糟了。

所幸，埃及人选择的暴露消息的方式只限于一定数量的藏头露尾。埃及人想要表明：他们没有外交上的义务要将此秘密工程告诉其盟友，他们所要求的技术援助，于成功并非不可或缺。他们的姿态是："噢，告诉你们一声，我们正在建造核反应堆，以便获取制造原子弹的铀，目的是把以色列从地球表面清除，你们看，愿不愿意给我们伸手帮忙呢？"这条周围饰以美妙外交的信息，是在埃及驻莫斯科的大使与外交部中东司代理司长的例行会面将要结束时传达过来的。

接到这一信息的代理司长十分谨慎地考虑着应该如何处理。他的首要职责当然是把这一消息汇报给他的上司，上司再报告书记处。然而，获得新闻的功劳会归于他的上司，而上司也不会放弃这样一个从克格勃身上捞分的机会。代理司长有没有办法从这件事中得到好处呢？

他深知在克里姆林宫中最佳的晋升之阶，是让克格勃对你承担一定的义务。他如今处在对那些小子们施恩的有利地位。如果他警示他们这条埃及大使的消息，他们就有时间做好准备，假装他们对阿拉伯人的原子弹知道得一清二楚，正要由他们自己揭示这一消息呢。

他穿好外衣，打算出去到电话亭里给他在克格勃中的一个相识打个电话，以防他自己的电话被监听——他随后便意识到这种做法有多愚蠢，因为他要接通的是克格勃，正是他们监听电话嘛。于是他脱下外衣，使用了他自己的电话。

接他电话的克格勃值班员对这一套系统同样在行。在位于莫斯科环形大道上的克格勃新大楼里，他掀起了一场轩然大波。他首先叫通了他上司的秘书，要求在十五分钟后紧急约见。他谨慎地避免和上司本人直接说话。他挂掉了十几个打进来的乱哄哄的电话，吩咐秘书们和传讯的人们急匆匆地在大楼里跑上跑下，取来备忘录并凑集档案。可是他的主要工作是处理日常事务。可巧，中东政治委员会的下一次会议日程已经在头一天打印，此时正在复印机的流程中。他把会议日程取了回来，在其上端加了一句话："埃及武器库的最新进展专项报告。"后面是加在括号里的他自己的姓名。然后他要求把新的日程复印，但头一天的日期仍然保留，并于当天下午由专人分发到各有关部门。

之后，当他确信半个莫斯科都会知晓与这条消息有关的是他的名字而不是其他人的时候，他这才去见他的上司。

就在那一天，还传来了一条不那么引人注意的消息。作为埃及情报机构和克格勃之间日常交换情报的一部分，开罗发来了一份通告，说是一名叫作纳特·狄克斯坦的以色列间谍已经在卢森堡被发现，现正处于监视之下。由于当时的环境，该报告没有引起应有的重视。克格勃里只有一个人回味着这两条消息之间微妙的可疑之处。

他的姓名叫大卫·罗斯托夫。

大卫·罗斯托夫的父亲原是一名级别不高的外交官，由于缺乏关系，尤其是与秘密机构的联系，而使前程受阻。他儿子充分认识到了这一点，便形成了他这一生做出一切决策的特征——刀枪不入的理性。他加入了当时叫作人民国家安全委员部的克格勃前身。

他在去牛津就读时，就已经是一名间谍了。当时苏联人刚刚取得了战争的胜利，斯大林的肃反扩大化运动尚未弄清，在那个理想的时代，英国各名牌大学纷纷向苏联情报机构敞开了大门。罗斯托夫成功地挑选了两三个优胜者，其中一个直到

1968年还在从伦敦发出秘密情报。纳特·狄克斯坦是他未能成功发展的人选。

在罗斯托夫的记忆中，年轻的狄克斯坦当时可以算是个社会主义者，而且他的秉性适合做间谍。他内敛、专注，不肯轻易相信人。他还很有头脑。罗斯托夫仍然记得，在河畔的绿白相间的住宅里，同他、同阿什福德教授和亚斯夫·哈桑辩论过中东问题。罗斯托夫也还记得他与狄克斯坦之间对弈的那一场苦战。

不过，在他看来，狄克斯坦毫无理想主义色彩。他没有福音教派的那种精神。他在自己的信念中求得安生，但他绝无改变其余世界的愿望。大多数二战的老兵都是这样。罗斯托夫会抛下鱼饵，"当然，如果你当真想加入世界社会主义的斗争，你就得为苏联工作"，而老兵们都会说一声"屁话"。

离开牛津以后，罗斯托夫在驻一系列欧洲国家首都的苏联使馆中工作过——罗马、阿姆斯特丹、巴黎。他从来没有脱离克格勃进入外交圈。多年来他逐渐认识到，自己不具备开阔的政治目光，无法实现他父亲的殷切寄托——他该成为一名伟大的政治家。他青年时期的真诚消失了。总的说来，他依旧认为，社会主义可能是未来的政治体系，但这一信条已经不再在他心中热情似火。他信仰共产主义就像大多数人信仰上帝一样，若是证明他错了，他也不会大惊小怪或者失望之极，何况，这不会对他的生活方式有什么改变。

在他成年之后，他以更大的精力去追求更狭窄的抱负。他成为了一名技术熟练的超级特工，熟谙在情报游戏中的旁门左道。而且——在苏联和西方同样重要——他学会了如何掌控官僚体制，以便为自己的胜利赢得最大的荣誉。

克格勃的第一总局是一种总部式的机构，负责收集和分析情报。而大多数外勤特工属于第二总局，那是克格勃最为庞大的部门，负责颠覆、摧毁那些经济间谍以及策反任何被认定具有潜在政治敏感性的内部警务。第三总局是主要负责反间谍活动和执行特殊行动的部门，在世界各地招募最勇敢、最聪明、最卑鄙的特工。但它原先一直叫作"斯莫士（Smersh）"，后因该名称在西方造成许多令人尴尬的宣传而弃之不用。

罗斯托夫在第三总局工作，他是那里的一颗明星。

他有上校的军衔。由于他曾从一座名为"沃慕伍德灌木丛"的英国监狱中解救了一名被判刑的间谍而获得了勋章。多年来他有了妻子、两个孩子和一个情人。情人叫奥尔加，比他小二十岁，是个来自摩尔曼斯克的北欧金发碧眼美女，在他所遇到的女人中最能令他销魂。他深知，没有与他难分难解的克格勃的特许，她不可能成为他的恋人，他同样知道，她深爱着他。他们彼此相像，都知道对方是不动声色的野心家，由此也使他们的激情愈发狂热。在他的婚姻中已不再有爱情，但还存在其他的东西：亲情、同伴、稳定，以及这样的事实：妻子玛利亚仍然是世界上唯一能够让他笑不可支直到躺倒在地的人。还有那两个儿子：在莫斯科大学就读并聆听偷运进口的披头士音乐的尤里·大卫多维奇；公认有着世界冠军潜质的国际象棋神童的弗拉基米尔·大卫多维奇。弗拉基米尔已经申请到第二数理学校学习，罗斯托夫相信他会成功。他的专长使他有资格入学，而且父亲身为克格勃的上校也会增添一些砝码。

罗斯托夫已经身居苏联精英的高位，但他觉得还有再晋升的余地。他的妻子不必再站在普通百姓的队伍中在市场里排队，而是与上层人士一起在别里奥斯卡购物；他们在莫斯科有一个大公寓，在波罗的海海边有一座小别墅，但罗斯托夫想要一辆有专职司机的伏尔加轿车，在黑海度假地再拥有一座别墅，这样就可以在那里安置奥尔加，应邀观赏私人放映的西方颓废电影，并在年龄见长的时候享受克里姆林宫的医疗服务。

当下，他前途茫然。他今年五十岁了。他将这些年差不多一半的时光都花费在了莫斯科的一张办公桌上，另一半时间则与他的行动小队外出执行任务。他已经比其他仍在国外工作的特工年长了。从这个十字路口开始，他有两个待选方向。如果他放慢脚步，并且听凭他以往的业绩被人淡忘，他就会进入设在西伯利亚新别尔斯克的克格勃第311培训学校给未来的特工授课，以此终结他的生涯。而如果他在情报游戏中赢得非比寻常的分数，就会晋升到一个负全责的岗位，然后被委派到一两个委员会里，在苏联情报机构中开始既具挑战性却又平平安安的前程，然后就可以为奥尔加弄到伏尔加轿车和黑海别墅。

在接下来的两三年里，他需要努力施行另一项伟大的行动。当纳特·狄克斯坦的消息传来时，他思虑了片刻，不知这是否就是他的机遇。

他一直以一名数学教师眼看着自己最得意的学生去上艺术学校的那种恋恋不舍的情感关注着狄克斯坦的生涯。早在牛津的时候，他就听说了他盗取一船枪支的故事，于是他就把狄克斯坦登记在克格勃的档案中。多年来由他本人和别人依据偶遇、传闻、猜测以及出色的旧式间谍手段，陆续对那份档案加以补充。该档案清楚表明，狄克斯坦如今是摩萨德的一名最难对付的特工。若是罗斯托夫能够把他的头颅用一只大浅盘带回来，前程就有了保证。

但罗斯托夫是个小心谨慎的行动人员。当他有能力挑选他的目标时，他总要挑取易于上手的。他不是那种不成功便成仁的人，而且恰恰相反。他的一个更重要的才干，就是在机遇的任务分派之时隐身不现的能力。他和狄克斯坦之间的竞争将会令人不快，难分伯仲。

他会兴致勃勃地阅读从开罗来的有关狄克斯坦在卢森堡的行踪的进一步的消息报道，但他会小心翼翼地不去卷入其中。

迄今为止，他还没有到达铤而走险的地步。

中东政治委员会开始了对阿拉伯核弹制备行径的研讨。那是克里姆林宫十一二个委员会之一，在这些感兴趣的委员会中都有同样派系的代表，他们都会就同样的事情发言。因为议题之大，压倒了出于派系的考虑，结果也会一致。

该委员会有十九名成员，但是两名在国外，一名生病，还有一名就在开会的当天被卡车轧了，这倒无关大局。只有三个人举足轻重：一个来自外交部，一个是克格勃的人，还有一个是书记处的代表。其余的人中就有大卫·罗斯托夫的上司，他按照一般原则召集了全体委员，而罗斯托夫本人则充当助手（正是出于这一类的迹象，罗斯托夫心中有数，他知道自己正被列于为下一步被提拔的候选人）。

克格勃对阿拉伯人的"制核行动"持反对态度，因为克格勃的势力是秘密的，而核弹会把决定权移到公共层面，从而超出了克格勃的活动范围。也正是出于同样的理由，外交部却表示赞成——核弹会赋予他们更多的工作及影响。党委书记处则加以反对，因为假如阿拉伯人在中东起了决定性的作用，那么，苏联人又如何在那里站得住脚呢？

会议开始后，所有议员首先阅读了克格勃的报告——《埃及武器库的最新进展》。罗斯托夫可以清楚地想象出，报告如何从一个打到开罗的电话这样的小背景中抽取出一件事实，继而引发出众多的猜测和废话，才敷衍成一篇要读上二十分钟的报告。他自己就不止一次地做过类似的事情。

外交部的一名小人物随后拖拖拉拉地阐释了他对苏联的中东政策的理解。他说，不管犹太人定居出于何种动机，以色列的复国显然是由于得到了西方资本主义的支持，而资本主义的目的则是在中东建立一座前哨阵地，借以对其石油利益虎视眈眈。对此分析的任何质疑都在1956年英国、法国、以色列对埃及进攻的事实下不攻自破了。苏联的政策是支持阿拉伯人对这一殖民主义余孽怀揣的理所当然的敌对情绪。他说，当前，尽管从全球政治来看，苏联推进阿拉伯人掌握核武器有失谨慎，然而，他们的核武器一旦上马，这仍是苏联支持政策的直接延伸。他的发言没完没了。

这番冗长的陈述让大家全都厌烦了，显而易见，随后的讨论就不那么正式了：如此这般，事实上，罗斯托夫的上司说道："是啊，可是，废话，我们不能把原子弹给那帮疯子。"

"我同意。"书记处的人说，他是该委员会的主席。"如果他们拥有了核弹，他们就会使用。那就会迫使美国人进攻阿拉伯国家，不管用不用核武器——我宁肯说，会用的。这样，苏联就只有两个选择：要么抛弃盟友，要么发动第三次世界大战。"

"这是又一个古巴。"有人嘀咕着说。

外交部的那个人说："对那种形势的回答可能是同美国人签订

一项条约，只要双方要同意，约定不论在任何情况下，它们都不会在中东使用核武器。"如若他能就此启动一个项目，他的工作就会在二十五年内有了保障。

克格勃的人说："那么，如果阿拉伯人扔了原子弹，算不算我们毁约呢？"

一个穿白围裙的妇女拉着一辆放茶水的小车走了进来，会议休息了。这时，书记处的那人站在小车旁边，手里拿着茶杯，嘴里含满水果馅饼，讲起了一个笑话。"仿佛在克格勃里有一名上尉，他的傻儿子对党、祖国、苏维埃共和国联盟和人民这些概念难以理解。上尉就告诉那孩子，把他的父亲想成党，把母亲想成祖国，祖母想成联盟，他自己就是人民。可那孩子还是不明白。那父亲一怒之下把孩子锁进父母卧室的柜橱里。当天晚上，男孩还在柜橱里锁着，父亲开始跟母亲做爱。男孩从柜橱的钥匙眼往外看着说："这下我明白了！党强奸了祖国，而联盟在睡觉，人民只好站着受罪！"

大家哄堂大笑。送茶的女士厌恶地摇着头。这个笑话罗斯托夫以前就听到过。

人们不情愿地回到会议上之后，书记处的那人提出了一个关键问题。"如果我们拒绝给予他们所要求的技术援助，他们能不能造出核弹来？"

克格勃拿出报告的那个人说："我们没有足够的情报能够得出肯定的答案，首长。不过，我从我们的一位科学家那里得到一份针对这一点的背景简报，看来，制造一颗粗糙的核弹实际上并不难，从技术上说，跟制造常规炸弹差不多。"

外交部的人说："我认为，我们应当假设，没有我们的帮助，他们依旧能够造出来，也许只是会慢一些。"

"我可以做些自己的猜想。"主席尖锐地说。

"当然。"外交部的人赶紧附和。

克格勃的人继续说："他们唯一的难题是获得铀的供应。他们到底有没有，我们毫不知情。"

大卫·罗斯托夫兴致勃勃地聆听着所有的发言。在他看来，委员会只可能得出一项决议。会议主席这时确认了他自己的观点。

"我对这一形势的解读是这样的。"他开始说，"如果我们帮助埃及人制造他们的炸弹，我们就能够继续和加强我们现有的中东政策，增进我们在开罗的影响，而且我们还处于得以控制核弹的地位。如果我们拒绝帮助，我们就疏远了与阿拉伯国家的关系，很可能会处于这样一种形势：他们拥有了核弹，可我们却控制不了。"

外交部的人说："换句话说，既然他们反正要拥有核弹，最好由一根苏联手指放在触发器上。"

主席气恼地瞪了他一眼，继续说道："那么，我们就可以向书记处做如下建议，埃及人应该得到他们的原子反应堆的技术援助，这样的援助总是捆绑着一个观念，即苏联人掌握该武器的最终控制权。"

罗斯托夫不动声色地露出笑意，这正是他所预料的结论。

外交部的人说："就这样提议吧。"

克格勃的人说："我附议。"

"全都赞成吗？"

大家一致同意。

委员会开始进行日程上的下一项议题。

直到会议之后，罗斯托夫才猛然想到：如若埃及人在得不到援助的情况下——比如说缺乏铀的情况——造不出他们的核弹呢？他们已经出了十分地道的一招，把苏联人诱进了提供他们所需援助的陷阱。

罗斯托夫对他的家庭还有一丝亲情。他那种工作的优越性在于：每到他已经厌倦他们的时候——和孩子们生活在一起确实烦人——他就到国外去一趟，等他回来的时候，就已经思念他们，如此便又可以容忍孩子们几个月。他喜爱大儿子尤里，尽管那孩子对低俗音乐的看法和对离经叛道的诗人们的富有争议性的观点与他格格不入；但小儿子弗拉基米尔才是他真正的掌上明珠。弗拉基米尔小时候长得十分可爱，别人还以为他是女孩呢。从一开始，罗斯托夫就教那孩子玩逻辑游戏，用复杂的句子跟他说话，和他讨论远方国家的地理问题、引擎的机械原理，以及无线电、花卉园艺、水龙头的操作方式和政治党派的工作情况。他进到任何一个班，都会在班上拔尖——不过罗斯托夫如今认为他可能在第二数理学校找到同样优秀的对手。

罗斯托夫知道，他在试图向那孩子灌输他自己未能实现的抱负。幸运的是，这种愿望和孩子的发展趋势不谋而合：孩子知道自己聪明，喜欢做聪明人，而且立志要当一位伟人。弗拉基米尔唯一不愿意的是，他不得不做共青团的工作，他认为那是浪费时间。罗斯托夫常说："也许那是浪费时间，可是你要是不能在党内取得进步，你在任何领域再努力都不会爬到什么地位。如果你想改变这个制度，就要爬到上层，然后从内部去改变。"弗拉基米尔接受了这一忠告，去参加共青团的会议了，他继承了他父亲的坚定不移的思维方式。

罗斯托夫驾车穿行于高峰时段的车流之间，往家中驶去，期待着家中平庸又愉快的夜晚。他们一家四口会一起吃晚饭，然后观看英勇的苏联特工智胜中情局的电视连续剧。在上床之前，他会喝上一杯伏特加。罗斯托夫在家门外的马路上停好车。他住的楼层里居住着上层官员，有差不多一半的人拥有像他这样的苏联制造的小轿车，可是这里并没有配车库。照莫斯科的标准，公寓算是宽敞的，尤里和弗拉基米尔都有各自的卧室，没人会睡在客厅里。

他进门的时候，家中正在争吵。他听到玛利亚气得提高了嗓门，还有摔碎了什么东西的响声，接着是一声叫喊，随后他听到尤里用污言秽语称呼他妈妈。罗斯托夫把厨房的门猛地打开，站在那里，手里还提着皮包，脸色阴沉得铁青。

玛利亚和尤里隔着厨桌面面相对。她极少这么生气，简直要发疯得落泪了，儿子则一脸成年人的难看的怨怒。母子二人中间是尤里的吉他，它的颈部已经折断。罗斯托夫登时想到，是玛利亚摔的，但随后就想，这不是争吵的起因。

他们当即向他诉说起来。

"她摔断了我的吉他！"尤里说。

玛利亚说："他用这种腐朽的音乐给家里丢了人。"

这时，尤里又用同样的秽语骂他妈妈。

罗斯托夫放下皮包，迈步上前，扇了那小子一记耳光。

尤里在那一掌的打击之下，往后倒退了几步，面颊因为疼痛和屈辱而变得通红。那小子和他父亲一样高，骨架还要宽些：自从那孩子长大成人以后，罗斯托夫还没有这样打过他。尤里当即还了手，打出了一拳。要是击中的话，会把罗斯托夫打昏的。罗斯托夫以多年训练有素的本能迅速横向跨步，尽量轻柔地把尤里放倒在地。

"出去。"他平静地说，"等你想好向你妈妈赔礼道歉的时候再回来。"尤里爬起身。"永远不会！"他高声叫道。他走了出去，把门"砰"地甩上。

罗斯托夫摘下帽子，脱掉大衣，坐到了餐桌旁边。他拿起摔坏的吉他，小心地放到地板上。玛利亚斟了茶，递给他：他接过杯子的时候，手在发抖。最后才开口说："到底是怎么回事？"

"弗拉基米尔考试没通过。"

"弗拉基米尔？那跟尤里的吉他有什么关系？什么考试没通过？"

"就是第二数理学校。他没被录取。"

罗斯托夫呆呆地瞪着她。

玛利亚说："我心情坏透了，尤里还笑。你知道，他有点嫉妒他弟弟。跟着，尤里就弹起了西方音乐，我想不可能是因为弗拉基米尔不够聪明，准是家里的势力不够，说不定因为尤里，他的观点和他的音乐，让人家认为我们不可靠，我知道这么想很愚蠢，可是我在火头上摔断了他的吉他。"

罗斯托夫已经听不进去了。弗拉基米尔没有被录取？不可能的。那孩子比他的老师都聪明，普通学校培养不了他了。适合非凡聪明的学生的就是数理学校。何况，那孩子说考试不难，他觉得能得一百分，他总是在考试时心中有底的。

"弗拉基米尔在哪儿？"罗斯托夫问他妻子。

"在他的房间。"

罗斯托夫沿走廊走过去，敲起卧室的门。没有回应。他走了进去。弗拉基米尔坐在床上，眼睛盯着墙，脸涨得通红，上面留着条条泪痕。

罗斯托夫说："你在考试中得了多少分？"

弗拉基米尔抬头看着他父亲，脸上蒙着一层稚气的疑惑。"一百，满分。"

他说。他递过来一张纸："我记得题目，也记得我的答案。我从头到尾检查了两遍，没有错。我在规定时间之前五分钟离开了考场。"

罗斯托夫转身要走。

"你不相信我吗？"

"相信，我当然相信你。"罗斯托夫告诉他。他走进客厅，电话装在那里。他给学校打了电话。校长还没下班。

"弗拉基米尔考了满分。"罗斯托夫说。

校长安慰着说："很抱歉，上校同志。许多天才少年都申请入这所学校——"

"他们是不是全都考了满分呢？"

"我恐怕不能泄露——"

"你知道我是干什么的。"罗斯托夫生硬地说，"你知道我会弄清楚的。"

"上校同志，我喜欢您，我也愿意您的儿子上我们学校。千万别为这事惹起轩然大波，给您自己添麻烦。如果您的儿子一年后愿意再申请，他会有绝佳的机会入学的。"

人们一般不提醒克格勃军官别给自己惹麻烦。罗斯托夫有点明白了。"可是他毕竟考了满分啊。"

"好几个申请人都在笔试中考了满分——"

"谢谢你。"罗斯托夫说。他挂断了电话。

客厅很暗，但他没有开灯。他坐在他的扶手椅中，思忖着。校长完全可以随便告诉他，所有的考生全都得了满分，但是在那种关键时刻，谎话是不易脱口而出的，回避倒是更为妥当。然而，追问结果会给罗斯托夫惹麻烦。

事情就是这样。这个梗已经拔出了。差一些的孩子反倒因为他们的父亲具备更大的势力而占据了位置。他告诫自己，别对制度发疯，要利用这种体制。

他还有他自己的梗需要拔呢。

他拿起电话，拨通了他的上司菲利克斯·沃伦佐夫的电话。菲利克斯的声音听着有点怪，但罗斯托夫没去管它。"听我说，菲利克斯，我儿子没考上数理学校。"

"我听了很难过。"沃伦佐夫说，"毕竟，不是所有的孩子都能进那所学校的。"

这不是所期望的回答。此刻，罗斯托夫注意起沃伦佐夫的声腔。"你怎么这么说？"

"我儿子考取了。"

罗斯托夫好一阵没有吱声。他事先甚至不知道菲利克斯的儿子也报了名。那孩子很机灵，但远不如弗拉基米尔聪明。随后，罗斯托夫镇静下来。"那就让我第一个恭喜你吧。"

"谢谢。"菲利克斯尴尬地说，"你打电话有什么事吗？"

"噢……是啊，我不打扰你的欢乐心情了。明天早上再说吧。"

"那好吧。再见。"

罗斯托夫挂掉电话，把话筒轻轻地放到机座上。如果某个高官或政要的儿子走后门入了学，罗斯托夫还能据理力争：什么人的档案里都有些见不得人的东西。他唯一不能对着干的是比他位高的克格勃的人。他对推翻这一年里的晋升奖励无能为力。

如此看来，弗拉基米尔要明年再考了。可是还会发生同样的事情的。反正到明年的这时候，他得坐上一个更高的位子，让这个世界上的沃伦佐夫们没法把他拱掉。到明年，他处理整个事情就会不一样了。他会从一开始就调来那个校长在克格勃的档案。他会弄到考生的全部名单，对可能构成威胁的任何一个人下点功夫。他要监听电话，拆看信件，发现谁在施压。

但是，他首先要进入那个权势地位。如今他意识到，他对自己生涯的洋洋自得迄今为止一直是错误的。如果他们对他这样做，他美好的幻想很快就会破灭。

看来，他为明后两年某个时刻周密策划的手段不得不提前启动了。

他坐在昏暗的客厅里，设想着第一步行动。

过了一会儿，玛利亚走了进来，一语不发地坐在了他身边。她给他用托盘端来了吃的，问他想不想看电视。他摇了摇头，把吃的推开了。过了片刻，她悄悄地去睡了。

尤里在半夜时分微醉地回来了。他走进客厅，打开了电灯。他惊奇地发现他父亲坐在那儿。他惊恐地向后退去。

罗斯托夫站起身，看着他的大儿子，想起了他自己青少年时期成长中的痛苦，那些滥发的怒气、明晰却狭窄的是非观、快速蒙羞的狭隘和迟迟不肯认错的逃避。"尤里，"他说，"我想为动手打你向你抱歉。"

尤里的泪水一下子涌了出来。

罗斯托夫用一条胳膊搂住儿子宽宽的肩膀，引着他向他的卧室走去："我们俩，你和我，都有错。"他接着说，"你母亲也有错。我不久又要出差，我要想法给你带回来一把新吉他。"

他想亲吻他的儿子，但他们已经像西方人一样害怕接吻了。他轻轻地把儿子推进卧室，关上了房门。

回到客厅之后，他想到在刚刚过去的几分钟里，他的计划已经在脑海中成型。他坐回到扶手椅中，拿出一只软铅笔和一张纸，动笔起草一篇备忘录。

致：国家安全委员会主席

自：欧洲司副司长

抄送：欧洲司司长

日期：1968年5月24日

安德罗波夫同志：

我的部门首长菲利克斯·沃伦佐夫今天不在，我觉得下述情况十分紧急，等不及他回来了。

据在卢森堡的一名特工报告，他在那里见到了以色列的行动间谍纳撒尼尔（"纳特"）·大卫·约翰森·狄克斯坦，化名爱德华（"爱德"）·罗杰斯，绰号"海盗"。

狄克斯坦1925年出生于伦敦东区的斯特普尼，是一个小店主的儿子。其父卒于1938年，其母亡于1951年。狄克斯坦于1943年加入英军，在意大利作战，晋升中士，后在莫利纳被俘。战后，他进入牛津大学研读犹太语。1948年，他尚未毕业即离校，并移民巴勒斯坦，几乎立即开始为摩萨德工作。

最初，他为犹太复国主义政权参与了盗窃及秘购武器的行动。在五十年代，他发动了对以加沙地带为基地、受埃及支持的一股巴勒斯坦自由战士的攻击，并亲自负责用饵雷炸死了该组织的指挥官阿里。在五十年代末及六十年代初，他是追杀逃亡的纳粹分子的暗杀小队的一名领导人。他指挥了1963年至1964年间对为埃及工作的德国火箭科学家的恐怖行动。

在他的档案中"弱点"一栏写有"未知"字样。看来他在巴勒斯坦或其他地方都没有成家。他对饮酒、吸毒或赌博没有兴趣。目前掌握到他并无绯闻，根据其档案记录，有推测认为：可能由于纳粹科学家在他身上实施了医学实验，导致他的性功能被冻结了。

在战后的1947年至1948年我们同在牛津大学期间，我本人和他有过密切接触，曾和他一起下棋。我创建了他的档案。我以特殊的兴趣追踪着他后来的行径。他如今行动出现的那片土地是我二十年来专注研究的地区。我怀疑在您的委员会的十一万下属中是否有谁比我更有资格来对付这个令人生畏的犹太行动特工。

因此，我建议您指派我来弄清狄克斯坦所负的使命，并且，如果情况适当，制止他的活动。

大卫·罗斯托夫

（签字）

致：欧洲司副司长

自：国家安全委员会主席

抄送：欧洲司司长

日期：1968年5月24日

罗斯托夫同志：

批准你的自荐。

尤里·安德罗波夫

（签字）

致：国家安全委员会主席

自：欧洲司司长

抄送：欧洲司副司长

日期：1968年5月26日

安德罗波夫同志：

为我最近到新别尔斯克短期公差中您和我的副司长交换备忘录一事。

我自然完全同意罗斯托夫同志的关切及您的批复，尽管我认为他如此匆忙行事并无正当理由。

罗斯托夫作为一名外勤特工，当然不会和他的上级具备同样开阔的视野，目前形势的一个方面，是他未能引起您注意的。

对狄克斯坦的最新调查是由我们的埃及盟友启动的，而且确实直到此刻仍由他们单独进行。出于政治原因，我不会建议不假思索地将他们排除在外，而罗斯托夫似乎认为我们能够这样做。我们充其量只能对他们予以协助。

不消说，在协助时会涉及的情报机构之间的国际联络，应由处长一级而非副处长一级来处理。

菲利克斯·沃伦佐夫

（签字）

致：欧洲司司长

自：国家安全委员会主席办公室

抄送：欧洲司副司长

日期：1968年5月28日

沃伦佐夫同志：

安德罗波夫同志要我处理您5月26日的备忘录。

他同意考虑对罗斯托夫设想的政治内涵，但他不肯将主动权置于埃及人的手中，而我们只是"合作"。我刚刚与我们在开罗的盟友交谈了，他们已同意由罗斯托夫指挥调查狄克斯坦的小队，条件是应由他们的一名特工充当小队的正式成员。

马克西姆·毕克夫，主席个人助理

（签名）

（铅笔附录）

菲利克斯：在你得到结果之前，不要再以此事烦我。务必对罗斯托夫保持警觉——他想得到你的职位，除非你的想法成型，否则我就将此任务交给他。尤里。

致：欧洲司副司长
自：国家安全委员会主席办公室
抄送：欧洲司司长
日期：1968年5月29日
罗斯托夫同志：

　　开罗现已提名一特工参与你的调查狄克斯坦的小队。事实上他就是在卢森堡最初发现狄克斯坦的人，名叫亚斯夫·哈桑。

马克西姆·毕克夫，主席个人助理

（签名）

　　皮埃尔·波尔格在给培训学校的讲座中，总是这样说："主动联系，始终要主动联系。不仅仅在你需要的时候，而且在每一天都要尽可能地联系。我们需要了解你在做着什么——而且我们可能会有生死攸关的信息要告诉你。"随后，学员进了酒吧，听到纳特·狄克斯坦的经验之谈："绝不要为不足十万美金的事主动联系他们。"

　　波尔格对狄克斯坦很恼火。他本来就容易发火，在他不知道发生了什么情况的时候尤其如此。所幸，怒气绝少干扰他的判断。他对卡瓦什也很恼火。他能理解卡瓦什要在罗马会面的原因，埃及人在那里有一支庞大的队伍，因此卡瓦什很容易找到借口造访那里，但是他们何以要在浴室见面就毫无道理了。

　　波尔格坐在自己在特拉维夫的办公室里生着闷气，因为他为狄克斯坦和卡瓦什以及别的未知情况而忧心忡忡。他坐在那里干等着消息，直到他开始想到，他们不会主动联系，因为他们不喜欢他，于是他气得发疯，把铅笔折断了，把他的秘书也轰了出去。

罗马的这家浴室，看在上帝的份上，那地方注定充满了形形色色可疑的人。何况，波尔格并不喜欢自己的身体。他穿着睡衣睡觉，从来不去游泳，在商店里也从来不试衣服，除去早晨的一次迅速的淋浴之外从来不会赤身裸体。此时，他站在蒸气浴室里，腰间围着他能找到的最大的浴巾，觉察到自己除去手和脸，周身白皙，肌肉柔软发福，一绺正在发灰的头发垂在肩头。

他看到了卡瓦什。那个阿拉伯人身材高瘦，肤色深棕，体毛不多。他们的目光远远相遇，随后如同秘密情侣似的，虽然并肩而行，但谁都不看谁，就这样进了摆着一张床的私人浴室。

波尔格离开众目睽睽的环境，轻松了许多，急不可耐地要听卡瓦什的消息。阿拉伯人开动了机器，使床震动起来：嗡嗡的噪声淹没了可能有的窃听器。两个人紧靠着站立，压低声音交谈。波尔格感到很窘，便转过身体，不面对卡瓦什，这样就只好扭过头去说话了。

"我已经派了一个人去卡塔拉。"卡瓦什说。

"难得啊。"波尔格大大松了一口气，照法语的读音说出这个字眼，"你的部门根本就没参与这个项目嘛。"

"我有个表兄弟在军事情报局。"

"干得漂亮。派去卡塔拉的是什么人？"

"萨曼·侯赛因，是你们的一个人。"

"好，好，太好了。他发现了什么？"

"施工已经完成。他们建成了反应塔，外加一个管理人员的工作区，还有一座简易机场。他们的进展比想象的要快得多。"

"反应堆本身呢？那可是关键。"

"他们现在正做着呢。很难说需要多长时间，有相当数量的精密活计呢。"

"他们会有那份能力吗？"波尔格心存疑窦，"我指的是那一套复杂的控制系统……"

"据我的理解，控制方面不需要花太多的心思。你只消把金属棒插进原子堆，核反应速度就会慢下来。反正，现在我们已经取得了另一项进展。萨曼发现那屋里挤满了苏联人。"

波尔格说："噢，妈的。"

"因此我现在估计，他们将要拥有他们需要的一切杂七杂八的电子学。"

波尔格坐在那把椅子上，一时忘记了浴室、震动床和他自己的柔软白皙的躯体。"这可是个坏消息。"他说。

"还有更坏的呢。狄克斯坦暴露了。"

波尔格瞪着卡瓦什，如同遭了雷击："暴露了？"他说，好像他不懂这个词的意思，"暴露了？"

"是的。"

波尔格感到愤怒和绝望交替而来。过了一会儿他才开口："他怎么成功地……钻进去的？"

"他被我们在卢森堡的一名特工认了出来。"

"他在那儿干吗呢？"

"你应该清楚。"

"先别提这个了。"

"显然只是一次巧遇。那特工叫亚斯夫·哈桑。他是个小角色——在一家黎巴嫩的银行工作，同时密切注意到来的以色列人。当然，我们的人认出了狄克斯坦这个名字——"

"他用了真实姓名？"波尔格难以置信地说。事情越来越糟了。

"我不这么看。"卡瓦什说，"那个叫哈桑的原先早就认识他。"

波尔格缓缓地摇着头。"你可不要认为由于我们的幸运就成了上帝的选民了。"

"我们将狄克斯坦置于监视之下，并且通报给莫斯科。"卡瓦什接着说，"当然，他相当快地就摆脱了监视小组，但莫斯科正在使出大力气重新找到他。"

波尔格一手托着下巴，视而不见地盯着贴砖墙上颇具异国风情的中楣。似乎有一个世界级的阴谋，总的说来是在阻挠以色列的政策实施，具体来看则是要阻止他的计划。他真想放弃这一切，回到魁北克去，他想用钝器击打狄克斯坦的脑袋，他还想把冷静的目光从卡瓦什英俊的面孔上抹掉。

他做了一个抛掉什么东西的手势。"真棒。"他说，"埃及人在反应堆上一路前进，苏联人在帮助他们；狄克斯坦暴露了；克格勃组织了一个小队来对付他。你意识到了吗？我们可能会输掉这场竞赛。之后，他们就会拥有一颗核弹，而我们却没有。你认为他们会使用吗？"他这时握住卡瓦什的肩膀，摇晃着，"他们可是你的人民。你告诉我，他们会把核弹扔到以色列吗？你拿你的屁股打赌，他们会的！"

"别嚷了。"卡瓦什平静地说，他把波尔格的一双手从肩头拽开，"在一方或另一方取得胜利之前，还有一条长路要走呢。"

"是吧。"波尔格转身要走。

"你要联系狄克斯坦，警告他。"卡瓦什说，"他现在在哪里？"

"我要是知道就好了。"皮埃尔·波尔格说。

第五章

在这次核反应堆重铀事件中，唯一被间谍们毁掉个人生活的就是那个完全无辜的欧洲原子能共同体的官员，被狄克斯坦称作"硬领"的那位。

狄克斯坦在法国甩掉监视小组之后，猜想他们定会在机场布下对他进行昼夜二十四小时的监控，便取道公路返回。而且，他们既然掌握了他租来的汽车的车牌号，他就在巴黎停下来，把车还掉，换了一家车行，另租了一辆车。

他在卢森堡的第一夜，就走进了迪克斯街上的那家颇为低调的夜总会。他独自坐在里边，啜饮着啤酒，等候硬领到来。不过倒是那位金发的朋友先到了。他的年纪要更轻些，大概在二十五到三十岁之间，酱紫色的双排扣西装里边是宽宽的肩膀和出众的身材。他穿过厅堂，进了他们上次占的单间。他像舞蹈家那样优雅，狄克斯坦觉得，他可能是足球队的守门员。那单间是空的。如果这一对每晚都在这里约会，那这个单间可能就是专门为他们保留的。

金发男子要了一瓶饮料，看了看表。他没有看到狄克斯坦在观察他。几分钟后，硬领来了。他穿着一件红色的鸡心领毛衣，里边是敞开领口的白色衬衫。他和往常一样径直走到他朋友等他的桌旁。他们双手紧握，相互致意。他们看上去兴致勃勃。狄克斯坦准备毁掉他们的天地。

他叫来一名侍者："请你给那边桌上穿红毛衣的人送去一瓶香槟，再给我来一瓶啤酒。"

侍者先给他端来了啤酒，然后用一只盛有冰块的桶，把香槟送到硬领的桌上。狄克斯坦看到那侍者跟那两个人指点着说他是送香槟的人。他们朝他看时，他举起啤酒杯笑眯眯地致意。硬领认出了他，面色惶恐。

狄克斯坦从桌边走向衣帽间。他洗着手，慢慢磨蹭着打发时间。两三分钟之后，硬领的朋友走了进来。那年轻人梳着头发，等着另一个人离开那里。随后便对狄克斯坦开口了。

"我的朋友要你别惹他。"

狄克斯坦龇牙一笑："让他亲口告诉我吧。"

"你是个记者，对吧？要是你的编辑听到你来到这种地方，会怎么样？"

"我是自由撰稿人。"

那年轻人走到跟前。他比狄克斯坦高出五英寸，至少要重三十磅。"你得远远地离开我们。"他说。

"不成。"

"你干吗要这么做？你想要什么？"

"我对你不感兴趣，帅哥。你最好回家，让我来和你的朋友谈话。"

"去你的。"年轻人说着，一只大手猛地抓住狄克斯坦上衣的翻领。他抽回另一只手，攥起拳头。可是他那一拳再没击出。

狄克斯坦用手指插向年轻人的眼睛。那颗金发脑袋向后一仰，本能地朝侧面一歪。狄克斯坦向前迈步，赶在对方挥拳之前，狠狠地击中了他的腹部。那小子喘着粗气，弯着腰，转身要走。狄克斯坦再次出拳，精准地击中那人的鼻梁。随着咔嚓一响，血就喷了出来。年轻人瘫倒在铺着瓷砖的地面上。

这就够了。

狄克斯坦迅速地走了出去，一边拽直领带，一边梳好头发。夜总会里，表演已经开始，那位德国的吉他手正在唱着关于一个同性恋警察的歌。狄克斯坦付完账便走了。他往外走时，看到硬领闷闷不乐地去了衣帽间。

街上是温和的夏夜，可狄克斯坦却在发抖。他走了不远，就进了一家酒吧，要了白兰地。那里吵吵嚷嚷，烟雾腾腾，柜台上摆着一台电视机。狄克斯坦拿着他的酒杯，来到一个角落的桌旁，面对墙壁坐了下来。

他们不会为衣帽间的打斗而报警。看着类似争风吃醋的事件，无论硬领还是夜总会的经理都不想为这种事惊动官方的注意。硬领会把他的朋友送进医院，说是撞到了墙上。

狄克斯坦喝着白兰地，不再发抖了。他觉得，当了间谍，做这种事情是免不了的。在这个世界上，一个国家免不了要有间谍。而没有一个属于自己的国家，狄克斯坦就没有安全感。

想要诚实做人看来是不可能的。即使他放弃这一行，别人也会顶替他做间谍、干坏事，那还不是同样糟糕。你只能做坏事来过日子。狄克斯坦回想起一个叫沃尔夫冈的纳粹集中营医生曾经说过差不多同样的话。

他早已认定，生活不是对与错的问题，而是胜与负的问题。不过，有些时候，这种观念仍然无法给予他任何些许安慰。

他离开酒吧，来到街头，朝硬领的居所走去。他要趁那人心慌意乱之际再增加些胜势。他不出几分钟就来到了那条铺石子的窄街，站在那栋依坡而建的旧住宅的对面守候着。顶楼的窗户里没有灯光。

在他等待期间，夜晚加重了寒意。他开始来回踱步。欧洲的气候阴郁。在这个季节，以色列该是明媚的，长长的白天阳光充足，人们干着艰苦的体力活，夜晚温暖，人们结伴而乐，笑声朗朗。狄克斯坦巴不得能够回家。

硬领和他的朋友终于回来了。那朋友的头上缠着绷带，一副出了事的模样。他像是瞎子似的，一只手搭在硬领的肩头上向前走。他们在住处门前停下脚步，硬领翻找着钥匙。狄克斯坦横跨过街，走近他们。他们背向着他，而且他的鞋子没有声音。

硬领打开了门，转身帮他的朋友，这时他瞧见了狄克斯坦。他吓了一跳。"噢，天啊！"

那朋友说："怎么回事？怎么了？"

"是他。"

狄克斯坦说："我得跟你谈谈。"

"叫警察。"那朋友说。

硬领拉起他朋友的手臂，领他迈步穿过门洞。狄克斯坦伸出一只手拦住了他们。"你们得让我进去。"他说，"不然的话，我会在街上弄出点'好景儿'来的。"

硬领说："他拿不到想要的东西，会把我们的日子搅得一团糟的。"

"可他要什么呢？"

"我马上就告诉你。"狄克斯坦说。他在他俩前面进了大门，跨上楼梯。

那两个稍稍迟疑了一下，便随在他身后。

三个人爬到了楼梯的顶层。硬领用钥匙打开了顶层的屋门，大家走了进去。狄克斯坦四下张望了一下。这里比他想象的要宽敞，有时尚的家具、条纹壁纸，还有许多花草和绘画把屋子装点得十分优雅。硬领把他的朋友安置在椅子上，从一个盒子里取出一支雪茄，用桌上的打火机点燃后，放到他朋友的嘴里。他们紧坐在一起，等候狄克斯坦开口。

"我是一名记者。"狄克斯坦开始说。

硬领打断了他的话："记者采访人，可是不打人。"

"我没有痛打他，只是揍了他两下。"

"凭什么？"

"他先跟我动的手，他没告诉你吗？"

"我不相信你的话。"硬领说。

"你打算为这件事纠缠多久呢？"

"不想。"

"那好。我想听听欧洲原子能共同体的事。要好听的——我的职业需要这个。现在嘛，一条出路是在机构内部的负责岗位中把同性恋的事情公之于众。"

"你是个无耻之徒。"硬领的朋友说。

"差不多吧。"狄克斯坦说。"不过，如果得到更好的结果，我就放弃这个故事。"

硬领用一只手伸进他的有灰绺的头发当中，狄克斯坦注意到他涂着干净的指甲油。"我觉得我明白了。"他说。

"什么？你明白了什么？"他的朋友说。

"他想要情报。"

"一点不错。"狄克斯坦说。硬领看来松了口气。现在到了表示友好的时候了，就需要像正常的彼此交往，要让他们觉得事情终归不致那么糟糕。狄克斯坦站起身，看到铮亮的侧桌上有瓶装威士忌的细颈瓶。他在三只杯子里各倒少许，嘴里说着："是啊，你们不检点，让我抓住了，我估摸着你们会因此而恨我，可我不想假装恨你们。我是坏蛋，我在利用你们，也就是这么回事。除此之外，我还照样和你们一起喝酒。"他把酒杯递给他们，又坐了下来。

停顿了片刻之后，硬领问道："你到底想知道什么呢？"

"好吧。"狄克斯坦只啜了最小的一口：他不喜欢那味道，"欧洲原子能共同体保存着裂变物质进进出出的运转和在成员国里的记录，对吧？"

"不错。"

"说得再确切些：任何人要从甲地到乙地移动一盎司的铀，都要经过你们的许可。"

"是的。"

"批准的完整记录全部都保存着。"

"保存在电脑里。"

"我知道。如果需要，电脑会打印出已经批准的所有的等待运输的铀的清单。"

"是，而且定期这么做。清单在办公室里每月会被巡转一次。"

"好极了。"狄克斯坦说，"我只想要那份清单。"

很长一段时间的沉默。硬领喝了些威士忌。狄克斯坦没有

124　肯·福莱特

喝。他今晚已经喝了两瓶啤酒和一大杯白兰地，超过了他通常在两个星期里喝的酒量。

那朋友说："你要拿清单干吗？"

"我打算查看一下在某一个月里所有的运输情况。我希望以此能够证明人们的实际作为与他们向欧洲原子能共同体汇报的没有多少关系。"

硬领说："我不相信你。"

狄克斯坦心想，这家伙不蠢。他耸了耸肩。"你认为我要那清单干吗呢？"

"我不知道。你不是什么记者。你说过的话没有一句是真的。"

"这没什么两样，是吧？"狄克斯坦说，"你愿意怎么相信都成。你除去给我清单，别无选择。"

"我还有。"硬领说，"我可以辞退那份儿工作。"

"要是你辞职——"狄克斯坦慢悠悠地说，"我就把你的朋友打成一摊肉酱。"

"我们会去警察局！"那朋友说。

"那我就走开。"狄克斯坦说，"也许离开一年吧。可是我还会回来。而且我会找到你。我会干净利索地杀死你，让你死得面目全非。"

硬领瞪着狄克斯坦："你到底是什么人？"

"我是什么人，这一点当真无关紧要，对吧？你心里清楚，我什么事都干得出来。"

"是的。"硬领说。他把脸埋在了两只手掌之中。

狄克斯坦让那阵沉默持续着。硬领无助地被逼上了绝路。他只有一件事情可做，如今他总算明白了。狄克斯坦给他留出充裕的时间。过了好一阵狄克斯坦才开口。

"打印件会很厚的。"他柔声地说。硬领头也不抬地只点了点。

"在你离开办公室时，会检查你的公文包吗？"

他摇了摇头。

"打印件理当上锁保存吗？"

"不。"硬领显而易见在努力打起精神，"不。"他有气无力地说，"这份文件并不是严格保密的，只属于内部掌握不外传。"

"好的。现在，你需要明天一天考虑细节——你要拿什么打印件，你该怎么具体地跟你的秘书说，等等。后天你把打印件带回家。你会发现一张我留给你的纸条。上面写明你如何把文件交给我。"狄克斯坦笑容可掬地说，"之后，你大概就不会再见到我了。"

硬领说："谢天谢地，但愿如此。"

狄克斯坦站起身。"你最好这会儿先别打电话，那是自找麻烦。"他说。他看到了电话，把连线从墙上拽了下来。他朝门口走去，将门打开。

那朋友看着断了的电线。他的目光表明他似乎缓过劲了。他说："你是不是担心他会变卦？"

狄克斯坦说："你才是那个会担心他变卦的人吧。"他走了出去，轻轻地把身后的门关好。

生活并非是一场人心向背之争，在克格勃中尤其如此。大卫·罗斯托夫如今很不得他上司的欢心，在部门的其他人当中也没有人缘，因为他们都对上司唯命是从。菲利克斯·沃伦佐夫对于他被绕开一事怒火沸腾：从今以后，他要尽一切可能搞垮罗斯托夫。

罗斯托夫对此早有预料。他并不后悔为狄克斯坦一事主动请缨的决定。恰恰相反，他对此沾沾自喜。他已经计划好，在获得到莫斯科的GUM百货公司的三层、编号为一百的柜台的购物许可证之后，就去买一身剪裁时尚、缝功精细的深蓝色英国西装。

他真正后悔的是给沃伦佐夫留下了可钻的空子。他本该料到埃及人和他们的反应的。跟阿拉伯人打交道是麻烦事，他们一个个笨手笨脚、毫无用处，以至于你会忽略他们是情报世界的一支力量。所幸，尤里·安德罗波夫身为克格勃的头目和列昂尼德·勃列日涅夫①的亲信，已经看透了菲利克斯·沃伦佐夫的意图，也就是想夺回对狄克斯坦一案的控制权，因此他就没有批准。

如此说来，罗斯托夫失误的唯一后果，就是被迫跟讨厌的阿拉伯人一起工作。

这就够糟的了。罗斯托夫有他自己的小组：尼克·布宁和皮奥特尔·图林，他们在一起工作得心应手。而开罗却像个漏筛子，经过他们那里的人员，一半都回到了特拉维夫。

眼下的这个人是亚斯夫·哈桑，谁知道有没有帮助呢。

罗斯托夫十分清晰地记得哈桑：富有的男孩，懒散又高傲，

_____

① 列昂尼德·勃列日涅夫（1906—1982），乌克兰人，前苏联政治家。曾任前苏联共产党中央委员会总书记、最高苏维埃主席团主席、国防委员会主席，被授予元帅军衔。．

倒是够机灵，可是缺乏上进心，政治上很浅薄，衣服却多的是。他进牛津，靠的不是他自己的头脑，而是他父亲的财富，罗斯托夫如今比以往对此益发深恶痛绝了。不过，提前了解这个人可能更容易控制他。罗斯托夫打算先弄清哈桑是否多余，他参与这个小队是否纯属政治因素。他该对哈桑说些什么，有哪些要保密，都需要机敏从事。说得太少，开罗会向莫斯科嚼舌头；说得太多，特拉维夫就能够挫败他的每一步行动。

真是尴尬透顶，他只有怪他自己。

他抵达卢森堡之时，对整件事情心怀忐忑。他是从雅典飞过来的，此前，自莫斯科出发后，已经换过两次身份和三次航班。他如此谨慎从事，是因为你如果从苏联直接飞来，当地的情报人员有时会记下你的到达时间和地点，并且会一直盯着你，那可就糟糕了。

不消说，没人在机场迎候他。他叫了一辆出租车前往他的宾馆。

他已经告诉开罗方面，他要用大卫·罗伯茨这个名字。当他以这个名字入住宾馆时，前台职员给了他一封留言。在行李工随他乘电梯上行时，他拆开了信封。里面只简单地写着"179号房间"。

他给了行李工小费，拿起房间的电话，拨了179。一个声音应道："喂？"

"我在142房间。给我十分钟，然后到这儿来会面。"

"好的。听着，你是……"

"闭嘴！"罗斯托夫厉声说，"不提名字。十分钟以后。"

"当然，抱歉，我……"

罗斯托夫挂断了电话。开罗如今招聘了些什么样的蠢货？显然就是在旅馆的电话系统中使用真实姓名的那类人。这比他担心的还要糟糕。

有时候，他会过分职业化了。他关掉电灯，手中握枪，坐在那里，盯着门洞，等候另一个人的到来，以防万一是个陷阱。如今，他把这类举动看作是电视剧的演员们故弄玄虚的表演。煞费苦心地保持个人的警觉已经不再是他的风格。他甚至并不随身携带枪支，以防机场海关官员检查他的行李。但是即便如此，仍然需要警惕再警惕、武器加武器。他确实有一两件巧妙藏匿的克格勃的小物件，包括所发出的嗡嗡声足以压倒窃听器的一把电动牙刷、一台即拍即得的微型摄影机，以及一副可以勒人致死的鞋带。

他迅速地从小箱中取出行李。里边没多少东西：一只保险剃须刀、那把电动牙刷、两件即洗即穿的美制衬衫和一条备用内裤。他从房间的吧台上取了些苏格兰威士忌喝，这是他在国外工作时给自己的一种奖赏。整整十分钟之后，有人敲门了。罗斯托夫打开门，亚斯夫·哈桑走了进来。

哈桑笑容满面。"你一向可好？"

"你好。"罗斯托夫说着，跟他握了手。

"有二十年了……你过得怎么样？"

"忙忙碌碌。"

"这么多年之后，我们得以重逢，全亏了狄克斯坦！"

"是啊。坐吧。咱们谈谈狄克斯坦。"罗斯托夫坐下了，哈桑也随之就座。"他的出现把我招来了这里。"罗斯托夫继续说，"你发现了他，随后你们的人在尼斯机场又盯上了他。后来怎么样了？"

"他随着一个有导游的旅行团在一家核电站转了一圈，接着就甩掉了我们的人。"哈桑说，"所以我们又把他跟丢了。"

罗斯托夫听凭自己流露出厌恶的神色："我们得设法改进一下。"

哈桑面带笑容，罗斯托夫觉得那是一种商人的笑容，他说道："假如他不是那种有本事发现并且甩掉尾随者的人，我们也就不会这么在意他了，是吧？"

罗斯托夫没理会他："他用车了吗？"

"用了。他租了一辆标致。"

"好的。他来卢森堡这儿之前，你是怎么知道他的行踪的？"

哈桑接过罗斯托夫公事公办的口吻，侃侃而谈。"他以爱德·罗杰斯的名义在阿尔法宾馆住了一个星期。他留下的地址是一家叫做《国际科学》杂志的巴黎办事处。这家杂志倒是真的，而且在巴黎真有那么个地址，但那只是用于邮递的。他们确实聘用过一名叫作爱德·罗杰斯的自由撰稿人，但他们已经有一年没听到他的音讯了。"

罗斯托夫点点头："你可能知道，那是地道的摩萨德的伪装手法。干净利索，严丝合缝。还有什么情况？"

"还有。他离开那里的前一夜，在迪克斯街上出了一件事。有人发现有两个人遭到痛打。像是职业手法干的——一下子扭断了骨头，你知道那种事的。警察无所作为：那两人都是在案的窃贼，有人认为他俩一直躺在靠近一处同性恋夜总会的地方守株待兔呢。"

"等着有同性恋者出来可以抢劫吗？"

"这是一般的看法。反正，没法把狄克斯坦跟这件事联系起来，除非他有这种本事，而且当时就在现场。"

"对一个有力的假定，这就足够了。"罗斯托夫说，"你认为狄克斯坦是个同性恋者吗？"

"有可能，但开罗说，在他的档案里没有这样一笔。看来，他这些年在这方面是十分谨慎的。"

"所以说，他这么谨慎，是不会在执行任务时到一家同性恋夜总会去的。你的论断不攻自破了，是吧？"

哈桑的脸上露出了气恼的痕迹。"那你是怎么看的呢？"他辩解地说。

"我的猜测是，他有个提供情报的人是个同性恋者。"他站起身，开始在屋里踱步。他感到他跟哈桑这个开头不错，但是到此为止就足矣了，不能激怒这个人。该缓和些了。

"咱们再探讨一下，他为什么要在一个核电站里转悠呢？"

哈桑说："以色列和法国自从六日战争以来就交恶了。戴高乐切断了武器供应。说不定，摩萨德计划采取报复行动，像是炸掉反应堆之类？"

罗斯托夫摇着头："即使以色列人也不会那么不管不顾。再有，狄克斯坦为什么会在卢森堡出现呢？"

"谁知道啊？"

罗斯托夫重新坐下："那在卢森堡这儿又是干吗呢？是什么原因使这里成了重要的地方？比如说，你们的银行为什么设在这里？"

"这里是欧洲的一座重要的首都。我的银行设在这里，并且欧洲投资银行就在这儿。而且，这里还有好些共同市场的机构，事实上，在卢森堡那里有一个欧洲中心。"

"都有哪些机构？"

"欧洲议会的秘书处、部长理事会和法院，噢，还有欧原体。"

罗斯托夫瞪眼瞅着哈桑："欧原体？"

"是欧洲原子能共同体的简称。不过，大家……"

"我明白是怎么回事了。"罗斯托夫说，"你没看出来其中的联系吗？他到了欧洲原子能共同体总部的所在地——卢森堡，然后参观了一座核反应堆。"

哈桑耸了耸肩："一种有趣的假设。你在喝什么酒？"

"威士忌。你也来点吧。在我的记忆中，法国人曾经帮助以色列建起了他们的核反应堆。如今他们已经切断了援助。狄克斯坦可能在追踪科学秘密。"

哈桑给他自己斟了一杯酒，又坐了下来："我们——你和我，该如何行动呢？我得到的指令是配合你。"

"我的小组今晚就到达。"罗斯托夫说。他心里想，配合，见鬼，你要照我的吩咐行事。他说："我总是使用同样的两个人，尼克·布宁和皮奥特尔·图林。我们在一起合作得很好。他们清楚我喜欢怎么办事情。我要你和他们一起干，照他们说的去做——你会学到许多东西的，他们都是非常出色的特工。"

"那我的人……"

"我们有很长一段时间用不着他们。"罗斯托夫干脆地说，"一个小组最好。眼下，我们的头一件事是，如果狄克斯坦回到卢森堡，到时候我们就一定要见到他。"

"我已经安排了一个人在机场一天二十四小时守候。"

"他会料到这一点的，他不会飞来的了。我们应该监视其他一些地方。他可能会到欧洲原子能共同体去……"

"就是让-莫内大厦，对。"

"我们可以向阿尔法旅馆的前台行贿，要他帮忙监视，不过他不会回到那里去了。还有迪克斯街上的那家夜总会。嗯，你说过他租了一辆车。"

"是的，在法国。"

"他现在肯定已经退掉了，他知道你们晓得那辆车牌号。我要你给那家出租车行打电话，弄清他是在哪里还的车，那样就可能告诉我们他行程的方向。"

"好极了。"

"莫斯科已经把他的照片发到了网上，所以我们的人在世界上各国的首都都可以搜寻到他。"罗斯托夫喝光了他的酒，"我一定能用这样或那样的手段抓住他。"

"你当真这么想吗？"哈桑问道。

"我和他下过棋，我知道他的思路。他开始的几招照常规行棋，可以预见，随后他就会走出完全意想不到的招数，通常都极其冒险。你只消等着他伸出脖子，那时候你就一刀砍下他的脑袋。"

哈桑说："我怎么记得你那盘棋输给了他。"

罗斯托夫残忍地一笑："不错，但现在才真正动刀动枪。"

有两种跟踪者：人行便道的艺术家和头大毛短的斗牛犬。人行便道的艺术家把跟踪人的活计与杂技表演或细胞生物学或诗歌创作相比较，他们将其视作一种高级别的技术。他们是完美主义者，能够做到几乎不显身形。他们有全套"表演"戏服和不引人注目的着装，他们在自己的镜子跟前练习着空泛的表情，他们通晓应对商铺门洞、公交车排队、警察和儿童、眼镜和购物袋以及篱墙的十余种手段。他们看不起斗牛犬——那些人把跟踪一个人等同于尾随其后，就如同一条狗跟着主人那样追随着踪迹。

尼克·布宁是一条斗牛犬。他是个年轻的凶徒，就是那种听天由命的家伙，要么当警察、要么当罪犯的人。命运把尼克带进了克格勃，他的兄弟当年在格鲁吉亚做毒品生意，把印度大麻从第比利斯贩运到莫斯科大学（就是罗斯托夫的大儿子尤里和其他人消费的地方）。尼克的公开身份是司机，暗中是私人保镖，更不为人所知的是恶棍。

正是尼克发现了海盗——纳特·狄克斯坦。

尼克身高稍低于六英尺，骨架很宽。他的宽肩膀上套着一件皮夹克。他的金发短短的，一双碧眼水汪汪的，令他感到尴尬的是，在二十五岁的年龄，他依旧用不着每天刮脸。

在迪克斯街的夜总会里，他们认为他极其聪明可爱。他在夜总会开门不久的七点三十分走进来，一整晚都坐在同一个角落里，忧郁地饮着冰镇的伏特加，不错眼珠地环视着。有人邀他跳舞，他用蹩脚的法语告诉那人一边待着去。他第二晚出现的时候，人们怀疑他是个遭到情人抛弃的可怜人，在那里等着与他的旧情人做最后摊牌。他身上有一股人们叫做干粗活的人的那种做派，这和他的宽肩膀、皮夹克和阴郁的表情有关。

尼克对这些潜在的看法一无所知。他只是看到了一幅照片，遵嘱到一家夜总会去找照片上的男人，于是他就记住了那张脸，然后到夜总会去找人。对他来说，那地方是妓院还是大教堂并没有什么区别。他喜欢偶尔有机会把人痛打一顿，但他的全部要求无非是定期开的津贴和一周两天的休息日，还有能让他尽兴地喝伏特加，看彩色书画本。

纳特·狄克斯坦走进夜总会的时候，尼克丝毫没感到兴奋。他干得出色的时候，罗斯托夫总认为，那是由于他拘泥地遵守精确的指令，这话倒也不错。尼克盯着目标独自坐了下来，要了一听啤酒，给他端来之后，便啜饮起来。看上去和他一样，都在等人。

尼克到前厅的电话处，叫通了旅馆，是罗斯托夫接的。

"我是尼克。目标刚刚进来。"

"好极了！"罗斯托夫说，"他在做什么？"

"等候。"

"好的。独自一人吗？"

"是的。"

"守着他，要是他有什么举动，就给我打电话。"

"放心吧。"

"我这就打发皮奥特尔下去。他会守在门外。要是目标离开夜总会，你就跟上他，跟皮奥特尔构成双保险。那个阿拉伯人会在远远的后边坐在车里，配合你们。那是一辆……稍等……那是一辆绿色的带天窗的大众轿车。"

"好吧。"

"现在回去盯着他。"

尼克挂断了电话，回到他的桌子，他走过夜总会厅堂时，没有去看狄克斯坦。

几分钟之后，一个大约四十岁的男人走了进来，他衣着讲究，容貌俊美。他四下张望，然后经过狄克斯坦的桌子，走向吧台。尼克看到狄克斯坦从桌上拿起一张纸条，放进了衣袋。狄克斯坦的动作十分小心，只有仔细观察他的人才会知道发生了什么事情。

尼克又来到电话跟前。

"一个基佬来了，给了他什么东西，看着像是一张票。"他告诉罗斯托夫。

"大概像是一张戏票？"

"说不准。"

"他们说话了吗？"

"没有，那个基佬只是在经过桌子时丢下了那张票。他俩甚至都没互相看上一眼。"

"好吧。待在那里。皮奥特尔这会应该在门外了。"

"等一等。"尼克说，"目标刚刚进入前厅。别放电话……他到柜台去了……他递过去了那张票，原来是一张衣帽间的凭据。"

"别挂断，告诉我发生了什么。"罗斯托夫的声音死一般的平静。

"柜台后边的人给了他一个公文包。他留下了小费……"

"那是秘密交接。非常好。"

"目标离开了夜总会。"

"跟上他。"

"我要不要把皮包抢过来？"

"别，在我们弄清楚他在做什么以前，我不想让我们暴露，只是要发现他的去向。去吧！"

尼克挂断了电话。他给了看衣帽间的人几张钞票，说道："我得赶紧走，这足够付我的账单了。"说完，就跟着纳特·狄克斯坦走上了楼梯。

街上是明亮的夏夜景色，众多路人群正奔向餐厅、剧场，或者闲逛。尼克左顾右盼，随后发现目标在街对面五十码开外的地方。他穿过街道，尾随上去。

狄克斯坦走得很快，目光前视，腋下夹着那个皮包。尼克闷着头跟在他后边，走了两三个街区。这当中，若是狄克斯坦回头，就会看到身后一段距离之外有一个人也曾到过那家夜总会，他就会开始琢磨，是不是已经被跟踪了。这时，皮奥特尔来到了尼克身边，碰了碰他的胳膊，一路朝前走去。尼克落下几步，到了一个能够看到皮奥尔特，却看不到狄克斯坦的位置。如若此刻狄克斯坦再次回头，就不会看到尼克，也不会认出皮奥特尔。目标在这种情况下很难嗅出被侦查的味儿，当然，跟踪目标的距离越长，也就需要更多的人来保持规律的轮番更换。

又过了半英里路程，那辆绿色的大众停到了尼克旁的路边处。亚斯夫·哈桑从驾驶座上斜倚过来，打开了车门："新指令。"他说，"上车。"

尼克坐进车里，哈桑调头朝迪克斯街的夜总会驶去。

"你干得很漂亮。"哈桑说。

尼克对此不予理睬。

"我们要你回到夜总会去，找出那个传递人，跟到他家。"哈桑说。

"是罗斯托夫上校说的吗？"

"是。"

"那好。"

哈桑在距夜总会不远的地方停下车。尼克走了进去。他站在门洞里，仔细地张望着里边的每一处地方。

那个传递人已经走了。

电脑的打印件足有一百多页。狄克斯坦扫视着他费尽心机才到手的珍贵纸页，没发现什么有意义的东西。

他返回到第一页，重新看起。有许多乱糟糟的数字和字母。会不会是密码呢？不会。这份打印件每天都要由欧洲原子能共同体的普通工作人员使用，因此应该易于理解。

狄克斯坦集中了注意力。他看到了"铀234"。他知道那是铀的一种同位素。另一组字母和数字是"180KG"——一百八十千克。"17F68"应该是日期，今年的二月十七号。逐渐地，一行行的电脑字母和数字开始显示出含义：他发现了欧洲各国的地名，其后附有距离的"火车"和"卡车"字样，附有表示公司名称的"SA"或者"INC"。一行行的条目终于清晰起来，第一行给出的是物资的种类和数量，第二行是发货的单位和地址，等等。

他的精神提起来了。他往下读着，越来越明白，成就感也越来越大了。打印单上列出了大约六十次付货。看似有三种主要形式：大量的原铀矿从南非、加拿大和法国运往欧洲的提炼加工厂，由加工厂运往反应堆的燃料，氧化物、金属铀或加料的混合物；从反应堆出来的用过的燃料运去后处理和存放。只有为数不多的不规范的运输，主要是从用过的燃料中分离出来的钚和超铀，是要送往大学的实验室和研究机构的。狄克斯坦在找到他要搜寻的东西时，已经头晕目眩了。就在最后一页上，有一次运输标明是"非核"的。

勒霍坲那位系花领带的物理学家曾经给他简单地讲过铀及其化合物在摄影、印染中的非核用途，以及作为玻璃和水泥的染色触媒及工业催化剂的功能。当然，无论出于多么普通无害的目的，那东西仍然是潜在的裂变物质，因此，欧洲原子能共同体的规章依旧适用。不过，狄克斯坦认为，在普通的工业化学中，安全问题大概没那么严格。

最后一页上的条目涉及二百吨的黄饼，也就是重铀氧化物，与位于比利时靠近德国边界的乡村中的一家金属加工厂相关。该厂由化学总会拥有，是一处采矿中心，其总部设在布鲁塞尔。化学总会将黄饼出售给叫作威斯巴顿的零敲碎打的工厂，是一家德国公司。该厂拟用于"以商业规模制造铀化合物，尤其是铀的碳化物"。狄克斯坦回忆起，该碳化物是制作合成氨的催化剂。

然而，那家零敲碎打的工厂似乎并不打算自己加工那些铀，至少不做初加工。狄克斯坦读到，他们并不在注册于威斯巴顿的工厂中进行加工，而是准许将黄饼用船运到临近海边的热那亚，他的兴趣陡然大增，在那里由一家叫作安吉鲁奇暨彼严柯的公司从事"去核过程"。

临近海边！其含义当即使狄克斯坦眼前一亮：货运会由另一方经手，通过欧洲的一座港口。

他继续读下去。运输将从化学总会的后加工工厂通过铁路运到安特卫普的码头，再从那里将黄饼装载到阔波列里号船上，运到热那亚。而从那座意大利港口到安吉鲁奇暨彼严柯工厂的短程运输则在公路上完成。

在运输过程中，黄饼——看着像沙，但比沙更黄一些——会被装进五百六十只200公升的油桶中，用重重的铅盖密封。这其中需要有十一节车厢的火车，而货船为这样一次航程不能加载其他货物，意大利人则要使用六辆卡车完成最后一段运输。

正式海运的航程使狄克斯坦激动不已：穿过英吉利海峡，越过比斯开湾，沿西班牙的大西洋海岸南行，穿越直布罗陀海峡，再在地中海中行驶上千英里路程。

在如此漫长的路程中，会出现许多错误的。

陆地运输直截了当，易于控制。一列火车在某一天的中午出发，于次日早晨八点三十分抵达，公路上行进的卡车总会遇到包括警车在内的其他车辆。飞机会与地面的某些人保持联系。但海上的事自有其规律，就难以预料了，一次航行可以是十天或二十天，可能会发生风暴和碰撞或者引擎故障，从而不能按时进港和突然改变航程。劫持一架飞机在一小时后全世界都会从电视上看到，而劫持一条船会在几天、几周，也许永远都没人知道。

大海是海盗的不二选择。

狄克斯坦继续思考着，他的热情益发高涨，感到解决他的问题的方案已经唾手可得。劫持阔波列里号……然后呢？把货转到海盗船的货舱里。阔波列里号应该有自己的起重机。在海上转运货物就要碰运气了，狄克斯坦在打印件上寻找着航程预定的日期：十一月。那可不妙。可能会有风暴。哪怕地中海在十一月也会刮起大风的。那怎么办呢？接管阔波列里号，驶到海法吗？即使在严格保密的以色列，秘密地在码头上停靠一艘船也是天大的难事。

狄克斯坦瞥了一眼手表，已经过了午夜。他开始脱下衣服，准备上床。他需要有关阔波列里号更多的信息：它的吨位、水手的数量、目前的停靠地、船主是谁，如果可能，还有船上的布局。明天他要去伦敦。在伦敦的劳埃德船务局，你可以了解到有关船只的任何情况。

他还需要知道其他一些事情。是谁在欧洲各地到处跟踪他？在法国有一支庞大的队伍。今晚，在他离开迪克斯街上的夜总会时，他身后就有一张凶徒的面孔。他当时就怀疑是条尾巴，可是后来那张面孔不见了——是偶然，还是另一支庞大的队伍？这都要取决于哈桑是不是加入了这场游戏。他在英国还可以探寻这样的问题。

他不知道如何实现这次行程。若是有人今晚嗅到了他的气味，他明天就得采取预警措施。即使那张凶徒的面孔无关紧要，狄克斯坦也要确认他有没有在卢森堡机场被盯梢。

他拿起电话，拨了前台。有了应声之后，他对那服务员说："六点三十分叫醒我。"

"好的，先生。"

他挂断电话，钻进了床铺。他终于有了确定的目标：那艘阔波列里号。他还没有计划好，但他已经有了行动方案的大致轮廓。即使出现什么别的困难，把非核货物和海上运输联系起来都是无法抗拒的诱惑。

他关掉了电灯，闭上了眼睛，心想：这是多么美好的一天啊。

亚斯夫·哈桑自忖，大卫·罗斯托夫从来都是在人前假装谦卑的货色，而且并没有随着年龄的增长而有所收敛。他会带着恩赐的笑意说，"你不明白的大概是……"和"我们不会长时间地需要你们的人，一个小组更好"；以及"你不能坐在车里跟踪而不被发现"；如今又是"在我去使馆的时候，盯着点电话"。

哈桑原来准备在罗斯托夫的手下作为小组的一员来工作的，但是看来他的地位要更低，至少低于尼克·布宁那样的人。这是一种屈辱。

麻烦在于，罗斯托夫自有其道理。倒不是苏联人比阿拉伯人精明强干，而是克格勃无疑比起埃及的情报机构要更庞大、更富有、更有力、更专业。

哈桑除了忍受罗斯托夫的态度别无选择，无论其中有没有道理。开罗巴不得由克格勃来猎取阿拉伯世界的一个最大的敌人。若是哈桑要抱怨的话，他宁可把罗斯托夫赶出这桩案子。

哈桑心想，罗斯托夫可能记得，是阿拉伯人最初盯上了狄克斯坦。若是没有我开头的发现，也就不必如此兴师动众了。

无论如何，他反正是要赢得罗斯托夫的尊重，要苏联人信任他，跟他讨论进程，征求他的意见。他要向罗斯托夫证实，他是个称职的专业特工，与尼克·布宁和皮奥特尔·图林不相上下。

电话铃响了。哈桑连忙拿起来话筒："喂？"

"另一个人在吗？"是图林的声音。

"他出去了。有什么事吗？"

图林迟疑了一下："他什么时候回来？"

"不知道。"哈桑撒谎道，"向我报告吧。"

"好吧。客户在苏黎世下了火车。"

"苏黎世？继续说。"

"他打了一辆出租车去了一家银行，进去之后下了保管库。那家银行有存物保险柜。他出来的时候，夹着一个公文包。"

"后来呢？"

"他到城市的郊区的一家汽车销售点去，买了一辆E型美洲豹，用他包里的现金付的款。"

"明白了。"哈桑心想，他知道接下来会发生什么事了。

"他开着那辆车出了苏黎世，驶上E17高速路，把车子的速度提到每小时一百四十英里。"

"你就把他跟丢了。"哈桑说，他感到忧喜参半。

"我们有一辆出租车，还有一辆使馆的奔驰。"

哈桑察看着欧洲的公路地图："他可能前往法国、西班牙、德国、斯堪的纳维亚的任何地方……除非他又返回来。要是那样，他会去意大利、奥地利……那样他就消失了。好了，回到基地来。"不等图林诘问他的权威，他就挂断了电话。

他心想，如此看来，克格勃终究不是无往不胜的。他巴不得看到他们集体丢脸。但他恶毒的快乐很快便蒙上了一层阴影，他担心他们已经永远失去了狄克斯坦。

他还在想着下一步该怎么走的时候，罗斯托夫回来了。

"有情况吗？"苏联人问道。

"你们的人把狄克斯坦丢了。"哈桑说着，强压下笑意。

罗斯托夫的脸阴沉了下来："怎么回事？"

哈桑告诉了他。

罗斯托夫又问："他们现在干吗呢？"

"我建议要他们回到这儿来，估摸他们正在路上呢。"

罗斯托夫表示同意。

哈桑说："我一直在想我们下一步该做什么。"

"我们得重新找到狄克斯坦。"罗斯托夫在他的箱子里翻找着什么东西，他的回答心不在焉。

"是啊，可是还有呢？"

罗斯托夫转过脸来。"说到点子上吧。"

"我认为我们应该找出那个传递人，问问他传给狄克斯坦的是什么东西。"

罗斯托夫呆立着，心中在琢磨："不错。"他若有所思地说。哈桑感到得意。

"我们得找到他……"

"这并非不可能。"罗斯托夫说，"如果我们把那家夜总会、机场、阿尔法旅馆和让–莫奈大厦盯上几天……"

哈桑瞅着罗斯托夫，看着他那又高又瘦的身材、令人印象深刻又难以摸透的面孔、高高的额头和精剪过的在变灰的头发。哈桑心想，我是对的，他不得不承认了。

"你是对的。"罗斯托夫说，"我应该早想到这一点的。"

哈桑感到一阵自豪，心想，也许这人还没那么坏。

第六章

牛津城的变化没有人的变化大。城市的变化在意料之中，城区比起以前扩大了，车辆和店铺数量剧增，商品也更加琳琅满目，街道愈发拥挤不堪。但这地方主导的典型特征依旧是大学校园的乳白色建筑，偶尔穿过一座拱门瞥去，会看到一处荒僻的方形绿色草坪，令人惊叹不已。狄克斯坦还注意到英格兰奇特的苍白亮光，与以色列那闪耀着黄铜色的阳光截然不同。其实，这里一向如此，但作为本地人，他却从未曾见过。然而，大学生们似乎是全新的一代。狄克斯坦在中东和全欧洲都见到过长发过耳的男子围着橘色或粉色的围巾，穿着喇叭裤和高跟鞋。他原不曾指望过人们会像他们在1948年时的穿着：花格呢的外套和灯芯绒的裤子，牛津式衬衫上系着从霍尔店买来的涡纹图案细毛领带。但这里人们的装束依旧超出了他的想象。许多人在大街上光着脚，或者不穿袜子蹬着怪模怪样的凉鞋。男男女女都穿着裤子，在狄克斯坦看来，裤腿紧得十分不雅。在观察到好几名妇女的乳房在五颜六色的宽松衬衫里自由地抖动之后，他得出结论：戴乳罩已经过时。蓝色的粗斜纹布比比皆是，不仅是裤子的面料，而且用作衬衫、外套、裙子，甚至大衣的材料。还有发式！那才真正地让他吃惊。男子的头发不仅过耳，有时甚至快要及腰。他看到两个家伙梳着辫子。其余的男女的大波浪卷头发乱糟糟地向四下伸张着，让他们看上去像是正在从篱洞中向外窥视的兽类。可是这副样子看来还不足以使一些人张扬，他们还蓄起耶稣式的、墨西哥式的胡须或者八字胡。他们大概是火星人吧。

他惊诧不已地在市中心漫步，随后便朝郊区走去。他已经有二十多年没走过这条路了，但他仍然记忆犹新。他大学时代的种种琐事在他的脑海中一幕幕浮现：他发现了路易斯·阿姆斯特朗令人惊异的短号吹奏；他悄悄地自我觉察到自己东区口音的过程；他对除他之外大家何以如此喜欢喝得酩酊大醉感到费解；他借书的速度超过了阅读的速度，以至于他房间里桌子上堆的书越来越高。

他想不出岁月是否改变了他。他觉得并不太大。当时他始终是个惊弓之鸟，寻找着一处安身立命之地，如今他有了以色列作为避风港，但他未能在那里藏身，反倒要出来捍卫那个国家。他当年和现在一样，是个三心二意的社会主义者，认为社会不公，却不清楚如何得以改进。随着年龄的增长，他获得的是技能，而不是智慧。事实上，在他看来，他知道的多了，真正理解的却少了。

他觉得现在还算是幸福的。他知道自己是什么角色，必须做些什么。他能够揣测出生活是什么样子，并且发现自己能够应付自如。虽说他的人生态度和1948年时没什么两样，不过现今倒是自己更有把握了。然而，年轻的狄克斯坦曾经希冀的某种其他的幸福，最终并没有出现。的确，这样的可能性已经随着岁月的流逝而退去。这地方让他不愉快地回想起那一切，尤其是这栋住宅。

他站在住宅的外边端详着。这里丝毫未变：墙壁仍然涂成绿白两色，宅前的庭院依旧是树木野草丛生。他打开了院门，沿小路走到门前，敲响了门。

这样叫门不一定管用。阿什福德可能已经搬走，或者不在人世，也许干脆外出度假了。狄克斯坦应该事先给大学打个电话询问一下。不过，如果只是谨慎地打听，必然会有浪费时间的风险。何况，他倒更愿意在多年之后再看看这处老地方。

门开了，那个女人说道："您哪位？"

狄克斯坦惊出一身冷汗。他的嘴巴张开着。他稍稍有些站立不定，伸出一只手扶住墙来稳住自己。他的面孔惊讶得皱成一团。

那就是她，还是二十五岁时的样子。

狄克斯坦用充满怀疑的声调说："艾拉……"

她瞪着台阶上的这个小个子不速之客。他的样子像是大学的学监，戴着圆圆的眼镜，穿着旧的灰西装，留着又短又硬的头发。她开门的时候，他还好好的，可是他的目光刚一落到她身上，脸色一下子就煞白了。这种情况她以前遇到过一次，是她走在高街上的时候。一位快活的老先生盯视了她一会儿，脱下帽子，拦住她，口中说："我说，我知道咱们还没有彼此介绍过，不过……"

这显然是同样的情况，于是她便说道："我不是艾拉，我是苏莎。"

"苏莎！"陌生人说。

"人们都说，我长得和我母亲在这个年龄时一模一样。你显然认识她。请进吧？"

他站在原地没动。尽管脸色依旧苍白，他似乎在从惊讶中回过神来。"我是纳特·狄克斯坦。"他面带微笑地说。

"你好。"苏莎说，"你愿意……"这时她才意识到了他刚刚说的话。这次轮到她吃惊了。"狄克斯坦先生！"她说，声音高得像是尖叫。她伸出双臂，搂住他的脖子，亲吻了他。

"你记起来了。"她松开手后，他说道。他看上去既高兴又发窘。

"当然啦！"她说。"你还拍抚过赫兹恰呢。你是唯一懂得它的话的人。"

他又一次以微笑作答："赫兹恰，那只猫……我都忘了。"

"好吧，快进来吧！"他从她身边走进宅子，她关上了门。她拉起他的胳膊，领他穿过方形的客厅。"这太妙了。"她说，"到厨房来吧，我刚才正忙乎乎地做蛋糕呢。"

她给了他一只凳子。他坐下去，慢慢地打量着四周，微微点着头认出了旧的厨桌、壁炉、窗外的景色。

"咱们来点咖啡吧。"苏莎说，"也许你愿意喝茶？"

"就来咖啡吧。谢谢。"

"我猜想你要见我爸。今天上午他授课，不过很快就会回来吃午饭的。"她把咖啡豆倒进一台手动的研磨机里。

"你母亲呢？"

"她在十四年前去世了。癌症。"苏莎瞅着他，等他说出那句自然的"我很难过"。然而他的那句话并没有说出口，但想法却流露在脸上。不知为何，她倒是因此而更喜欢他了。她研磨着咖啡豆。那声音填塞了沉默的空气。

她磨完之后，狄克斯坦说道："阿什福德教授还在教课……我正想推算出他的年纪。"

"六十五岁啦。"她说，"他工作不太多。"六十五岁听起来够老的了，可是她爸不怎么见老，她疼爱地想，他的头脑依旧犀利。她想知道狄克斯坦的生计是什么："你移民到巴勒斯坦了吗？"

"以色列。我住在一座农庄里。种葡萄，酿造葡萄酒。"

以色列。在这栋房子里，它总是被叫巴勒斯坦的。她爸会如何对待这位老朋友呢？他拥护的正是她爸反对的啊。她晓得答案，其中不会有什么差别，因为她爸的政治只是理论上，而不是实际上的。她想不出狄克斯坦为什么会来到这里。

"你在度假吗？"

"生意上的事。我们现在认为，葡萄酒已经达到足以向欧洲出口的品质了。"

"那好极了。你在出售吗？"

"寻找商机吧。跟我说说你自己吧。我敢打赌你不是大学教授。"

这句话有点让她气恼，而且她知道自己耳根处有些发红了，她不愿这个男人认为她的智慧够不上一名教授。"你怎么这么想呢？"她冷冷地说。

"你过于……热情。"狄克斯坦扭过脸去仿佛当即后悔选了那个字眼，"反正是，太年轻了。"

她误判了他。他不是在藐视她。"我有我父亲对语言敏锐的耳朵，但缺乏他那种学术上的灵活头脑，所以我只是个空中小姐。"她说，其实自己也不清楚她是否当真不具备学术头脑，是否当真没有当教授的智力。她把开水冲进过滤器，咖啡的香气在室内弥漫。她不知道接下来该说什么。她抬眼看着狄克斯坦，发现他沉思着，目光却直愣愣地盯着她看。他的大眼睛是深棕色的。她突然感到害羞，这也没什么不寻常的。她就这么对他明说了。

"害羞？"他说，"那是因为我一直盯着你看，把你当作一幅画或者什么。我在设法接受这一事实，你不是艾拉，而是抱着老灰猫的那个小姑娘。"

"赫兹恰死了，大概在你走后不久。"

"很多事情都变了。"

"你是我父母的至交吗？"

"我是你父亲的一个学生。我远远地崇拜着你母亲。艾拉……"他又一次移开了目光，似乎假装说话的是别人，"她不仅拥有美貌——她有震撼人心的力量。"

苏莎凝视着他的面孔，心想，你爱她。这念头油然而生，是本能的，不过，她当即怀疑自己可能想错了。然而，这倒是解释了他在门口台阶上看到她时的那种强烈反应。她说："我母亲原本是个嬉皮士，你知道吗？"

"我不明白你的意思。"

"她想要自由。她极力反对加在阿拉伯妇女身上的束缚，尽管她出身于一个富有而自由的家庭。她嫁给我父亲，就是要离开中东。当然，她发现西方社会自有其压迫妇女的一套。于是，她就继续冲破大多数规矩。"苏莎说着，回忆起在她成长为成熟女人并开始懂得爱情的时候，如何认识到她母亲的不检点。她肯定当时感到震惊，但现在却无法想起那种感觉了。

"那就让她成了嬉皮士？"狄克斯坦问道。

"嬉皮士相信自由的爱情。"

"我明白了。"

从他对这件事的反应中，她知道他母亲没有爱上狄克斯坦。她毫无道理地为此感到伤心。"跟我说说你的父母吧。"她说。她和他谈话就像他们是同龄人。

"不过，你还是先倒上咖啡吧。"

她哈哈大笑："我给忘了。"

"我父亲是个鞋匠。"狄克斯坦开始说起来，"他修鞋手艺好，可不善于做生意。不过，三十年代对伦敦东区的鞋匠来说，倒是好年头。人们买不起新鞋，就把旧鞋年复一年地修了又修。我们从来没发过财，可我们比周围的大多数人还是有些钱。当然啦，我父亲还是感到了压力，家中要扩大生意，要开第二家店，还要再雇些人。"

苏莎把咖啡递给了他："要加奶和糖吗？"

"只要糖，不要奶。谢谢。"

"接着说吧。"那是个不同的世界，她一无所知。她从来没想过一个修鞋匠在萧条期间会过得不错。

"卖皮子的以为我父亲是个鞑靼人，他们一向只把最好的皮子卖给他。要是有二等皮子，他们就会说：'别自找麻烦地把那货色给狄克斯坦，他会直截了当地退回来的。'反正我是这么听说的。"他又微微一笑。

"他还健在吗？"苏莎问道。

"他在战前就去世了。"

"怎么回事？"

"唉。20世纪30年代的伦敦是法西斯分子的天下。他们每晚都要召开露天大会。演讲人会对人们说，全世界的犹太人都在吸食劳动人民的鲜血。演讲者和组织者都是受人尊敬的中产阶级人士，可场下的观众却是无业游民。会后，他们会在大街上游行，砸碎玻璃窗，骚扰路人。我们的住处成了他们最完美的袭击目标。我们是犹太人，我父亲是个小业主，因此在他们眼里也就是个吸血鬼。而且，跟他们的宣传一致，我们确实比周围的人日子好过些。"

他停住嘴，凝视着空中。苏莎等他接着说。在他讲这段事情时，身体似乎蜷缩成一团——两条腿紧紧地叠着，两只胳膊抱在胸前，后背拱起。他穿着那套不合身的职员灰西装，坐在厨房的凳子上，臂肘、膝盖和肩膀向四下冒出凹凹凸凸的角度，样子像装在袋子里的一捆木棍。

"我们住在店铺的楼上。每个该死的夜晚，我都睁眼躺着，等着他们走过去。我莫名其妙地恐惧，主要因为我父亲吓得要死。有时候，他们什么也没干，只是路过而已。他们通常都高喊口号，常常都要打碎玻璃。有两次他们闯进店里，乱砸一通。我以为他们会上楼来。我把脑袋钻到枕头下边，哭泣着，诅咒上帝把我生作犹太人。"

"难道警察就什么都不管吗？"

"也就是尽力而为吧。如果他们在附近，就加以制止。可是那年月他们的事情太多了。共产党人是唯一帮我们反击的人。所有的党派当然都反对法西斯分子——可是只有他们拿起了鹤嘴锄和撬棍，并且设下路障来反击他们。我想加入共产党，可是他们不要——我太小了。"

"你父亲呢？"

"他伤心透顶。店铺第二次遭到洗劫之后，再没钱装修了。看来，他没有精力再在别处重新开始创业了。他申请救济，无非是瞎忙活。他在1938年去世了。"

"你呢？"

"我很快就长大了。刚够年龄，就参了军。早早地当了俘虏。战后来到牛津，后来退学，去了以色列。"

"你在那儿成家了吗？"

"整个农庄就是我的家……我从未结婚。"

"因为我母亲吗？"

"也许是吧，算一部分原因。你挺直率的。"

她又一次感到耳根臊红了。向一个其实还是陌生人的人这样发问是很亲密的。可是又来得极其自然。她说："抱歉。"

"用不着抱歉。"狄克斯坦说，"我很少这样谈话。实际上，我也说不清，总觉得这次整个旅程都充满着往昔的踪迹。有一个词很恰当：回忆的芬芳。"

"那意味着嗅到了死亡。"

狄克斯坦耸了耸肩。

一阵沉默。苏莎心想，我挺喜欢这个人。我喜欢他的谈吐和他的沉默、他的大眼睛、他的旧西装、他的回忆。我希望他能够多待一会儿。

她敛起咖啡杯，打开了洗盘机。一只匙子从托盘上滑下，蹦到了大个的旧冰箱底下。她说了声："该死。"

狄克斯坦跪下去往底下看。

"这一下，得永远藏在那儿了。"她说，"冰箱太重，移不动的。"

狄克斯坦用右手抬起了冰箱的一头，左手伸到下边。他把冰箱放稳，站起身，把匙子递给苏莎。

她瞪着他："你是什么人？美国队长吗？那家伙重得很呢。"

"我是在地里干活的。你怎么知道美国队长？在我少年时期，他可是个时髦人物呢。"

"他现在还是很时髦。那些漫画艺术真是异想天开呢。"

"哎，取悦大众罢了。"他说，"我们当年只能偷偷地看，因为那是垃圾读物。如今倒成了艺术作品了，也不错。"

她笑了："你当真下地干活？"他的样子像职员，不像干地里活的。

"当然啦。"

"一个经销葡萄酒的人，在葡萄园里实际上弄得指甲缝里都是泥。这可不寻常。"

"在以色列很常见。我以为，我们有点……迷住了心窍……对于土地。"

苏莎看了看手表，吃惊地发现已经这么晚了："我爸随时都会回来。你和我们一起吃饭，好吗？恐怕只有三明治了。"

"那就挺好的。"

她把一条法国面包切了片，接着拌起色拉。狄克斯坦主动洗起莴苣，她给了他一条围裙。过了一会儿，她看到他又瞅着她了，就露出了笑容："你在想什么呢？"

"我回想起一件事，会让你不好意思的。"他说。

"还是告诉我吧。"

"有一次我晚上在这里，大概六点钟吧。"他开始说，"你母亲不在。我来是要跟你爸借一本书。你当时在洗澡。你爸接了一个从法国来的长途电话。我不记得是怎么回事了。就在他接电话的时候，你哭了起来。我奔上楼，把你抱出浴缸，给你擦净身子，给你穿上睡袍。那会儿你大概四五岁吧。"

苏莎大笑起来。她眼前突然出现了那一景象：狄克斯坦在雾气蒙蒙的浴室内，伸下手去，毫不费力地把她从满是肥皂泡的热水浴缸里抱了出来。在那幻象中，她不是个孩子，而是个成年女人，双乳湿漉漉的，腿裆里净是肥皂沫，在他把她拽到他胸前时，他的双手坚定有力。这时，厨房门打开了，她父亲走了进来，那梦幻消失了，只留下了一种私通的感觉和罪孽的痕迹。

纳特·狄克斯坦觉得阿什福德教授已经尽显老态。现在，除去一圈白发，头顶完全秃了。他稍稍有些发福，动作也有些迟缓，但在他的眼睛里依然闪着求知的智慧之光。

苏莎说："一位意想不到的客人，爸。"

阿什福德看着他，毫不犹豫地脱口而出："年轻的狄克斯坦！好啊，我真有福气！我亲爱的朋友。"

狄克斯坦握着他的手。握得很有力："你可好，教授？"

"结实极了，亲爱的孩子，尤其是有我女儿在这儿照顾我。你还记得苏莎吧？"

"我们一上午都在回忆往事呢。"狄克斯坦说。

"我看见她已经让你扎上围裙了。这么快，就算在她来说，也是够快的了。我跟她说过，照这样子，她永远都找不到丈夫的。把围裙解下来吧，亲爱的孩子，来喝上一杯。"

狄克斯坦对苏莎苦笑了一下，便照做了，跟着阿什福德走进了客厅。

"雪莉酒吗？"阿什福德问道。

"谢谢，来一点吧。"狄克斯坦猛然醒悟到，他来此是有目的的。他要在阿什福德不知不觉的情况下从他嘴里探听情报。他实际上在这几个小时之内有些失职，此时他必须把思绪回到工作上来。但是他想着，一定要轻描淡写、不动声色。

阿什福德递给了他一小杯白色的雪莉酒："好啦，跟我说说，你这些年都是怎么过的？"

狄克斯坦啜饮着雪莉酒。酒味十分酸涩，正是他们在牛津喜欢的那种。他把对哈桑和苏莎说过的故事给教授又讲了一遍，谈到了为以色列的葡萄酒谋求出口市场的事，阿什福德问了些相关的问题。年轻人是不是离开农庄进了城？时间和繁荣已经侵蚀了农庄的共产主义理想吗？欧洲的犹太人是不是已经同非洲和地中海东岸的犹太人融合并通婚了？狄克斯坦一概给予了肯定或否定的简单回答，而不再多言。阿什福德礼貌地回避着他们在以色列的政治伦理上的对立观点，然而，在他涉及的以色列问题背后，隐藏着热衷于打听坏消息的痕迹。

还没等狄克斯坦有机会提出他自己的问题，苏莎就叫他们到厨房用餐了。她的法式三明治个头大、味道好。她还打开了一瓶红酒来佐餐。狄克斯坦这下明白了阿什福德为何会发福。

喝咖啡的时候，狄克斯坦说："两三个星期之前，我碰上了一个同期学友，就是在卢森堡。"

阿什福德问："是亚斯夫·哈桑吗？"

"你怎么知道的？"

"我们一直保持着联系。我知道他住在卢森堡。"

"你常跟他见面吗？"狄克斯坦问道，心里想着：轻描淡写，不动声色。

"这么些年里，有好几次吧。"阿什福德停顿了一下，"需要指出的是，狄克斯坦，给你带来一切的几场战争，却把他的一切都带走了。他家失去了全部财产，住到了难民营里。他对以色列恨之入骨，是可以理解的。”

狄克斯坦点点头。他此时几乎可以肯定，哈桑是在这场游戏之中了："我没跟他待多少时间，我正在赶飞机。他别的方面的情况呢？"

阿什福德皱起了眉头。"我发现他有点……心不在焉①，"他结束了自己的话，由于没找到合适的英文字眼，便用了一个法语词，"突然的召唤让他得立即跑掉，取消既定的约会，总有莫名其妙的电话，然后神秘地失踪，或许这就是一个失去财富的贵族的做派吧。"

"也许吧。"狄克斯坦说。事实上，这是一名特工的常态，此刻他已经百分之百地肯定，与哈桑的那次不期而遇暴露了自己。他说："你还见过我们那一届的其他人吗？"

"只有老托比。他如今坐上了保守党的前排议席了。"

"真棒！"狄克斯坦高兴地说，"他总是像个反对党发言人那样讲话——既自负又防备。我很高兴他找到了自己的位置。"

苏莎问："还要咖啡吗，纳特？"

"不要了，谢谢。"他站起身，"我来帮你收拾，然后我就得返回伦敦。我真高兴过来串门遇到你。"

"我爸会收拾的。"苏莎说，她咧嘴一笑，"我们定好的。"

"恐怕就是这样。"阿什福德承认，"她不肯为任何人打

---

① 原文为法语。

工，最不愿意给我干活。"这番话使狄克斯坦颇为意外，因为显然与事实不符。或许苏莎没有亲自服侍他，但她似乎在以妻子的方式照看他。

"我要陪你走进城。"苏莎说，"等我穿上外衣。"

阿什福德握着狄克斯坦的手："真高兴见到你，亲爱的孩子，我真的很高兴。"

苏莎身穿天鹅绒的外套走了回来。阿什福德送他们到门口，含笑挥手道别。

他俩走在街上，狄克斯坦嘴里不停地说着话，只是为了眼睛不离开她。她这件外套与她的黑色丝绒裤子相配，里面的奶色宽松衬衫看着像是丝绸的。就像她母亲一样，懂得如何穿着来衬托她闪亮的黑发和完美的棕色皮肤。狄克斯坦把自己的手臂伸给她，感觉相当老派，只是为了让她能触到他。毫无疑问，她跟她母亲一样具有身体上的吸引力。她身上有一种东西，让男性充满了占有她的欲望，不大像情欲而更像贪婪，是那种拥有这样一个尤物的需要，而且再也不让她被取走。狄克斯坦如今已经年龄大到清醒地知道，那种欲望是多么不切实际，何况艾拉·阿什福德绝不会使他幸福。但这位女儿似乎具备她母亲所缺乏的一些东西，那就是热情。狄克斯坦很遗憾他再也不会见到苏莎了。假以时日，他或许……

唉。那是不可能的。

他们到达火车站的时候，他问她："你当真要去伦敦吗？"

"当然啦。"她说，"我明天去。"

"干吗呢？"

"和你一起进餐。"她说。

苏莎的母亲去世时，她父亲还挺硬朗的。

她当时十一岁，大得足以懂得死亡，又小得不知如何应对。她父亲一直平静，这令人安心。他知道什么时候留给她单独哭泣、什么时候让她穿戴整齐出去吃饭。他毫不避讳地跟她谈月经，高高兴兴地陪她去买新乳罩。他赋予了她生活中的新角色，她成了家中的主妇，指点清洁工，列出该洗的衣物清单，在礼拜日上午分发雪莉酒。到十四岁的时候，她已经管起家中的财务。她对她父亲的照顾也比她母亲要强。她会扔掉破旧的衬衫，代之以同样的新衬衫，不让她父亲察觉。她学会了可以安全地生活，并为人所爱，哪怕没有母亲。

父亲赋予了她一个新角色，他当初对她母亲也是这样。而且，同她母亲一样，她一边继续扮演着这个角色，一边叛逆着这个角色。

他想让她待在牛津，先读本科，再读研究生，然后做一名教师。那样就意味着，她得永远在他身边照顾他。她说，她才智不够，心中不安地感到这无非是别有用心的借口，她想找一份工作，可以冠冕堂皇地离开家，几周之内只能照顾她父亲一次。在高空飞行，离牛津有数千英里之遥，她为中年乘客提供餐饮服务，可内心却不清楚她是否改变了什么。

从车站步行回家，她想到自己陷入了千篇一律的生活，不知能不能自拔。

她刚刚结束了一场爱情，如同她的其余生活一样，也是令人困乏地遵循着一条老路。朱利安快四十岁了，是个专攻苏格拉底之前的希腊哲学讲师：他聪慧、细心又让人无可奈何。他干什么都离不开药品——做爱要吸大麻，工作要服用芬妥胺，睡眠要吃硝基安定。他是离了婚的，但没有孩子。起初，她觉得他有意思、有魅力、男人气十足。他们上床的时候他喜欢让她在上面。他带她去上演实验戏剧的伦敦末流剧场看戏，参加花样百出的学生聚会。但这一切全都淡漠了，她意识到他并不对女性当真很感兴趣，他带她出去是因为她挽着他很中看，他喜欢有她陪伴只是因为她对他的知识印象深刻。有一天，她发现自己竟然开始讥讽他上辅导课时的滑稽装束。后来嘛，事情也就这么过去了。

有时候，她跟她的同龄人或者小些的人上床，主要是对他们的躯体有欲望。通常她都会失望，而且他们最终也会感到厌倦。

她已经后悔了不该一时冲动和纳特·狄克斯坦定下约会。他是那种真真切切的压抑型人物：比她年长一代，显而易见地需要照顾和关心。最糟不过的是，他曾经钟情于她的母亲。在第一眼的印象中，他和其他人一样是个父辈级的人物。

她告诉自己，他毕竟有些不同。他是个农民，不是学者，在她约会过的人当中，他大概是读书最少的了。他没有坐在牛津的咖啡馆里空谈，而是去了巴勒斯坦。他能够用右手抬起冰箱的一端。在他们一起度过的时光中，他不止一次地让她出乎意料地感到惊讶万分。

她心想，纳特·狄克斯坦也许会打破那条老路。

也可能是我又一次在自欺。

纳特·狄克斯坦从帕丁顿火车站的一个电话亭里给以色列大使馆打了电话。接通之后，他说要找商务信贷处。其实根本就没有这个机构，那只是摩萨德信息中心的代号而已。一个带有希伯来口音的年轻人接了电话。这使狄克斯坦异常高兴，因为他知道真的有人以希伯来语为母语，看来那种语言再不是已死的语言了，这不是好事嘛。他知道通话会被自动录音，所以就单刀直入地说出正题："快去找比尔。对手的存在危及销售业务。亨利。"他不等对方确认就挂断了电话。

他从火车站走回旅馆，一路在心中想着苏莎·阿什福德。他要在明天晚上与她在帕丁顿见面。她将在一个朋友的公寓里过夜。狄克斯坦真不知道应该如何开始——他记不起只是出于兴致带一名女子外出就餐的经历。少年时期，他身无分文；战后他又太过紧张和尴尬；随着年龄的增长，他差不多就没了和女士约会这种习惯。当然，和同事，或者和农庄的人在纳扎列斯逛完商店，是聚过餐的，但是带一位女性，只有两个人，完全是为了彼此相伴的愉悦……

你该怎么做？你得用你的车接上她，穿上你的晚餐装，给她一盒用长丝带捆扎的巧克力。狄克斯坦在车站与苏莎会面，他既没有开车，也没有着晚餐装。他要把她带到哪儿去呢？他连以色列的豪华餐馆都不晓得，更不用说在英格兰了。

他独自漫步穿过海德公园，不禁失声大笑起来。一个四十三岁的男人陷入这种局面是可笑的。她知道他不再纯真，但显然她并不在乎，因为是她主动邀请共同进餐的。当然她也知道好餐馆在什么地方和要点什么菜。这毕竟不是什么生死攸关的问题，不管发生什么事，他都准备享受一番。

这时候刚好工作要中断一下。既然发现自己已经暴露，在和皮埃尔·波尔格谈话并由他决定是否中途放弃之前，他就无事可做。那天晚上他去看了一场叫作《一个男人和一个女人》的法国电影，那是一个简单的爱情故事，叙述优美，声音中带有明显的拉丁美洲口音。电影没演到一半，他就退场了，因为那情节要让他落泪，而一整夜那声音都在他的脑海中回荡。

早晨，他到宾馆附近的一处电话亭，又给大使馆打了电话。接通信息中心后，他说："我是亨利。有回话吗？"

那声音说："到九万三千去，明天再说。"

狄克斯坦说："回答：议事日程在机场的通知栏。"

皮埃尔·波尔格将于明日九点半飞抵。

四名间谍以职业的耐心坐在汽车里，随着天色渐暗，他们都一声不吭，两眼紧盯。

坐在方向盘后面的是皮奥特尔·图林，他是个中年壮汉，身穿雨衣，手指敲击着仪表板，发出类似鸽子踩着屋顶的声响。亚斯夫·哈桑坐在他的旁边。大卫·罗斯托夫和尼克·布宁坐在后座。

尼克在第三天找到了那个传递人。那天他整整花了一天时间监视科奇堡街上的让-莫内大厦。他发出了一条肯定的辨认信息："他穿着办公室西装的样子不大像个同性恋者，但我很有把握他就是那个人。我敢说他在这里上班。"

"我本来应该猜到的。"罗斯托夫当即说，"如果狄克斯坦怀有秘密使命，那么为他提供情报的人不会是来自机场或者阿尔法酒店。我本该首先派尼克到欧洲原子能共同体去的。"

他在同皮奥特尔·图林说话，但哈桑在一旁听着，就接口说："你不可能把事事都料到的。"

"我就是能。"罗斯托夫告诉他。

他吩咐过哈桑去弄一辆大型的深色车。他们眼下坐的这辆美国别克虽然有些惹眼，不过倒是黑色的，里面也宽敞。尼克跟踪着那个欧洲人一直到家，此刻他们四名特工便坐在靠近那栋坡地房的石子路上守候着。

罗斯托夫痛恨狄克斯坦这种绵里藏针式的间谍勾当。太老掉牙了。这完全是二三十年代在维也纳、伊斯坦布尔、贝鲁特这类地方惯用的伎俩，而不适用于1968年的西欧。你在街上抓住一个平民，把人捆进汽车，暴打一顿，然后让他给你交出情报，这种做法实在太危险。你可能被过路人看到，人家会毫无畏惧地到警察那里报告他们所目睹的情况。罗斯托夫喜欢事情具有可预见性并能够被干脆利索地解决，而且他愿意用头脑胜过用拳头。可是随着狄克斯坦不浮出水面的日子愈久，这名传递人对他们来说就变得愈加重要了。罗斯托夫必须弄清他把什么给了狄克斯坦，而且他必须在今天就弄清楚。

皮奥特尔·图林说："要是他出来就好了。"

"我们不用着急。"罗斯托夫说。他说的不是真话，但他不愿意他的小组急不可耐、犯下错误。为了缓和紧张气氛，他继续说着："当然这一切都是狄克斯坦干过的。他做过了我们已经做了和正在做着的事。他盯着让–莫内大厦，他跟随这个人回家，然后在街上的这处地方等候着。这个人走出来，去了同性恋夜总会，于是狄克斯坦就掌握了这个人的弱点，加以利用，把他变成了提供情报的人。"

尼克说："最近两个星期，他都没去那家夜总会。"

罗斯托夫说："他已经醒悟，任何事情都有代价，尤其是爱情。"

"爱情？"尼克的语气里含着嘲讽。

罗斯托夫没有应答。

夜色愈浓，路灯亮了起来。从敞开的车窗吹进来的空气稍稍有些湿润：罗斯托夫看到围着灯光有一两圈薄雾。水汽来自那条河。在六月份下雾真是求之不得。

图林说："看看这个。"

一个穿双排扣外衣的金发男子沿街快步向他们走来。

"现在保持安静。"罗斯托夫说。

那人在他们监视的房子跟前停住了脚步。他按下门铃。

哈桑把一只手放到了车门把手上。

罗斯托夫嘘声说："先别。"

阁楼上的网格窗帘一下子拉到一旁。

那个金发男子跺着脚等候着。

哈桑说："是那个情人吧？"

"看在上帝的份上，闭嘴。"罗斯托夫告诉他。

过了一分钟，前门打开了，金发男子走了进去。罗斯托夫瞥见一眼开门的人：就是那个传递人。门关上了，他们的机会失去了。

"太快了。"罗斯托夫说，"妈的。"

图林又用手指敲击了，尼克抓耳挠腮。哈桑绝望地唉声叹气，仿佛他早就知道这样等待是愚蠢的。罗斯托夫决定要杀杀他的气焰。

一个小时过去了，什么都没有发生。

图林说："他们要在屋里度过一个晚上呢。"

"如果他们让狄克斯坦抓住了把柄，大概就不敢在夜晚外出了。"罗斯托夫说。

尼克问："我们进去吗？"

"有一个问题。"罗斯托夫答道，"他们可以从窗户看到谁在敲门。我猜想他们不会给生人开门的。"

"那个情人可能会过夜的。"图林说。

"很可能。"

尼克说："我们干脆闯进去吧。"

罗斯托夫没理睬他。尼克总想来硬的，但他在没得到命令之前，不会动手蛮干。罗斯托夫在考虑他们现在可能要动手抓住这两个人了，那就更棘手、更危险了。"我们有火警器吗？"他问。

图林打开面前的储物盒，抽出了一支手枪。

"好的。"罗斯托夫说，"只是你不要开枪。"

"没有装子弹。"图林说。他把枪塞进了他的雨衣兜里。

哈桑说："要是这对情侣一起过夜，我们要不要在早晨抓住他们？"

"当然不行。"罗斯托夫说，"我们不能在光天化日之下这么干。"

"那该怎么办呢？"

"我还没有决定。"

他一直想到半夜，这时候，问题自行解决了。

罗斯托夫半闭着眼观察着门道。他在门刚打开的瞬间就注意到了动向。他说："马上。"

尼克第一个跃出了汽车。图林是第二个。哈桑迟了一下才反应过来有了情况，然后便尾随而出。

那两个人在互道夜安，年轻的站在便道上，年长的身穿睡袍，就在门里。年长的，也就是那个传递人探出身子，拥抱着他的情人。在尼克和图林跳出汽车，奔向他们时，他俩都惊慌地抬起了头。

"别动，不要出声。"图林向他们亮出手枪，用法语轻声说。

罗斯托夫注意到，尼克扎实的威胁技术和极富专业的声音让那个线人不自觉地站到了那年轻人身旁稍微靠后的地方。

年长的说："噢，我的天，别，请到此为止吧。"

"上车。"图林说。

年轻的说："你们这些该死的家伙干吗不放过我们？"

罗斯托夫在后座上眼看耳听，心想这是他们决定是安静地跟着走还是制造麻烦的时刻。他的目光向昏暗的街道的两头迅速扫视，空无一人。

尼克感到年轻的那个想违抗，就紧紧抓住他两条胳膊的腋下部位，不容他动弹。

"别伤害他，我去就是了。"年长的那个说。他迈步出了楼门。

他的朋友说："你们要进地狱的！"

罗斯托夫心想：见鬼。

年轻些的在尼克的紧握中挣扎着，后来又想踩尼克的脚。尼克向后退了一步，用右拳给了他后腰一下。

"别，皮埃尔！"年长的说，声音很大。

图林扑向他，把一只大手捂在他的嘴上。那人扭动着，挣脱了头部，高喊"救命！"。图林赶紧又捂住他的嘴。

皮埃尔一条腿跪到了地上，痛苦地哼唧着。罗斯托夫靠坐在汽车后座上，隔着敞开的车窗叫道："撤！"

图林把那个年长的提起，夹着他脚不沾地地横过便道，朝汽车走来。皮埃尔突然从尼克那记重拳中缓过劲来，全速跑开。哈桑伸出一条腿将他绊倒。那小子摊开四肢，烂泥似的倒在石子路上。

罗斯托夫看到邻楼上面的一扇窗户中亮起了灯光，再这样纠缠下去，他们都会被捕的。

图林牢牢控制着那个传递人，把他塞进了汽车后座。罗斯托夫紧攥着他，对图林说："我已经控制住他了。发动汽车吧。赶快。"

尼克已经把那年纪轻的男子从地上拽起，提着他向汽车走来。图林坐进司机的座位，哈桑打开了另一边的车门。罗斯托夫说："把那楼门关上，蠢货！"

尼克把那年轻人塞进汽车，放到他朋友的身边，然后坐到后座，让两名俘虏夹在他和罗斯托夫中间。哈桑把那栋房子的大门关上，跳到副驾驶的座位上。图林飞快地把车驶离了路边。

罗斯托夫用英语说："全能的耶稣·基督，真他妈邪乎。"

皮埃尔还在呻吟。年长的那个说："我们从没干什么伤害你们的事吧。"

"是这样的吗？"罗斯托夫回答道，"三个夜晚之前，在迪克斯街的夜总会里，你把一个文件包交给了一个英国人。"

"爱德·罗杰斯吗？"

"他不叫那个名字。"罗斯托夫说。

"你们是警察吗？"

"说不上。"罗斯托夫想让这个人明白他想要的东西，"我没兴趣搜集证据立案，再把你送上法庭。我感兴趣的是那个公文包里装的东西。"

一阵沉寂。图林回头问道："我要不要开出城去，找一处安静的地方？"

"等一等。"罗斯托夫说。

那年长的说："我这就告诉你。"

"绕着城开车吧。"罗斯托夫吩咐图林。他盯着那位欧洲原子能共同体的人，"那就说吧。"

"那是一份欧洲原子能共同体电脑的打印件。"

"上面的情报是什么？"

"获准运输的可裂变物质的详情。"

"可裂变的？你指的是核物质？"

"黄饼、金属铀、核废料、钚……"

罗斯托夫在座位上向后一靠，眺望着车窗外闪过的城市灯光。他的血液激动地涌流着：狄克斯坦的行动逐渐清晰可见了。获准运输的可裂变物质……以色列人想要核燃料。狄克斯坦会寻找清单上的两种东西之一，要么是有人打算在黑市上出卖的一罐铀，要么是他可以窃取的交付的铀。

至于他们一旦得手之后，拿这东西干什么呢？

欧洲原子能共同体的那个人开口说话，打断了他的思路："你们这会儿能放我们回家吗？"

罗斯托夫说："我得有一份那份打印件。"

"我不能再弄一份了，上次消失的那份就足以令人生疑了！"

"恐怕你非干不可。"罗斯托夫说，"要是你愿意，在我们拍摄之后，你可以送回办公室去。"

"噢，天啊。"那人叹了口气。

"你别无选择。"

"好吧。"

"开回他的住所去。"罗斯托夫告诉图林。他又对欧洲原子能共同体的那个人说："明天晚上把打印件带回家，当晚有人会到你的住处来拍照。"

大型小轿车在城里的街道上穿行。罗斯托夫感到这次行动终归没什么可担心的。尼克·布宁对皮埃尔说："甭看着我。"

他们驶抵了那条石子路。图林把车停下。"好啦。"罗斯托夫说，"让这年长的下车。他的朋友陪着我们。"

这位欧洲原子能共同体的职员像是被刺痛般的高叫了一声："凭什么？"

"以防你会打退堂鼓，明天对你的上司招出一切。年轻的皮埃尔给我们充当人质。下去吧。"

尼克打开了车门，让那人下了车。他在便道上站了一会儿。尼克回到车里，图林开走了车。

哈桑说："他没事吧？他会照办吗？"

"直到他的朋友回去之前，他会为我们工作的。"罗斯托夫说。

"然后呢？"

罗斯托夫一语未发。他心里在盘算把他们两个都灭口可能更谨慎。

这是苏莎的梦魇。

那是河畔那栋绿白相间的房子里的一个夜晚。她独自一人。她洗了个澡，在热气蒸腾的水里泡了好长时间。随后，她走进了主卧室，坐在三侧镜前，用她母亲的缟玛瑙盒子里的爽身粉擦抹着身体。

她打开了衣橱，原以为会发现母亲的衣物被虫蛀了、褪了色，从衣架上脱落，因陈旧而变得破烂，可事实并非如此：衣服一件件全都干干净净、崭新如初、完美无缺，只是带有一些淡淡的卫生球味道。她挑了一件白如尸衣的睡袍，穿到身上。然后上床睡下。

她躺着不动，有好长时间，等候着纳特·狄克斯坦来到他的艾拉身边。晚上变成了深夜。河流在轻声低诉。门打开了。那人站到了床脚边，脱掉了衣服。他卧到她的身上，当她明白过来那不是纳特·狄克斯坦而是她父亲的时候，她的惊慌就像大火的第一颗火星一样爆出了。而且她本人也早已死去，随着睡袍碎成一袭灰尘，她的头发散落开来，她的肌肤萎缩，脸上的皮肤干瘪抽皱，露出牙齿和头骨，即使那男人还在她身体里猛力抽送，她已经变成了一具骷髅。于是，她尖声高叫，一次又一次地，直叫到惊醒自己，她躺在那里，浑身是汗，怕得发抖，不明白为何没人冲进来，问问她出了什么事，后来，她明白过来，松了口气，原来连尖叫也在梦里，这才缓过劲来。她模糊地想着这梦境的含义，慢慢地沉沉睡去。

早晨，她恢复了平素的欢快，只是情绪中可能存在着不确切的小小阴霾，如同晴空中的一丝乌云。她已不记得那个梦，只晓得一度有什么事烦恼着她，不过，她已经不再忧虑，因为梦境毕竟取代了忧虑。

第七章

"纳特·狄克斯坦打算窃取一些铀。"亚斯夫·哈桑说。

大卫·罗斯托夫点头表示同意。他的思绪在想着别的事情。他在琢磨着如何摆脱亚斯夫·哈桑。

他们漫步走在卢森堡旧城的巉岩脚下的山谷之中。这里，皮特鲁斯河的两岸遍布着草坪和观赏树，小径蜿蜒其间。哈桑说着："他们在涅杰夫沙漠中有一座核反应堆，那地方叫作迪摩纳。法国人帮他们建立此地，可能还为那里提供燃料。不过，六日战争之后，戴高乐切断了枪支供应，因此很可能也切断了铀的供应。"

罗斯托夫心想，这倒是显而易见的，所以，最好还是用热烈同意来减少哈桑的疑虑："这是摩萨德十分地道的行动方式，外出偷盗他们所需的铀。"他说，"那些人就是这么想的。他们有这种背靠墙的心智，使他们无视国际外交的精妙细节。"

罗斯托夫能够比哈桑推测得稍微远一些，这也是他如此得意扬扬又忧心忡忡地要把那个阿拉伯人排除一段时间的原因。罗斯托夫了解埃及在卡塔拉的核工程，而哈桑对此几乎肯定一无所知——他们何必把这样的秘密告诉卢森堡的一名特工呢？

然而，因为开罗一向不善保密，以色列人大概同样知道了埃及原子弹的事。他们会采取什么措施呢？建立自己的基地，为此他们需要——用那个欧洲原子能共同体的人的话说——"可裂变物质"。罗斯托夫认为，狄克斯坦要设法弄到为以色列原子弹所需的一些铀。但哈桑却得不出这样的结论，至少目前还不成，而罗斯托夫不打算帮助他，因为他不想让特拉维夫发现他已经多么接近了要害。

当晚他拿到印制件之后他就会益发清楚了事情的原委。因为正是从那份清单里，狄克斯坦可能会选中自己的行动目标。罗斯托夫自然也不想让哈桑掌握那一情报。

大卫·罗斯托夫的血涌了上来，他激动难抑。他有了那种下棋时的感觉：当对方走了三四步形成一种定式时，他就会看出攻击会从何处而来，他又可以怎样扭转局面，予以击溃。他并没有忘记他进入这场与狄克斯坦短兵相接展开对抗的初衷，在克格勃内部他同上级菲利克斯·沃伦佐夫之间的其他冲突，这场以尤里·安德罗波夫为裁判，以得到数理学校那地方为奖品的竞争，但他已将那件事的起因置诸脑后。如今真正推动他让自己保持紧张、警觉，并磨尖他无情冷血刀刃的，是鼻孔中猎物的气味和这种奋力追踪的刺激。

哈桑挡着他的路。这个哈桑热切又业余，感人又笨拙，还会向开罗汇报一切。相比狄克斯坦，此时他才是大卫·罗斯托夫更危险的敌人。罗斯托夫心想，不管哈桑出过什么错误，他毕竟不愚蠢。事实上，他具备足够狡猾的智力，这是典型的东地中海人式的做派。看来，他的资本家父亲遗传给了他不少。他会意识到罗斯托夫不想留下他碍事。因此，罗斯托夫得给他一件实实在在的工作去做。

他们走过阿道尔夫岩石下，罗斯托夫站住脚回头望去，目光穿过桥拱流连于山间美景。这使他联想起牛津，随后，他一下子想好了拿哈桑怎么办。

罗斯托夫说："狄克斯坦知道有人在跟踪他，大概也把这件事跟你的碰面联系到了一起。"

"你这么看吗？"哈桑说。

"好吧，你看。他去执行一件使命，碰上了一个阿拉伯人，那人知道他的真实姓名，他就突然被跟踪了。"

"他肯定会想，可他并不知道。"

"你说得不错。"罗斯托夫瞅着哈桑的面孔，意识到这个阿拉伯人就是喜欢听他说"你说得不错"。罗斯托夫自忖，他并不喜欢我，可他愿意得到我的赞同，愿意极了。他是个骄傲的人，我可以利用这一点。"狄克斯坦得验证一下。"罗斯托夫继续说，"我说，你进了特拉维夫的档案吗？"

哈桑耸了耸肩，显示着他那旧贵族的漫不经心："谁晓得呢？"

"你和其他特工——美国的、英国的、以色列的，经常有面对面的接触吗？"

"从来没有过。"哈桑说，"我十分小心。"

罗斯托夫差点没笑出声来。事实是哈桑这个特工实在是微不足道，根本就没引起主要间谍机关的注意，而且也没做过什么重要的事情，因而自然也没有与其他间谍打交道的机会。"既然你没进档案。"罗斯托夫说，"狄克斯坦只能和你的朋友谈话。你们俩有共同认识的人吗？"

"没有。大学时代之后，我就再没见过他。反正，他无法从我的朋友们那里打听到任何情况。他们对我的秘密生涯毫无所知。我不会到处跟人们说的——"

"不，不是这个意思。"罗斯托夫说，努力控制着他的不耐烦，"可是，狄克斯坦所能做的只有随便问问你的一般表现，看看符不符合秘密特工的迹象，比如说，问一些类似于你有没有接过神秘的电话、有没有突然消失、有没有有意不向别人介绍的朋友……好啦，有什么牛津的人你现在还保持来往的？"

"在同学当中没有。"哈桑的语气已经变得支吾应对了，罗斯托夫知道他的目的就要达到了。"我倒是时不时地跟一些教职员有联系，尤其是阿什福德教授，他有一两次把我引见给打算为我们的事业提供资助的人。"

"要是我没记错的话，狄克斯坦也认识阿什福德。"

"当然认识。阿什福德曾经主讲闪语①，那是狄克斯坦和我都有的课程。"

"这就是啦。狄克斯坦所要做的只需造访阿什福德，在念及往事时提到你的名字。阿什福德就会告诉他你做的事情和你的表现。这样狄克斯坦就知道你是间谍了。"

"这有点撞大运吧。"哈桑将信将疑地说。

"丝毫没有。"罗斯托夫欢快地说，尽管哈桑说得没错。"这是很普通的技能。我自己就使用过。行之有效呢。"

"如果他接触过阿什福德……"

"我们就有机会重新抓住他的把柄。因此，我想让你去一趟牛津。"

———————————
① 闪语，是古代美索不达米亚语言的一个支系，当时阿拉伯人、以色列人和埃塞俄比亚人都以这种语言作为母语及交流语言。

"噢！"哈桑没有看出这次谈话的真正指向，如今果然陷入彀中了，"狄克斯坦可能只是打了个电话……"

"可能吧，但亲身前往询问要轻易些。到时候你可以说你在城里，只是顺路来聊聊过去的事……打国际长途就没那么自如了。出于同样的原因，你还是要亲自跑一趟，而不是打电话。"

"我觉得你是对的。"哈桑不情愿地说，"我原本打算我们一读到打印件，我就马上向开罗报告的……"

这正是罗斯托夫竭力要避免的。"好主意。"他说，"不过，要是你能够说你重新抓住狄克斯坦的小辫子，那样的报告看着就更棒了。"

哈桑站住脚看着景色，向远处眺望，似是想尽力看到牛津。"咱们回吧。"他突然说，"我走得够远了。"

该表示亲切了。罗斯托夫伸出一只胳膊，搂住哈桑的肩头。"你们这些欧洲人够柔弱的。"

"别想跟我说，克格勃的人在莫斯科都过着艰苦的日子。"

"想听一个苏联的笑话吗？"他们爬上谷坡，朝公路走去时，罗斯托夫说，"勃列日涅夫告诉他的老母亲，自己多么功成名就。他给她看他宽敞豁亮的公寓——配有西方家具、洗碟机、冰箱、仆人，应有尽有。她一语未发。他又带她到他在黑海边上的度假别墅去看——那是一栋有游泳池、私人海滩、更多仆人的大型别墅。他母亲依旧印象不深。他又带她乘坐他的吉尔车到他的猎场，向母亲展示了漂亮的原野、枪支、猎犬。最后他说：'妈，妈，你怎么不说一句话呢？你不感到骄傲吗？'这时她说：'挺好的，列昂尼德。可是，共产党要是回来了，你该怎么办呢？'"

罗斯托夫对自己的故事放声大笑，但哈桑只是微微一笑。

"你不觉得这故事可笑吗？"罗斯托夫问。

"不那么可笑。"哈桑回答他，"你对那样的笑话放声大笑是罪过。我没有负罪感，所以我不感到可笑。"

罗斯托夫耸了耸肩，心想：谢谢你，亚斯夫·哈桑，这是穆斯林对西格蒙·弗洛伊德的回答。他们走到了公路上，站了一会儿，看着汽车飞速驶过，哈桑喘过气来。罗斯托夫说："噢，听我说，有件事我一直想问你。你当真干过阿什福德的妻子吗？"

"只不过一星期四五次。"哈桑说，他开怀大笑了。

罗斯托夫说："现在谁有负罪感了呢？"

他早早地就到了火车站，偏偏列车又晚了点，因此他不得不等上整整一个小时。这迫使他有生以来第一次把《新闻周刊》从头到尾地阅读了一遍。她笑靥如花，小跑着穿过了检票栏杆。和昨天一样，她伸出双臂搂住他，亲吻着，不过这一次吻的时间更长了。他原本模模糊糊地期盼着她身穿长裙，披着貂皮围巾，就像银行家的太太夜间外出到特拉维夫61号夜总会去时的装扮。不过，苏莎当然属于另一个国家的另一代人：她穿着直抵及膝裙的高筒靴，丝质衬衣外面套着像头牛士穿的绣花背心。她的脸上没有化妆。两只手也空空的：没有外衣，没有手袋，没有过夜的小盒。他俩一动不动地站了一会儿，相视微笑着。狄克斯坦现在确切地知道了自己该做什么，像前一天那样伸出手臂让她挽着，这一姿态似乎使她感到高兴。他们走到出租汽车站。

他们坐进车里以后，狄克斯坦问道："你想到哪儿去？"

"你没有订座位吗？"

他心想，我该预订个桌子的。他说："我不了解伦敦的饭店啊。"

"国王路。"她对司机说。

车启动之后，她瞅着狄克斯坦，说："喂，纳撒尼尔。"

从来没有人这样叫过他。他喜欢这么叫。

她选中的切尔西饭店小巧、昏暗又时髦。他们向一张餐桌走去时，狄克斯坦觉得他看到了一两个熟面孔，他竭力想着在什么地方见过他们，肠胃一下子紧缩起来。随后他意识到他们是他在杂志上见到过的通俗歌手，才重新放松下来。他很高兴能够一直这样放松，尽管这个晚上他难得地这样度过。他还感到高兴的是，其他在这里吃饭的人什么年龄都有，因为他曾经担心，他会是看着最老的人。

他们就座之后，狄克斯坦问道："你是不是把你的小伙子朋友都带到这儿来？"

苏莎给了他一个冷笑。"这是你头一次说不聪明的话。"

"我没有失礼吧。"他恨不得踹自己一脚。

她说："你喜欢吃什么？"那尴尬的时刻过去了。

"在家里我吃很多素淡、健康的大锅饭。我外出住宾馆时，就吃味浓的大块肉。我喜欢吃的那种东西是你在任何什么地方都找不到的：烤羊腿、肉排和腰花布丁，兰克夏火锅。"

"这正是我喜欢你的地方。"她笑着说，"只是你不懂什么时髦、什么不时髦；更主要的，你根本不在乎。"

他触摸了一下自己的西服翻领。"你不喜欢这套西装，是吧？"

"喜欢。"她说，"你买的时候，大概就已经过时了。"

他决定从托盘里取些烤牛排，她拿了些煎猪肝，津津有味地吃起来。他要了一瓶勃艮第酒：更精美的葡萄酒恐怕做不了煎猪肝的下酒菜。他所具备的葡萄酒方面的知识勉强可以应付。不过，他让她喝了大部分：他的胃纳有限。

她对他讲了她服用麦角酸二乙基酰胺时的感受。"难以忘记啊。我可以感受到我里里外外的全身。我能听到我的心跳。我触摸到皮肤时，感觉好极了。而一切东西的颜色……不过，问题在于：是药品为我显示了奇异的东西，还是药品使我变得奇异了？那是一种看待世界的新方式呢，还是只是综合了你当真以新的方式看待世界之后，你会有的感知呢？"

"从那以后，你就没再需要那玩意了吧？"他问。

她摇着头。"我不愿意失控到那个程度。可是我知道了那是怎么回事倒是很高兴。"

"我就是因为这个而讨厌醉酒——失去了自主意识。尽管我肯定吸毒和醉酒不是同一范畴。不管怎么说吧，我喝醉的那两三次，我并没有找到开启宇宙的钥匙。"

她做了个罢休的手势。她的手纤细瘦长，和艾拉的一模一样。狄克斯坦突然间回忆起艾拉也曾做过完全同样的优雅手势。苏莎说："我不相信毒品是解决世界问题的办法。"

"那你相信什么呢，苏莎？"

她迟疑了一会儿，脸上挂着淡笑，凝视着他。"我相信你所需要的一切就是爱。"她的声调中有一丝自卫，似乎预见到随之而来的嘲讽。

"那种哲学恐怕对一个时髦的伦敦人比对一个严阵以待的以色列人更有吸引力吧。"

"我琢磨，要想改变你是白费功夫。"

"我应该以此为幸。"

她盯视着他的眼睛。"你从来不知道你的幸运。"

他低头看着菜单，说："该要点草莓了吧。"

她突然问道："告诉我你爱谁，纳撒尼尔。"

"一个老妇、一个孩子和一个幽灵。"他脱口答道，因为他一直这样自问，"那个老妇人叫作埃斯特，她牢记着沙俄的往事。那孩子是个叫莫蒂的男孩。他喜欢《金银岛》。他父亲死于六日战争。"

"那个幽灵呢？"

"你想要些草莓吗？"

"好的，请吧。"

"要奶油吗？"

"不了，谢谢。你不打算告诉我那幽灵的事，是吗？"

"我一知道，你马上就会知道。"

当时是在六月份，正是草莓最好的时候。狄克斯坦说："现在告诉我你爱谁吧。"

她"嗯"了一声，然后想了一会儿。"嗯……"她放下了匙子，"噢，废话，纳撒尼尔。我觉得我爱你。"

她的头一个念头是：什么东西鬼使神差地进了我的脑海？我干吗那么说？

她随后想到：我才不在乎呢，我说的那是真话。

最后是：可我为什么爱他呢？

她也说不上来理由，可她知道爱上他的那些时刻。有两次机会她得以窥见他的内心，从而发现了真实的狄克斯坦：一次是在他说起三十年代的伦敦的时候，另一次是他提到父亲死于六日战争的那个孩子的时候。这两次时间，他都放下了他的面具。她原以为她会看到一个躲在墙角被吓坏了的小个子男人。事实上，他却是以一个强壮、自信而坚定不移的男子汉形象出现的。在那样的时刻，她能够感受到他的力量，犹如一种强烈的气味，让她觉得晕眩。

这个男人稀奇古怪、难以捉摸又强大有力。她想接近他，理解他的头脑，了解他的秘密想法。她想触摸他瘦骨嶙峋的身体，感受那双抓着她的强劲的双手，在他激情落泪时盯视他的伤感的棕色眼睛。她想要他的爱。

这是她以前从来没有过的。

纳特·狄克斯坦明白，一切全都错了。

苏莎还只有五岁的时候，就和他有了关联，那时候，他是个懂得和孩子及小猫交流的和和气气的大人。如今他又在开发那种童稚的情感。

他爱过艾拉，可是艾拉死了。他同她那长得很像的女儿之间的关系有些不够健康。

他不仅仅是个犹太人，而且是个以色列人；不仅仅是个以色列人，还是个摩萨德的特工。在所有的人当中，他尤其不能爱上一个有一半阿拉伯血统的姑娘。

不管什么时候，一个漂亮姑娘热恋上一名间谍，那间谍必须反躬自问：她可能为哪一家敌对的间谍机关工作。

多年以来，每当一名妇女对狄克斯坦有好感的时候，他都会找到类似的理由冷漠处之，对方迟早明白过来后也就失望地走开，而苏莎这么快地令他猝不及防就战胜了他的潜意识，并且成了他产生怀疑的另一个理由。

一切全都错了。

可狄克斯坦并不在乎。

他们打了一辆出租车前往她计划过夜的那套公寓。她邀请他进去——她那位公寓主人的朋友外出度假去了——他们一起上了床，而就在这时候，他们的问题来了。

起初，苏莎以为他是过于激动了：他俩站在狭小的走廊里的时候，他强悍地抓着她的双臂，粗暴地亲吻着她，她拿起他的双手放到她的乳房上时，他呻吟着："噢，天啊。"她脑海中闪过那玩世不恭的念头：我以前见过这个，他被我的美貌所征服，他会不顾一切地强奸我，而五分钟之后，他就会沉沉睡去，鼾声大作。这时，她从他的亲吻中挣脱出来，看着他那双柔和的棕色大眼睛，心想：无论发生什么事，都算不上一场戏。

她引领着他进了只有一张床的小小的卧室，窗外是院中的景色。她经常来这里，简直就像是她自己的闺房了。的确，她的一些衣物就放在柜橱和抽屉里。她坐到床边，脱下了鞋。狄克斯坦站在门厅里，观察着。她抬头看着他，微笑着。"脱衣服吧。"她说。

他关掉了灯。

她陷了进去，就像吸了头一口大麻后的那种虚无缥缈的感觉。他到底是个什么样的人？他生长在伦敦东区，可是个以色列人；他是个中年的中学生；他瘦小，却壮得像匹马；表面上不善交际，还容易紧张，可内里却十分自信和异常有力。这样一个人在床上会怎么样呢？

她钻进了被子，不免好奇他何以愿意摸着黑做爱。他钻进来，躺到她身边，亲吻着她，这次吻得很轻柔。她用双手抚遍他那又瘦又硬的身躯，张开嘴迎着他的亲吻。他迟疑片刻，便呼应起来，她猜想，他以前从来没有这样吻过，至少没有这样长时间吻过。

他现在用指尖温柔地触摸、探索她了，当他发现她的乳头硬挺起来，说着"噢！"的时候，声音里有一种奇妙的感觉。他的抚爱丝毫没有她从先前的种种经历中感受到的那种轻易的熟巧：他简直像个……哎，像个童男子。想到这里，她在黑暗中发笑了。

"你的乳房真漂亮。"他说。

"你的也是。"她摸着他的胸脯说。

魔力开始起作用了，她沉醉在激情之中：他粗糙的皮肤，他腿上的体毛，他身上淡淡的男人气味。随后，她突然觉察到了他的变化。由于没有明显的原因，她一时觉得自己是不是在遐想：因为他虽然仍在抚爱她，她此时却感觉到那只是机械而僵硬的触摸，他在想着别的事情，她失去了他。

她刚要问他，他却收回手，说道："不成了。我干不来了。"

她有些惊慌，竭力压抑着。她畏惧了，不是因为她自己——你已经深谙在那些你的时刻，那些硬挺的戳刺，丫头，更不消说那些柔软的了——而是因为他，因为他的反应，万一他是废人或是过于羞愧，和……

她用双臂搂着他，紧紧地搂着，嘴里说道："你无论做什么，千万不要走开。"

"我不走。"

她想开亮电灯，看看他的面孔，但此时这么做看来不大合适。她把面颊贴到他胸脯上。"你在别处有妻子吗？"

"没有。"

她伸出了舌头，舔着他的皮肤。"我就是觉得你可能对某些事情感到负疚。就像，因为我有一半阿拉伯血统吧？"

"我没这样想。"

"或者，我是艾拉·阿什福德的女儿？你爱过她，不是吗？"

"你怎么知道的？"

"从你谈到她的方式。"

"噢，嗯，我并不认为我对那件事感到负疚，但是我可能错了，医生。"

"嗯。"他正在一层层脱掉他的外壳。她亲吻着他的胸脯。"你要告诉我什么事吗？"

"我是这么想的。"

"你上一次性生活在什么时候？"

"1944年。"

"你骗人！"她当真吃了一惊。

"这是你所说第一件不够聪明的事。"

"我……你说得对，抱歉。"她犹豫着，"可为什么呢？"

他叹了口气。"我不能……我没法说这件事。"

"可你必须说。"她伸出手去够到床侧灯，开亮了。狄克斯坦闭上眼睛躲着灯光。苏莎用一只臂肘撑起身体。"听着。"

她说，"没什么规矩可言的。我们都是成年人，我们赤裸着躺在床上，如今是1968年：没有什么是错的，不管有什么让你不痛快。"

"没有什么。"他的眼睛依旧闭着。

"而且也没有什么秘密嘛。要是你害怕了，厌恶了，生气了，你尽管说，而且你必须说。今天夜里之前，我从来没说过'我爱你'，纳特。跟我说说吧，求你了。"

有很长一段时间沉默。他无动于衷地闭着眼睛，一动不动地躺着。后来终于开口了。

"我不知道我当时身处何地——到现在也不知道。我是被一辆运牛的卡车拉到那儿去的，那时候，我还无法依据地形地貌来判断一个又一个陌生的国家。就这样被运送到了一座特殊的集中营，一处医疗中心，那儿的囚徒都是从其他集中营挑来的。我们都是年轻健康的犹太人。

"那里的条件比我待过的头一个集中营要好。我们有吃的，有毯子，还有香烟；没有盗窃，没有打斗。起初我还以为我碰上好运气了。结果那里有各式各样的测试——验血，验尿，向管子里吹气，抓住那个球体，读出板子上的字母。简直就像是在医院，随后，实验开始了。

"直到今天，我也不知道那背后到底有没有什么真正的科学探讨意义。我的意思是说，如果有什么人跟动物做那些事情，我还能够看出点道理，你知道，那相当有意思，很能揭示点什么。从另一方面说，那些医生准是发了疯。我也说不清。"

他停了下来，咽了口吐沫。他更难以平心静气地说下去了。

苏莎悄声说："你得把发生的事情告诉我——原原本本地。"

他面色苍白，声音压得很低。但眼睛依旧闭着。"他们把我带进了那个实验室。押解我的卫兵不停地朝挤眉弄眼，还用臂肘拱我，哄笑着说我真走运。那是一间大房子，天花板很低，但灯光很亮。屋里有他们六七个人，带着一部移动摄像机。房间中央有一张矮床，上面铺着垫子，但是没有床单。垫子上躺着一个女人。他们要我去干她。她赤身裸体，抖个不停——她也是个囚徒。她悄声对我说：'你救我一命，我也救你一命。'随后我们就干上了，可那只是开始。"

苏莎用手来回摸着他的下身，发现他那家伙硬了。现在她总算明白了。她抚摸着他，起初很轻柔，等待他接着讲下去——她这会儿知道，他会把整个事情全都告诉她的。

"之后他们就做着各种实验，每天都做，做了好几个月。有时他们会强行对测试者用药。有时胁迫我和老妇人做。有一次和一个男人做。性交的时候还被要求变换不同的姿势——站着，坐着，千奇百怪。口淫，鸡奸，手淫，集体乱淫，什么都有。如果你不干，就会遭到鞭打或枪杀。你知道为什么这件事在战后始终没有被传扬出去吗？因为所有侥幸活下来的人都有负罪感。"

苏莎用力爱抚着他。她虽不明所以，但肯定这样做是对的。"接着说吧，全都说出来。"

他粗声喘着气。他的眼睛睁开了，凝视着空茫的白色天花板，看到了在另一段时间里的另一处地方。"最后……最可耻的是……她是个修女。起初我以为他们在对我撒谎，他们刚刚让她穿起衣服，她就开始祈祷了，用的是法语。她没有了双腿……被他们砍掉了，就是为了看看对我有什么影响……太可怕了，而我……我……"

这时他猛地坐起身，苏莎低下头去，用嘴裹住他的那家伙，他说："别，别，别，别！"话音和着他激动的节拍，而后，一切都过去了，他落下了眼泪。

她吻着他的泪水，一次次地告诉他，这没什么。他慢慢地平静了下来，最后像是还睡了几分钟。她躺在那里，看着他的面孔，他的紧张劲头逐渐散去，变得平静了。随后，他睁开眼睛，说道："你为什么那么做？"

"嗯。"她当时并不确切明白自己那么做的原因，但现在她觉得已经明白了。"我本来应该给你讲一通道理的。"她说，"我应该告诉你：那没什么可羞耻的；人人都有可怕的离奇幻想，女人梦想着遭到男人强暴，男人有强暴女人的幻觉；在伦敦这儿你能买到与被截肢的人发生性关系的色情书籍，里面还有全彩的图画。我应该告诉你：许多男人都能在那座纳粹实验室里被激起兽性干那种事的。我本来还会与你争辩呢，但不会起什么作用。我只好展示给你看。何况——"她悔恨地微微一笑，"何况，我也有阴暗的一面。"

他触摸着她的面颊，然后俯身去亲吻她的嘴唇："你从哪儿学会的这种聪明，孩子？"

"那不是聪明，是爱。"

这时他紧紧地抱着她，亲吻她，唤她"亲爱的"，过了一会儿，他俩便做爱了，简单而直接，不说什么，也没有海誓山盟和阴暗的异想天开或者稀奇古怪的性欲，只是像一对深谙彼此的老夫妻那般深深相融。事后，他们满怀宁静和愉悦地入睡了。

大卫·罗斯托夫对欧洲原子能共同体的印制件深感失望。他和皮奥特尔·图林花费了好几个小时理清之后，看出来那张交付清单是很长的。他们不可能把所有的目标统统控制。要想发现其中哪一个会是袭击的要害，唯一的途径便是重新抓住狄克斯坦。

因此，亚斯夫·哈桑前往牛津的使命就益发重要了。

他们等候着那个阿拉伯人的电话。十点钟之后，如同别人享受日光浴一般喜欢睡觉的尼克·布宁上床去睡了。图林一直守候到午夜，之后也告退了。罗斯托夫的电话在凌晨一点终于响起铃声。他受惊似的抓住电话，为了镇定自己的情绪，他过了一会儿才说话。

"喂？"

哈桑的声音自三百英里之外沿国际电话线路传了过来。"我办成了。那人在这儿。两天以前。"

罗斯托夫攥紧了拳头，以抑制自己的激动。"老天。真是太走运了。"

"现在该怎么办？"

罗斯托夫思索着。"现在，他知道我们已经了解到的情况了。"

"是啊。我要回基地吗？"

"我认为不行。那位教授说没说那人打算在英国待多久？"

"没说。我直截了当地问了。教授也不知道，那人没告诉他。"

"他不会说的。"罗斯托夫皱起了眉头，盘算着，"那人眼下要做的头一件事是报告他暴露了。这就意味着他得跟他的伦敦办事处接头。"

"大概吧。"

"不错，但是他会想要一次会面。这个人需要小心，而小心就要从容。好吧，这件事交给我吧。我今天傍晚会赶到伦敦。你现在在哪里？"

"我还在牛津。我一下飞机就直接到这里来了。我只能明早才能回到伦敦了。"

"好吧。住进希尔顿旅馆，我会在午饭前后和你联系的。"

"住在那里。太棒了。"

"等一等。"

"我还听着呢。"

"眼下，不要自作主张地做任何事情。等我到了那里再说。你已经干得很不错了，不要追得太紧了。"

哈桑挂断了电话。

罗斯托夫一动不动地坐了片刻，琢磨着哈桑是不是在计划什么蠢行，还是由于奉命要乖乖地听话而一肚子不高兴。他认定是后一种情况。反正在接下来的几个小时之内，他是做不出什么失败举动的。

罗斯托夫把思绪转回到狄克斯坦身上。那人是不会再给他们机会重新盯上他了。罗斯托夫必须加快行动，而且当即就开始。他穿上外衣，离开旅馆，叫了一辆出租车，驶向苏联大使馆。

他不得不等了一会儿，对四个不同的人解释自己的身份，直到午夜，他们才让他进去。值班的电话员在罗斯托夫走进通信厅时，立正站着。罗斯托夫说道："坐下吧。有事情要做呢，先接通伦敦的办事处。"

那个电话员拿起不会被监听的电话，开始呼叫驻伦敦的苏联大使馆。罗斯托夫脱下外衣，卷起衬衫的袖子。

电话员说："大卫·罗斯托夫上校同志要和那里的最高安全官员讲话。"他示意罗斯托夫拿起分机。

"彼得罗夫上校。"是一个中年军人的声音。

"彼得罗夫，我需要一些帮助，"罗斯托夫开门见山地说，"一名叫纳特·狄克斯坦的以色列特工被确认现在在英国。"

"是的，我们已经将发来的他的照片放进大使馆的档案袋里——不过，我们尚未接到通知，认为他已在这里。"

"听着。我认为他可能会与他的使馆接触。我要你从今天黎明开始把伦敦全部已知的以色列使馆的在驻人员统统置于监视之下。"

"别放电话，罗斯托夫。"彼得罗夫半笑着说，"那需要很多人手呢。"

"别犯傻。你们有几百人，而以色列只有十来个人。"

"抱歉，罗斯托夫，我不能照你的说法发动那样一次行动。"

罗斯托夫恨不得能卡住那人的喉咙。"这是紧急要务！"

"让我先行备案，我听从你的吩咐就是了。"

"到那时候，他就会跑到别处去了！"

"那怪不着我，同志。"

罗斯托夫愤愤地摔下电话，说道："该死的苏联人！不经过六道批准，就不会做任何事情。接通莫斯科，找到菲利克斯·沃伦佐夫，不管他在哪里，让他立即和我通话。"

电话员忙碌起来。罗斯托夫不耐烦地用指头敲着桌子。彼得罗夫大概是一名快要退休的老军人，他只关心他的退休金，已经缺乏上进心。克格勃里这样的人有的是。

几分钟后，罗斯托夫的上司菲利克斯那没睡醒的声音在电话中传来："喂，谁啊？"

"大卫·罗斯托夫。我现在在卢森堡。我需要一些后援。那海盗要联系驻伦敦的以色列使馆，我想要监视他们的会面。"

"叫通伦敦好了。"

"我叫了。他们需要上级批准。"

"那就申请嘛。"

"看在上帝的份上，菲利克斯，我现在正在申请呢！"

"这深更半夜的，我无能为力啊。天亮以后再给我打电话吧。"

"这是什么话。你当然能够……"罗斯托夫突然醒悟到是怎么回事了。他竭力控制着自己。"好吧，菲利克斯。等天亮再说。"

"再见。"

"菲利克斯——"

"怎么？"

"我会记住这件事的。"

电话挂断了。

"下一个接哪儿？"电话员问。

罗斯托夫皱起了眉头。"保持莫斯科的线路畅通，给我点时间想一想。"他大概已经猜到从菲利克斯那里得不到什么帮助。那老家伙想让他在这次使命中失败，以证明只有他菲利克斯才该是掌控这件事的第一人。甚至有可能，菲利克斯和伦敦的彼得罗夫关系很好，私下里告诉彼得罗夫不要配合。

当下罗斯托夫只能这么做了。可那却是一场危险的行动，很可能让他就此脱离这一案例——事实上，这可能恰恰是菲利克斯求之不得的。但是他无法抱怨赌注太大，因为正是他自己把赌注加大的。

　　他思考了一两分钟如何具体地做下去。然后他说："告诉莫斯科给我接通库图佐夫景区二十六号的尤里·安德罗波夫的公寓。"电话员扬起了眉毛——这可能是第一次也是最后一次受命接通克格勃首脑的电话——可他一语未发。罗斯托夫坐立不安地等候着。

　　"我敢打赌给中央情报局工作不像这样。"他嘴里嘀咕着。

　　电话员示意他，他便拿起了电话。一的声音说："喂？"

　　罗斯托夫提高了嗓音，吼叫说："你的姓名和军衔！"

　　"皮奥特尔·埃杜阿尔多维奇·谢尔比茨基少校。"

　　"我是罗斯托夫上校。我要同安德罗波夫通话。事关紧急，要是他在一百二十秒之内没有接这个电话，我就让你的余生撒在波拉茨克修大坝，我把话说清楚没有？"

　　"是的，上校。请不要挂断电话。"

　　没过多久，罗斯托夫就听到了这个地球上最有权势的人之一的尤里·安德罗波夫低沉自信的声音。"你肯定把年轻的埃杜阿尔多维奇吓着了，大卫。"

　　"我别无他法啊，首长。"

　　"没关系，就这样吧，但愿是好事吧。"

　　"摩萨德在谋求铀。"

　　"我的天。"

　　"我认为海盗现在在英国。他可能要联系他的大使馆。我想要监视那里的以驻大使馆的以色列人，可是伦敦的一个叫彼得罗夫的愚蠢的老家伙跟我兜起了圈子。"

"我现在就跟他谈，然后再回去睡觉。"

"多谢了，首长。"

"还有吗，大卫？"

"嗯？"

"倒是值得把我叫醒——好在我刚睡。"

"咔嚓"一声，安德罗波夫挂断了电话。罗斯托夫松了一口气，放声大笑，他心想：让他们——狄克斯坦、哈桑、菲利克斯——丢尽脸吧，我可以把他们玩弄于股掌之上。

"成功啦？"电话员微笑着问。

"那当然。"罗斯托夫说，"咱们的体系拖沓低效又腐败，不过，你知道，我们最终还是得到了我们想得到的。"

第八章

对于狄克斯坦来说，早晨离开苏莎回去工作，实在是一场折磨。

唉，直到上午十一点，狄克斯坦在福尔卡姆街上的一家餐馆的窗边等候皮埃尔·波尔格露面时，他依旧心神不定。他此前在希斯罗机场的留言牌留下一条信息，告诉波尔格到狄克斯坦此时坐着的餐馆对面的咖啡馆去。他心想，自己很可能会长时间心神不定，说不定会时时如此呢。

他在清晨六点钟醒来，一时间感到惊慌，不知自己身在何处。随后，他看到他头旁的枕头上是苏莎长长的棕色手掌，她如同一只小动物那样蜷身睡着，昨晚的情景一涌而来，他简直不敢相信自己的好运。他觉得不该叫醒她，但他突然无法把双手从她的身体上移开。她在他触碰她的那一刻睁开了眼睛，两人便相视而笑，又开始缠绵，有时还放声大笑，在进入高潮时，他们互相对视着眼睛。随后，便半裸着身子，在厨房里忙乎一气，把咖啡煮得太淡，还把面包烤糊了。

狄克斯坦恨不得在那里待上一辈子。

苏莎拿起他的背心，一惊一乍地说："这是什么？"

"我的贴身背心嘛。"

"背心？我不许你穿背心。背心这东西都老掉牙了，而且不卫生，我想摸你的乳头时，还碍事。"

她那副色眯眯的样子，引得他不禁笑出了声。"好吧。"他说，"我不穿它就是了。"

"那就好。"她打开窗户，把背心扔到街上，他又笑了起来。

他说："可你也不许穿裤子。"

"为什么？"

这次轮到他斜眼调情了。

"不过我所有的裤子都是前面带裤扣的。"

"那也不好。"他说，"不好伸进去。"

如此这般。

他俩的行为就像是刚刚发现了性。只是在她看着他的伤疤，问起他受伤的缘由时，才出现了些许不快的片刻。"自从我到了以色列，我们打过三场仗呢。"他说。这话是真的，可并不全是真的。

"是什么原因让你去了以色列呢？"

"安全。"

"可是在那里并没有安全可言啊。"

"那是一种不同形式的安全。"他用到此为止的口气说，不想多加解释了，可是随后他改变了主意，因为他想让她彻底了解他。"得有那么一处地方，谁也不会说。'你是另类，你不是人，你是犹太人。'在那里，没人只因为我是犹太人，就会砸破我的窗户，或者拿我的身体做实验。你看……"她一直用她那清澈率真的目光凝视着他，而他则吃力地将全部事实，毫无掩饰且不加美化地向她和盘托出，"对我来说，我们选择巴勒斯坦、乌干达或者曼哈顿岛，都无所谓——无论是哪儿，我都会说，'这里是我的家园，而且我会不遗余力地去保住它'。因此，我从来不去争辩以色列立国在道义上的正确与谬误。正义和公平从来不被引入这一命题。在战后……哎，在国际政治中引入有关公平的理念到底起了什么作用，在我看来简直是令人啼笑皆非。我并不假装这是一种值得敬佩的态度，我只想告诉你，我自己的感受。犹太人居住的其他地方——纽约、巴黎、多伦多——不管那里多好，无论他们怎样与当地融合，他们从来不知道这种状况会维持多久，也不知道下一次被信口归咎于他们的危机多快就会到来。而在以色列，我深知，无论发生了什么情况，我都不会成为其牺牲品。于是，在没有发生问题时，我们就能过安稳日子，应对构成每个人生活一部分的现实：耕种和收获，购买和出售，战斗和死亡。这就是我到那里去的原因，我认为……我当年没有把一切看得如此清晰——事实上，我也从来没有像现在这样用语言表达出来——不过，反正这就是我的感受。"

过了一会儿，苏莎说道："我父亲坚持认为，以色列本身就是一个种族社会。"

"这是年轻人的说法。他们有一种观点。如果……"

她凝视着他，等候他继续说下去。

"如果你和我有了孩子，他们会拒绝把他算成犹太人。他就会成为一名二等公民。但我不认为这种情况会永远延续。当宗教狂热分子在政府中有势力的时候，犹太复国主义势必将是一场宗教运动。但是随着国家政权的成熟，这种现象就会消失的。种族法律已经遭到质疑。我们在与之奋战，我们会取得最终胜利的。"

她凑到他跟前，把头靠在他的肩头上，他们默默地彼此相拥着。他知道她并不在意以色列的政治，而是提到孩子一事触动了她。

他坐在餐馆的窗前回忆着，他明白他想终身都拥有苏莎，但他不知道，要是她拒绝到以色列去，他该怎么办。他要放弃哪一方呢，以色列还是苏莎？他心中没底。

他盯着街道。那是典型的六月份的天气，雨不停地下着，而且相当冷。熟悉的红色公交车和黑色出租车穿梭往来，在雨中喷着尾气，在低洼处溅起水花。一个属于他自己的国家，一个属于他自己的女人，也许他能兼得。

如果可以，那我就太幸福了。

一辆出租车驶近对面的咖啡馆，狄克斯坦紧张起来，靠向窗子，透过雨幕望去：一个身形魁梧的男子从出租车里走了出来。他认出了身穿深色短雨衣、头戴软毡帽的皮埃尔·波尔格。但他不认识第二个下车付车费的人。两个人走进了咖啡馆。狄克斯坦来来回回地打量着街道。

一辆灰色的美洲豹二型车此前已经停在了距咖啡馆五十码的双黄线处。这时那辆车调头，退进了一条侧街内，在可以看到咖啡馆的角落里停了下来。车上的一个人下了车，朝咖啡馆走去。

狄克斯坦离开桌子，来到了餐馆入口处的电话亭。他依旧能够看到对面的咖啡馆。他拨通了那里的电话。

"喂？"

"请让我和比尔说话。"

"比尔？不认识啊。"

"你问一下好吗？"

"没问题。嘿，在座的哪一位叫比尔？"停顿了一会儿，"好啦，他过来了。"

狄克斯坦随后便听到了波尔格的声音。"喂？"

"跟你在一起的那个人是谁？"

"伦敦站的头头。你觉得我们能信任他吗？"

狄克斯坦没有理睬那番话里暗藏的讽刺口吻。"你俩中的一个长了条尾巴，一辆灰色的美洲豹里有两个人。"

"我们看到他们了。"

"甩掉他们。"

"当然。听着，你熟悉这座城市——什么是最好的途径？"

"让站长乘出租车回使馆。那样就会甩掉那辆美洲豹。十分钟过后，你就打车到……"狄克斯坦迟疑了一下，竭力想出一个不太远的僻静的街道，"到列得克里夫大街去，我在那里和你会面。"

"好的。"

狄克斯坦隔街望去。"你们的尾巴刚刚进入你们的咖啡馆。"他挂断了电话。

他回到他那靠窗的桌子，监视着。另外那个人从咖啡馆出来，打开雨伞，站在马路边上，寻找着出租汽车。那个尾巴要么是在机场认出了波尔格，要么就是出于别的原因一直跟踪那位站长。这没什么区别。这时一辆出租车停了下来。车开走时，那辆灰色的美洲豹从侧街驶出，跟了上去。狄克斯坦离开餐馆，为自己叫了一辆出租车。他心想，出租车司机总能给间谍帮上大忙。

他叫出租车开到列得克里夫大街，在那里等候。十一分钟之后，另一辆出租车驶进了那条街，波尔格从车中出来。"闪亮你的车灯。"狄克斯坦说，"这就是我要见的人。"波尔格看到了灯光，挥手示意。就在他付钱的时候，第三辆出租车驶进那条街，停了下来。波尔格瞥到了那辆车。

第三辆车里的尾巴在等待着看要发生什么情况。波尔格意识到了这一点，就从他的车旁走开去。狄克斯坦告诉他的司机别再闪灯了。

波尔格走过他们。那尾巴下了他的出租车，付了款，跟在波尔格身后。瞥见那尾巴的出租车开走之后，波尔格转身回到狄克斯坦的车子跟前，上了车。狄克斯坦说："好了，咱们走吧。"他们的车开走了，留下那个尾巴在便道上寻找另一辆出租车。那是一条僻静的大街：在五到十分钟之内，他等不到车。

波尔格说道："漂亮。"

"轻而易举。"狄克斯坦答道。

司机说："这到底都是怎么回事？"

"别担心。"狄克斯坦告诉他，"我们是特工。"

司机哈哈笑了。"现在到哪儿去——军情五处吗？"

"科学博物馆。"

狄克斯坦向后靠坐在座位上。他冲波尔格微微一笑。"好啦，比尔，你这老小子，近来可好？"

波尔格朝他皱了皱眉。"你怎么这样兴高采烈的？"

他们在出租车里没再说话，狄克斯坦意识到他还没对这次会面做好充分的准备。他本应该事先决定好从波尔格那里得到什么和如何得到的。

他自忖：我到底想要什么？答案从他的脑海深处冒出来，猛地击中了他。我想把核弹带给以色列——之后我就想回家。

他转脸不再面对着波尔格。雨水在车窗上泪水似的淌下来。他突然感到高兴，有司机在，他可以不说话。便道上有三个没穿外衣的嬉皮士，浑身淋得精湿，仰起脸举着手，享受着雨水。如果我能这么做，如果我能完成这次任务，我就能休息了。

这念头使他无比欢欣。他看了看波尔格，露出了笑容。波尔格转脸对着车窗。

他俩来到博物馆，走了进去。他们站在一条搭建好的恐龙骨架跟前。波尔格说："我在考虑把你调离这项任务。"

狄克斯坦抑制住他的惊讶，点着头，脑子迅速地转着。哈桑一定是向开罗打了报告，而波尔格在开罗的人准是得到了那份报告，并且传送到了特拉维夫。"我发现我已经暴露了。"他告诉波尔格。

"几个星期之前我就知道了。"波尔格说，"如果你保持联系，你就会在这些事情上掌握最新的情况了。"

"如果我保持着联系，我会更经常地暴露的。"

波尔格哼了一声，继续往前走。他掏出一支雪茄，狄克斯坦说："这里禁止吸烟。"波尔格把烟收了回去。

"暴露没什么。"狄克斯坦说，"我遇到这种情况有五六次了。关键是他们了解多少情况。"

"你是让那个哈桑认出来的，他在多年前就认识你了。他如今在跟苏联人一起工作。"

"可是他们到底了解了些什么？"

"你到过卢森堡和法国。"

"那没什么。"

"我明白那没什么。我也知道你到过卢森堡和法国，而且连我都不知道你在那边干了些什么。"

"所以你得留下我。"狄克斯坦紧盯着波尔格，说道。

"那要看情况。你都做了些什么？"

"嗯。"狄克斯坦仍然紧盯着波尔格。这个人由于不准吸烟，两只手不知如何是好，显得焦躁不安。显示牌上明亮的灯光照出了他的糟糕的表情：他那张焦虑的面孔如同一座砾石铺就的停车场。狄克斯坦需要非常仔细地衡量要告诉波尔格多少情况，既足以让他认识到自己已经取得了不小的成绩，又不能多到让波尔格认为可以用别人取代狄克斯坦执行他已作出的计划。"我已经拿到了欧洲原子能共同体的交付清单，我们可以窃取。"他开始说，"我想于十一月在安特卫普到热那亚的船上采取行动。我打算劫持那条船。"

"屁话！"波尔格似乎对这个冒险的主意既高兴又担心。他说："你究竟怎么保密呢？"

"我正琢磨呢。"狄克斯坦决定再向波尔格透露一点诱人的甜头，"我得造访伦敦这儿的劳埃德船厂。我希望那条船会属于目标船的系列产品——据我所知，大多数船只都是被这样批量制造的。如果我能够买到一条一模一样的船，我就可以在地中海上的什么地方将两条船调包。"

波尔格用手捋了两次他修剪精致的头发，然后又拽了拽耳朵。"我看不出……"

"我还没想好细节，不过我敢肯定这是不动声色地办成这件事的唯一途径。"

"那就继续下去，把细节制定出来吧。"

"可是你在想着把我排除出去。"

"啊……"波尔格从一侧到另一侧歪着头，那是他难以决策的姿态，"要是我要一个有经验的人替代你，他也同样会被盯上的。"

"而要是你让一个无名小卒参与，他势必没有这方面的经验。"

"何况，我也确实说不上有这么一个人——无论他有没有经验，当真能够从你手中接过这项任务。而且还有一些别的事情你并不了解。"

他们走到一座原子反应堆模型跟前停下了脚步。

"是什么？"

"我们得到了一份来自卡塔拉的报告。苏联人如今在帮助他们。我们得加快步伐了，狄克斯坦。我拖不起了，而改变计划就意味着拖延。"

"十一月份够快的了吧？"

波尔格考虑着。"刚好吧。"他说。他似乎已作出了决定。"好吧，我就把你留下来。你的行动可得隐蔽进行。"

狄克斯坦咧嘴笑了，还在波尔格的背上拍了一下。"你是个好伙伴，皮埃尔。你现在就别担心啦，我会赶在他们前面的。"

波尔格皱起了眉头。"你这是怎么了，怎么总禁不住龇着牙笑？"

"看见你行动起来了嘛。你的脸像是强心剂。你这种阳光灿烂的样子富有感染力。你笑的时候，皮埃尔，全世界都会随着你笑的。"

"你发疯了，你这鬼家伙。"波尔格说道。

皮埃尔·波尔格是个低俗、冷酷、阴险和令人生厌的人，不过他可不蠢。"他可能是个坏蛋。"人们会说，"可他是个机灵的坏蛋。"到他俩分开的时候，他知道纳特·狄克斯坦的生活中已经发生了重大的改变。

他走在返回肯星顿绿宫二号的以色列大使馆的路上，心里琢磨着这件事。他们相识二十年以来，狄克斯坦几乎没有什么变化。他身上的阳刚之气显露无疑，这一点依旧是十分罕见的。他一向寡言少语，低调内敛，他仍然看着像一个下了班的银行职员，除去偶尔闪现一点相当玩世不恭的智慧之外，他依旧是个阴郁的人。

直到今天。

起初他还是原来的样子——言简意赅，直言不讳。可是到了最后他就变得像是好莱坞电影中喋喋不休的东区麻雀的翻板。

波尔格得弄清楚原因。他对自己部下的特工十分宽容。只要他们工作有成效，就可以发疯、犯上、施虐，或者不服从——当然不能背着他。他可以容忍过失，但他不允许让他不知情。他在没弄清狄克斯坦变化的原因之前，他没把握能够将他驾驭。就是这么回事。他在原则上不反对他的一名特工下属露出灿烂的笑容。

他到了能够瞥见大使馆的地方了。他决定要将狄克斯坦置于监视之下。那样就需要两辆汽车和三队人马，八小时一班轮换。伦敦站的站长会怨气冲天的。见他的鬼去吧。眼下，波尔格继续留用他的理由之一是，他需要弄清狄克斯坦身上何以发生这些突如其来的变化。另一条更重要的理由是——狄克斯坦已有一半成竹在胸，换个人不一定能够完成。狄克斯坦干这种事有头脑。狄克斯坦一旦想法成熟，那时候再找别人接手就是了。波尔格已经决定一有机会就把他排除在外。狄克斯坦会大发雷霆，他会认为自己被利用了。

也让他见鬼去吧。

皮奥特尔·阿列克塞维奇·图林少校并不真心喜欢罗斯托夫。他对他的所有的上司都不喜欢：在他看来，只有无耻之徒才能在克格勃里爬到少校以上的阶层。不过，他对自己顶头上司的机警、尽责的品质，还是抱有敬畏之心的。图林具备可观的技能，尤其在电子科学方面，可惜他不善于跟人打交道。他之所以能够当上少校，完全是因为他身处罗斯托夫那难以置信地成功的小组之中。

高街出口，五十二号还是九号？你在哪里，五十二号吗？

五十二号。我们已经接近了。我们会跟上他的。他外表什么样子？

塑料雨衣，绿色帽子，留着胡须。

罗斯托夫作为朋友，不算什么；可是作为敌人，可就糟糕多了。这是伦敦的彼得罗夫上校的发现。他本来想尽力与罗斯托夫敷衍周旋的，但半夜接到克格勃头目尤里·安德罗波夫本人的电话，让他吃了一惊。伦敦大使馆的人们说，彼得罗夫撂下电话时，样子就像个鬼魂。从那时起，罗斯托夫就有求必应了：哪怕他抓上五个特工跑出去买手帕。

好啦，这位露丝·达维森，而她在向……北边
去……

十九号，我们能跟上她——

放心吧，十九号。虚惊一场。那是个样子像她的
秘书。

罗斯托夫指挥了彼得罗夫手下最好的街道"艺术家"跟踪人，
以及他的大多数汽车。在以色列驻伦敦的大使馆周围已经布满了
特工——有人说："这儿的共产党人比克里姆林宫医务室里的都
多。"——不过难以被辨认出来。他们待在小汽车里、客货两用车
里、微型轿车里、卡车里，还在一辆外观像极了大都市的无标志的
大型警车里。更多的特工则是步行，有些隐身于公共建筑物内，另
一些人在街道上或公园的小径上漫步。甚至还有一个人潜伏到大使
馆里，用极其蹩脚的英语询问移民以色列需要什么手续。

大使馆是一个适合这种作业的理想之地。它位于肯星顿园林
边缘的一处小小的使馆区内。由于众多美观的老住宅属于外国驻
在机构，这里便被称为使馆区。事实上，苏联大使馆就紧靠着肯
星顿宫殿园林区。那一片小小的街道群落组成了一处禁区，你得
跟警察说出你的公务，方能获准进入。

十九号，这次真是露丝·达维森了……十九号，你
听到了吗？

十九号在，听到了。你还在北侧吗？

是的。而且我们知道她的模样。

实际上，没有一名特工看得见以色列大使馆。小队中只有一名成员能够观察到使馆的大门——那就是罗斯托夫，他身处半英里之外，在一家旅馆的二十层楼上，通过架在三脚架上的一台高功率的蔡斯望远镜监视着周围。隔着使馆区，伦敦西区的好几座高层建筑在镜头里被看得一清二楚。的确，某些旅馆中的某些套房要出非比寻常的高价，因为传言说，从那些套房可以看到邻近宫殿中玛格丽特公主的后花园，因此将其取名为绿宫和肯星顿宫殿园林。

罗斯托夫就在其中的一套房间里，除去望远镜之外，他还有一部无线电报话器。他的每一个街道小队的人都配有一部对讲机。彼得罗夫跟他的人说着快速的俄语，使用着混杂的暗语，而且每隔五分钟，他和部下的对话波长，就会被嵌入设备的电脑程序改变着。该系统工作良好，其发明人图林认为，除非每台设备的五分钟周期中的某一处刚好与英国广播公司的电台重叠。

八号，向北侧移动。

明白。

若是以色列大使馆设在更高级的使馆所在的别尔古雷维亚，罗斯托夫的任务就要困难得多。别尔古雷维亚那里几乎没有店铺、咖啡馆和办公机构——没有特工们可以不被发现的藏身之处，而且由于那处地段安静、富有，充斥着外交人员，警察就容易对可疑的行为保持警觉。任何标准的伪装手法——电话修理车、修路工使用的带条纹的帐篷——都会即时引来成群的警察。

相比而言，肯星顿这处小型使馆区周围的地段，是一处主要的商业区，有好几所学院和四座博物馆。

图林本人就在肯星顿教堂街的一座小酒馆里。常驻当地的克格勃人员事先告诉他，这家酒馆经常有"特殊支队"——苏格兰场政治警察的隐称——的警探光顾。在酒吧处饮用威士忌的身穿刺目西装的四个年轻人大概就是警探。他们不认识图林，即使认识，也没怎么对他感兴趣。的确，若是图林走到他们跟前，说："告诉你们一声，克格勃此时此刻正在伦敦跟踪每一个以色列的在驻人员呢。"他们大概会说"什么？又这么干啦？"，然后就再要一轮酒水。

无论如何，图林自己明白他不是那种引人看上第二眼的人。他个子矮小，圆圆胖胖的，长着一张醉汉的面孔和一个大鼻子。他的绿色毛衣外面罩着一件灰色的雨衣。雨水抹平了他的炭黑色法兰绒裤子上的最后的裤线。他坐在一个角落里，面前摆着一瓶英国啤酒和一小袋薯条。他衬衫衣兜里的对讲机由一根肉色的金属细线连到左耳中的插座上——样子好像助听器。他身体的左边靠着墙。他可以用假装翻找雨衣内侧口袋的样子，转过脸去，背对着房间，冲着对讲机上方的圆孔金属盘嘀咕，跟罗斯托夫通话。

他盯视着警探喝着威士忌，心想，这支特殊支队比起他们的苏联同行准是有更好的开支：他只获准每小时喝一品脱啤酒，吃薯条都得自掏腰包。有一段时间，在英国的苏联特工甚至只允许买半品脱啤酒，直到会计部门得知，在许多酒馆里半品脱半品脱喝啤酒的人，是苏联人特有的，而且喝啤酒就如同他们喝伏特加那样小口嘬饮，而不是大口地开怀畅饮。

十三号，跟上一辆绿色的沃尔沃，里边有两个人，
在高街。
　　明白。
　　还有一个步行的……我觉得那是伊戈尔·迈尔……
二十号吗？

　　图林是"二十号"。他转过头来把脸埋进肩头，答道："我
是，描述他。"

　　高个子，灰头发，拿伞，有腰带的外衣。高街入口。

　　图林说道："我这就上路。"他喝光了杯中酒，离开了酒馆。
　　天在下雨。图林从雨衣口袋里取出一把折叠伞，打开了。
湿漉漉的便道上挤满了购物的人。在红绿灯处，他瞅见了那辆
绿色的沃尔沃，后面有三辆轿车尾随着，"十三号"在一辆奥
斯丁里。

　　另有一辆车。五号，这辆车归你盯着。蓝色的大众
甲虫。
　　明白。

　　图林来到了宫门，朝宫殿大道望过去，他瞅见一个人符合描
述的人影，正在向他走来，那人一路不停地走着。他盘算过，那
人还得有一段时间才能到达他站的便道，此刻他做出要横过马路

的样子，来回打量着那条街。目标从宫殿大道出现，转向西，离开图林而去。

图林跟了上去。

由于人群拥挤，沿高街跟踪比较容易。随后，他们转向南，进入迷宫般的侧街中，图林有些紧张起来了，可是那个以色列人似乎没有发现后边有影子跟踪。他一路在雨中吧唧吧唧地趟行，一个高个子，弯腰打着雨伞，疾步奔向他的目的地。

他并没有走得太远。他拐进了克伦威尔路边的一座小型的现代化旅馆。图林走过大门，透过玻璃门向里张望，看到目标走进了大堂中的一个电话亭。图林沿路再向前几步，看到了那辆绿色沃尔沃，判断那个以色列人和绿色沃尔沃中的同伙约定在旅馆外见面。

他穿过马路，在相反的方向又走了回来，以防目标会当即出来。他寻找着蓝色的大众甲虫，却没有看见，但他一心认定，那辆车就在附近。

他对着衬衫衣兜讲起话。"这是二十号。迈尔和绿色沃尔沃都停在了杰克宾旅馆的外面。"

确认，二十号。五号和十三号已掌握住以色列的汽车。迈尔在哪里？

"在大堂。"图林来回张望，看到奥斯丁在跟随那辆绿色的沃尔沃。

盯住他。

"明白。"图林此时要做一次艰难的选择。如果他径直走进旅馆，迈尔就可能发现他，可是如果他花点时间找到旅馆的后门，迈尔有可能刚好在这时候溜走。

他决定孤注一掷地去找后门，理由是即使发生最坏的情况，他还有两辆汽车做后援，这样还可以多出几分钟。何况，那座旅馆地处窄巷，不便货车往来。图林沿街走去，来到旅馆建筑物空荡的侧墙处一条未锁的消防通道。他走进去，发现自己身处一座水泥井中，显然仅仅是用于火灾逃路而建的。他边爬着楼梯，边把伞折叠起来，放进雨衣兜里，并把雨衣脱下。他叠起雨衣，把它放进第一个楼梯拐角处的一个小包袱里，以便万一他遇到必须迅速撤离的情况，就可以马上拿到。他先是上了二楼，接着乘坐电梯下到大堂。他身穿毛衣和裤子出现在那里，宛然一名住客。

那个以色列人还在电话亭里。

图林朝大堂的玻璃前门走去，向外打量了一下，看了看手表，回到候客区坐下来，仿佛在等什么人。这一天并不走运。这次行动的目的是找到狄克斯坦。目前只知道他在英国，原本预料他会与一名大使馆在驻人员接头。苏联人在跟踪那些人，以便目睹这次约会，并抓住狄克斯坦。而这座旅馆里的以色列小组显然没有卷进这次约会。他们在监视某个人，大概那人一露面他们就会跟上他，而那个人不大像他们自己的一名特工。图林只能指望他们正在做的事情至少证明还是有点意思的。

他眼瞅着目标出了电话亭，朝着吧台走去。他不清楚从吧台处能否观察到大堂。显然不成，因为目标几分钟之后便拿着一瓶饮料回来，然后坐到图林远远的对面，还拿起一张报纸。

目标没来得及喝他的饮料。

电梯门嘶嘶地打开，从里边走出来的是狄克斯坦。

图林大吃一惊，犯下了直视狄克斯坦好几秒钟的错误。狄克斯坦注意到了他的目光，礼貌地点了下头。图林勉强一笑，低头看了看手表。在他看来——更多的是希望而不是确信——那样的直视是一次糟糕的举动，狄克斯坦可能已经证明图林不是特工。

没时间多想了。图林觉得，狄克斯坦以一种跳跃式的步伐，快速走到柜台跟前，放下了房间钥匙，然后接着快步走出旅馆，上了大街。以色列尾巴迈尔把报纸放到桌上，尾随他而去。当玻璃板大门在迈尔身后阖上时，图林站起身，心想：我是个盯梢间谍的间谍，而那个间谍也在盯梢一个间谍。好啊，我们至少各行其是。

他走进了电梯，按下去二层的电钮。他对着对讲机说话："这里是二十号。我看到海盗了。"没有回应——这座建筑物的墙壁屏蔽了他的信号。他在二层出了电梯，跑向一层的楼梯，在拐角处拿起他的雨衣。他刚一出门，就重新使用起他的对讲机。"这里是二十号，我看到海盗了。"

好啊，二十号。十三号也看到他了。

图林看到目标横穿过克伦威尔大街。"我在跟踪迈尔。"他对着对讲机说。

五号和二十号，你们俩都听着。不要跟踪。听明白了吗——五号？

是。

二十号？

图林答道："明白。"他停下脚步，站在角落里看着迈尔和狄克斯坦在切尔西的方向消失了。

　　二十号，回到旅馆去。搞到他的房间号码。在他的
房间近旁订一个房间。办完之后，用电话通知我。

"明白。"图林转身往回走，心里演练着要说的话：劳驾，刚出去的那位，就是那个戴眼镜的矮个子，我觉得我认识他，可没等我赶上去，他就进了出租车了……他的名字是约翰，可我们都叫他杰克，什么房间？后来这一套都白准备了。狄克斯坦的钥匙还在柜台上。图林记住了号码。

　　柜台的人靠近过来。"我能帮您什么吗？"

　　"我想要一个房间。"图林说。

他亲吻着她，就像一头饥肠辘辘的猛兽。他把头埋进她的身体里，舔舐着的她的肌肤，还有她起起伏伏柔软的嘴唇。他抚摸着她的面孔，说："啊，啊，我要。"他们的目光火辣辣地凝结在一起，此刻爱的真相正如眼前这赤身裸体般毫无保留而又如此直接地呈现。他心想：我可以随心所欲地做任何事情。这念头如同一个魔咒般的一次次掠过他的脑海。他贪婪地触摸着她的身体在蓝黄相间的小厨房里，他面对她站着，深情地凝视着她的眸子，用指头探摸着她的私处。她的红唇微张，他感到她的呼吸越来越

急促了，面孔也越来越热辣了。他深深地呼吸，以吸进她呼出的气。他心想：如果我能随心所欲，她一定也是，而且，她似乎看明白了他的心思，她解开了他的衬衫，俯身到他胸前，用牙叼住了他的乳头，吮吸起来。那突然而至的惊喜让他喘出了声。他轻柔地用双手捧着她的头，前前后后地晃动着以加强那种激情。他想：我可以随心所欲！他伸手到她背后，撩起她的裙子，眼睛贪婪地看着她箍在她腰臀曲线上、与她修长的棕色秀腿形成反差的白色紧身内裤。他的右手捋着她的面颊，攥住她的肩头，掂着她的一对乳房，他的左手摸过她的臀部，伸进她的内裤，探到了她的双腿之间，一切都感觉如此美好，如此美好，他巴不得自己有四只，甚至六只手来抚摸她。随后，突然之间，他想看看她的面容，便抓着她的肩头，让她站直，嘴里说："我想看看你。"她的眼睛满含泪水，他清楚这迹象不是伤心而是强烈的快感。他俩再一次相互凝视，这一次，不仅仅是两人之间的真情实意，而是从一个人向另一个人涌动的河水般、激流般的赤裸的激情。之后，他祈求似的跪到她的脚下。他先是把头放在她的两条大腿之间，透过她的衣服感受她的身体的热量。接着，他把双手伸进她的裙内，找到了她的内裤的腰带，慢慢地往下捯，在她迈步褪出内裤时，握住她脚上的鞋。他从地板上直起身。他们依旧站在他刚进门两人拥吻时的原地。就在那儿，他俩站着，开始做爱了。他注视着她的面孔。她的样子很平和，眼睛半闭着。他想就这样，慢慢地动起来，最后一直动下去，可是他的身体等不得了。他不得已更使劲地加速地抽送着。他感到自己失去了平衡，就用双臂搂住她，把她从地面上抬高一英寸，但不从她身体里拔出来，这样移动了两步，把她的后背抵住墙。她把他的衬衫从腰带中捯出来，将手指扎进他后背坚实的肌肉中。他把双手交叉在一起，托着她的屁股，举起了她。她高高地抬起双腿，用大腿夹住他的腰胯，脚踝交叉在他的背后，简直难以置信，他似乎觉得更深地插进了她的身体。他感到自己像是拧紧了的发条，她做的每一件事，她脸上的每一个表情，都在上紧那根发条。他透过情欲的光晕盯视着她。在她的眼睛中有一种像是惊恐、狂野的心情，瞪大眼睛动物似的激动的表情，一下子把他推到了宇宙的边缘，他明白就要来了，那美好的时刻即将来临，而且他想告诉她："苏莎，它来了。"而她说："噢，我也是。"她的指甲掐进他的后背，沿脊椎一路划出长长的锋利的隙痕，如同电击一般穿透他，就在他自己爆发的同时，他感到了她身体中的痉挛与震颤，他仍然盯着她，看到她大张着嘴，大口吸着气，兴奋的高潮压倒了他们，她尖叫出声。

"我们跟踪着以色列人，而以色列人跟踪着狄克斯坦。只消狄克斯坦开始跟踪我们，我们就可以在这一天剩余的时间里绕圈转了。"罗斯托夫说。他大步走过旅馆的廊道。图林在他身旁紧随着，他那两条又短又粗的腿简直得小跑，才能跟上他。

图林说："我想不明白你到底是怎么想的，在我们刚一发现他的时候却放弃了监视？"

"很明显。"罗斯托夫烦躁地说。随后他提醒自己，图林的忠心耿耿是难能可贵的，便决定加以解释。"狄克斯坦在过去的几周里一直处于监视之中。每一次他发现了我们，最终都甩掉了。现在，一定程度的监视对于狄克斯坦这样长期从事这一行当的人是必不可免的。但是在一次特定的行动中，他越被跟踪，就越可能放弃他在做的事情，反而转给别人——而我们不会知道那个交接人是谁。我们靠跟踪某个人所得到的情报，往往都被迫放弃了，就是因为他们发现了我们在跟踪他们，于是便知道我们已经得到了那些情报。这样做——就像我们今天这样放弃跟踪——我们知道他在什么地方，可是他却不晓得我们已经知道了。"

"我懂了。"图林说。

"根本用不了多久，他就会发现那些以色列人的。"罗斯托夫补充说，"他现在准得神经过敏了。"

"你认为他们干吗要跟踪自己人呢？"

"我真的不明白。"罗斯托夫皱着眉头，把心里想的说出了口，"我敢肯定狄克斯坦今天上午见过波尔格——这就解释了波尔格何以靠换乘出租车甩掉了尾巴。很可能是波尔格把狄克斯坦推了出来，如今只是要检查狄克斯坦当真出来，不再试图私下里接着干了。"他摇了摇头，这是他沮丧的姿态，"这种解释其实说服不了我。但另一种可能是波尔格不再信任狄克斯坦了，可我觉得那也不像。现在只有小心为是了。"

他们来到了狄克斯坦的旅馆房间。图林取出了一支微型的强力手电，向房门的四周边缘照着查看。"没有警示器。"他说。

罗斯托夫点点头，在一旁守候着。这是图林的领域。在罗斯托夫心目中，这个矮胖子是克格勃里面最出色的多面手技师。他看着图林从衣兜里取出一把万能钥匙，那是他所有的一大批这种钥匙之一。他在这座旅馆里自己的房间的门上试用过之后，已经确定了哪一种钥匙适合这座杰克宾旅馆。他慢慢地打开狄克斯坦的房门，站在外边往里看。

"没有陷阱。"过了一会儿他说。

他迈步进去，罗斯托夫跟在他身后，随手关上了门。这种活计一点都不能给予罗斯托夫什么乐趣。他喜欢的是监视、判断、策划，溜门撬锁不是他的风格。他有一种被暴露无疑的感觉。若是打扫房间的女工或者旅馆经理这时候进来，甚或狄克斯坦为了逃避大堂的岗哨，那该多么有损尊严、多么蒙羞受辱。"咱们得快点。"他说。

房间的布置按照规范的标准：门开向一条小小的通道，一侧是卫生间，另一侧是衣柜。从卫生间往前，是呈方形的卧室，一面墙上抵着一张单人床，另一面墙前摆着电视机。对着房门的外墙上是很大的窗子。

图林拿起电话，卸下话筒。罗斯托夫站在床脚边，四下张望，想对住在这里的人有些印象。没什么可接着做的了。房间经过打扫，床也铺好了。床头柜上有一本棋书和一份晚报。没有烟酒的痕迹。废纸篓是空的。一个机凳上有一只小型的维尼纶衣箱，里面装有干净的内衣和一件干净的衬衫。罗斯托夫咕哝着："这人外出只带一件衬衫！"橱柜的抽屉是空的。罗斯托夫向卫生间里看。他瞧见了一把牙刷、一只可充电的剃须刀，附带不同的电插头，还有——仅有的个人特色——一袋助消化的药片。

罗斯托夫回到卧室，图林正在重新装好电话。"完事了。"

"在床头板背面放上一个。"罗斯托夫说。

图林正在床背后的墙上安装窃听器的时候，电话铃响了。

要是狄克斯坦回来，大堂的岗哨就会用旅馆的内部电话打到狄克斯坦的房间，响上两声后挂断。

响了第二声。罗斯托夫和图林一声不出、一动不动地站着等候。

又响了一声。

他俩松了口气。

响过七声之后停了。

罗斯托夫说："要是他有一辆汽车我们能够窃听就好了。"

"我有一只衬衫纽扣。"

"什么？"

"像衬衫纽扣的窃听器。"

"我还不知道有这玩意呢。"

"是新产品。"

"有针线吗？"

"当然有。"

"那就动手吧。"

图林走到狄克斯坦的箱子跟前，没有把衬衫取出来，就拽下了第二颗纽扣，仔细地摘掉所有的线头。他很麻利地缝了几针，就钉上了新纽扣。他的短粗的双手出奇的灵巧。

罗斯托夫眼睛看着，心思却到了别处。他迫不及待地要再做些事情确保他可以窃听到狄克斯坦的一言一行。那个以色列人可能会发现电话听筒里和床头板后的窃听器，他会再也不穿那件加了窃听器的衬衫。罗斯托夫喜欢办事有十足的把握，而狄克斯坦又狡猾得不可思议：你没法抓住他。罗斯托夫心存微弱的一线希望：这房间里的什么地方有一帧狄克斯坦所爱的人的照片就好了。

"瞧瞧。"图林让他看他的手艺。那是件普通的白色尼龙衬衫，上面钉着再平常不过的那种白色纽扣。新换上去的纽扣和别的毫无二致。

"真棒。"罗斯托夫说，"合上箱子吧。"

图林关上箱子。"还有别的事吗？"

"快速查看一周，看看有没有警示器。我无法相信，狄克斯坦出门时不采取任何预警措施。"

他俩很快地又悄悄地检查了一遍，他们的动作实用又便捷，没有迹象表明他俩内心的匆忙。有十几种安置警示器的办法。在门缝处轻轻挂上一根头发是最简单的；贴在抽屉背后的一张纸片会在打开抽屉时落下来；在厚厚的地毯下放上一撮白糖，会在踩踏下无声无息地粉碎；衣箱盖的接缝后放下的一枚硬币，会在箱子打开时，从前面滑到后面……

他们一无所见。

罗斯托夫说："所有的以色列人都是妄想狂。他为什么与众不同呢？"

"也许他被排除在外了。"

罗斯托夫咕哝一声："还有什么原因会使他突然粗心大意了呢？"

"他可能陷入爱情了。"图林提醒说。

罗斯托夫哈哈大笑。"一定是。"他说，"约瑟夫·斯大林完全可以被梵蒂冈封为圣徒了。咱们离开这里吧。"

他走了出去，图林跟在后边，轻轻地随手把门关好了。

原来是个女人。

皮埃尔·波尔格感到震惊和费解，既好奇又深深地担心。

狄克斯坦从来没有过女人。

波尔格打着伞，坐在公园的长凳上。大使馆里电话铃声不断，还总有人问这问那，令他不得思考，因此尽管天气不好，他也只好躲到这里。风吹着雨幕，横扫过空旷的公园，不时有雨滴落在他的雪茄烟头上，他只好再重新点燃。

是狄克斯坦内心的紧张使得这家伙如此狂躁。波尔格最不想做的就是让他学会放松。街道"艺术家"们跟踪狄克斯坦来到切尔西的一座小公寓，看到他去与一个女人会面。"这是一种性关系。"其中一个人如是说，"我听到她叫床了。"公寓楼的管事接受了访问，但他只晓得那女人是房主的一名挚友，其余的一概不知。

明显的结论是：狄克斯坦拥有这座公寓（他贿赂管事说了假话）；拿这里当幽会的场所；他在这里会见对方，一个女性；他们可能相爱，他向她泄露了秘密。

波尔格若是通过某些其他渠道发现了那个女人，或许会赞成这种想法。但是假若狄克斯坦一下子成了叛徒，他是不会让波尔格生疑的。他机警过人嘛。他会很好地掩饰他的踪迹。他不会连头也不回一次地把跟踪者一路引到那座公寓。他的行为举止完全昭然无辜。他面见了波尔格，样子就像弄到奶酪的猫，全然不知也不理会他的心情全都写在了脸上。当波尔格问起有何进展时，狄克斯坦开起了玩笑。波尔格注定要跟踪他。数小时之后，狄克斯坦和一个姑娘云雨，那姑娘兴奋得高声叫床，当街都听到了。整个事情就是这么简单，只能是真的。

那好吧。某个女人找到破除狄克斯坦防线的方式，引诱了他。狄克斯坦的反应如同十几岁的男孩，因为他从来未曾有过少年时期。重要的问题是：她是什么人？

苏联人也是有档案的，他们应该同波尔格一样，认为狄克斯坦在色相面前刀枪不入。然而他们或许觉得值得一试，说不定他们还对了。

波尔格再一次本能地想把狄克斯坦马上排除出去。可他又一次地犹豫了。若是并非眼下的这件而是其他任务，不是狄克斯坦而是别的特工，他就会知道如何处理了。可是狄克斯坦是能够解决这个问题的唯一人选。波尔格除去坚持原先的计划，别无他法：待到狄克斯坦将他的计划和盘托出，那时再排除他。

他至少能够动用伦敦站去调查那个女人，尽力弄清她的全部情况。

与此同时，他只能希望，假如她真是特工，狄克斯坦应该有理智不向她透露任何情况。

这是个危险的时刻，但波尔格再也无能为力了。

他的雪茄灭了，可是他根本没注意到。此时，公园里已经空无一人。波尔格还坐在长凳上，他把伞举在头顶，身体的姿势别扭，却一动不动，看上去如同一尊忧郁致死的雕像。

开心的时刻结束了，狄克斯坦告诉自己，该回去工作了。

他在上午十点进入他的旅馆房间，当即醒悟到——简直不可思议——他没有留下警示手法。他当特工二十年来这还是头一次干脆忘记了基本的预防措施。他站在门洞处，眼睛四下打量着，心里想着她对他粉碎性的作用。离开她返回工作，如同进了一辆在车库停放了一年的熟悉的汽车：他必须把原有的习惯、原先的本能、旧有的疯狂劲，全都吸回到他的脑海中来。

他进了卫生间，往浴缸里放水。此刻他有了一种情感呼吸的空间。苏莎今天要回去工作了。她在英国海外航空公司上班，这次当班飞行要让她飞到世界各地。她期待着能在二十一天以后回来，不过可能会更长。他还没想好这三个星期的时间他待在哪儿，这就是说，他不清楚他什么时候会再见到她，但只要他还活着，他就一定会见她。如今看上去，往昔和未来，一切都迥然不同了。他生命的最近的二十年过得枯燥乏味，只有他向别人开枪和别人向他开枪，在世界上到处奔波，掩饰自己和欺骗别人，以及肆无忌惮地执行着野蛮勾当。这些看起来都是多么微不足道。

他坐在浴缸里，盘算着他的余生该如何度过。他已经打定主意再也不做间谍了——可是做什么才好呢？似乎一切可能都在向他敞开。他可以竞选议员，或者开办自己的生意，或者干脆留在农庄，酿造以色列最好的葡萄酒。他会娶苏莎吗？果真他们结了婚，还会住在以色列吗？他觉得这种不确定性细细品来倒是有滋有味，如同不知晓会得到什么样的生日礼物。

他心想，只要我活着。突然之间又出现了别的赌注。他害怕死掉。到目前为止，死亡无非是要凭本领躲避的一件事，这么说吧，它只不过是游戏中的一次失手。如今，他一心只想活下去：再次和苏莎同床共枕，和她筑造一个家，了解她的一切，她的秉性、她的习惯和她的秘密，她喜欢读的书，她对贝多芬的看法，以及她是不是睡觉打鼾。

她刚刚拯救了他的生命，却这么快就失去，那太可怕了。

他从浴缸里出来，擦干身子，穿戴起来。要活下去，就要在这场战斗中取胜。

他的下一步行动是打一个电话。他想过用旅馆的电话，但还是决定此时此地以加倍小心为妙，于是便出门去找一个电话亭。

天气变了。昨天的雨水洗净了天空，如今是令人心旷神怡的晴朗温暖。他走过离旅馆最近的电话亭，来到下一个电话亭跟前：要格外谨慎。他在电话簿里查到了劳埃德船厂的电话，就拨通了那个号码。

"这里是劳埃德船厂，早晨好。"

"我需要一条船的一些资料。"

"那得找劳埃德的伦敦新闻中心——我来帮你接过去。"

狄克斯坦在等候的时候，看着电话亭外面伦敦街道上熙来攘往的车辆，不清楚劳埃德船厂会不会把他想要的资料给他。他不安地用脚点着地。

"这里是劳埃德船厂的伦敦新闻中心。"

"早晨好。我想要一条船的一些资料。"

"什么样的资料？"电话里的声音说，狄克斯坦觉得其中带着一丝疑虑。

"我想知道那条船是不是作为系列产品制造的，如果是的话，它的姐妹船只的名称、船主和当前的方位在哪里。如果可能，拜托提供一下相应图纸。"

"恐怕我在这方面帮不上忙。"

狄克斯坦的心沉了下去。"为什么不能呢？"

"我们不保留图纸，这是劳埃德船厂的规定，而且只把图纸交给船主。"

"那么其他资料呢？那些姐妹船只的呢？"

"在那方面也爱莫能助。"

狄克斯坦真想掐住那人的喉咙。"那谁能够呢？"

"我们是唯一拥有这些资料的人。"

"你们要保密吗？"

"我们不会在电话上提供那些资料的。"

"等一下，你的意思是说你不能在电话上提供帮助。"

"就是。"

"可是如果我写信或者亲自上门，你们就能帮忙了。"

"嗯……是的，这种询问不应该太长，你还是亲自跑一趟吧。"

"告诉我地址。"他写了下来，"而你们在我等候的时候就能拿出详细的材料吗？"

"我觉得没问题。"

"好吧。我现在就告诉你船的名字，在我到达时你们就得准备好全部材料。船的名字是阔帕列里。"他把这名字拼写了一遍。

"你的姓名？"

"爱德·罗杰斯。"

"单位？"

"《国际科学》杂志社。"

"你要单位记账吗？"

"不，我用个人支票付款。"

"只要你有证件就行。"

"当然有啦。我在一小时后到你们那儿。再见。"

狄克斯坦挂断了电话，离开了电话亭，心里想着谢天谢地。他横穿马路，进了一家咖啡馆，要了一杯咖啡和一份三明治。

他当然跟波尔格说假话了：他对如何劫持阔帕列里号已经想

得十分周全了。他要买一条它的姐妹船——如果有的话，带他的小队登上船，在海上与阔帕列里号相遇。劫持之后，为了避免把载货从一条船转到另一条船的麻烦，他可以把他那条船沉掉，把应用的文件移到阔帕列里号上。他还要抹掉阔帕列里的船名，漆上沉掉的姐妹船的名字。然后他就会把看着像是他自己那条船驶进海法。

这个设想很不错，但还只是计划的雏形。他该拿阔帕列里号上的船员们怎么办呢？看着像是沉掉的阔帕列里号该如何解释呢？他该如何避免国际上追查成吨的铀矿在海上的消失呢？

他越往下想，这最后一个问题就看似越大了。认定沉掉的大型船只会有一场大规模的调查。由于船上装载的是铀，那场调查将会吸引舆论的注意，那么结果就会越发彻底揭穿。若是调查人发现，沉掉的不是阔帕列里号，而是原本属于狄克斯坦的那条姐妹船，又会怎样呢？

他反复咀嚼着这个问题有好一会儿，依然没有答案。在这道方程式里，未知数还是太多了。无论三明治还是那道难题，全都粘到了他的胃里，他吞下了一片助消化的药。

他把思路转向对方。他把踪迹掩盖得完美无缺吗？只有波尔格了解他的计划。即使他的旅馆房间被窃听了——即使离旅馆最近的电话亭遭到了监听——仍然没有别人能够知晓他对阔帕列里号的兴趣。他一直格外小心。

他呷着咖啡，这时另外一位顾客在向咖啡馆的门外走去时，碰到了狄克斯坦的臂肘，把咖啡洒满了他干净衬衫的前襟。

"阔帕列里号。"大卫·罗斯托夫兴奋地说，"我在哪里听到过叫作阔帕列里号的船呢？"

亚斯夫·哈桑应道："我听着也耳熟呢。"

"我来看看电脑的打印件。"

他们坐在停在杰考宾旅馆附近的一辆用于监听的客货两用车的后座上。那辆属于克格勃的汽车是深蓝色的，没有标志，而且十分肮脏。强大的无线电设备占据了车里的大部分空间，但是在前座后面还有个小地方，可以让罗斯托夫和哈桑挤进去。皮奥特尔·图林坐在方向盘后边。他们头上方的大型扩音器放出远处谈话的微弱声音，偶尔夹杂着陶器的碰撞声。就在不久之前，曾经有过一番不明所以的对话，一个人为什么事情抱歉，狄克斯坦则说没什么，只是小事一桩。从那以后没有说出什么清晰的话。

罗斯托夫能够听到狄克斯坦的交谈而兴致勃勃，只是由于哈桑也在聆听而把这份窃喜打了折扣。哈桑自从成功地发现了狄克斯坦在英国以来，变得相当自信：如今他自以为和别人一样是个职业间谍了。他坚持要在伦敦行动的每个细节中都要在场，还威胁说，如果把他排除在外，就要向开罗申诉。罗斯托夫曾经考虑过和他摊牌，但那样一来就会招致跟菲利克斯·沃伦佐夫的又一次顶撞，何况，罗斯托夫也不愿意再度越过菲利克斯直接找安德罗波夫。于是他就采用了一个变通之策：他会允许哈桑参与，但要警告他不准向开罗汇报任何情况。

一直在阅读印制件的哈桑，把文件递给了罗斯托夫。在苏联人浏览那些纸页的当口，扩音器里传出的声音有一两分钟转到了街上的喧哗，随后又是对话。

"到哪儿去，先生？"

狄克斯坦的声音说：莱姆街。

罗斯托夫抬起头来，跟图林说道："那里应该是劳埃德船厂，他在电话里拿到的地址。咱们到那儿去吧。"

图林调转汽车，向东朝着城区驶去。罗斯托夫又低头接着看印制件。

哈桑悲观地说："劳埃德厂方大概会给他一份书面报告。"

图林说："窃听器工作得很好……到目前为止。"他用一只手开着车，嘴里嗑着另一只手的指甲。

罗斯托夫找到了他要的东西。"在这儿啦！"他说，"阔帕列里号。太棒了，太棒了，太棒了！"他兴奋得猛砸了一下膝盖。

哈桑说："给我看看。"

罗斯托夫迟疑了片刻，想明白了没办法摆脱，便指着最后一页，笑吟吟地对哈桑说："在非核的这一栏下。二百吨黄饼要由机动船阔帕列里号从安特卫普海运到热那亚。"

"那就是了。"哈桑说，"那就是狄克斯坦的目标。"

"可是，如果你把这件事报道给开罗，狄克斯坦就可能会更换目标。哈桑——"

哈桑气得脸色发青。"你已经把这一切说过一遍了。"他冷冷地说。

"好啦。"罗斯托夫说。他心里想：妈的，就你还得当一名外交家。但他嘴里说道："现在我们知道了他要偷什么和从谁手里偷。我认为这叫有所进展。"

"我们还不知道他偷那条船的时间、地点和手段。"哈桑说。

罗斯托夫点了点头。"有关姐妹船的一整套生意准与这件事有关。"他捏了下鼻子，"不过我还看不出是怎么回事。"

　　　　请付两镑六便士，先生。
　　　　不必找钱了。

　　"找个地方停车，图林。"罗斯托夫说。
　　"在这一带可不容易找地方。"图林叫苦说。
　　"找不到地方也得给我停下来。就算你接到了违法停车罚单，没人会在乎的。"

　　　　早晨好。我叫爱德·罗杰斯。
　　　　啊，对了。请稍候……
　　　　你的报告刚打印出来，罗杰斯先生。这是账单。
　　　　你们效率很高嘛。

　　哈桑说："是那份书面报告。"

　　　　多谢。
　　　　再见，罗杰斯先生。

　　"他不怎么健谈，是吧？"图林说。
　　罗斯托夫说："优秀的特工从来都不多话。你应该记住这一条。"
　　"是的，首长。"
　　哈桑说："妈的。这一下我们就知道不了他的问题的答案了。”

“只是在我看来——”罗斯托夫告诉他，“没什么不同。”他笑了笑，“我们知道问题。我们只消问自己同样的问题，我们就会得到他所得到的答案。听啊，他又来到街上了。绕过这个街区，图林，我们尽量看住他。”

两用车向前开去，但是还没等到绕完一圈，街上的嘈杂声又静下去了。

我能帮你什么忙吗，先生？

“他进了一家店铺。”哈桑说。

罗斯托夫看着他。那个阿拉伯人一旦忘记了他的骄傲，就会像个小学生一样对这一切——两用车、窃听器，一路跟踪，都激动不已。只要是他能够闭上他那张嘴，那样他才可能继续跟苏联人一起干间谍。

我想要一件新衬衫。

“噢，可别！”图林说。

我看出来了，先生。那是什么？
咖啡。
那得当场吸干，先生。现在要把这污渍清理干净就太难了。你想要一件类似的衬衫吗？
是啊。普通的白色尼龙衬衫，带袖扣的，领口号码是十四号半。

有了。这件卖三十二镑六便士。

挺好。

图林说："我敢打赌，他付账是报销的。"

谢谢。也许你愿意现在就穿上吧？

是的，请便。

试衣间就从这儿过去。

脚步声，随后是短暂的静寂。

你愿意来个袋子装那件旧衬衫吗？

你还是帮我把它扔掉好了。

"那粒纽扣值两千卢布呢！"图林说。

没问题，先生。

"完啦。"哈桑说，"现在我们再也听不到什么啦。"

"两千卢布啊！"图林又说了一遍。

罗斯托夫说："我看我们这笔钱花得值。"

"我们往哪儿开呢？"图林问道。

"回大使馆。"罗斯托夫告诉他，"我想抻抻腿。左腿一点知觉都没有了。妈的，所幸我们这一上午还干得不错。"

在图林向西开车时，哈桑动着脑筋说："我们需要弄清阔帕列里号眼下在哪里。"

"松鼠会做的。"罗斯托夫说。

"松鼠?"

"莫斯科中心的那些伏案工作的人。他们一天到晚屁股不离座位,从来不会做任何比高峰时刻横穿格兰诺夫斯基大街更冒险的事,可是却得到比外派到现场的特工更高的薪水。"罗斯托夫决定借机进一步对哈桑进行教导,"记住,一名间谍永远不要把时间花在获得公开的资讯上。书籍里、报告里和档案里的任何东西都能由松鼠找到。既然松鼠比间谍用起来廉价——不是指薪水,而是指他们能够获得更多的上级支持——委员会总宁愿让松鼠去做他力所能及的活计。所以尽管使唤松鼠吧,没人会认为你偷懒的。"

说罢,哈桑漠然一笑,完美呼应了他惯常的懒散本性。"狄克斯坦并不这么办事。"

"以色列人有完全不同的一套办法。况且,我怀疑狄克斯坦就是单打独斗的。"

"松鼠要多久才能把阔帕列里号的方位告诉我们?"

"也就是一天吧。我们一到使馆,我就立即提出要求。"

图林回过头来说:"你能同时提出一项紧急要求吗?"

"你需要什么?"

"再要六只衬衫纽扣。"

"六只?"

"如果这像是最后一注,五只显然不够。"

哈桑放声大笑。"这就是共产党的效率吗?"

"共产党的效率并没什么错。"罗斯托夫告诉他,"我们吃亏的是苏联效率。"

汽车开进了使馆区，值勤警察挥手放行。哈桑问道："我们确定阔帕列里号的方位之后，做什么呢？"

　　"这还用说？"罗斯托夫答道，"我们会安插一个人上船。"

第九章

堂主着实过了倒霉的一天。

先是在早饭时候，传来消息说，他的手下在夜间犯事了。警察拦截并搜查了一辆装有两千五百双镶毛边的卧室拖鞋和五公斤的成品海洛因。从加拿大运往纽约市的那批货在阿尔巴尼遭到拦截。车辆及货物被没收，司机和副司机锒铛入狱。

那批货并不属于这位堂主。然而，这次贩运的小组给他付过了常例钱，期待着作为回报的保护。他们希望他把坐牢的人捞出来并且要回海洛因。这是几乎不可能的。若是卷入案子的只是州警察局，他或许还有能力办成，可话说回来，若是只有州警察局介入，也就不会犯案了。

这还仅仅是开始。他的大儿子从哈佛来电要钱，那孩子在开学前的几周沉迷赌博而输光了下学期的生活费。他花了一上午时间找出了他的连锁餐厅赔钱的原因，下午向他的情妇解释他为什么今年无法带她去欧洲了。最后，他的医生告诉他，他的淋病又犯了。

他对着穿衣镜，调整着领结，自言自语地说："真是糟透了的一天。"

原来，纽约市的警察局躲在了这桩案子的背后：他们把消息透露给州警察局以避免和市里的黑手党扯上关系。市警察局当然可以对该案睁一只眼闭一只眼，他们之所以没有那样装聋作哑是因为有迹象表明，该案缘起于某个重要人物，说不定是财政部的禁毒局的人呢。堂主分派了几个律师给坐牢的司机，打发人去拜访他们的家属，并开始谈判，以便从警察局赎回那些海洛因。

他穿好了外衣。不过，他总喜欢就餐前换装。他不知道该拿他的儿子约尼怎么办。这个暑假他为什么不回家呢？大学生是应该回家过暑假的嘛。堂主原先想打发个人去看看约尼，但那样一来，那孩子会以为他只操心钱的事。看来，他得亲自跑一趟了。

电话铃响了，堂主拿起话筒接听："喂。"

"这里是门房，老爷。有个英国人要见你，还不肯说出他的名字。"

"那就打发他走。"堂主说，心里还惦记着约尼的事。

"他说他是从牛津大学来的朋友。"

"我不认识什么……等一等。他长得什么样？"

"小个子，戴眼镜，像个流浪汉。"

"别逗啦！"堂主的面孔绽出了笑容，"带他进来——铺上红地毯！"

一年过去了，老朋友才得以见面，他们彼此一边寒暄，一边默默体察着各自的变化。但是，阿尔·科顿的容貌最令人惊讶。他从法兰克福回来后就开始发福，这些年来他的体重似乎在稳步增长，如今至少有二百五十磅。他那张在战时全然消失的浮肿的面孔，一九四七年刚有些发福迹象，现在倒多了些纵欲过度的味道。而且他的头发全都掉光了，狄克斯坦觉得这在意大利人当中并不多见。

狄克斯坦清晰记得多年前他曾被科顿视为救命恩人的一幕，这一切恍如昨日。那些日子，他在研习困兽心理学。当再也无处可逃的时候，你就会明白，你能够怎样拼死一搏。狄克斯坦当年脚踏陌生的国度，与自己的战友隔绝，手中握着枪，穿过一无所知的地形前进，这期间他发挥了连自己都难以置信的极大耐心、机警和残忍。他藏在树丛中趴了半个小时，观察着一辆废弃的坦克，虽然不明所以，却深知那里是个陷阱中的诱饵。他已经发现了一名狙击手，正在寻找第二个，这时候一群美国兵呐喊而来。出于安全防卫，狄克斯坦开了一枪——如果有另一个狙击手，他也会照样向那个明显的目标射击，而美国兵不大可能搜寻灌木丛找出开枪的人。

于是，狄克斯坦除去自己存活之外，心无旁骛，就这样救了阿尔·科顿一命。

科顿参战比狄克斯坦还要晚，但学得一样快。他们俩都是在街上混的小机灵鬼，只是把那套老伎俩用到了新场合。有一段时间，他俩并肩战斗，一起骂街，开怀大笑，还谈论女人。在夺取了那座岛屿之后，他们利用部署下一步推进计划的间隙，溜出来拜访了科顿的西西里亲戚。

那些亲戚是狄克斯坦眼下的兴趣所在。

他们先前在1948年曾经帮助过他一次。在那笔交易中，有他们的一份收益，因此，狄克斯坦带着计划径直去找他们。这次情况不同，他要他们帮忙，可是拿不出提成，结果，他只好去找阿尔，讨还那笔二十四年前的旧的人情债。

他的要求能否实现？他一点都没有把握。科顿现在是富人了。住房很大——在英国应该叫作豪宅了——在高墙里边有漂亮的绿地，门口设有门卫。砾石车道上停着三辆汽车，狄克斯坦没有数清有多少仆人。一位富有又舒适的中年美国人可能并不急于卷进地中海的政治游戏，哪怕是出于他的救命恩人的缘故。

科顿看来见到他很高兴，这是个好兆头。他们就像一九四七年十一月的那个星期天那样相互拍打着后背，不停地彼此说着："你到底怎么样啦？"

科顿上上下下来回打量着狄克斯坦。"你还是老样子！我的头发都谢光了，还增加了一百磅的体重，可你的头发都没有发灰。你这一向过得怎么样？"

"我到了以色列，就算是做了农场主吧。你呢？"

"做生意，你知道的？来，咱们边吃边聊。"

那顿饭吃得稀奇古怪。科顿太太坐在餐桌的尾端，一语不发，也没人理她。两个没有吃相的男孩狼吞虎咽之后就随着赛车排气的轰鸣声早早离席了。科顿吃了大量的意大利丰盛食品，喝了好几杯加利福尼亚红葡萄酒。然而最捉摸不透的人物是一个衣着考究、长着鲨鱼脸的男人，他的举止有时像个朋友，有时像个顾问，有时又像个仆人，科顿有一次叫他军师。吃饭期间没有谈及正经事。他们扯的都是战争时的经历——大部分是科顿讲的。他还述说了1948年狄克斯坦对阿拉伯人的突袭，是他从他的亲戚那里听来的，讲述时他同样眉飞色舞。故事在传诉中已经被添枝加叶了。

狄克斯坦判定，科顿从心眼里高兴见到他。这个人也许让人厌烦。如果他每天晚餐都要陪着一个一声不吭的妻子、两个乖戾的男孩和一个长着鲨鱼脸的军师的话，这也就不足为奇了。狄克斯坦竭尽所能维持和蔼亲切的气氛，他希望在他开口求援时，科顿有好心情。

饭后，科顿和狄克斯坦坐在书斋的皮圈椅里，一名管家端来了白兰地和雪茄。狄克斯坦没喝酒也没吸烟。

"你原先可是个酒鬼。"科顿说。

"都怪那场该死的那场战争。"狄克斯坦应着。管家退了出去。狄克斯坦瞅着科顿吮着白兰地，吸着雪茄，心想，这家伙吃饭、喝酒、抽烟全没乐趣，仿佛他以为他长时间这样做，就会最终品出点味道。回想起他俩和西西里的亲戚们在一起纯粹开心的事，狄克斯坦怀疑科顿的生活中还有没有交下真正的朋友。

科顿突然间放声大笑："我记得在牛津的那一天的每一分钟。嘿，你到底跟那位教授夫人，那个阿拉伯女子，干过没有？"

"没有。"狄克斯坦干笑着说，"她如今已经亡故了。"

"我很抱歉。"

"发生了一件怪事。我回到那里，到了河畔的那栋房子，遇到了她的女儿……她长得就跟艾拉当年一模一样。"

"别逗了。而……"科顿挤眉弄眼地说道，"而你跟那丫头做了——我不信！"

狄克斯坦点点头。"我们用各种花样翻云覆雨。我想娶她。我计划好了下次见到她时就提出来。"

"她会点头吗？"

"我没把握。我觉得她会的，可我比她大。"

"年龄没有关系。你得增加些体重。女人喜欢把握得住的东西。"

这样的谈话让狄克斯坦心烦，现在他醒悟了其中的原因：科顿定是要扯些鸡毛蒜皮。这可能是他多年来少说为佳的习惯；也许是他的众多"家族生意"属于罪恶活动，他不想让狄克斯坦了解（其实，狄克斯坦已经猜到了）；或许还有别的什么事情他不想公开，一些他无法分担的不可告人的失意：反正，那个胸无城府、夸夸其谈、容易冲动的青年，在这个胖子的身体里早已不复存在。狄克斯坦一直想说：告诉我，什么事情让你高兴，你爱着谁，你的日子过得怎么样。

不过，他只是问道："你还记得在牛津时对我说过的话吗？"

"当然记得，那时我告诉你，我欠了你一笔救命的债。"科顿使劲吸了一口雪茄。

至少这一点还没变。"我来这儿是求你帮忙的。"

"说下去，提出来吧。"

"我打开收音机你不在意吧？"

科顿笑了："这里大约每周清理一次窃听器。"

"那好。"狄克斯坦说着，照样打开了收音机，"我摊牌吧，阿尔。我在为以色列的情报机构工作。"

科顿的眼睛大睁着："我原本应该猜到的。"

"我将于十一月份在地中海有进行一次行动。那是……"狄克斯坦没想好他得说出多少，决定还是尽量少说，"那是一次意味着结束中东战争的行动。"他顿了顿，想起了科顿原先的一句口头禅，"我没对你放屁。"

科顿放声大笑。"你要是想对我放屁，我琢磨你早就来这儿了，等不到二十年的。"

"重要的是，这次行动不能追踪到以色列去。我需要一处活动用的基地。我需要海边的一座大房子，有小船可以就近登陆，离岸不远处还得有一处大船的锚地。我在那儿的时候——两三个星期，也许更长一些——我需要得到保护，不得有警察或其他伸长鼻子的官员来侦查。我只能想到一处地方满足这一切要求，而且我只能有一个人给我帮这个忙。"

科顿点点头。"我知道一处地方——西西里的一座被遗弃的房子。算不上豪华，伙计……没有暖气，没有电话——不过能够满足那些条件。"

狄克斯坦咧嘴大笑。"太棒了。"他说，"我来就是要这个。"

"你在寻开心。"科顿说，"就这些？"

致：摩萨德首脑

自：伦敦站站长

日期：1968年7月29日

　　苏莎·阿什福德几乎可以肯定是阿拉伯情报机构的一名特工。

　　她在1944年6月17日生于英国牛津，是史蒂芬·阿什福德先生（现为教授，1908年生于英国吉尔得福德）和艾拉·祖阿比（1925年生于黎巴嫩的黎波里）的唯一孩子。其母殁于1954年，是纯阿拉伯血统。其父在英国是阿拉伯通，他的前四十年的大部分时光在中东度过，当过探险家、企业家和语言学家。目前他在牛津大学教授闪语，以其温和的亲阿拉伯观点而著称。

　　因此，严格地讲，尽管苏莎·阿什福德是英国国籍，但可以假定她的忠诚是在阿拉伯事业的一边。

她是英国海外航空公司国际航线的空中小姐，频频往返于德黑兰、新加坡、苏黎世和其他地方。故有许多机会同阿拉伯的外交人员暗中接触。

　　她是个美貌惊人的青年女子（见所附照片——不过，据本案现场特工所说，照片较本人逊色）。她我行我素，但无论从她的职业还是从她那一代伦敦人的标准来说，都没有出格之处。说得具体些，让她为了获取情报而与男人发生性关系，可能是一次不愉快的经历，但还不致造成心理伤害。

　　最后——这一点无可争辩——在卢森堡盯上狄克斯坦的特工亚斯夫·哈桑，曾在其父阿什福德教授门下与狄克斯坦同窗就读，而且后来还与阿什福德偶尔联系。他可能大约在狄克斯坦与苏莎的恋情开始时拜访过阿什福德——一个回答有关他的描述的人证实，他肯定去拜访过。

　　我建议继续监视。

罗伯特·贾克斯

（签名）

致：伦敦站站长

自：摩萨德首脑

日期：1968年7月30日

　　既然一切对她不利，我不明白你何以不主张将她除掉。

皮埃尔·波尔格

（签名）

致：摩萨德首脑
自：伦敦站站长
日期：1968年7月31日

我不主张除掉苏莎·阿什福德出于下列理由：

1.对她不利的证据并不过硬，只属外围。

2.就我对狄克斯坦的了解，我绝不相信他会给她提供任何情报，即使他陷入了浪漫之举。

3.如果我们除掉她，对方就会寻求别的方式掌握狄克斯坦，还不如魔鬼为我们已知。

4.我们说不定还能利用她给对方提供假情报。

5.我不喜欢以外围证据为基础来杀戮。我们不是野蛮人。我们是犹太人。

6.若是我们杀掉了狄克斯坦钟爱的女人，我认为他会杀死你、我以及涉案的一切人。

罗伯特·贾克斯

（签名）

致：伦敦站站长
自：摩萨德首脑
日期：1968年8月1日

照你说的办。

皮埃尔·波尔格

（签名）

又及（标有个人字样）:

又及（标有个人字样）:

你的第五条理由非常高尚感人，但是那类话不会有助于你在这支男人的队伍里得到晋升。——皮·波

那是一条又小又旧、又丑又脏的船，是引发争斗的魔鬼。

大面积的橘红色锈斑布满整个船体，如同人身上的皮疹。其上层结构即使原先被涂过油漆，现也早已被海上的风吹雨淋剥落腐蚀得一干二净。其右舷上缘，就在船首的后面，由于一次多年前的碰撞而深深地瘪了进去，竟然没有人费点事把那地方撑起复原。烟囱上积存着十年之久的煤烟。甲板上伤痕累累，处处凹痕，蹭得锃亮，虽说时常拖洗，却从来都不彻底，因此，那些以往载货的遗存——粮食粒、木材屑、烂菜叶和麻袋都隐藏在救生艇背后，成圈的缆绳底下，缝隙、接头和舱室里面。遇上暖和的日子，船上便发出恶臭。

这条船载重约2500吨，长约200英尺，宽为30多英尺。在其光秃秃的船首上竖立着一根极高的无线电杆。甲板的大部分被两个开向主货舱的舱口的舱盖占据。甲板上有三台吊车：一个在前舱盖处，一个在后舱盖处，另一个在中间。操舵室、官员房间、厨房和水手舱都位于船尾，紧围在烟囱的四周。这条船有一个单螺旋桨，由六汽缸的柴油发动机推动，理论上有2450匹马力的制动力，能保持十三节的续航速度。

满载时，船行驶起来会严重地前后颠簸。重载之下，会像魔鬼一样左右摇摆。反正，只要有轻微的情况，它都会出现七十弧度的漂移。舱室拥挤不堪，通风极差，厨房时常泛水，而轮机舱是由十四、十五世纪之交的荷兰画家博斯设计的。

船上共有官员和水手三十一人，没有一个人说它的好话。

仅有的客人是厨房中的一群定居在此的蟑螂、几只家鼠和几百只耗子。

没有谁喜欢这条船，它的名字就叫阔帕列里。

第十章

纳特·狄克斯坦前往纽约,他要当一次船运大老板。这事花了他整整一上午。

他查找着曼哈顿的电话簿,选中了一位地址在下东区的律师。他没有打电话,而是亲自登门,他看到律师的事务所设在一家中国餐馆楼上的一个房间里,觉得正中下怀。律师是钟先生。

狄克斯坦和钟先生乘出租来到位于公园大道的利比里亚企业服务有限公司的办事处,该公司是专为要登记为利比里亚的企业、又不肯跑上三千英里的路程到那个国家去的人而设立的。他们没找狄克斯坦要参考资料,也没要他确认自己是否忠诚可靠、智力过关且有偿还能力。狄克斯坦付完一笔五百美元现金,他们便被批准注册了利比里亚萨维尔船运公司。到此为止,狄克斯坦连一艘划艇都没有,但没人对这一事实感兴趣。

公司的总部登记在利比里亚曼罗维亚市宽街80号,其董事是P. 萨奇亚、E. K. 努格巴和J. D. 博伊德,全都是利比里亚的居民。那地方也是许多利比里亚公司总部的所在地,利比里亚信托公司就设在里面。萨奇亚、努格巴和博伊德,是众多这类公司的创业董事。事实上,这是他们谋生的手段。他们自己就是利比里亚信托公司的雇员。

钟先生要了五十美金以及出租车费。狄克斯坦给了他现金，并嘱他乘公交车回去。

就这样，狄克斯坦甚至连住址都没留下，就创建了一家完全合法的船运公司，当然是绝对追溯不到他本人或摩萨德头上的。

萨奇亚、努格巴和博伊德，按照定规于二十四小时之后辞职，就在同一天，利比里亚蒙特谢拉多县的公证处在一纸宣誓书上盖下章，指明萨维尔船运公司的全部控制权如今落入一个叫作安德烈·帕帕郭泊鲁斯的人之手。

就在这时候，狄克斯坦正从苏黎世机场乘公交车进城，去与帕帕郭泊鲁斯共进午餐。

在他回顾此事时，连他自己都被他的计划的复杂性感到震惊：众多的零件要在一个曲折的迷图中拼装就位，众多的人要经过劝服、贿赂或者胁迫去扮演各自的角色。迄今为止，他还是成功的，先是跟硬领，然后是跟阿尔·科顿，还不消说伦敦的劳埃德船厂和利比里亚企业服务有限公司了，可是还能继续走多远呢？

在某种意义上说，帕帕郭泊鲁斯是最大的挑战，那是一个和狄克斯坦同样难以捉摸、同样强势、同样没有弱点的人。

他于1912年生于一个村庄里，他的童年时代先后经历了土耳其人、保加利亚人和希腊人的统治。他父亲是个渔民。在他十多岁的时候，他从捕鱼业出师，转向海上的其他行当，主要是走私。第二次世界大战之后，他在埃塞俄比亚露面，以压低的价格购进成堆的剩余军事物资——随着战争结束，那些东西突然变得不值钱了。他买下步枪、手枪、机枪、反坦克炮，以及这些武器的弹药。接着，他与开罗的犹太代办处取得联系，向以色列地下军出售这些武器弹药，获得了巨额利润。他安排海运——他的走私背景在这方面为他提供了不可估量的帮助——把货物偷运到巴勒斯坦。然后他问他们还有没有更多的需要。

他就是这样结识纳特·狄克斯坦的。

他很快就又向前开拓了，先到法鲁克王朝治下的开罗，再到瑞士。他涉足的以色列交易标志着从全然非法的生意过渡到最坏算是暗中、最好算是原始的交易。如今，他称自己是船舶代理人，这是他的主要的、尽管绝不是他的全部生意。

他居无定所。只有通过拨打遍布全球的六七个电话才能够找到他，但他从来不在那里——总是由一个人记下口信，然后帕帕郭泊鲁斯再把电话给你打回来。许多人了解他，信任他，尤其在海运行业里，因为他从来不会让你丢脸；但这种信任是基于名声而不是个人合同之上的。他生活优越，但不甚张扬，而纳特·狄克斯坦是世界上为数不多的了解他唯一陋习的人中的一个，那就是他喜欢与许多女孩上床——比如说十个或者十二个。他缺乏幽默感。

狄克斯坦在火车站下了公交车，帕帕郭泊鲁斯正在便道上等他。他是个大块头，橄榄色的皮肤，开始谢顶的头上梳着稀薄的黑发。在苏黎世晴朗的夏日里，他穿着一套海军蓝的西装，浅蓝色的衬衫搭配深蓝色的条纹领带。他有一双小而黑的眼睛。

他俩握了手。狄克斯坦问道："生意怎么样？"

"时好时坏。"帕帕郭泊鲁斯微笑着，"大多数情况还是向上的。"

他们走过整齐清洁的街道，样子就像是一位经理和他的会计师。狄克斯坦吸进清凉的空气。"我喜欢这座城市。"他说。

"我在老城的维尔特琳娜·凯勒餐厅订好了一张桌子。"帕帕郭泊鲁斯说，"我知道你不在乎吃喝，可我愿意吃好的。"

狄克斯坦说："你到过佩里堪斯特拉斯了？"

"到过了。"

"那好。"利比里亚企业服务有限公司的苏黎世办事处就设在佩里堪斯特拉斯。狄克斯坦此前曾要求帕帕郭泊鲁斯到那里去一趟，亲自注册为萨维尔船运公司的董事长和总经理。为此，他会收到一万美元，由摩萨德在一家瑞士银行的户头上转给同一家银行同一个支行中帕帕郭泊鲁斯的账户上——这样的转账谁都难以追根溯源。

帕帕郭泊鲁斯说："可是我没答应做别的事。你们的钱可能白花了。"

"我有把握不会的。"

他们来到了餐厅。狄克斯坦略感遗憾地注意到，本地酿的瑞士白葡萄酒还是要比以色列的产品好。

在他们进餐的当口，狄克斯坦解释了帕帕郭泊鲁斯作为萨维尔船运公司董事长的职责。

"第一，买一条快速的小船，一千到一千五百吨位的即可，船员人数要少，将该船在利比里亚注册。"这就需要再跑一趟佩里堪斯特拉斯，并按照每吨大约一美元的价格付费。"对于这次购船，你以代理人的身份提成。用这条船做些生意，你也从中提成。我不管用这条船都做了些什么，只是必须在10月7日当天或之前，结束一次航行，驶抵海法的码头，就地解散船员。你要做笔记吗？"

帕帕郭泊鲁斯微微一笑。"我看不必了。"

狄克斯坦十分明了其中的含义。帕帕郭泊鲁斯在聆听，但他还没有同意做这件事。狄克斯坦继续说下去。"第二，买下这张单子上的任何一条船。"他递过去一张纸，上面写着阔帕列里号的四条姐妹船，附着各自的船主及已知的最近的方位——这些信息都来自劳埃德船厂。"出什么必要的价都可以，我必须得到其中的一条。拿你那份代理人的提成好了。在10月7日把这条船交到海法。把船员解散。"

帕帕郭泊鲁斯正在吃巧克力奶油冻，他光滑的面孔不动声色。他放下小匙，戴上金边眼镜，浏览着那张单子。他把那张纸对折之后放在桌上，没一句评论。

狄克斯坦又递给他另一张纸。"第三，买下这条船——阔帕列里号。不过你要在恰到好处的时间买下它。该船于11月17日，星期日，驶离安特卫普。我们得在它出海之后并在穿过直布罗陀海峡之前，把它买下。"

帕帕郭泊鲁斯面露疑难。"嗯……"

"别忙，听我把余下的说完。第四，在1969年初，你卖掉一号船，就是那条小的，还有第三条船，阔帕列里号。你会从我这里拿到一纸证明，表示第二号船已经被当作废铁卖掉。你把那纸证明交给劳埃德船厂。你再把萨维尔船运公司收摊。"狄克斯坦面带笑容地呷着咖啡。

"你想做的就是让一条船无影无踪地消失。"

狄克斯坦点点头。帕帕郭泊鲁斯头脑犀利异常。

"你应该明白。"帕帕郭泊鲁斯继续说着，"除去当阔帕列里号在海上时买下它，这一切全都直截了当。出售一条船的正常手续是：启动谈判、说妥价格和起草文件。船只驶进干船坞接受检测。宣布检测满意时，就签署文件、付款，新船主把船从干船坞带走。在海上行驶时买下一条船是最不合规矩的。"

"但并非不可能。"

"是啊，还是有可能的。"

狄克斯坦盯着他。他陷入了沉思，他的目光望着远处，他在盘算这个问题。这是个好兆头。

帕帕郭泊鲁斯开口了："我们得开始协商，谈妥价格，并且在那条船十一月份出海之后的一天安排检测。然后，在它航行之时，我们就说买主需要马上花掉这笔钱，可以说成是交税的原因吧。随后会拿出保险单，不同意检测后证明必要的任何大修……不过这已经与卖主无关了。他只担心自己作为运货人的名声。他想要板上钉钉的保证，要阔帕列里号的新船主把货运到。"

"他会接受基于你个人名誉之上的担保吗？"

"当然会。可是干吗要我出这个担保呢？"

狄克斯坦紧盯着他的眼睛："我能向你保证，货主不会申诉。"

帕帕郭泊鲁斯做了一个张开手的姿势。"显然，你在这儿筹划什么走私的勾当。你需要我充当受尊敬的挡箭牌。这一点我可以做。可是你还想把我的名声押上去，跟我说句实话，这事不会倒霉吗？"

"会的。听我说，我先问你一件事。你先前曾经信任过以色列人一次，还记得吧？"

"当然。"

"你为那件事后悔过吗？"

帕帕郭泊鲁斯回想着旧日，脸上泛起了笑容。"那是我做过的最好的一次决定。"

"这么说，你还会再相信我们一次吗？"狄克斯坦屏住了呼吸。

"那时候我没什么可失去的。我那年……三十五岁。我们当年多开心啊。今天这事可是我二十年来没有过的最具阴谋的事了。管他妈的，我干啦。"

狄克斯坦把手伸过餐桌。帕帕郭泊鲁斯握住了他的手。

女侍给他们端来了一小碗瑞士巧克力，与咖啡搭配。帕帕郭泊鲁斯取了一块，狄克斯坦没有吃。

"说具体的。"狄克斯坦说，"在你在此地的银行里开一个萨维尔船运公司的户头。大使馆在接到要求时，就往里边投放资金。你给我的报告只消在银行留个纸条。使馆的人会取走。如果我们需要见面商谈，就使用原先的那些电话号码。"

"同意。"

"我很高兴我们又一次合伙做生意了。"

帕帕郭泊鲁斯在思考。"二号船是阔帕列里号的姐妹船。"他默想着，"我觉得我能猜出来你要干什么了。有一件事我想知道，尽管我敢说你不肯告诉我。阔帕列里号上要载的是他妈的什么货——铀吗？"

皮奥特尔·图林脸色阴沉地望着阔帕列里号，说道："这可是条肮脏的旧船。"

罗斯托夫没有回答。他们坐在加的夫海港码头旁一辆租来的福特车里。莫斯科中心的松鼠事先通知了他们，阔帕列里号要在今天在这里进港。他们眼下正瞅着它被系缆。船上要卸下瑞典木材，再混装上小型机械和棉花这类货物：一卸一装需要几天的时间。

"起码，前甲板上没有码头上那么混乱。"图林多少像是自言自语地嘀咕着。

"这条船还没那么旧。"罗斯托夫说。

图林很奇怪罗斯托夫居然知道他话中的意思。罗斯托夫又用零七八碎的知识进一步让他吃惊。

尼克·布宁在车后座上说："那是船头还是船尾？"

罗斯托夫和图林交换了一下目光，窃笑着尼克的无知。"是船尾。"图林说，"我们管它叫船艉。"

下雨了。威尔士的雨季节比起英格兰时间更长，无休无止，而且更带着寒意。皮奥特尔·图林心中不快。他曾经在苏联海军中服役两年。那段经历，加上他是无线电和电子学的专家，使他成为被安插到阔帕列里船上的首选。他不想再回到海上去了。事实上，他申请加入克格勃的主要原因就是离开海军。他讨厌湿冷的环境和船上的伙食及纪律。何况，他在莫斯科的一套公寓里还有一位知寒知暖的可心妻子，让他十分思念。

当然啦，他还是可以跟罗斯托夫说不想去的。

"我们要把你当作无线电员弄上船，不过你要带上你自己的设备才可靠。"罗斯托夫说。

图林想不出如何才能办到这一点。他的办法应该是先找到那条船上的无线电员，一拳打在那人的头上，击昏之后，扔到海里，然后上船去说："我听说你们需要一名新的无线电员。"毫无疑问，罗斯托夫会想出更巧妙的什么招数，要不人家怎么会是上校呢。

甲板上的活动渐渐停了下来，阔帕列里号的引擎不响了。五六名水手成群结伙、又笑又叫地通过跳板，朝城里走去。罗斯托夫说："看看他们去哪家酒馆，尼克。"布宁下了车，跟上那些水手。

图林望着他走去。他看着那景色，感到心情抑郁：那些人竖起雨衣的领子，走过湿漉漉的水泥码头；拉拽着缆索，叫喊着航海指令，链绳卷起和抖开的种种声响；成摞的货盘；像岗哨似的空立着的吊车；引擎油、缆索和海水泼洒的气味。这一切都使他遥想起莫斯科的那套公寓，粗石蜡暖气片前面的椅子，冰箱里的咸鱼和黑面包、啤酒和伏特加，还有一晚上的电视节目。

他无法分享罗斯托夫对行动进展的难以抑制的兴奋。他们又一次不知狄克斯坦所踪——尽管他们并非完全跟丢了他，而是有意放他走的。那是罗斯托夫的决定：他担心离狄克斯坦太近，会惊走他。"只要我们跟紧阔帕列里号，狄克斯坦就会来到我们跟前。"罗斯托夫是这样说的。亚斯夫·哈桑曾经和他争辩，但还是罗斯托夫占了上风。图林对这种战略的争论虽然提不出什么己见，心里还是相信罗斯托夫是正确的，不过也认为没有理由那么信心十足。

"你的第一件事是要和那些水手交朋友。"罗斯托夫说着，打断了图林的思绪，"你是个无线电员，在你最近的一次航行的船只圣诞玫瑰号上出了点小意外——你的胳膊折了——你在加的夫这儿下船养伤。你从船主那儿拿到一笔可观的补偿金。你趁着手里有钱，就敞开花，玩个痛快。你含糊地说，等你的钱花光了，你会再找一个工作。你得弄清两件事：那个无线电员的身份，还有那条船预定的离港的具体时间。"

"好极了。"图林嘴里应着，尽管远没有那么好。只是该如何同这些人交朋友呢？在他自己看来，他可不会演戏。他是不是得扮演一个自来熟的角色呢？要是那条船上的水手认为，他是个讨人嫌的孤独的人，一心想跟他们这群快活的人凑热闹呢？要是他们干脆讨厌他又怎么办呢？

他不自主地端起了他的宽肩膀。要么他去干，要么有什么原因而干不成。他只能答应尽力而为了。

布宁穿过码头回来了。罗斯托夫说："坐到后座上去，让尼克开车。"图林走出车，给尼克开着门。那年轻人的脸上淌着雨水。他发动了汽车。图林上了车。

汽车开出去以后，罗斯托夫转过头来，对后座上的图林说："给你一百英镑。"他说着，递给了他一卷钞票，"拿去花吧。"

布宁在角落里的一家码头小酒馆的对面停下了车。一个随风飘动的招牌上写着："增智啤酒"。磨砂玻璃窗子后面闪着烟黄色的亮光。图林自忖，见鬼！在这样的一天偏偏碰上这种鬼地方。

"这些水手是哪国人？"他突然问道。

"瑞典人。"布宁答说。

图林的假证件把他说成是澳大利亚人。"我得跟他们说哪国话呢？"

"所有的瑞典人都说英语。"罗斯托夫告诉他。有一会儿没人言语。罗斯托夫开口问："还有什么问题吗？我想现在就回到哈桑那儿以防他闯出什么祸来。"

"没什么问题了。"图林打开了车门。

罗斯托夫说："今天晚上回到旅馆跟我说说——别管多晚。"

"当然。"

"祝你好运。"

图林甩上车门，横穿马路，到了酒馆。就在他要进门时，出来了一个人，啤酒和烟草的热烘烘的气味一时噎住了图林。他走了进去。

这是个简陋的小地方，靠墙摆着一圈木凳，塑料桌子固定在地板上。四个水手在角落里玩着飞镖游戏，第五个靠在吧台边，大声给他们加油。

吧台侍者冲着图林点了点头。"早晨好。"图林说，"一品脱多泡陈啤酒、一大杯威士忌和一份火腿三明治。"

吧台跟前的水手转过身来，笑吟吟地点了下头。图林微笑着。"你们刚靠岸？"

"是啊。阔帕列里号。"那水手答道。

"我是圣诞玫瑰号的。"图林说，"我被留下啦。"

"你真走运。"

"我的胳膊折了。"

"是吗？"那个瑞典水手苦着脸说，"你可以跟别人喝啦。"

"我喜欢那样。"图林说，"我来给你买一杯吧。好吗？"

两天之后，他们还在一起饮酒。凑在一起的人有所变更，一些水手去值班了，另一些上了岸。从凌晨四点到酒馆开门的这段短时间内，你几乎无法在城里任何地方——无论是否合法——买到酒。除此之外，生活就是长时间地泡酒馆。图林已经忘记水手们多么能喝酒了。他害怕彻夜醉酒不醒。不过，他还是庆幸自己没有陷入那种非去嫖妓的处境：瑞典人对女人感兴趣，但对妓女不以为然。若因此而染上性病，图林不可能给妻子一个堂而皇之的解释：我这都是为了效忠伟大的俄罗斯祖国而献身的。瑞典人的另一个癖好是赌钱。图林已经在扑克上输了克格勃提供的五十镑活动费。他跟阔帕列里号船上的水手已经混得不分彼此，头一天半夜两点，他居然被邀请上了船。他躺倒在厨房甲板上，昏昏睡去，直到次日早晨八点钟，水手们把他撇在那里没管。

今天夜里不会那样了。阔帕列里号要趁早潮出海，全体官员和水手要在半夜之前登船。这时是十一点十分。酒馆的老板在屋里走来走去收拾酒杯和烟灰缸。图林在和无线电员拉尔斯玩多米诺游戏。他们已然不再玩正规的游戏，现在正比赛谁能够让一排里的更多的骨牌立着而不碰倒那根赌签。拉尔斯已经醉得不省人事，而图林却在装醉。他对于几分钟之后要做的事情也在担惊受怕。

老板叫着："时间到了，先生们，多谢啦。"

图林把他的多米诺骨牌推倒，放声大笑。拉尔斯说："你看——我的酒量没你的大。"

别的水手纷纷离去。图林和拉尔斯站起了身。图林用一条胳膊搂着拉尔斯的肩头，两人一起跟跟跄跄地出门来到街上。

夜间的空气十分湿冷。图林打了个冷战。从这一刻起，他要紧靠着拉尔斯。他心里想，我希望尼克把他的时间掐得正好。我希望汽车不要熄火。随后嘛，我希望上帝保佑，拉尔斯不要死掉。

他开始说话，询问拉尔斯的住处和家庭情况。他让他们两人落在成群的水手后面几码的地方。

他们走过一个穿超短裙的金发女郎。他摸着她的左乳。"喂，小伙子们，尝尝抱抱的滋味吗？"

图林心想，今晚不成，宝贝儿，继续朝前走着。他不能让拉尔斯停下来瞎聊。时间就是一切。尼克，你跑哪儿去了？

就在那儿。他俩走近了停在路边、熄了车灯的深蓝色福特卡普里2000。随着车内灯光的一闪一灭，图林瞥见了驾驶盘后边的人脸：那是尼克·布宁。图林从衣兜里取出一顶白色的浅帽，戴到了头上，这个信号是叫布宁动手。水手们走过去之后，那辆汽车发动起来，向相反的方向驶去。

现在没多久了。

拉尔斯说："我有个未婚妻。"

噢，别，别说这个。

拉尔斯咯咯地笑起来。"她……叫床厉害吗？"

"你打算娶她吗？"图林专心地盯着前方，耳朵听着，嘴里说着，为的是稳住拉尔斯。

拉尔斯斜乜着眼。"干吗呀？"

"她对你忠诚吗？"

"最好是，不然我就抹了她的脖子。"

"我觉得瑞典人主张爱情自由。"图林只是说着当时想起的话。

"爱情自由，不错。可她最好还是忠诚点吧。"

"我懂了。"

"我可以解释……"

来啊，尼克。干完算了……

前面那伙水手中有一个人站住脚，往地沟里撒尿。其余的水手围成一圈站着，边说着下流话边哈哈大笑。图林巴不得那人快点撒完——时间，时间啊——可是那人像是要撒个没完没了。

他总算撒完了。人们继续朝前走。

图林听到了汽车声。

他紧张起来。拉尔斯说："怎么回事？"

"没事。"图林看到了汽车头灯。那辆车在马路中间稳稳地朝他们开来。水手们移向便道给车让路。不对啊，不该是这样子的，这样是干不成的！图林猛然间感到混乱和惊惧——紧接着在那辆车驶过一盏路灯的下方时，他才看清了车的轮廓，他明白了那不是他在等的汽车，而是一辆巡逻的警车。车子毫无恶意地开了过去。

那条马路的尽头通往一座空旷的广场，路面很不平整。周围没有车辆。水手们径直朝广场的中央走去。

现在。
来吧。

他们正走到穿越广场的中途。

快点！

一辆汽车前灯晃眼，猛绕过拐角，驶进了广场。图林握紧了拉尔斯的肩头。那辆车拐了个急弯。

"醉酒的司机。"拉尔斯粗声说。

那是一辆福特卡普里。那辆车摇晃着向那群水手冲过来。水手们止住了笑，喊着粗话，四下散开来，躲着车。汽车转了过去，然后尖厉地调过头，直冲着图林和拉尔斯加速而来。

"当心！"图林狂吼了一声。

就在汽车开到他俩跟前时，他把拉尔斯拉到一旁，拽得那人站不稳脚跟，自己则滚向一旁。随着撕心裂肺的砰的一响，是一声尖叫和打碎玻璃的声音。那辆汽车还在向前开。

图林心想，完蛋了。

他挣扎着站起来，寻找拉尔斯。

那水手躺在几步以外的马路上。鲜血在灯光下闪亮。

拉尔斯呻吟着。

图林想道，他还活着，谢天谢地。

那辆车踩了刹车。一支头灯不见了——他估计就是撞了拉尔斯的部位。那辆车滑行着，仿佛司机在犹豫不决。接着，独眼汽车加大油门，消失在黑夜里。

图林俯身凑近拉尔斯。其余的水手围拢过来，用瑞典语讲着话。图林碰了碰拉尔斯的腿。他痛苦地呻唤着。

"我觉得他的腿断了。"图林说。谢天谢地。

广场周围的一些建筑物的灯光还亮着。一位船上的官员说了些什么，一名水手朝一栋房子跑去，大概是叫救护车。水手们快速地交谈着，另一个人朝码头的方向跑去。

拉尔斯在流血，但不算太严重。那位官员朝着他弯下腰，不允许任何人触碰他的腿。

救护车几分钟之内就到了，但在图林看来像是拖了半个世纪那么久：他从来没杀过人，他也不想杀人。

大家把拉尔斯抬上了担架。那位官员上了救护车，他转过头来对图林说："你最好也来。"

"是的。"

"我认为你救了他。"

"噢。"

他跟那位官员一起上了救护车。

他们穿过街道疾驰，车顶上闪着的蓝灯在建筑物上投射着令人不快的光影。图林坐在后边，看不到拉尔斯或者那位官员，也没心情像游客那样欣赏窗外的景色，两只眼睛不知该朝哪儿看。他在报效祖国和罗斯托夫上校的历程中做过许多恶行——他曾经为了讹诈，偷录过情侣的谈话，他曾经给恐怖主义分子演示过如何制造炸弹，他曾经抓了人，折磨他们——但是他从来没有被迫与他的牺牲品同乘一辆救护车。他不喜欢这样。

他们到了医院。救护车上的人抬着担架进去了。图林和那位官员按照指定的地方等待着。冲撞突然间结束了。此刻他们无能为力，只有担心。图林吃惊地望着医院墙上的那只普通的电子钟，原来还没到半夜。从他们离开酒馆，似乎已经过去了好几个小时。

经过漫长的等待之后，一名医生出来了。"他的一条腿断了，失了些血。"他说。他看上去疲惫之极，"他体内有许多酒精，一点用都没有。不过，他年轻力壮，身体健康。他的腿会接好，几个星期就可以康复了。"

图林周身才算放松。他意识到自己在战栗。

那位官员说："我们的船一早就要起航。"

"他不能上船了。"医生说，"你们的船长正向这里赶来吗？"

"我派人去叫他了。"

"那好。"医生转身走了。

船长和警察同时到达。他跟那位官员讲着瑞典话，此时一名年轻的警官记录下了图林对那辆肇事汽车的模糊描述。

随后，船长走近图林。"我相信你从更糟糕的事故中救下了拉尔斯。"

图林恨不得人们不要再这么说了。"我尽力把他推出去，可是他摔倒了。他喝得大醉。"

"这位赫斯特说你离开一条船，正等着上另一条呢。"

"是的，长官。"

"你是个完全合格的无线电员吗？"

"是的，长官。"

"我需要一个人顶替可怜的拉尔斯。你愿意一早和我们出海吗？"

皮埃尔·波尔格说："我打算不让你干了。"

狄克斯坦脸色苍白，瞪着他的上司。

波尔格说："我想让你回到特拉维夫，从办公室里掌控这次行动。"

狄克斯坦说："去你妈的。"

他俩站在苏黎世的湖畔。湖里船只拥塞，五颜六色的漂亮风帆在瑞士的阳光下飘扬。波尔格说："不必争辩了，纳特。"

"不必争辩了，皮埃尔。我不会离开的。别说了。"

"我在给你下命令。"

"我要说的就是，去你妈的。"

"你看，"波尔格深吸了一口气，"你的计划已经很周全了。其中唯一的欠缺是你遭到了危险：对方知道你在行动，他们设法找到你，无论你在干什么都紧盯着你。你可以继续指挥这个行动——你只消藏起你的面孔就可以了。"

"不。"狄克斯坦说，"这可不是那种你可以坐在办公室里操控、按下按钮就可以运行的项目。这事过于复杂，有太多的变数。我必须在现场，亲自作出即时的决定。"狄克斯坦收住话茬，开始琢磨：我为什么要亲自出马？我当真是以色列唯一能够干这件事的人吗？还是我一心想得到荣耀？

波尔格说出了他的心中所想。"别逞能当英雄，纳特。你干监管绰绰有余嘛。你是个职业间谍，你要服从命令。"

狄克斯坦摇起头。"你应该更清楚，不该这么限制我。记得犹太人对那些唯命是从的人是怎么看的吗？"

"好吧，你确实蹲过集中营——可是那并没有给你权力，让你的后半辈子就他妈的可以为所欲为了！"

狄克斯坦做了个反对的姿势："你可以停止我的工作。你可以撤销给我的支持。可是你也别想弄到你的铀了，因为我不会告诉任何人该怎么把事情办成。"

波尔格翻起眼皮瞅着他："你这混蛋，你是说到办到的。"

狄克斯坦注视着波尔格的表情。他有一次尴尬的经历，眼瞅着波尔格跟他那十几岁的儿子丹吵架。那孩子站在那儿，阴沉着

脸，心里拿准了主意，而波尔格声嘶力竭地解释着：参加和平游
行是对父母、国家和上帝的不忠，直到波尔格自己都为他那无名
之火纠缠不清了。丹，如同狄克斯坦一样，早已学会了不吃他那
一套，而波尔格本人却始终不知道怎么应对不怕威胁的人。

到了这会儿，波尔格已经脸红脖子粗，开始嚷叫了。狄克斯
坦突然意识到，这事本来不该发生的，而波尔格也平静了下来。

波尔格堆起狡黠的笑容，说："我知道你在和对方的特工发生
肉体关系。"

狄克斯坦的呼吸停住了。他感到似乎背后挨了一重锤。他怎
么都没想到会是这样。他满怀莫名的负罪感，就像一个少年在手
淫时被人抓住似的：羞耻，狼狈，还有一种完蛋似的感觉。苏莎
本来是私密的，待在与他的余生相隔绝的一座公寓里，可如今波
尔格却把她拖出来示众：大家来看看纳特在做些什么！

"没有这回事。"狄克斯坦有气无力地说。

"我给你说个大概吧。"波尔格说，"她是个阿拉伯人，她
父亲的政治观点是亲阿拉伯的，她以工作为掩护跑遍全世界，有
机会多方接触，而那个在卢森堡盯上你的特工亚斯夫·哈桑是她
家的朋友。"

狄克斯坦转脸对着波尔格，站得很近，直瞪着波尔格的眼
睛，他的负疚已经变成了愤懑："就这些了？"

"就这些？你是什么意思？你要是有那么些证据就足以朝人
开枪了！"

"我不会朝我认识的人开枪的。"

"她从你那儿掏走什么情报了吗？"

狄克斯坦喊道："没有！"

"你发火是因为你知道你犯了错误。"

狄克斯坦扭过头去眺望着湖对面，竭力使自己冷静下来：发火是波尔格的行为，不是他的。他沉默了好长一会儿，然后说："不错，我发火是因为我犯了错误。我原本应该早告诉你她的事的，不必绕这个弯子。我理解，在你看来是……"

"看来？你是说你不相信她是特工？"

"你通过开罗证实过吗？"

波尔格假笑了一声："照你所说，仿佛开罗是我的情报机构。我没法打电话，拿着话筒等着，要他们在档案里查对她的情况。"

"可是你在埃及的情报机构中有个出色的双面间谍。"

"他怎么出色了？人人似乎都知道他。"

"别玩游戏啦。自从六日战争以来，连报纸都说你在埃及有些出色的双面间谍。问题在于，你并没有查看过她。"

波尔格掌心向外，举起了双手，那是让步的姿势。"好吧，我跟开罗查看她好了。这需要一些时间。这段时候，你写一个报告，列出你的策划的全部细节，我来安排别的特工干这件事。"

狄克斯坦想到了阿尔·科顿和安德烈·帕帕郭泊鲁斯：这两个人都不会为狄克斯坦以外的人去干他们已经同意的事情。"办不到的，皮埃尔。"他平心静气地说，"你得要铀，而我是能够给你弄到铀的唯一的人。"

"要是开罗确证了她是间谍呢？"

"我自信答复是否定的。"

"可万一她是呢？"

"我估摸你会除掉她。"

"噢，不。"波尔格用一根指头指着狄克斯坦的鼻子，等他开口讲话时，声音里有当真的、深沉的威胁意味，"噢，不，我不会的，狄克斯坦。如果她是间谍，由你来杀死她。"

　　狄克斯坦故意慢吞吞地攥住波尔格的手腕，把他那指着他的手指从眼前移开。他带着勉强能够觉察到的颤抖的声音说："好吧，皮埃尔。我就杀死她。"

第十一章

在希斯罗机场的酒吧间里，大卫·罗斯托夫又要了一轮酒水，决定跟亚斯夫·哈桑赌上一把。问题依旧是，如何制止哈桑把他知道的一切统统告诉开罗的一个以色列双面间谍。罗斯托夫和哈桑两个人都要回去做中期述职汇报，因此，现在就必须作出决定。罗斯托夫准备让哈桑了解全部情况，然后对他的职业操守提出要求——就是如此吧。反之，就是刺激他，而眼下，他需要这个人做盟友，而不是可疑对象。

"看看这个吧。"他给哈桑看一篇译电文。

致：大卫·罗斯托夫上校，通过伦敦站

自：莫斯科中心

日期：1968年9月3日

上校同志：

谨此回复你的g/35-21a号电文，知你需要与我们的r/35-21号电文中涉及的那四条船相关的进一步情况。

机动船斯特罗姆堡号，2500吨位，荷兰船主，在荷兰注册，最近易主。一个名叫安德烈·帕帕郭泊鲁斯的船舶代理人以150万西德马克的价格为利比里亚的萨维尔船运公司购买了该船。

萨维尔船运公司于今年8月6日在利比里亚企业服务有限公司的纽约办事处登记,以五百美元一股的资金开业。持股人为纽约的一位律师钟利先生和一位名叫罗伯特·罗伯茨的先生——他们的地址统一由钟先生的事务所保管。利比里亚企业服务公司按照常规为对方提供了三名董事,这三人都在当天立即办了辞职手续,来新公司任职。前面提及的帕帕郭泊鲁斯接手成为董事长和总经理。

萨维尔船运公司还以8万英镑购买了一艘承重1500吨位的机动船——吉尔·汉密尔顿号。

我们在纽约的人访问了钟先生。他说,罗伯茨先生从街上来到他的办事处,没有留下地址,并且用现金付费。他看上去像是英国人。详细描写在这儿的档案中,但无甚助益。

帕帕郭泊鲁斯倒是为我们所知。他是个富有但国籍不明的国际商人。他的主业是做船运代理业务。据信,他总钻法律的漏洞。我们没有他的地址。在他的档案里有可观的材料,但相当多的部分仅供参考。据信,他曾于1948年与以色列的情报机构合伙做过生意。然而,他没有已知的政治倾向。

我们将继续收集涉及清单中的全部船只的资料。

——莫斯科中心

哈桑把那张纸还给罗斯托夫。"他们是怎么掌握到这些东西的？"

罗斯托夫动手把回函撕成碎片。"全都在这样那样的档案里。斯特罗姆堡号出售一事会在伦敦劳埃德船厂的通告里。我们在利比里亚的参谋中有人会从蒙罗维亚的公告中获得萨维尔船运公司的详情。我们在纽约的人从电话簿中得到了钟的地址，而帕帕郭泊鲁斯的个人情况在莫斯科的档案中有所记录。这里边除去帕帕郭泊鲁斯的档案，没有秘密可言。解决问题的首要窍门就是要找到可以去哪里询问这些问题。松鼠们精通此道。这全是他们的工作。"

罗斯托夫把碎纸片扔进一个大大的玻璃烟灰缸内，点火烧掉。"你们的人也该使唤松鼠的。"他补了一句。

"我希望我们正在这方面进行着。"

"你自己去揣摩吧。不会对你有害的。你甚至可以得到创建这项工作的职位，对你的前途大有帮助呢。"

哈桑连连点头："也许我会吧。"

新叫的酒水送来了：罗斯托夫的伏特加，哈桑的杜松子酒。罗斯托夫很高兴哈桑积极响应了他的友善的建议。他检验着烟灰缸里的纸灰，确认电文彻底烧光了。

哈桑说："你估计狄克斯坦躲在萨维尔船运公司的背后吧。"

"是的。"

"如此说来，我们该对斯特罗姆堡号采取什么措施呢？"

"嗯……"罗斯托夫喝光了他的酒，把杯子放到桌上，"我猜想他拿到斯特罗姆堡号，才能够实施对阔帕列里号的具体策划。"

"这可是个花费挺大的计划。"

"他还可以再把船卖掉嘛。不过，他也可以在劫持阔帕列里号的时候利用斯特罗姆堡号——到目前为止，我还看不清他怎么干。"

"你会像安插图林到阔帕列里号那样，也在斯特罗姆堡号安排一个人吗？"

"没意义。狄克斯坦肯定会甩掉原有的船员，换成以色列水手。我得想些别的事情。"

"我们知道斯特罗姆堡号现在哪里吗？"

"我已经问过松鼠了。到我回到莫斯科的时候，他们就有答案了。"

哈桑的航班在广播呼叫。他站起身。"我们在卢森堡见？"

"我不敢说。我会通知你的。听着，有些事情我得说说。还是先坐下吧。"

哈桑坐下了。

"我们刚开始一起在狄克斯坦的事情上合作时，我跟你很对立。我如今感到后悔，我向你道歉，可是我要告诉你，其中自有原因。你知道，开罗并不安全。在埃及的情报机构中肯定有双面间谍。我一直担心——到现在还担心——你给你的上司的每一份报告，都会通过双面间谍返回到特拉维夫，这样，狄克斯坦就知道我们离他有多近，从而采取逃避行动。"

"我赞赏你的直言不讳。"

赞赏，罗斯托夫心想：他喜欢这个。"然而，你现在已经全面深入我们的内部计划了，因此我们要商讨的是，如何防止你所掌握的情报不致返回到特拉维夫。"

哈桑点点头："你有什么建议吗？"

"嗯。你当然得报告我们已经发觉的事情，可是我希望你涉及细节时尽量含糊其辞。不要给出姓名、时间、地点。受到逼迫时，埋怨我就是了，说我不肯让你分享全部情报。除去你非汇报不可的人，别跟任何人谈及。具体地说，别跟人说萨维尔船运公司、斯特罗姆堡号或者阔帕列里号。至于皮奥特尔·图林在阔帕列里号上的事——就忘掉好了。"

哈桑面露不安："还剩下什么可以报告的呢？"

"有的是呢，狄克斯坦、欧洲原子能中心、铀，与皮埃尔·波尔格的会面……你只消说出一半情况，你在开罗就是英雄了。"

哈桑还是没有被说服。"我会像你一样坦率。要是我照你的办法去做，我的报告不会像你的那样给人深刻印象了。"

罗斯托夫苦笑了一下："是不公平吗？"

"不是。"哈桑承认说，"你理应得到大部分功劳。"

"何况，你我之外没人会知道两份报告不一样。最终你会得到所需要的全部功劳的。"

"好吧。"哈桑说，"我含糊点就是了。"

"好极了。"罗斯托夫向一个侍者招了下手，"你还有些时间，走以前抓紧再喝一杯吧。"他向后仰靠在椅子上，迭起二郎腿。他感到心满意足：哈桑会照他的叮嘱去做。"我盼着回家呢。"

"有什么计划吗？"

"我打算带上玛利亚和儿子们到海滨待几天。我们在里加湾有一所别墅。"

"听着蛮不错。"

"在那儿很愉快——可没你要去的地方暖和。你到哪儿去——亚历山大吗？"

广播系统中传出最后一次哈桑的航班的呼叫，阿拉伯人站起了身。"没那么走运。"他说，"我准备把全部时间都泡在脏兮兮的开罗。"

罗斯托夫有一种特殊的感觉，亚斯夫·哈桑在撒谎。

德国人输掉那场战争时，弗朗茨·阿尔伯里奇·佩德拉的生活就毁了。他在半百之年，身为德国军队的职业军官，一下子无家可归，一文不名，而且失了业。于是，和千百万其他德国人一样，他重新创业了。

他成了一家染料厂的推销员，只赚小数额的回扣，没有固定的薪金。1946年时还勉强有几个客户，到了1951年，德国的工业正在复兴，情况终于有所好转，佩德拉处于有利的位置，抓住了新的机遇。他在威斯巴登设立了办事处，那里地处莱茵河右岸的铁路交叉点，预期能够发展成一个工业中心。他的产品清单在增长，签约客户的数量也在上升。不久，他就兼售肥皂和染料，并获准进入彼时主管着驻德美军占领区的当地基地。在艰苦的岁月里，他学成了一个投机分子，如果一名美国负责采购的军官需要瓶装的消毒剂，佩德拉就会购进十加仑大桶装的消毒剂，在租来的仓库里，把大桶分装成二手的小瓶，贴上"弗·阿·佩德拉特殊消毒剂"的标签，转手出售，获得大宗利润。

买进大桶装的，再分装成小瓶，这在购买原料加工制造中只是一小步。第一桶弗·阿·佩德拉特殊工业用清洁剂不再被简单地叫做"肥皂",而是在同一座租来的仓库里经掺兑后重新合成,最后转卖给美国空军,用来维护飞机引擎。公司业绩遂蒸蒸日上。

在五十年代后期,佩德拉读到了一本关于化学战的书,进而赢得了一大笔防务合同,为中和各种化学武器的系列制品提供一系列解决方案。

弗·阿·佩德拉变成了军用物资供应商,规模不大,但安全可靠,有利可图。那座租来的仓库已经扩建成一座几栋平房的小院。弗朗茨再婚了,还做了父亲。他的原配死于1944年的战争轰炸。但他内心依旧是个投机分子,当他听说一座小山似的铀矿落价时,便嗅到了一笔利润。

那些铀属于比利时的一家公司,叫做化学总会。该公司是经营比利时非洲殖民地比属刚果丰富矿藏的一家企业。在1960年的撤离期间,该公司坚持未走,但在获悉留下的公司最终仍会遭到驱逐之后,该公司赶在闭关之前全力以赴地将尽可能多的原材料海运回国。在1960年至1965年间,该公司在靠近荷兰边境的自己的精炼厂里寄存了大量的黄饼。不幸的是,此时禁止核试验条约签署了,当该公司终于从刚果遭逐时,已经没有几家铀的买主了。黄饼待在密封的地窖里,耗散了本已不足的资金。

弗·阿·佩德拉在制造其染料的工艺中,实际上并不使用很多的铀。然而,弗朗茨热衷于这类赌博:既然价格低廉,他就可以通过精练赚点小钱,而如果铀的市场好转——看来迟早会涨价——他就可以大捞一笔。于是他就购进了一些。

纳特·狄克斯坦当即喜欢上了佩德拉。那个德国人年及七十三岁,精神矍铄,头发未谢,双目闪光。他们在一个星期六相会。佩德拉穿着色彩鲜艳的夹克和黄褐色的裤子，说着一口带美国腔的流利英语。他给了狄克斯坦一杯当地产的赛科特香槟。

起初两人都互存戒心。毕竟，他们在那场对两人都残酷无比的战争中曾经敌对作战。但狄克斯坦一贯相信，敌人不是德国，而是法西斯，他只担心佩德拉可能会不安。看来佩德拉一方也有同感。

狄克斯坦事先从他在威斯巴登的旅馆里打了电话，约定好见面。他的电话受到热情的应接。当地的以色列领事馆提前告诉了佩德拉，狄克斯坦先生是高级的军需官，揣着大宗采购的清单，正在前来的途中。佩德拉于是提议在星期六上午到工厂小转一圈——因为那时候厂里没人，参观后在他家共进午餐。

如果狄克斯坦是个真正的军需官，这次参观之后，他就会托词不再做这笔生意了，那座工厂缺乏德国效率的闪光的示范形象，不过是拼凑起来的几间破旧小屋和充满刺鼻恶臭的大杂院。

狄克斯坦熬夜研读一本化学工程的教科书，准备好了几个有关搅拌器和缓冲板、材料处理和质量控制，以及包装方面的知识性问题。他依靠语言障碍来掩饰任何外行的失误。看来还算行之有效。

那种局面很特殊。狄克斯坦得扮演买主的角色，在卖主向他推销时，做出一副犹豫不决和不明朗的姿态，而实际上，他在希望把佩德拉诱进一种那个德国人不能也不愿割舍的关系。他要的是佩德拉的黄饼，但他不打算开口要求。相反，他要尽量把佩德拉推进一种境地，要他依靠狄克斯坦解决他的生计。

巡视了工厂之后，佩德拉开着一辆崭新的奔驰车带他来到山坡上面的一栋农舍式的宽敞住宅。他们在一扇大窗户前落座，啜饮着赛科特香槟，而弗劳·佩德拉——一个四十多岁的欢快的美妇——在厨房里忙碌着。狄克斯坦暗想，把一位潜在的客户在周末请到家中午餐，多少有些犹太人的生意之道，只不清楚佩德拉是否考虑到了这一点。

窗户俯瞰着山谷。下面有一条宽宽的河流缓缓流淌，沿岸边是一条窄窄的公路。镶有白色百叶窗的灰色小屋一簇簇地沿河排列，葡萄园顺山坡而上，经过佩德拉的住房，直抵山上的森林线。狄克斯坦思量着，若将来我要是打算在寒冷的国度安家，这里倒是个好去处。

"嗯，你怎么想？"

"是这里的风光，还是你的工厂？"

佩德拉微笑着耸耸肩："都是。"

"这里的风光棒极了。工厂比我预期的要小。"

佩德拉点燃一支雪茄。他烟瘾很大——能活这么大年纪真够万幸的。"你说工厂小，小吗？"

"我大概该解释一下我在寻找什么。"

"请吧。"

狄克斯坦讲起了他的故事。"目前，军方从形形色色的供应商手里购买清洁用的材料：从一家购进清洁剂，从另一家买下普通的肥皂，再从别处购买机械加工的溶剂，如此等等。我们想降低成本，也许我们能把这一领域的全部生意跟一家厂商一揽子做成。"

佩德拉的眼睛睁大了。"这就是说……"他挑选着字眼"……一笔大宗订货。"

"我担心对你来说可能太大了。"狄克斯坦嘴里这样说着，心里叮嘱自己：千万别说定！

"那倒不一定。我们还没有具备那种大规模的生产能力，只是因为我们从来没有接到过那么大宗的生意。我们当然拥有管理和技术资格，有了大企业的订单，我们就可以得到资金来扩大生产……那全看数目了，真的。"

狄克斯坦从椅子旁边拿起他的公文包，打开了："这是对产品规格的要求。"他说着，递给佩德拉一张清单，"再加上数量要求和时间限度。你需要时间跟你的经理们商议，得出你们的总额——"

"我是老板。"佩德拉面带微笑地说，"用不着和任何人商议。给我明天一天把这些数字算好，星期一去趟银行。星期二我给你打电话，报出价格。"

"我听说你是个易于合作的好人。"狄克斯坦说。

弗劳·佩德拉从厨房走进来，说："饭做好了。"

我的苏莎宝贝儿：

我以前从来没有写过情书。我印象中到现在为止我也没称呼过谁宝贝儿。我必须告诉你，这种感觉好极了。

今天是星期日，我在阴冷的下午独自一人待在一座陌生的城市里。这座小城相当漂亮，有很多公园，实际上我现在就坐在一座公园里，用能够找到的一支漏水的圆珠笔和一些差劲的绿色信笺给你写信。我的板凳在一座奇特的亭子里，上面是穹顶，周围是希腊式的柱子——像是没有完成的建筑，或者在英国乡间花园中你会看到的那种维多利亚设计风格的消夏别墅。我面前是一片平整的草地，点缀着一些白杨树，我能听见远处的一支铜管乐队演奏着爱德华·埃尔加的什么作品。公园里到处是人，他们带着孩子和足球还有狗。

我不知道我为什么要跟你讲这一切。我真正想说的是：我爱你，我想和你一起度过我的后半生。我知道我们再过几天就见面了。我迟疑不决地告诉你，不是因为我没拿定主意，而是……

好吧，如果你想知道实情，我担心会把你吓跑的。我知道你爱我，可是我同样知道，你才二十五岁，对你而言，爱情会轻易地到来（我却相反），而容易到来的爱也会轻易地走掉。因此，我就想：轻柔点，轻柔点，在你要她说出"永久"之前，给她一个机会让她逐渐喜欢上你。如今我们已有好几周分开在异地，我再也不能这样绕弯子了。我只好告诉你我的感受了。永久是我的所愿，而你现在可能也清楚了。

我是个变化了的男人。这话听起来是老一套，可说在你身上，就一点不是那么回事了，而且恰恰相反。如今，在我看来生活已经不同了，表现在几个方面——有些是你知道的，有些我会在某一天告诉你。目前我身处一座陌生的城市里，到下星期一之前，我无所事事，连这一点也不同了。倒不是我特别在乎这个。可是以前，我连想都不会想，我可能喜欢什么不喜欢什么。先前，我没什么中意的东西。如今却总有一些我宁愿去做的事情，你正是那个我甘心为你做事的人。我是说和你一起做，不是给你做。

嗯，是一起做或者给你做，或者既一起做也给你做。我不打算再扯这个了，不然我会不安的。

我要离开这里几天，不知道下一步去哪里，真不知道——这才最糟不过呢——甚至也不知道什么时候我才能再见到你。但是，我一旦见到你，相信我吧，我就不会在十年或十五年之内让你离开我的视线。

这些话听起来没有一句像是原本的意思。我想告诉你我的感受，可我无法把话说清楚。我想让你知道，我每天都要描绘你的面容多少次的那种心情，看到一个满头黑发的苗条姑娘，就毫无道理地希望，那姑娘可能就是你，一直想象着你会对一片景色、一条报纸标题、一个牵着一条大狗的矮个子男人、一件漂亮的衣裙，说些什么，我想让你知道，当我独自躺在床上，我因为需要触摸你是多么痛苦。

我太爱你了。

N.

星期二上午，弗朗茨·佩德拉的秘书给纳特·狄克斯坦所在的旅馆打了个电话，约他共进午餐。

他们进了维尔赫姆斯特拉斯城里一家不起眼的餐馆，叫了啤酒而没要葡萄酒，吃饭时要说事呢。狄克斯坦控制着自己的迫切——他应该知道佩德拉才是有所求的一方，而不是他自己。

佩德拉说："好啦，我觉得我们能够接受你的条件。"

狄克斯坦真想高呼一声"好啊！"，但是他的脸上只做出若无其事的表情。

佩德拉继续说："我一会儿就给你报价，是有条件的。我们需要一个为期五年的合同。我们会保证头十二个月的价格，之后，价格会随着国际市场上某些原材料价格的波动而变化。若是背弃合同，将有相当于一年供应价值的百分之十的罚金。"

狄克斯坦想说："成！"并且就这笔交易握手，但是他提醒自己继续扮演他的角色。"百分之十太苛刻了。"

"并不过分啊。"佩德拉争辩说，"要是你背弃了合同，这个数目还不足以补偿我们的损失呢。不过，我们设定的这个违约百分数必须得大到足以制止你们随意取消合同。当然啦，特殊极端情况除外。"

"我明白了。不过我们可以商量一个小一点的百分数。"

佩德拉耸了耸肩："一切都可以商量。你先看看这张报价单。"

狄克斯坦研究着那张单子，然后说："这价格接近我们的预期。"

"是不是我们就可以成交了？"

狄克斯坦心想：就是啊，没错！可嘴上说："还不成，这只意味着我们可以做生意了。"

佩德拉脸上放光。"这么说。"他说，"咱们来真正地喝一杯。服务员过来一下！"

酒水送来之后，佩德拉举杯庆祝："祝我们今后合作愉快。"

"我也愿为此祝酒，"狄克斯坦说。在他举杯时，心想：怎么样呢——我还不是又干上啦！

海上的生活确实不舒服，但还不致像皮奥特尔预期的那么糟。在苏联海军中，舰艇的管理原则靠的是无休止的艰苦工作、严格的纪律和差劲的食物。而阔帕列里号却大不一样。埃里克森船长只要求安全和海员规范，即使在这方面，他的标准也并不很高。甲板倒是时常刷洗，但从来不见打磨或喷漆。食物相当不错，而且图林还得天独厚地与厨师同住一间舱室。理论上说，图林应该无论昼夜随叫随到，去发送无线电信号，但实际上，一切收发全都在正常的工作日里进行，因此他每天夜里都能睡足八小时。这是个舒适的体制，而皮奥特尔·图林是个注重舒适的人。

令人伤心的是，这条船与舒适对立，简直是个魔鬼。他们刚一绕过拉斯角，驶离珉赤和北海，船就开始上下颠簸，左右摇晃，犹如大风中的玩具游艇似的。图林感到了骇人的晕船，可他只能忍着，因为他说自己是一名海员嘛。所幸，赶上厨师在厨房里忙碌，图林自己也无须待在无线电室，因此，他可以仰躺在他的吊床上，直到那股最难受的劲儿过去。

水手舱内通风不良，且热气蒸腾，所以没过多久，上侧便潮湿起来，居住舱的甲板上挂满晾晒的湿衣服，空气益发不堪。

图林的无线电设备在他的航海包里，由聚乙烯、帆布和一些绒衣很好地包裹着。然而，他却无法在他的房间里装设并开动他的设备，因为厨师和别的什么人随时都会进来。他已经在一个无人偷听的安静——依旧很紧张——的时刻，用船上的无线电和莫斯科进行了常规的联络，但他需要更安全可靠的手段。

图林是个会搭建安乐窝的人。每当罗斯托夫从使馆迁进旅馆再转移到他的安全住所，而忽略了图林处境的时候，他就要自建起一处基地，一处让他感到舒适、熟悉和保险的地方。在他执行自己喜欢的固定监视任务时，他总会找到一把宽大的扶手椅，摆在窗前，在望远镜后边坐上几个小时，心满意足地吃着大袋的三明治，喝着苏打水，随心遐想。在这条阔帕列里号上，他已经找到了一处小天地。

他白天在船上探索时，发现在船首舷窗外侧的上方有一处迷宫似的楼层。航海建筑师在那里建造出这样一个东西，只是为了填充货仓和船头之间的空间。主层的进口是一座半隐的小门，下面是一段楼梯。里面有一些工具，好几桶吊车用的润滑油，还有——不知作何用处的——一部锈蚀的旧割草机。这间主室朝好几个小些的房间敞开：有的里面放着绳索、机器零件和用烂纸箱盛着的螺母、螺栓，其余的小屋除去虫子空无一物。图林从来没见过有人进入这片地段——有用的东西全都存放在船尾，那地方有需要时即可派上用场。

天色将晚，他趁大多数水手和官员都在吃饭的空当，悄悄溜回自己的舱室，抄起他的航海包，爬上舷梯，来到甲板上。他从船桥下的小舱室里取出一只手电筒，但是没有开亮。

航海历上说，那夜有月亮，但被厚厚的云层遮住了。图林紧靠船舷偷偷地朝船首走去，这样，他的侧影在不白的甲板上就更不容易显现。舰桥上和驾驶舱里影影绰绰地有些亮光，但轮值的官员关注的是周围的海域，而不是甲板。

冰凉的海水洒落到他身上，他用双手握紧栏杆，以免被这疯狂晃动的阔帕列里号船抛出去。有时候，海水涌上船来——虽不算很多，但足以灌进他的航海靴，冻僵他的双脚。他巴望着千万别让他体会到在真正的狂风中船会是什么样子。

当他到达船首，进入那个废弃的小舱房时，已经全身湿透，冻得瑟瑟发抖。他关上了身后的舱门，打开了手电，寻路穿过分隔的舱室，进了主室边的一间小舱，顺手带上了舱室门。他脱下油布雨衣，在毛衣上擦干并捂热手指。然后他打开了那个口袋，取出发报机并把它放到一个角落里，用一根电线穿过甲板上的吊环，系到舱壁上，再用一个纸箱把它楔紧。

他穿的是胶鞋，但他还是戴上了橡皮手套，为下一步行动多做一点准备总是有备无患。船上无线电杆的电缆穿过他头顶上沿船头甲板的一根管子。图林用他从引擎室偷来的一把小钢锯，把管子六英寸长的一段锯掉，露出了里边的电缆。他从电源缆线上取出一个端头连到发报机的电源输入插口，然后用桅杆上引下的信号线连接到他的电台的插口上。

他打开他自己的电台，呼叫莫斯科。

他发出的信号不会干扰船上的电台，因为他是船上的无线电员，而且，别人也不大可能用船上的设备试图进行发射。何况，他使用自己的电台时，输入的信号不会进入船上的无线电室，由于他的设备会调到另一个频道，他也不会听到无线电室的正常信号。他能够发射任何东西，因此，两部电台会同时接收到，不过，莫斯科给他的回电也会被船上的电台收到，并且会引起什么人的注意……嗨，一条小船有几分钟收到信号，这并没有什么值得怀疑的。图林只会在船上没有信号干扰的时候，才会小心地使用他自己的电台。

他叫通莫斯科后便发出：检验备用的发射机。

他们知道了，发来：勿关机，等候罗斯托夫发出的信号。这一切都使用了克格勃的标准电码。

图林答：在等候，但要抓紧。

回电是：保持低头，直到有情况。罗斯托夫。

图林答：明白。完毕。他不等对方停止，就断开线路，并把船上的电缆恢复原状。接通和断掉裸线，即使用绝缘的钳子，也要花费时间而且不很安全。他把有些迅速发射连接器放在了船上无线电室设备中间了，下次来的时候，他要装进口袋一些，带到这里，以加速进展的速度。

他对自己这一晚上的工作感到心满意足。他已经建好了他的小窝，打开了联系通道，而且无人发觉。他眼前唯一要做的事情就是潜伏坚守，而潜伏坚守正是他之所好。

他决定再拖进来一个硬纸箱，挡在他那电台的前边，这样就会避开那些无意瞥来的目光。他打开门，用手电照进主室，顿时大吃一惊。

那里还有一个人。

头顶上的灯亮着，黄色的灯光投下不停摇曳的阴影。在舱室的中央，有一个背靠润滑油桶、双腿向前叉开的年轻的水手。他抬起头一看，和图林同样大吃一惊，而且——图林从他的脸上看出来——同样感到愧疚。

图林认出了他。他叫拉夫洛。他十九岁上下，长着一头亚麻色的头发和一张白白的瘦脸。他没有加入加的夫喝酒的一伙，不过人们时常见到他四下游逛，眼圈黑黑的，一副神不守舍的模样。

图林问道："你在这儿干吗？"跟着就看明白了。

拉夫洛左臂的衣袖卷到了肘上。在他两腿之间的圆盘上有一只小药瓶、一个表面皿和一个小防水袋。他的右手握着一根皮下注射器，他正要用来给自己注射。

图林皱起了眉头。"你有糖尿病吗？"

拉夫洛的脸扭曲着，了无情趣地干笑了一下。

"瘾君子。"图林明白了，脱口说。他对毒品不大了解，但是他知道拉夫洛的行为会在下一次靠岸时招致解雇。他松了口气。这件事还能把握。

拉夫洛的目光越过他向小舱望去。图林回头一看，他那部电台暴露得一览无余。两个人互相瞪着，谁都明白对方在做着见不得人的勾当。

图林说："我替你保密，你也要为我保密。"

拉夫洛扭曲着脸笑了一下，然后又了无情趣地干笑了一下。随后，他把目光从图林身上移开，垂到他自己的手臂上，把针头扎进肌肉。

阔帕列里号和莫斯科之间的交流被美国海军情报机构的监听站收听到并记录在案。由于使用的是克格勃的标准电码，他们能够破译。但他们仅仅获悉有人在一条船上——却不知是哪一条船——在测试他的备用电台，还有一个叫作罗斯托夫的——他们的档案中没有这样一个人——要他保持低头。谁也不明白其中的含义，于是，他们开立了一份以"罗斯托夫"为名的档案，把通信记录放进去，就搁置一旁了。

第十二章

哈桑在开罗结束了他的临时汇报后，便请求准许他去叙利亚的难民营中探视他的父母。他得到了四天假期，先是飞到大马士革，然后乘出租车驶向难民营。

但是，他并没有探视他的父母。

他在难民营稍事询问，一名难民带着他换乘了一连串公共汽车，抵达德拉，越过约旦边境，一路前往安曼。那里有另外一个人带他搭乘另一趟公共汽车，来到约旦河。

第二天夜里，他由两名背着冲锋枪的男人护卫着渡过了约旦河。到此时为止，他一直身穿阿拉伯长袍，头缠他们的头巾，但他没有要枪。那两个人都很年轻，他们刚刚成年的脸上初显疲惫和残忍的线条，如同一支新军中招募来的士兵。他们坚定沉默地跨越约旦河谷，用一下触碰或一声低语指引着哈桑：他们看来已经多次走过这条路。走着走着突然察觉到在四分之一英里开外之处有光线和士兵的声音传来，他们三人迅速卧倒在一丛仙人掌背后。

哈桑感到无助，以及别的什么。起初，他以为这种感觉是由于自己完全置于那两个年轻人的手中，他的生命全都取决于他俩的智识与勇气。但是后来，当他被他们撇下，独自一人设法在乡间公路上搭乘汽车时，才意识到这次行程是一种回归。多年来，他一直是个欧洲的银行职员，住在卢森堡，有自己的汽车、电冰箱和电视机。可是此刻，突然之间，他脚穿便鞋，走在尘土飞扬的巴勒斯坦大路上：没有汽车，没有飞机，又成了阿拉伯人，成了他诞生的土地上的一个农民，一个二等公民。他轻松的生活方式在这里一概无法实现——他不可能靠拿起电话或者掏出信用卡或者叫一辆出租车来解决问题。他感到同时如同一个孩子、一个孤儿和一个难民。

他走了足足五英里，没有看见一辆汽车，随后一辆载运水果的卡车从他身边。车子的发动机像一个患肺疾的老人，不停地咳嗽着，喷着黑烟，在他前面几码的地方停了下来。哈桑在后边追跑了几步。

"去纳布卢斯吗？"他高叫道。

"上来吧。"

司机是个大块头汉子，在他驾车以最高速度绕过弯道时，前臂的肌肉隆起如山脉。他一路不停地吸烟。他一准知道，夜里路上不会有其他车辆，便始终在路当中行驶，而且从不踩刹车。哈桑本想睡上一觉，可司机却想聊天。他告诉哈桑：犹太人把这地方治理得不错，自他们占领约旦以来，这儿商业市场变得繁荣，不过，这块土地终有一天应该得到解放。毫无疑问，他的话有一半并非由衷之言，可惜哈桑判断不出哪一半是真、哪一半是假。

他们在撒玛利坦的清冷的黎明时分进入了纳布卢斯，一轮红日在山后升起，镇子还在沉睡。卡车轰鸣着驶进了市场广场，停了下来。哈桑与司机道了别。

太阳升起，带走了夜间的寒冷，他缓步走在空荡的街道上。他吮吸着清新的空气，浏览着低矮的白色建筑，欣赏着种种细节，尽情回忆着童年的记忆亮点：他身在巴勒斯坦，他回到了家。

他极准确地走向了一座没有街名没有门牌的房子。那是在一处贫民区，石头小屋紧靠在一起，街道无人打扫。一只山羊拴在门外，他一时想不出羊以什么为食，因为周围没有草地。大门没有上锁。

他在门外踌躇了片刻，抑制下内心的激动。他离开的时间太久了——如今总算又回到了这片乡土。他等待了多少年，才得到这个机会，为受尽屈辱的父亲报仇。这些年，他饱尝流离之苦，内心深处努力压抑着这份仇恨，越积越深。他走了进去。

地板上睡着四五个人。其中的一个是女的，她睁开眼睛，看到了他，当即坐起身，把手伸到枕头底下，可能是去摸一支枪。

"你想干吗？"

哈桑说出了指挥突击队的那个人的姓名。

马赫莫德和亚斯夫·哈桑在三十年代末还都是男孩的时候，住得不远，可他们从来没有相遇过，即使碰对面，也都不记得彼此。在欧洲那场战争之后，亚斯夫到英国去上学，马赫莫德跟他的祖父、父亲和叔叔以及兄弟们一起牧羊。若不是1948年那场战争，他们的生活轨迹会继续向完全不同的方向延伸。马赫莫德的父亲和亚斯夫的父亲一样，决定收拾行装出逃。两人的儿子——亚斯夫比马赫莫德大几岁——在难民营中相遇了。说来奇怪，马赫莫德对停火的反应比亚斯夫还要强烈，虽说亚斯夫失去的更多。但是，马赫莫德满腔怒火，一心要为解放自己的家乡而参战。直到那时，他始终回避政治，认为政治与放牧无关，如今他开始懂得政治了。在他投身政治之前，他要教自己读书。

他们在五十年代的加沙重逢。彼时，马赫莫德已经发迹了——如果这个字眼适合那项如此狂热的事业的话。他已经研读过克罗塞维茨的《战争论》、柏拉图的《理想国》、马克思的《资本论》、希特勒的《我的奋斗》，凯恩斯、加尔布雷斯和甘地的著述，历史和传记，经典小说和现代戏剧。他能讲漂亮的英语、凑合的俄语和一知半解的广东话。他指挥着一小伙恐怖主义骨干溜进以色列，进行爆炸、射击和盗窃活动，然后撤回到加沙的难民营中，如同老鼠钻进垃圾堆里一样销声匿迹。恐怖主义分子从开罗获取资金、武器和情报，简要地说，哈桑是情报机构的一部分，当他们再次相遇时，亚斯夫告诉了马赫莫德他的终极的忠诚属于——不是开罗，甚至不是泛阿拉伯事业，而是巴勒斯坦。

亚斯夫当时本已打定主意，立即放弃一切——他在银行的工作，他在卢森堡的家，他在埃及情报机构中的角色——并加入自由战士的行列。可是马赫莫德不同意，他发号施令的习惯已经像定做的外衣一样适合于他。他说，不出几年——因为他有长远的观点——他们就会集结起想要的全部游击队员，但他们依旧需要在上层，在欧洲的关系，在秘密情报机构中有自己人。

他们在开罗又碰了一次面，还建起了绕过埃及人的通信线路。随着情报机构的建立，哈桑练就了一身伪装的形象：他装出一副显得迟钝的样子。起初，他发出大体上与给开罗的情报相同的东西，主要是把那些财产藏匿在欧洲，从而可以动用其资金的忠诚的阿拉伯人的姓名。后来，由于巴勒斯坦运动开始在欧洲开展，他就有了更直接的实用价值。他预订旅馆和机票、租用住房和汽车、囤积武器和转移资金。

他不是那种使用枪支的人。他自知这一点，并且稍感自惭，因此，他对自己能够在非暴力却又实用的其他方面有所作为倍感骄傲。

他的工作成果当年便在罗马开始爆发了。哈桑相信马赫莫德在欧洲执行恐怖主义的纲领。他深信，阿拉伯军队即使有苏联人的支持，也永远无法打败犹太人，这会使犹太人知晓他们深陷包围之中，那些人保卫家园，抵抗外国士兵，因此而有动力。在哈桑心目中，实际情况是巴勒斯坦的阿拉伯人在对抗入侵的犹太复国主义者中保家卫国。将难民营中的流亡者计算在内，巴勒斯坦阿拉伯人仍比以色列的犹太人要多，正是他们，而不是来自开罗和大马士革的乌合之众，才真正致力于解放自己的家园。但他们首先要相信突击队。诸如罗马机场的爆炸案之类的事件会让他们信服：突击队拥有广泛的国际资源。人们一旦信任了突击队，他们自己就会成为突击队，之后便会不可遏止。

罗马机场事件，与哈桑头脑中的设想相比，不过是小事一桩。

那只是一次使突击队占据各国报纸头版若干周的惊心动魄的行动，证明他们是一支强有力的国际部队，而不是一群衣衫褴褛的难民。哈桑竭力希望马赫莫德会予以接受。

亚斯夫·哈桑就提出建议，突击队应该干一场劫船大案。

他们像亲兄弟那样拥抱，亲吻着面颊，然后便退后一步，互相端详着。

"你嗅着像个妓女。"马赫莫德说。

"你嗅着就像牧羊人。"哈桑说。他们哈哈大笑并再次拥抱。

马赫莫德是个大块头，比哈桑略高，但要宽很多，而他走路说话时扬着头的样子，看上去显得很高大。他身上确实有味：他长期生活在一处缺乏现代洗热水澡条件、空间狭小而堆满垃圾的地方，再加上和许多人往得过于密集，自然就有了那种熟悉的酸味。哈桑使用须后水和爽身粉还是三天前的事，但在马赫莫德嗅来，他身上还是有一股涂脂抹粉的女人的气味。

　　那栋房子有两个房间，一间就是哈桑进门的那个，另一间在后面，是马赫莫德和另外两个人睡觉的卧室。没有二层楼。做饭在后院，最近的一处水源在一百码以外。那个女人点起火，动手做起碎豆粥。他们等待的时候，哈桑给马赫莫德讲了他的故事。

　　"三个月前，我在卢森堡遇到了在牛津结识的一个犹太人，叫狄克斯坦。原来他是摩萨德一个重要的行动执行人。从那时起，我就一直监视着他，我有苏联人的协助，尤其是一个叫罗斯托夫的克格勃官员。我们发现了狄克斯坦准备盗窃一船铀的计划，由此看来，犹太复国主义者要能制造原子弹了。"

　　起初，马赫莫德拒不相信。他反复盘问哈桑，这条情报有多大好处，确凿的证据是什么，可能是谁在撒谎，可能犯下了什么错误。后来，哈桑的回答越来越有道理，真情开始渗入，马赫莫德变得十分认真了。

　　"这不仅对巴勒斯坦事业是个威胁。这些炸弹还会毁掉整个中东。"

　　哈桑心想，这样恰好投其所好，马赫莫德愿意看到大画面。

　　"你和那个苏联人打算怎么办呢？"马赫莫德询问着。

　　"计划制止狄克斯坦并揭露以色列的阴谋，表明犹太复国主义者正在冒天下之大不韪。我们还没有想好细节。不过我倒另有设想。"他停顿了一下，搜寻着恰当的字眼，然后才脱口说出，"我认为突击队应该赶在狄克斯坦前面劫持那条船。"

马赫莫德茫然地瞪了他好长时间。

哈桑思忖着：看在真主的份上，说句话呀！马赫莫德开始缓缓地左左右右地摇晃着脑袋，然后张嘴微笑，先是咯咯笑着，最后爆发出摇撼着身体的放声大笑，引得屋里周围其余的人都想弄明白出了什么事。

哈桑斗胆地问："你到底怎么看？"

马赫莫德叹了一口气。"这主意太妙了。"他说，"我还没想好我们该怎么干，可这主意真棒。"

接着，他开始问问题。他的问题问了整个早餐时间，并持续了大半个上午：铀的数量、相关的船只的名称、黄饼如何变成核爆炸物、时间、地点和人员。他俩在后室中商谈，大部分时间只有他们两人，但马赫莫德偶尔会叫进一个人让他聆听哈桑重复某些具体细节。

大约在中午时分，他叫来了两个人，看似是他的副官。有那两个人在一旁听着，他再次重复了他认为是关键的要点。

"阔帕列里号是一艘载有正规船员的普通货船吗？"

"是的。"

"那条船要穿过地中海前往热那亚？"

"是的。"

"那些黄饼有多重？"

"二百吨。"

"是装在桶里的吗？"

"五百六十桶。"

"市场价格是多少？"

"二百万美元。"

"是用来制造核弹的？"

"是的。不过，还是原材料。"

"变成爆炸的形式是个费钱或者困难的过程吗？"

"只要有了原子反应堆，就不难。否则的话，就难。"

马赫莫德冲两名副官点了点头："去把这件事告诉另外的人吧。"

下午，太阳越过天顶之后，气温凉爽，适合外出。马赫莫德和哈桑走过镇外的山冈。哈桑一心想知道马赫莫德对他的计划的真实想法，可是马赫莫德拒不谈起铀的事情。于是哈桑只好说起大卫·罗斯托夫，说他佩服苏联人的专业水平，尽管给他设置了不少难题。

"是应该佩服苏联人的。"马赫莫德说，"哪怕我们并不信任他们。他们并不心向我们的事业。他们之所以站在我们一边，有三个原因。最不紧要的是我们给西方制造了麻烦，而任何对西方的坏事对苏联人就是好事。然后是他们的形象。发展中国家认同我们，而不认同犹太复国主义者，因此，苏联人支持我们就赢得了第三世界——请记住，在美国和苏联的竞争中，第三世界拥有全部的流动选票。然而最重要的原因——唯一真正重要的原因——是石油。阿拉伯国家拥有石油。"

他们走过一个正在放牧的小男孩，他嘴里吹着笛子，眼前是一小群瘦羊。哈桑记起，马赫莫德曾经是个不识字的牧童。

"你认识到石油有多么重要吗？"马赫莫德说，"希特勒输掉了欧洲的那场战争，就是因为石油。"

"没有认识到。"

"听我说。苏联人打败了希特勒。他们取胜是注定的。希特勒清楚这一点：他了解拿破仑的故事，他懂得没有人能够征服苏联。那他为什么还要去试呢？因为他没有石油了。在格鲁吉亚、在高加索的油田里有石油。希特勒一定要占领高加索。但是你要稳固地占领高加索，就要占领伏尔加格勒，当时叫斯大林格勒，那地方对希特勒是逆流。石油，那就是我们奋争的目标，不管我们情不情愿，你明白了吗？若不是石油，除去我们自己，才没人过问几个阿拉伯人和犹太人在我们这片尘土飞扬的小地方的争斗呢。"

马赫莫德谈话时具有魔力。他那清晰有力的声音滔滔不绝地道出词语，简明的解释和陈述，听起来像是颠扑不破的真理。哈桑猜测他经常对他的部下这么讲。在他的脑海深处，他记得在卢森堡和牛津，讨论政治都是这样老谋深算，如今在他看来，哪怕有堆积成山的情报，那些人还是不如马赫莫德懂的多。他还明白，国际政治是错综复杂的，还有石油之外的东西在其背后，但从根本上，他相信马赫莫德是对的。

他俩坐在一棵无花果树的树荫下。平整的暗褐色大地，空荡荡地在他们周围四下里展开。万里无云的碧蓝天空，散发着热气。马赫莫德起开了一瓶水，递给哈桑，哈桑喝了温热的水，把水瓶递了回去。这时，他询问马赫莫德他愿不愿意在击退犹太复国主义者之后统辖巴勒斯坦。

"我已经杀死很多人了。"马赫莫德说，"起初我亲自动手，使用刀、枪或者炸弹。如今我靠策划和下令，但仍在杀死他们。我们知道这是罪孽，可我不能后悔。我没有自责，亚斯夫。哪怕我们犯了错误，我们杀害了儿童和阿拉伯人而不是士兵和复国主义分子，我依旧只想，这对我们的名声不利，不，'这对我的灵魂很糟糕。我的手上沾着血，而我不想洗掉。我根本就不想洗掉'。有一个故事叫《格雷的画像》①，讲的是一个人过着邪恶和堕落的生活，本来应该让他的容貌变老，满脸皱纹，眼下有眼袋，肝脏毁掉了，还有性病。然而，他并没有受罪。事实上，随着岁月的流逝，他看上去仍保持着青春，仿佛他找到了长生不老的秘方。但是，在他住所的一间锁着的房间里，有一幅他的画像，是那幅画像变老了，露出了他邪恶生活和患有可怕疾病的恶果。你知道这个故事吗？那是英国的故事。"

"我看过电影。"亚斯夫说。

"我在莫斯科的时候读过那篇小说。我挺想看那部电影的。你记得结局吗？"

"噢，记得。道林·格雷毁掉了那幅画像，随后，一切疾病和损害登时全都落在了他身上，他就这样死了。"

"是啊。"马赫莫德把瓶塞重新塞好，目光越过褐色的山坡茫然地向远方望去，他接着说，"巴勒斯坦解放以后，我的画像就要毁了。"

之后，他俩默默地坐了一会儿。最后，他们一句话没说，站起身，朝镇上走回去。

当晚的黄昏时分，就在晚祷之前，好几个男人来到了纳布卢

---

① 《道林·格雷的画像》，奥斯卡·王尔德的长篇小说。

斯的那间小屋。哈桑并不确切知道他们都是些什么人，可能是引领巴勒斯坦运动的当地领袖，或许受马赫莫德尊重的不同类型的决策者，要不就是作战的常任参谋部的人员，他们与马赫莫德关系很近，但并不住在一起。哈桑看得出这种选择的逻辑，因为如果他们住在一起，就会被一举消灭。

那个女人给他们送来面包、干鱼和兑水的葡萄酒，马赫莫德跟大家讲述了哈桑的设想。他建议，他们要赶在狄克斯坦前面劫持阔帕列里号，然后在以色列人上船时伏击他们。除了保留船上常规船员和并不当真的抵抗者，狄克斯坦的小组全部将会被清除。随后，突击队将会把阔帕列里号带到北非的一个港口，邀请世界各国人士登船，目睹犹太复国主义罪犯的尸体。船上的货会以一半市价的赎金———一百万美元——交还给货主。

大家争论了好长时间。显然，这场运动的一部分成员对马赫莫德把战火引到欧洲感到紧张，认为所建议的劫持行动是同一战略的进一步扩展。他们建议，突击队可以干脆在贝鲁特或者大马士革召开新闻发布会，向各国报界揭露以色列的阴谋，这样可以达到他们所争取的大部分目标。哈桑确信，那还不够，谴责是廉价的，要展示的不是以色列的无法无天，而是突击队的实力。

人们的发言都很平等，看来马赫莫德在以同样的专注倾听每一个人的意见。哈桑静静地在一旁坐着，聆听着那些看似农民、讲起话来却像议员的人们的低沉平静的声音。对他们是否会接受他的计划，他既抱有希望，又感到害怕。有希望的是他二十年来的复仇梦想就要实现了，害怕的是这将意味着他要卷入比他此前经历的更困难、更暴力、更冒险的事情。

最终，他觉得再也无法忍受了，便走出去，蹲在小院子里，嗅着夜晚和柴火的气味。不久，屋里传出了像是投票的齐声呼喊和静默。

马赫莫德走出来，坐在哈桑的身旁："我派人去叫一辆汽车过来。"

"噢？"

"我们得去趟大马士革。就在今晚。有很多事情要做呢。这将是我们最大的一次行动。我们得马上开始工作。"

"那么说，已经决定了。"

"是的。突击队将劫持那条船，并窃取那些铀。"

"那就这样吧。"亚斯夫·哈桑说。

大卫·罗斯托夫一向喜欢他家的小聚，而随着他年事见长，这样的团聚就更短了。他休假的第一天，十分美好。他亲自做了早饭，全家人沿海滩散步，下午他的天才小儿子弗拉基米尔同时跟罗斯托夫、玛利亚和尤里下棋，一举赢下了全部三盘棋。他们花了好几个小时吃晚饭，交谈着各种新闻，还稍稍喝了点葡萄酒。第二天也差不多，但大家的兴致少了些，到第三天，全家相聚的新鲜劲过去了。弗拉基米尔想起了他该成为奇才，就又把鼻子埋进了书本；尤里在他的录音机上播放着堕落的西方音乐，还跟他父亲争论持异见的诗人；而玛利亚则钻进别墅的厨房，也不在脸上化妆了。

因此，当消息传来，说尼克·布宁已经成功地在斯特罗姆堡号上安装了窃听器，并从鹿特丹返回时，罗斯托夫便以此为借口回到了莫斯科。

尼克汇报说，斯特罗姆堡号一直停在干船坞内做常规的出海前检修，以便完成给萨维尔船运公司的航行。该船进行了许多小修小补，尼克毫不费力地就以电气师的身份上了船，在船首装上了一部强大的无线电信标。离船时他遭到甲板值班人员的盘问，那人当天值班期内并无电子仪器方面的职责，尼克向他指出，如果那件活计没有再出问题，无疑是无须付款的。

从那一刻起，只要船的引擎启动，那只信标就会在航行的全部时间和在港内停留的大部分时间内，每隔三十分钟发出一次信号，直到该船沉没或者撞成碎片。该船在余下的使用期中，不管位于世界的哪一处地方，莫斯科都能在一小时内获知其方位。

罗斯托夫聆听着尼克的报告，然后打发他回家。他有当晚的计划。他已有好长时间没见到奥尔加了，他迫不及待想看看，她是如何使用他从伦敦带给她的礼物——电池驱动型振荡器的。

以色列海军情报局有一名年轻的上尉，名叫狄埃塔·科什，他接受过船舶工程师的训练。在阔帕列里号从安特卫普装载着黄饼出航的时候，科什就要登船。

纳特·狄克斯坦到达安特卫普时，对于如何实施这一方案，心中只有模糊的想法。他从他的旅馆房间给拥有阔帕列里号的轮船公司代表打了电话。

在等候电话接通时，他心里想，我死的时候他们会从旅馆的房间里把我拉出去埋葬。

一个姑娘接了电话。狄克斯坦说得简短："我是皮埃尔·鲍戴尔，帮我接经理。"

"请稍候。"

一个男人的声音："喂？"

"早晨好，我是来自鲍戴尔水手登记处的皮埃尔·鲍戴尔。"狄克斯坦边说边编造着。

"从来没听说过你。"

"所以我才给你打电话嘛。我们正在考虑在安特卫普开设一个办事处，我不知道你肯不肯试一试我们。"

"不一定，不过你可以给我们写信——"

"你对你们目前的水手代理完全满意吗？"

"还不算太差吧。听我说——"

"再提一个问题我就不再麻烦你了。我能问一下你们现在用的是谁吗？"

"科恩公司。现在，我没时间了——"

"我理解。谢谢你的耐心。再见。"

科恩①公司！真走运。狄克斯坦放下电话时心想，也许我这次用不着动粗了。科恩公司！出乎意料——码头和海运并不是犹太人惯常的生意领域。有时候，你会交好运的。

他在电话号码簿上查到科恩水手代理公司，记住了地址，便穿好外衣，走出旅馆，叫住一辆出租车。

科恩公司在城市红灯区一座水手酒吧上面有一处两间屋的小办事处。时间未到中午，那些活跃在这地方过夜生活的人——妓女和小偷、乐师和脱衣舞娘、侍者和保安都还在睡觉。灰暗又阴冷的上午，可能正是这地区没什么生意的时刻，四处一片狼藉。

狄克斯坦走上一处楼梯，到达二层楼的一道门前，敲门之后，便进去了。这是一个不大的接待室，里面摆放着档案柜和橙

---

① 科恩是常见的犹太人姓氏。

色塑料椅。

"我想见一见科恩先生。"狄克斯坦对接待室的中年秘书说。

她上下打量了他一番，好像觉得他不像水手。"你想找一条船干活吗？"她犹豫地问。

"不。"他说，"我是以色列人。"

"噢。"她迟疑着。她长着一头黑发，眼窝深陷，手上戴着一枚结婚戒指。狄克斯坦说不准她是不是科恩太太。她站起身穿过她办公桌背后的一道门进了里间。她身穿下身配裤子的正装，背影显出了她的年龄。

过了一会儿，她走出来，带他进了科恩的办公室。科恩起身相迎，跟他握了手，开门见山地说："我每年都给事业捐资。战争期间我拿出了两万荷兰盾，我可以把支票拿给你看。这是新的诉求吗？又要打仗了吗？"

"我来这里不是敛钱的，科恩先生。"狄克斯坦微笑着说。科恩太太没有关门，狄克斯坦这时把门关上："我能坐下说吗？"

"如果你不是来要钱的，就坐下吧，来点咖啡，待上一天吧。"科恩说，哈哈大笑起来。

狄克斯坦说："第二次世界大战期间，你在这里吗？"

科恩点点头。"我当时是个年轻人。我跑到乡下去，在一家农场里干活，那儿没人认识我，没人知道我是犹太人。我的运气不错。"

"你认为这种事还会再发生吗？"

"是的。历史上一直都在发生，现在怎么会停止了呢？还会有的。不过我是赶不上了，在这里蛮好的。我不想去以色列。"

"好嘛。我为以色列政府工作。我们想请你帮个忙。"

科恩耸耸肩："是这样啊？"

"几周之内，你的一个客户会打电话给你，提出迫切要求。他们想为一条叫阔帕列里号的船找一位船舶工程师。我们想请你委派一名我们这边的人给阔帕列里号。他的名字叫科什，是个以色列人，不过他会使用别的名字和伪造的证件。当然，他确实是个船舶工程师——你的客户不会不满意的。"

狄克斯坦等待着科恩说话。他心想，你是个好人，一位风度翩翩的犹太商人，精明勤奋，衣服边缘处还有些磨损，不会让我跟你来硬的。

科恩说："你不打算告诉我以色列政府为什么要这位叫科什的人上阔帕列里号吧？"

"不。"

一阵沉默。

"你带着什么证件没有？"

"没有。"

秘书没敲门就走了进来，给他们端来了咖啡。狄克斯坦对她产生了本能的敌意。科恩利用这一间歇整理了一下思路。秘书出去之后，他说："我除非是疯了才会这么做。"

"为什么呢？"

"你从街上走进门，说你代表以色列政府，而你没有证件，连名字都没告诉我。你要我做显然是见不得人的事，说不定还是犯罪呢。就算我相信了你的故事，我也不一定赞成以色列政府做这件事。"

狄克斯坦叹了口气，想着别的办法：恐吓他，绑架他的妻子，在关键的那天占领他的办公室……他说："我能做什么来说服你呢？"

"我需要以色列总理亲口提出要求，然后我才会干这件事。"

狄克斯坦站起身准备走，这时想到：为什么不试一下呢？干吗一口回绝呢？这办法太出格，他们会认为他发了疯……可是行得通，对目的有用……他从头到尾想了一遍，脸上露出了笑容。皮埃尔·波尔格会晕过去的。

他对科恩说："好吧。"

"你这话是什么意思？"

"穿上你的外衣。我们去耶路撒冷。"

"现在？"

"你忙吗？"

"你当真吗？"

"我跟你说了，这事很重要。"狄克斯坦指着办公桌上的电话说，"叫你太太来。"

"她就在外边。"

狄克斯坦走到门前，将门打开："科恩太太？"

"在。"

"请你进来一下好吗？"

她急匆匆地走进门，面带忧虑。"怎么回事，约瑟夫？"她问她丈夫。

"这位想让我跟他一起去耶路撒冷。"

"什么时候？"

"现在。"

"你是说这周？"

狄克斯坦说："我指的是今天上午，科恩太太。我应该告诉你，这一切都是高度机密的。我已经要求你丈夫为以色列帮个忙。他自然想弄清究竟，确实是政府而不是犯罪分子要他帮忙。因此我要带他去那里让他放心。"

她说："别瞎掺和，约瑟夫——"

科恩耸了耸肩："我是犹太人，我已经卷进去了。照看着生意吧。"

"你对这个人毫不了解！"

"所以我才要去弄个清楚。"

"我不愿意你这么做。"

"没有一点危险的。"科恩告诉她，"我们会乘坐定期航班，前往耶路撒冷。我要见总理，然后就回来。"

"总理！"狄克斯坦看了出来，她丈夫要见以色列的总理，她感到多么自豪。他说："这事可要保密，科恩太太。请你告诉别人，你丈夫到鹿特丹办事去了。他明天就回来。"

她瞪眼瞧着这两个男人："我的约瑟夫见总理，我还不能告诉拉切尔·罗思斯坦吗？"

这时候，狄克斯坦知道，一切都不成问题了。

科恩从衣架钩上取下他的外衣，穿到身上。科恩太太搂住丈夫，亲吻了他。

"没事。"他告诉她，"这事情很突然、很奇特，但不会有事的。"

她默默地点点头，放他走了。

他们乘出租车前往机场。狄克斯坦的高兴劲在乘车途中增长着。这套策划有点恶作剧的味道，他觉得自己就像个小学生，这是可怕的调皮捣蛋。他不住地诡笑，不得不转过脸去，以免科恩看到。

皮埃尔·波尔格得走上层路线了。

狄克斯坦买了两张去特拉维夫的往返机票，用他的信用卡付的钱。他们得在巴黎转机。起飞前他给巴黎的大使馆打了电话，安排人在转机大厅跟他们见面。

在巴黎，他要使馆的那个人给波尔格捎去口信，说明要求的事情。使馆那个人是摩萨德的人员，对狄克斯坦毕恭毕敬。科恩获准在一旁聆听他们的谈话，那人返回使馆之后，他说："我们可以回去了，我已经相信了。"

"噢，不。"狄克斯坦说，"既然我们已经跑了这么远，我要让你有自信。"

在飞机上，科恩说："你在以色列该是个重要人物吧。"

"不是。不过我做的事情是重要的。"

科恩想知道见总理时应该有什么举止、如何讲话。狄克斯坦告诉他："我也不知道，我从来没见过他。跟他握手，直呼其名就是了。"

科恩露出了笑容。他开始分享着狄克斯坦的恶作剧的感受。

皮埃尔·波尔格在劳德机场迎接他们，他带来一辆小轿车准备送他们去耶路撒冷。他笑容满面地跟科恩握手，但他内心激动。在他们向汽车走去时，他对狄克斯坦嘀咕说："你最好有充分理由。"

"我有。"

他们一直陪伴着科恩，因此，波尔格没有机会盘诘狄克斯坦。他们径直前往总理在耶路撒冷的住所。当波尔格向总理解释这么做的要求和原因时，狄克斯坦和科恩在前厅等候着。

过了两三分钟，他们受到了接见。"这位是纳特·狄克斯坦，阁下。"波尔格说道。

他们握了手，总理说："我们以前未曾谋面，可是我听说过你，狄克斯坦先生。"

波尔格又说："而这位是安特卫普的约瑟夫·科恩先生。"

"科恩先生。"总理带笑说，"你警觉性很高嘛。你应该当政治家。好啦，现在……请帮我们做这件事。这事很重要，而且不会对你造成伤害。"

科恩举止失措。"是的，阁下，我当然愿意做这件事，我很抱歉添了这么多麻烦。"

"这没什么。你做了正确的事情。"他再次握了科恩的手，"感谢你跑这一趟。再见。"

返回机场的路上，波尔格不那么客气了。他坐在汽车前座上一声不吭，焦躁不安地吸着雪茄。在机场，他总算找到了几分钟时间和狄克斯坦单独相处。"要是你再耍这种噱头……"

"这是必要的。"狄克斯坦说，"没费一分钟的时间。为什么不可以呢？"

"为什么不可以，因为我部门的一半人马整整忙了一天来安排那一分钟。你何不使用拿枪对准那家伙这类办法呢？"

"因为我们不是野蛮人。"狄克斯坦说。

"人们总是跟我这么说。"

"是吗？那可不是好兆头。"

"为什么？"

"因为本来是不必这样提醒你的嘛。"

这时，广播宣告他们的航班了。狄克斯坦与科恩登机之后，才反应过来，他和波尔格的关系不妙了。他们一向这样交谈，彼此善意地取笑，到此之前始终暗含着……也许算不上是爱慕，但至少是尊重的关系。如今那种关系已然不见了。波尔格真的是心怀敌意。狄克斯坦拒不离职基本上是一次挑衅，是不可被容忍的。本来，如若狄克斯坦还想留在摩萨德，他就要和波尔格争夺第一把手的职位，在该组织的山头内不再容得下他们两只老虎。不过，如今不会有什么竞争了，因为狄克斯坦已萌生退意。

在夜间返回欧洲的航行中，科恩喝了些姜汁酒，便昏昏睡去。狄克斯坦回想着过去五个月来自己的工作。在五月份他刚着手工作的时候，对于如何窃取以色列所需的铀，心中无数。问题接踵而至，他也一一化解：怎样找到铀的所在，要窃取哪里的铀，如何劫持船只，怎样掩盖以色列卷在其中，如何防止消失的铀报告给权威当局，如何安抚货主。假若他在开始时就坐下来，设想全盘计划，他绝对无法预见全部的复杂性。

他有好运也有厄运。阔帕列里号雇佣安特卫普的一家犹太人水手代理公司是一件幸事，同样值得庆幸的是，一些铀被派上非核用场，其中还有海运的。不走运的主要是与亚斯夫·哈桑的不期而遇。

哈桑是油膏上的那只苍蝇。狄克斯坦有理由肯定，当他飞往布法罗去见科顿时，已经甩掉了对手，而且从那时起，他们再也没有抓住他的尾巴。不过，这并不意味着他们已经放弃了这桩案子。

在丢掉他之前弄清他们已经发现了多少情况是有用的。

狄克斯坦在整个任务结束前不能见到苏莎了，哈桑也会懊恼不已。狄克斯坦要是去牛津，哈桑肯定总能重新抓住他的尾巴。

飞机开始降低高度。狄克斯坦系紧了安全带。现在一切均已就绪，计划入位，准备在进行。牌已出手，他清楚他自己的牌，也知道对手的一些牌，而他的对手也知道他手里的一些牌。剩下的就是如何玩了，谁也无法预见结局。他巴不得他能更清晰地看到未来，巴不得他的计划不那么复杂，巴不得他不必再冒生命之险，还巴不得这场牌局马上开始，以便他不必巴望，而是着手行动。

科恩醒了。"我是梦到了这一切吗？"他问。

"不。"狄克斯坦微笑作答。他还有一件不快的事情要做，他得把科恩吓个半死。"我跟你说过，这事很重要，而且很机密。"

"当然，我懂。"

"你不懂。要是你跟你太太以外的人透露出去，我们会采取极端的行动。"

"这是威胁吗？你在说些什么？"

"我是在说，要是你不把嘴闭上，我们就杀死你太太。"

科恩瞪着眼，脸色煞白。过了一会儿，在机场迎面而来的时候，他转过头去看着窗外。

第十三章

莫斯科的罗西亚大酒店是欧洲最大的酒店，拥有5738个床位、十英里长的走廊，可是没有空调设备。

亚斯夫·哈桑在那里睡得非常不好。

"突击队应该抢在狄克斯坦之前劫持那条船"，这句话说起来简单，但是他越想就越觉得可怕。

巴勒斯坦解放组织（简称"巴解"）在1968年时并非像它佯称的那样是个紧密的政治实体，甚至也不是一个由各个战斗小组协同配合的松散的突击队，倒更像是一个有共同志趣的人们组成的俱乐部：它虽然代表其成员，但并不控制他们。各个游击小组可以通过巴勒斯坦解放组织发出同一个声音，但他们不能也未曾一致行动。因此，当马赫莫德说突击队会有所作为时，他指的只是他的小队。何况，在这种情况下，哪怕要求巴解合作，都是不明智的。巴解从埃及人那里得到了资金、设备和落脚点，但是也受到他们的渗透，要是想对阿拉伯集团保密，就不能对巴解透风。当然，在行动之后，全球新闻界关注那条载有核物质的被劫船只时，埃及人就会知晓，而且可能会怀疑突击队有意对他们隐瞒，但马赫莫德会装聋作哑，而埃及人也只好跟着一起欢呼突击队粉碎了以色列人的一次进犯行动。

无论如何，马赫莫德相信他不需要别人的帮助。他的突击队与巴勒斯坦之外的世界有最好的联系，有最好的欧洲装备和相当多的资金。他现在在巴加西先安排借一条船的事，他的国际小队正在从世界各地集结过来。

然而，最关键的任务却交给了哈桑：如果突击队要赶在以色列人的前面登上阔帕列里号，他就要确定狄克斯坦劫船的确切时间和地点。就此，他需要克格勃。

他此刻感到在罗斯托夫身旁极度不安。直到拜访马赫莫德之前，他一直能够告诫自己，他在为了同一个目标为两个组织工作着。如今，他毋庸置疑是个双面间谍，只是伪装成为埃及人和克格勃合作，实际上却在破坏他们的计划。他的感觉大不一样了——他在某种意义上成了叛徒——他担心罗斯托夫会在他身上注意到这种变化。

哈桑飞抵莫斯科的时候，罗斯托夫本人也感到不自在。他事先说过，他的公寓里没有哈桑可住的地方，其实哈桑知道他家的其他成员全都外出度假了。看来罗斯托夫在隐瞒某些事情。哈桑怀疑他在约会什么女人，不想要他的同僚碍事。

哈桑在罗西亚大酒店辗转反侧了一夜之后，到位于莫斯科环形线的克格勃大厦的菲利克斯·沃伦佐夫的办公室里会见了罗斯托夫。那里也有一股暗流。哈桑进屋的时候，那两个人正在争论什么，尽管他们当即闭上了嘴，屋里仍然弥漫着说不出口的敌对的僵持气氛。不过，哈桑忙于自己的秘密行动，没顾上对他们多加留意。

他坐了下来。"有什么进展吗？"

罗斯托夫和沃伦佐夫交换了一下眼色。罗斯托夫耸了耸肩。

沃伦佐夫说道："斯特罗姆堡号上安装了一个十分强大的无线电信标。那条船现在已经离开干船坞，向南穿过比斯海湾，估计会驶往海法，让摩萨德特工船员在那地方登船。我认为我们可以对我们的情报搜集工作感到满意了。这个项目现在已进入积极行动的阶段。事实上，我们的任务已经变成指令性的而不是描述性的了。"

"他们在莫斯科总部都这么说。"罗斯托夫不屑地说。沃伦佐夫瞪了他一眼。

哈桑说："什么行动？"

"罗斯托夫就要去敖德萨登上一条叫作卡尔拉号的波兰商船。"沃伦佐夫说，"那条船表面上是普通的货运船，但实际上速度很快，而且还有些附加的装备，我们时常使用它。"

罗斯托夫抬头看着天花板，那是他脸上的一种稍显厌恶的表情。哈桑猜想，罗斯托夫不想让埃及人知道这些细节，大概这正是他和沃伦佐夫争论的事情。

沃伦佐夫继续说："你的任务是弄到一条埃及船，并且在地中海跟卡尔拉号联系上。"

"然后呢？"哈桑追问道。

沃伦佐夫刚要开口，罗斯托夫抢先说："我想让你告诉开罗一个打掩护的说法。"他对哈桑说，"我想让你们的人认为我们对阔帕列里号一无所知，我们只知道以色列人计划在地中海干些事情，我们还在设法弄清楚到底是什么。"

哈桑点点头，脸上还是无动于衷的表情。他必须知道那是什么计划，而罗斯托夫并不想告诉他！他说："是的，我会这样跟他们说。不过，你要告诉我计划的具体内容。"

罗斯托夫瞥了沃伦佐夫一眼，耸了耸肩。沃伦佐夫说："劫船之后，卡尔拉号会对准狄克斯坦的那条载铀的船。卡尔拉号要撞上那条船。"

"撞船！"

"你的船要目睹这次撞船，发出报告，并且要观察到船上的水手是以色列人，装的货是铀。这些事实都在报告之列。国际上会对这次撞船事故追踪溯源。船上的以色列人和盗窃来的铀无疑会成为铁证。与此同时，那些铀会归还给合法的货主，而以色列人就要蒙羞受辱。"

"以色列人会动武的。"哈桑说。

罗斯托夫说："还巴不得呢，有你的船在场看到他们攻击我们并且帮助我们击退他们。"

"这个计划蛮不错。"沃伦佐夫说，"简单易行。他们只消撞船，余下的就顺理成章了。"

"不错，真是个好计划。"哈桑说。跟突击队的计划完全符合。与狄克斯坦不同的是，哈桑知道图林就在阔帕列里号的船上。突击队劫持阔帕列里号并伏击以色列人之后，他们可以把图林和他的电台设备抛进海里，这样罗斯托夫就没法确定他们的方位了。

但是，哈桑需要知道狄克斯坦打算执行他的劫持行动的时间和地点，以便确保突击队得以先期到达。

沃伦佐夫的办公室很热。哈桑走到窗前俯视莫斯科环形线上的过往车辆。"我们需要确切掌握狄克斯坦劫持阔帕列里号的时间和地点。"他说。

"为什么？"罗斯托夫做了个摊开两手、掌心向前的姿势，

"我们有图林在阔帕列里号上，还有无线电信标在斯特罗姆堡号上。我们随时都知道这两条船的方位。我们只需要待在近处，到时候把船开上去就是了。"

"我的船必须在关键时刻处于合适的海域啊。"

"那就尾随着斯特罗姆堡号，保持在海平线的距离上，能够收到那条船的无线电信号就成。或者也可以同卡尔拉号上的我保持联系，或者双管齐下。"

"万一信标失灵，或者图林暴露了呢？"

罗斯托夫说："这种风险应该以我们摊牌的危险来衡量，如果我们重新开始跟踪狄克斯坦——假定我们能够找到他的话。"

"不过，他还是有个漏洞的。"沃伦佐夫说。

这次轮到罗斯托夫瞪眼了。

哈桑解开了他的领口。"我可以开窗户吗？"

"窗户打不开。"沃伦佐夫说。

"你们听说过空调吗？"

"在莫斯科？"

哈桑转过脸去跟罗斯托夫说话："想想看吧。我要有百分之百的把握，我们盯死了这些人。"

"我已经想过了。"罗斯托夫说，"我们已经尽力做到把握十足了。回到开罗去，安排好那条船，同我保持联系。"

哈桑心想，你这个摆臭架子的无赖。他又转向沃伦佐夫："说句掏心窝子的话，除非我们消除了剩下的不确定的点，我无法告诉我们的人，我对这个计划已经感到满意。"

沃伦佐夫说："我同意哈桑的想法。"

"哎，我不同意。"罗斯托夫说，"何况目前这个计划已经得到安德罗波夫的批准。"

直到此刻之前，哈桑认为，既然沃伦佐夫站在他的一边，而且沃伦佐夫又是罗斯托夫的上司，他就要占据上风了。可是提及克格勃的首脑，似乎棋局出现了制胜的一步：沃伦佐夫几乎一下子就怯阵了，而哈桑则不得不再次隐瞒他的绝望。

沃伦佐夫说："计划是可以更改的。"

"那也只有经过安德罗波夫的批准。"罗斯托夫说，"而且这种改变你是不会得到我的支持的。"

沃伦佐夫的嘴唇咬得紧紧的。哈桑心想，他痛恨罗斯托夫，我也一样。

沃伦佐夫说道："那好吧。"

哈桑在他的情报生涯中，始终身处某一个专业机构——埃及情报局、克格勃，甚至是突击队。总有资深的说话算数的人对他发号施令，并且负起最后的责任。此时此刻，当他离开克格勃大厦返回宾馆时，他意识到他要自己做主了。

他得单枪匹马地找到那个善于隐身、机警过人的人，发现他的戒备森严的秘密。

他有好几天都忙得不可开交。他返回开罗，向他们报告了由罗斯托夫编造的那个打掩护的故事，安排了罗斯托夫所需要的那条埃及船。他依旧面临的首要问题就像是他对着一座悬崖峭壁，在他至少看到登顶的部分通路之前，他是无法起步攀登的。他不由自主地从他的过往经历中搜寻使他能够应对这样的任务，并能独立行动的态度和办法。

他只好回到很久以前的道路上去。

先前，亚斯夫·哈桑曾经是一个完全不同的人。他原本是一个富有的、甚至是贵族般的阿拉伯人，全世界都在他的脚下。他曾经抱着他能够多少成就一番事业的态度四下走动，并且认为他已经这样起步了。他到英国去学习，虽说是异国他乡，却毫无晕眩之感，而且他还融入了那里的社会，并不在意甚或虑及别人会如何看他。

即使在当时，也有几次他需要学习的时候；但他仍学得得心应手。有一次，一个本科的同学，是位有着子爵什么头衔的人物，邀请他到乡下去打马球。哈桑从来没有涉足过那项运动。他请教了规则，并且观察了一阵别人的玩法，注意着他们如何握球槌、如何击球、如何传球及其道理，随后他就下场了。他握球槌的样子笨拙，但他骑起马来风驰电掣，他打得像模像样，完全享受着其中的乐趣，他们那个队还获胜了。

眼下，在1968年，他自问：我能做成任何事情，可是我跟谁竞争呢？

当然，对手就是大卫·罗斯托夫。

罗斯托夫有主见、有自信、有能力、聪明绝顶。他甚至在狄克斯坦销声匿迹、无处可寻的时候，也能够找得到。他曾经两次成功。哈桑回忆起：

问题：狄克斯坦为什么在卢森堡出现？

想一想，我们什么时候得知的卢森堡？那地方有什么？

那里有股票交易所、银行、欧洲议会、欧洲原子能共同体——

欧洲原子能共同体！

问题：狄克斯坦消失了——他可能到什么地方去呢？

不知道。

不过，我们知道他认识的什么人吗？

只有牛津的阿什福德教授——

牛津！

罗斯托夫的方法是搜出只鳞片爪的信息——什么都算，无论多么不起眼——以便接近目标。

麻烦的是，他们似乎用尽了所掌握的全部零零碎碎的情报。

哈桑想，我得另辟蹊径。我能办成任何事情。

他绞尽脑汁回忆着从他们在牛津同窗以来的一切往事。狄克斯坦曾经打过仗，他下棋，他的服装破旧——

他有母亲。

可她已经过世。

哈桑从来没有遇到过他的兄弟姐妹，任何亲戚。他们当年就不算亲密，何况如今又时隔多年。

然而，毕竟有一个人可能对狄克斯坦有所了解，那就是阿什福德教授。

于是，亚斯夫·哈桑在绝望之中又回到了牛津。

一路之上，从开罗起航的飞机上、从伦敦机场到帕丁顿火车站的出租车上、在开往牛津的火车上、在驶向河边那栋绿白相间的小房子的出租车上，他都在琢磨着阿什福德。说实在的，他看不起这位教授。教授年轻的时候或许是个冒险家，可是后来变成了一个懦弱的老者，政治上半瓶醋，一个连老婆都看不住的书呆子。一个戴绿帽子的人是得不到别人尊敬的——而英国人却不这样看待，这只能增加哈桑的轻蔑。

他对阿什福德的弱点忧心忡忡，出于对亦生亦友的狄克斯坦的不二情谊，可能会使教授误入彀中。

他想不好该不该端出狄克斯坦是犹太人这一事实。早在他在牛津读书的时代，他就知道，英国的上层社会是最能容忍排犹观念的，私下里仍然反对犹太人的伦敦俱乐部都在西区，而不在东区。但阿什福德在那里是个例外。他热爱中东，而这种亲阿拉伯的姿态在动机上是伦理学而非种族的。不，那条途径是走不通的。

最终，他决定单刀直入：告诉阿什福德他为什么想找到狄克斯坦，并希望阿什福德肯于出自同样的理由助他一臂之力。

他们握手并倒了雪莉酒之后，就在花园里就座，这时，阿什福德说："什么风把你这么快就又吹回到英国来了？"

哈桑说出了实情："我在跟踪纳特·狄克斯坦。"

他俩坐在花园里河边树荫下由篱栅隔开的小角落里，多年前，哈桑就是在那里亲吻了漂亮的艾拉。那个角落遮蔽着十月的凉风，还有点秋日的阳光温暖着他们。

阿什福德警觉又谨慎，他面无表情："我觉得你最好告诉我是怎么回事。"

哈桑注意到，在这个夏季里，阿什福德实际上有些时髦了。他修饰了面颊两侧的胡须，让乱糟糟的头发边缘长长了些，还穿上了粗斜纹布的牛仔裤，扎了宽皮带，外罩的仍是旧的花格呢上衣。

"我要跟你说。"哈桑说道，感觉很有些尴尬，换了罗斯托夫会更加巧妙的。"不过我得要你保证，不再向别人传播。"

"同意。"

"狄克斯坦是一名以色列间谍。"

阿什福德的眼睛眯了起来，不过没有吱声。

哈桑深入下去："犹太复国主义者计划制造核弹，但他们没有钚。他们需要秘密供应的铀来填充他们的反应堆，以便生产钚。狄克斯坦的任务是窃取铀，而我的工作则是找到他并且制止他。我想让你帮我一把。"

阿什福德盯着他的雪利酒，然后一饮而尽。"这个命题有两个问题。"他这样说着，哈桑意识到阿什福德准备将这件事当作学术问题来探讨，这是心有余悸的学术式的典型防卫。"一个是我能否提供帮助，另一个是我该不该这么做。我认为，后一个是前提，反正从道义上说是如此。"

哈桑自忖：我可以抓着你的脖子，把你提起来，摇晃你。也许我能么做，至少是比喻一下。他说："你当然应该。你相信我们的事业。"

"没有那么简单。要求我的是干预两个民族的竞争，而双方都是我的朋友。"

"可是只有一方是正义的。"

"因此，我应该帮助正义的一方——而背叛非正义的一方咯？"

"当然啦。"

"在这件事上没什么'当然'……假如你一旦找到了狄克斯坦，你会怎么办呢？"

"我在为埃及情报机构工作，教授。而我忠于的是——而且，我相信，你也一样——巴勒斯坦。"

阿什福德拒不上钩。"说下去。"他保持着不偏不倚的态度说。

"我得弄清狄克斯坦计划窃取这批铀的确切时间和地点。"哈桑迟疑地说，"突击队要赶在狄克斯坦下手之前到达那里。"

阿什福德的眼睛一亮。"我的天。"他说，"妙极了。"

哈桑心想，他就要到位了。他既害怕又激动："对你来说忠于巴勒斯坦很容易，不过是在牛津这儿做做演讲，参加一下会议。而对我们这些要在外面为祖国而战的人们来说，就要困难多了。我到这里来要求你做些关乎你的政治的具体事情，决定你的理想有没有意义。这就是你和我要弄明白，阿拉伯的事业对你而言是不是超出了一个浪漫概念而已。这是考验啊，教授。"

阿什福德说："也许你是对的。"

而哈桑却想：我拿住你了。

苏莎决定告诉她父亲，她跟狄克斯坦恋爱了。

起初，连她自己都拿不准是不是动了真情。他俩在伦敦共同度过的几天是狂热、幸福和爱恋的，但事后她意识到那些情感可能是一时兴之所至。她打好主意先不做决定。她将以平常心来对待，静观事态的终局。

在新加坡发生的一件事使她改变了想法。该次航行的两位男乘务员是同性恋，只占用分配给他们的两间宾馆房间的一间，这样机组就能使用空出的那间举行聚会。在聚会的时候，驾驶员对苏莎调情。那人是个金发男子，笑口常开、态度安详、骨架清秀，还有些令人愉悦的奇特的幽默感。女乘务员们一致认为他是个浪荡哥儿。通常，苏莎会不假思索地跟他上床。可是她拒绝了，这让所有的同事都感到吃惊。她过后反思，决定再也不能有求必应了。她已经抛弃了那一套观念。她所想要的只是纳撒尼尔。就像是……有点像五年以前第二个甲壳虫歌集问世的时候，她翻遍了她的埃尔维斯、罗伊·奥比森和埃佛利兄弟的录音存货，意识到那些熟悉的老曲调已经听得太多，对她已经失去了吸引力，不想再放送了，如今她需要的是更高档次的音乐。嗯，有点像那种感觉，只是还要更丰富些。

狄克斯坦的来信是定音的一锤。那封信天晓得是在哪里写的，反正是在巴黎的欧利机场投递的。他的字体小而工整，g和y两个字母的弯笔写得有些别扭，他把自己的心血投入到每一笔一画当中，一个平素沉默寡言的汉子写出这样的信就益发沁人肺腑。她读信的时候，热泪盈眶了。

她巴望自己能够想出一种方式向她父亲说清这一切。

她知道他不赞成以色列人。狄克斯坦是个老学生，她父亲真心诚意地高兴见到他，而且准备忽略这个老学生站在敌对一方的事实。可是，如今她打算让狄克斯坦成为她生活的长期伴侣，家庭的一员。他在信中说"我想要的是永远"，而苏莎想迫不及待地告诉他："啊，是的；我也这样想。"

她认为中东的双方都不对。难民的出逃是不公和可怜的，不过她认为他们应该定居下来，创建自己的新家园。这么做虽然困难，但总比打仗容易，而且她不推崇这么多阿拉伯人觉得不可抗拒的大喜大悲的英雄行为。另一方面，整个的该死的混乱局面显然要归咎于犹太复国主义分子，是他们夺取了原本属于别人的国家。这样的愤世嫉俗的观点对她父亲毫无影响，他看到的是一方正确、一方错误，他妻子的漂亮的阴灵恰恰是在正确的一方。

这对他是艰难的抉择。她早已粉碎了他挽着身穿白色婚纱的女儿走在廊道上的梦想，不过他仍偶尔谈及她定居下来给他生个外孙女的话题。这个外孙竟然是以色列裔对他会是个沉重的打击。

苏莎进家门的时候心想，话说回来，这就是做家长的价值。她叫道："爸，我回来了。"一边脱下大衣，放下她的飞行箱。没有回应，但他的公文包放在前厅：他一准是在花园里。她把水壶坐到火上，走出厨房，下坡前往河边，脑子里还在选词择句，如何把她的新闻告诉他。或许她该从这次航行谈起，再慢慢绕到……

她在走近篱墙时，听到了说话的声音。

"而你打算拿他怎么办呢？"是她父亲的语音。

苏莎停住了脚步，想不好该不该打扰他们。

"只是跟踪他。"另一个声音说，听着陌生，"当然，狄克斯坦不到事后是不该被杀死的。"

她用手捂住嘴，堵住自己的失声惊叫。随后，她惊骇不已地转身，轻手轻脚地跑回房子。

"那好吧。"阿什福德教授说，"按照我们权且称作罗斯托夫的方法，咱们来回忆回忆我们所了解的与狄克斯坦相关的一切。"

哈桑想着，随你怎么做，但是看在真主的份上，拿出点什么就好。

阿什福德继续说："他出生在伦敦东区。他幼时父亲就去世了。母亲怎么样了？"

"根据我们的档案，她也不在了。"

"啊。嗯，他在战争的中期——我想是在1943年吧，参了军。反正他赶上了攻打西西里那阵子。不久之后，大约在进军到意大利国土的一半的时候，他被俘了。我记不得地点了。有谣传说——我肯定，你记得这件事——他身为犹太人，在集中营吃尽了苦头。战后，他来到了这里。他……"

"西西里。"哈桑插口说。

"怎么？"

"在他的档案里，提到了西西里。据推测，他参与了一船枪械的劫案。那些枪械是我们的人从西西里的一伙匪徒手里买下的。"

"要是相信我们在报纸上读到的新闻的话，"阿什福德说，"在西西里只有一伙匪徒。"

哈桑接口说："我们的人怀疑，劫持枪械的人用提成的方式贿赂了西西里的那些家伙。"

"是不是在西西里他救了那人一命？"

哈桑不明白阿什福德所说的话。他控制着自己的急迫，想到：让他扯下去吧——这是想好的整个方案。"他救过什么人的一命吗？"

"那个美国人。你记得吗？我永远不会忘记的。狄克斯坦把那个人带到了这里。一个相当粗俗的美国大兵。就在这栋房子里，他给我原原本本地讲了那个故事。现在我们到达了一些目标了。你见过那个人的，那天你也在这儿嘛，还记得吗？"

"我不能说我还记得。"哈桑咕哝着说。他有些发窘，他当时大概正在厨房里引诱艾拉呢。

"这事……还没法确定。"阿什福德说。他凝视着潺潺流淌的溪水，回想着二十年前的情景，他的面孔一时因悲伤而阴沉了下来，仿佛他想起了妻子。随后，他说："当时我们师生欢聚一堂，大概是边饮着雪莉酒，边议论着无聊的音乐或存在主义，这时进来了一个大兵，开始谈起狙击手、坦克车和流血、死亡什么的。那真是当头一盆冷水，所以我才如此记忆犹新。他说他家祖籍西西里，他的表亲们在那次救命事件之后还款待了狄克斯坦。你刚才说一伙西西里匪徒在那次一船枪械的劫案中拿了狄克斯坦的提成？"

"只是可能而已。"

"也许他不需要向他们行贿。"

哈桑摇了摇头。这是情报，是罗斯托夫好像总能够从中获得什么的那种鸡毛蒜皮的小事。可是他该怎么运用呢？"我看不出来这一切对我们有什么用处。"他说，"多年前狄克斯坦的那次劫夺怎么会和黑手党发生联系呢？"

"黑手党。"阿什福德说，"这正是我搜寻的字眼。而那个美国人的姓名是科顿——托尼·科顿——不，是阿尔·科顿，从布法罗来的。我告诉你，我记得一切细节。"

"可是联系呢？"哈桑急不可耐地说。

阿什福德耸了耸肩。"这很简单。从前狄克斯坦曾经利用他和科顿的关系拜望了西西里的黑手党，请他们帮忙在地中海进行一次海盗勾当。你知道，人们会重复年轻时的做法，他可能再做一次同样的事情。"

哈桑开窍了：恍然大悟之后是希望大增。尽管是远距离的一种猜测，却自有道理，机会是真实的，他或许就此得以再次抓住狄克斯坦。阿什福德看上去颇为自得："这是推理思维的一则佳例——但愿我能加上注释之后公之于众。"

"我说不好。"哈桑渴望地说，"我说不好。"

"有点凉下来了，咱们进屋吧。"

他们上坡走进花园时，哈桑掠过一个想法，他还没有学到罗斯托夫的地步，他只是在阿什福德身上找到了他的影子。或许他先前引以为荣的独立自主从此一去不复返了。其中有些不那么硬气的东西。他不清楚别的突击队员是否会有同感，是否因此才转而如此嗜血。

阿什福德说："麻烦在于，我认为科顿无论知道什么，都会对你守口如瓶的。"

"他会跟你说吗？"

"他凭什么要跟我说？他恐怕不记得我了。我说，要是艾拉还健在，她也许会去见他，告诉他一些事……"

"嗯……"哈桑宁愿在谈话中不提及艾拉，"我只好自己去试试啦。"

他们进了屋。走进厨房，他们看见了苏莎，随后他们交换了一下眼色，知道他们找到答案了。

两个男人走进屋门的一刻，苏莎几乎说服了自己：她在花园里以为听到他们要加害纳特·狄克斯坦，是弄错了。那不可能是真的：花园、小河、秋阳，一位教授和他的客人……这里没有谋杀的存身之地，整个念头都是不着边际的，就像撒哈拉大沙漠里出现了北极熊。况且，他的错判还有很好的心理解释：她准备告诉她父亲，她爱上了狄克斯坦，却担心父亲的反应。弗洛伊德可能会预见，在这种情况下，她完全会幻想出她父亲要杀死她的恋人。

因为她近乎相信了这样的推理，她就能对他们微微一笑，并且说："谁想要咖啡？我刚刚煮好的。"

她父亲亲吻了她的面颊："我还不知道你回来了呢，我亲爱的。"

"我刚进门，正想出去找你呢。"我为什么要撒这样的谎呢？

"你不认识亚斯夫·哈桑——你还挺小的时候，他是我的一名学生。"

哈桑吻了她的手，用认识艾拉的人们的那种目光瞪着她。"你跟你母亲一丝不差的漂亮。"他说，他的语气中毫无调情和谄媚，听起来只是惊讶。

她父亲说："亚斯夫几个月以前到过这里，就在他的一个同学——纳特·狄克斯坦来拜访我们之后不久。我想你是见过狄克斯坦的，不过，亚斯夫来的时候，你出去了。"

"这其中有什么联——联系吗？"她问，心中责备自己在说到最后一个字眼时口吃了一下。

两个男人对视了一眼，她父亲说："其实，是有联系的。"

这时候，她知道那是真的了，她没有听错，他们当真要除掉她有生以来唯一爱上的男人。她感到就要流泪了，要是一哭可就太危险了，于是转过身去准备起杯盘。

"我想让你做一件事，我亲爱的。"她父亲说，"一件十分重要的事情，念及你母亲的份上。坐下吧。"

她心想，请别再说了，这已经够糟的了。

她深吸了一口气，转过身来，面对着她父亲坐下了。

他说："我想让你帮助这位亚斯夫找到狄克斯坦。"

从这一刻起，她就恨上她父亲了。她当时就突然本能地想到：他对她的爱是欺骗性的，他从来没把她看作一个人，他就像利用她母亲那样利用她。她再也不会照看他、伺候他；她再也不会为他的感受操心，不会去想他是不是感到孤独、他需要什么……她明白过来，与她血肉相亲、心怀同样愤恨的母亲，早就在某一时刻认识到了这一点，如今她要做艾拉做过的事情：鄙视他。

阿什福德接着说："在美国有一个人可能知道狄克斯坦在哪儿。我想让你跟亚斯夫一起到那儿去，问问那个人。"

她未吱一声。哈桑以为她的茫然是没听明白，就开始解释："你要知道，这个狄克斯坦是一名以色列间谍，跟我们的人民作对。我们得制止他。科顿——在布法罗的那个人——可能正在给他帮忙，果真如此的话，他就不会帮助我们。但是他会记得你母亲，因此可能跟你合作。你可以告诉他，你和狄克斯坦是恋人。"

"哈—哈！"苏莎的大笑有点歇斯底里，她希望他们会误解她发笑的理由。她控制住自己，身体保持着一动不动，面无表情，一声不吭，这时他们跟她讲了黄饼、登上阔帕列里号的人、斯特罗姆堡号上的无线电信标、马赫莫德及其劫持计划等相关情况，以及这一切对巴勒斯坦解放事业有多大意义。最后，她依旧沉默不语，她不必再装假了。

她父亲最后说："如此说来，我亲爱的，你肯帮忙吗？你愿意干吗？"

她以一种连她自己都感到吃惊的努力，对他们做出了一副飞行小姐的灿烂的微笑，从凳子上站起身，说道："在这样的一次行程中要有许多安排，是吧？我要在洗浴时好好想想。"

她走了出去。

她锁上门，将自己与他们隔开，躺在浴缸的热水里，一切都渐渐地沉了进去。

原来这就是纳撒尼尔能够再见她之前要做的事：偷一条船。他曾经告诉她，那以后的十年、十五年，他都不会让她离开他的眼前……或许那意味着他能够放弃这种工作了。

不过，当然，他的计划的每一步都不会成功，因为他的敌人已经掌握了全部情况。苏联人计划撞纳特的船，而哈桑打算抢先盗船，并伏击纳特。无论使用哪种手段，狄克斯坦都处于危险之中，任何一种方法都是想毁灭他，而苏莎能够事先警告他。

她要是知道他在哪里就好了。

楼下的那两个人多么不了解她啊！哈桑就像一口阿拉伯沙文主义公猪一样，以为她会唯命是从。她父亲则认为她会站在巴勒斯坦一边，因为他是这个家庭的主心骨，而他是支持巴勒斯坦的。他从来不晓得他女儿心中的想法，在这方面，他过去也是同样对待他妻子的。艾拉总能欺骗他，他从来都没怀疑过她并非她看上去的那样。

当苏莎想好她该如何做的时候，她又一次感到恐惧了。

毕竟还是有一条路，她可以找到纳撒尼尔并且警告他。

她会不会使事情更糟呢？要想亲自找到他，她就得把他们引向他。

可是，即使哈桑找不到他，纳特依然处于来自苏联人的危险之中。

而如果他事先得到警告，他就能够逃避两方面的危险。

也许，她可以在实际上接近纳特之前，就用什么办法甩掉哈桑。

要是换一种方式呢？等待，就像什么都没发生一样拖下去，指望那个可能永远不会打来的电话……她意识到，一方面是她想再次见到狄克斯坦的愿望使她这样想，另一方面是她担心劫船之后他可能会死，这就成了她最后见他一面的机会。不过也有好的理由，她什么事都不做可能会有助于挫败哈桑的阴谋。

她做出了决定。她要假装与哈桑合作，这样就可以找到纳撒尼尔了。

她特别高兴。她虽然身陷罗缍，却感到自由；她在服从父亲，却感到她最终会使他落空；好也罢，坏也罢，反正她将自己交托给纳撒尼尔了。

她同时也非常非常害怕。

她从浴缸里出来，擦干身体，穿好衣服，下楼去告诉他们这个好消息。

1968年11月16日凌晨四点，阔帕列里号从荷兰沿海的弗里辛根启程，港口的一位领航员登船导引着该船穿过西菲尔德的航道驶往安特卫普。四个小时之后，在港湾的入口处，又上来另一名领航员指引该船穿过码头。船从主港行经罗伊尔斯闸道，沿苏伊士运河和西伯利亚桥下，驶入卡吞迪克码头，在那里抛锚停泊。

纳特·狄克斯坦在观察。当他看到船只徐徐滑进，并辨出舷侧的船名阔帕列里，想到成桶的黄饼很快就会装满统舱的时候，心里被一种最为独特的感受所左右，就如同他看到苏莎的裸体一样……是啊，简直是情欲。

他把视线从42号泊位转向几乎延伸到码头尽头的铁路线。此刻线路上正有一列火车，车头后面挂着十一节车厢。其中的十节各载着五十一个二百公升容量的大桶，桶口有铅封，侧面打印着铅酸盐的字样，第十一节车厢上只载有五十桶。他离那些桶、那些铀多近啊，他可以走过去触摸那些货车车厢——他清晨时曾经这样做过，当时心想，由一股以色列的突击队员手持刀斧袭击这里，就这么干脆地把东西偷走，是不是太可怕了。

阔帕列里号的航程计划是快速返回。港口当局得到保证，黄饼会安全递交，但他们依旧不想让那玩意在他们的港口里哪怕多耽搁一分钟。近旁有一台起重机准备将桶装的货装到船上。

然而，在开始装载之前，还有手续要办。

狄克斯坦看到的第一个上船的是海运公司的人。他要给领航员发酬金，并从船长拿到水手名单由港口警方确认。

第二个上船的是约瑟夫·科恩。他来此是处理海关关系的：他会给船长一瓶威士忌，坐下来和他及海运公司的官员们喝上一杯。他还有一叠免费饮酒券，可以享用城里最好的夜总会备下的酒水，由船长发给船上的官员。而且他还要弄清船上工程师的姓名。狄克斯坦事先建议他通过要求查看船员名单，然后按照名单给每个官员发免费券的办法来完成此举。

无论他决定采用什么办法，他反正成功了。他离船走过码头回到他的办事处的时候，经过了狄克斯坦身边，他脚不停步，只是低声说："工程师名叫撒尼。"

直到下午，起重机才开始工作，码头工忙着把桶装进阔帕列里号的三个货舱。那些桶每次只能移动一只，在船舱里每只桶的周围还要垫上木头隔开。不出所料，当天没有装完货。

晚上，狄克斯坦来到了城里的那家最好的夜总会。坐在吧台旁边、靠近电话的是一位令人惊艳的三十岁上下的女子，她长着一头黑发和一张贵族式的长脸，露出略带高贵的表情。她身穿一件优雅的黑色衣裙，充分凸显出她的迷人的大腿和高耸的圆乳。狄克斯坦难以觉察地对她点了下头，但是并没有搭话。

他坐在一个角落里，手捧着一杯啤酒，期盼着船员们会到来。他们一定会来的。哪个海员会拒绝不花钱的酒水呢？

是啊。

夜总会开始上座了。那个黑裙女子有两次受到邀约，但她都拒绝了，这就造成了一种效果，她不是引人上钩的。九点钟的时候，狄克斯坦出去到了大堂，给科恩打了电话。按照事先的约定，科恩已经找借口给阔帕列里号的船长打过电话。此时他告诉狄克斯坦他发现的情况：除去两个人，船上所有的官员都在使用免费券。那两个例外是忙于处理文件的船长本人，和感冒头疼的无线电员——他们在加的夫时，由于拉尔斯折断了腿而雇用的一个新人。

狄克斯坦这时拨了他所在的夜总会的电话号码。他要求和撒尼先生通话，据他所知，那位先生应该在酒吧。他等候的时候，能听到吧台的人叫喊撒尼的名字：这叫声有两种途径传到他这里，一个是直接从吧台，另一个是通过几英里长的电话线。最终他从电话里听到一个声音说："喂？喂？这里是撒尼。有人在听电话吗？喂？"

狄克斯坦挂断了电话，快步走回酒吧。他远远看到吧台上放置的电话。那个穿黑衣裙的女子正在和一个三十多岁的晒得黑黑的高个子金发男人说话，狄克斯坦当天早些时候曾经在码头上见到过他。那就是撒尼了。

那女人朝着撒尼微笑着。笑容很甜美，是那种使任何男人都要回眸的笑容：温热的红唇，微露的皓齿，伴随着倦怠似的半睁的一双星眼，真是摄人魂魄，看上去完全不像是在镜子前面演练过千百次的成绩。

狄克斯坦人迷地盯着看。他一点不懂这类手段如何卓有成效——男人如何勾引女人、女人如何勾引男人的一套。他更不明白一个女人如何引诱男人，却让那男人相信是他在引对方上钩。

看来，撒尼自有其魅力。他也对她微笑，含有调皮男孩式的一笑，这一笑使他看上去年轻了十岁。他对她说了些什么，她又露出了笑容。他迟疑着，仿佛想再说些什么，又一时想不出说什么才好，随后，他转过身要走，让狄克斯坦心里一惊。

那女人自知如何应对：狄克斯坦用不着担忧。她碰了碰撒尼的夹克衫袖子，他就回到了她面前。她手中突然出现了一支香烟。撒尼翻着衣兜寻找火柴。他显然不抽烟。狄克斯坦心里沉吟了一声。那女人从放在她跟前的吧台上她的过夜手袋中掏出一只打火机，递给了撒尼。他为她点着了香烟。

狄克斯坦不能走开，也不能从远处观察，否则他会精神崩溃的。他只能聆听。他一路穿过吧台，站到了面对那女子的撒尼的身后。狄克斯坦又要了一杯啤酒。

那女子的话音热情又富于吸引力。狄克斯坦原本就听过的，可她此时却派上了用场。有些女人具有卧室的眼神，而她有的是卧室的话音。

撒尼在说："我常遇到这种事。"

"电话吗？"那女子说道。

撒尼点点头："女人的麻烦。我痛恨女人。我这一辈子，女人给我造成了痛苦和不幸。我巴不得自己是个同性恋者呢。"

狄克斯坦大吃一惊。他在说些什么？他的话当真吗？他再设法把她打发走吗？

她说："你为什么没有成为同性恋呢？"

"我不喜欢男人。"

"那就当修士吧。"

"哎，你要知道，我还有麻烦，我有贪得无厌的性欲。我往往成天躺着，时常一夜好几次地干。这是我的一大问题。你想再喝一杯吗？"

啊。这只是闲聊。他是怎么想出来的？狄克斯坦判断，海员们一向都这样干，他们把性生活变成艺术了。

事情就这样进展着。狄克斯坦不得不佩服那女子牵着撒尼的鼻子走的能力，同时却让他觉得是自己掌握着主动。她告诉他，她只在安特卫普逗留一夜，还让他知道她在一座上等旅馆里有个房间。随后，他说他们得来一瓶香槟，可惜夜总会里出售的香槟不够格，不如他们到别处去，比如说，去一个旅馆，她的旅馆就可一试。

舞池的表演开始时，他们离开了。狄克斯坦满心高兴：到此为止，一切顺利。他观看了十分钟一排姑娘踢着大腿，然后就走了出去。

他叫了一辆出租车前往旅馆，上楼来到房间。他站在靠近通向隔壁的互通门边。他听到那女子咯咯的笑声和撒尼的低语声。

狄克斯坦坐到床上，检查着瓦斯筒。他迅速地打开又关上，在面具上让香甜气味猛地一喷。他干这种事不费吹灰之力。但他不清楚得用多大的力气吸气才能奏效。他来不及恰到好处地试用了。

隔壁房间里的动静加大了，狄克斯坦开始感到尴尬。他不知道撒尼的良知如何。他会不会在跟那女子完事之后就急于回到船上去呢？那可就不妙了。那就意味着在旅馆走廊里要有一场打斗——既不专业，又很冒险。

狄克斯坦等候着，心情紧张、窘迫，又焦虑。那女子精通她的行当。她知道狄克斯坦想让撒尼在事后入睡，就尽量把他累垮。这种努力似乎费时无尽。

到她敲击互通门的时候，已经过了半夜两点了。暗号是：三声慢敲表示他在睡觉，而六声快敲表示他要走了。

她慢慢地敲了三下。

狄克斯坦打开了互通门，一只手拿着瓦斯筒，另一只手握着面具，轻手轻脚地溜进了隔壁房间。

撒尼赤身裸体地仰卧在床，一头金发乱糟糟的，嘴大张着，双眼紧闭。他的躯体看起来很健壮。狄克斯坦凑到跟前，静听着他的呼吸。他吸进一口气，然后喷出来——这时，就在他再次吸气的时候，狄克斯坦拧开阀门，把面具罩到那个熟睡的男人的口鼻之上。

撒尼大睁开眼睛。狄克斯坦使劲按住面具。撒尼喘了半口气，眼睛便显出不省人事了。撒尼的呼吸变成了喘粗气，他动转着头部，未能推开狄克斯坦的紧握，便开始猛烈摇摆。狄克斯坦用一只臂肘压住那海员的胸部，心想：天啊，这可太慢了点！

撒尼吐出一口气。他目光中的困惑变成了惊恐。他又猛吸了一口气，准备尽力挣扎。狄克斯坦想叫那女子过来帮忙按住撒尼，但第二次吸进使他无能为力了，他的挣扎明显地减弱了，眼皮眨了眨，就闭上了，到他把第二次药剂全部吸收后，就昏昏入睡了。

总共用了差不多三秒钟。狄克斯坦松开了手。撒尼大概一点都不会记得了。狄克斯坦为保险起见又给他加了一些剂量，然后站起身。

他看着那女子。她全身赤裸着，只穿着鞋、长袜和吊袜带。她的样子十分迷人。她看到了他的目光，便张开了双臂，表示出主动：愿意为你效劳，先生。狄克斯坦带着半心半意的歉意的微笑着摇了摇头。

他坐在床边的椅子上看着她穿戴起来：紧凑的短衬裤、柔软的乳罩、首饰、衣裙、外衣、手袋。她走到他跟前，他给了她八千荷兰盾。她吻了他的面颊，然后又吻了纸币。她二话没说就走了出去。

狄克斯坦走到窗前。几分钟之后，他看到了她的跑车前灯经过旅馆正门，驶回阿姆斯特丹。

他重新坐下来等待着。过了一会儿，他开始感到睡意。他回到隔壁的卧室，要了送进房间的一杯咖啡。

天亮之后，科恩打来电话说，阔帕列里号的大副在安特卫普的酒吧、妓院、下等旅馆里四处寻找他们船上的工程师。

十二点半，科恩又来了电话。船长给他打电话说，货已全部装完，可是他没有工程师了。科恩当即回答："船长，今天你走运呢。"

两点半时，科恩来电话说，他已经看到迪特尔·科什肩挎工具袋登上了阔帕列里号。

每当撒尼露出苏醒的迹象时，狄克斯坦就给他再加些剂量。他在第二天清晨六点时，加了最后一次药，然后就付掉两个房间的租金，扬长而去。

　　撒尼终于醒明白时，发现跟他睡觉的那个女子已经不辞而别。他还觉得肚子饿得难受。

　　整个上午，他发现自己不像想象的那样睡了一夜，而是睡了两夜和中间的一天。

　　他本能地在脑海深处想到，有什么重大的事情他想不起来了，但他永远发现不了在那失去的二十四小时里，他身上出了什么事。

　　与此同时，在1968年11月17日星期天，阔帕列里号起锚远航了。

第十四章

苏莎要做的事就是给所有的以色列大使馆打电话，给纳特·狄克斯坦留下口信。

她是在告诉她父亲她会帮助哈桑的一小时之后想到这个主意的。当时她正在打点行装，马上就拿起她卧室的电话，向询问处打听电话号码。可是她父亲进来问她给谁打电话。她说是给机场，他说，他会关照这事的。

后来，她不断地寻找机会偷打电话，可始终没有机会。哈桑如影随形，片刻不离她的左右。他们驾车前往机场，搭上飞机，在肯尼迪机场换乘飞往布法罗的航班，然后直抵科顿的住所。

行程中她渐渐讨厌亚斯夫·哈桑了。他喋喋不休地空泛吹嘘他为突击队做的事情；他油滑地扮着笑脸，还把手放到她的膝头；他暗示说他和艾拉超过了朋友关系，而且他愿意跟苏莎也超过朋友关系。她告诉他，没有妇女的解放就不会有巴勒斯坦的解放，而且阿拉伯的男人应该学会区分男人气概和猪猡行为。这番话让他闭上了嘴。

他们在寻找科顿的地址时费了些周折——苏莎有些巴望会找不到——但他们最后总算遇到了一个出租车司机认识那栋宅子。苏莎下了车，哈桑在路上相距半英里的地方等候。

住宅很大，四面围着高墙，门口站着守卫。苏莎说她想见科顿，她是纳特·狄克斯坦的朋友。

她为应该跟科顿说些什么很动了一番脑筋：她要不要把全部还是部分真相告诉他呢？就算他知道或者能够找到狄克斯坦，他为什么要告诉她呢？她应该说狄克斯坦有危险，她得找到他，警告他。科顿凭什么要相信她呢？她可以迷住他，她熟谙怎么搞定那个年龄段的男人——但他依旧会疑窦丛生。

她想向科顿解释清楚全部情况：她在寻找纳特以便警告他，但是她也被他的敌人用来把他们引向他，哈桑就在半英里外的公路上的出租车里等着她。可是这样一来，他当然永远不肯告诉她任何情况了。

她发现把这一切都想明白实在困难。其中包含有太多的你来我往的欺诈。而她是如此渴望见到纳撒尼尔，当面亲口跟他说。

她还没想好怎么说的时候，门卫给他打开了大门，然后引领她上坡走在碎石车道上来到住宅门口。这地方很漂亮，但有些颓废，仿佛装饰师已然过度地装点之后，房主又按照自己的意愿增添不少费钱的零碎。院里看起来有许多仆人。其中一个带着苏莎上了楼梯，告诉她科顿先生正在他的卧室里吃迟开的早餐。

她走进去时，科顿正坐在一张小餐桌前埋头吃着面前的鸡蛋和家制炸货。他是个胖子，头顶秃光了。苏莎完全不记得他当年访问牛津时的样子，不过，他肯定与那时候判若两人了。

他瞥了她一眼，然后站得笔直，脸上露出了恐怖的表情，叫道："你应该老得多吧！"跟着，他咽下的早餐呛了他一下，开始唾沫飞溅地咳嗽起来。

那名仆人从身后抓住了苏莎的胳膊，紧得让她生疼，随后松开了她，过去给科顿捶背。"你做了什么？"他冲她嚷着，"看在耶稣的份上，你做了什么？"

这么一闹反倒出奇地帮她镇定了下来。她不可能反过来被一个她吓坏的人吓慌的。她趁着信心而上，坐到他的桌旁，给自己倒了一杯咖啡。科顿止住了咳嗽以后，她说："她是我母亲。"

"我的天啊。"科顿说。他又咳了最后一声，便挥手让仆人退下，自己重新坐好。"你太像她了，见鬼，你吓得我半死。"他拧紧眉毛，回忆着，"退回到，嗯，1947年，你大概四五岁吧？"

"没错。"

"我记得你，当年头发上扎了一条缎带。如今你跟纳特凑在一起了。"

她说："这么说，他来过这里了。"她高兴得心跳加速了。

"也许吧。"科顿说。他的友善态度消失了。她明白，他不是那么容易被控制的。

她说："我想知道他在哪儿。"

"而我想知道谁打发你来这儿的。"

"没人派我来。"苏莎整理着思路，竭力隐藏起自己的紧张，"我猜想他来过这里找你帮忙……他正在进行的一个项目。现在的情况是，阿拉伯人知道了，他们要杀死他，而我必须警告他……请你，如果你知道他在哪里，请你务必帮帮我。"

她的泪水突然要涌出来了，但科顿却无动于衷。"帮帮你很容易。"他说，"可是要信任你就难了。"他抽出一支雪茄，点着了，以便从容思考。她极度不安地观察着他。他把目光从她身上移开，几乎自言自语地说起话来："你知道，有一段时间，我只要看准目标就抓住它。现在不那么简单了。我遇到了这么多的复杂问题。我得做出抉择，而其中没有一个是我真正想要的。我也说不上现在的事情就是如此呢，还是我自己的缘故。"

他转过头来重新面对着她。"我欠了狄克斯坦这条命。要是你告诉我的是真的，我现在就有机会救他的性命了。这是一种人情债。我必须得亲自偿还。这么说，我做什么呢？"他停了下来。

苏莎屏住了呼吸。

"狄克斯坦在地中海一带的一栋废弃的破房子里。那房子毁弃多年没人住了，所以那儿没有电话。我可以送个口信过去，可我没把握准能到他手里，况且我说过，我得亲自做这件事。"

他吸了一口雪茄："我可以告诉你到哪儿去找他，可是你可能把这消息传给不该传的人。我不会冒那个险的。"

"那怎么办呢？"苏莎撕破着嗓子说，"我们得帮他一把啊！"

"我知道。"科顿冷静地说，"所以我得亲自到那里跑一趟。"

"噢！"苏莎吃了一惊：这种可能性她万没想到。

"那你呢？"他接着说，"我不打算告诉你我去的地方，可是你依旧能弄到人跟踪我。从现在起我需要你紧紧跟随在我身边。咱们来面对这个现实吧，你可以玩两手。所以我要把你带在身边。"

她瞪着他看，紧张从她身上潮水般的退了出去。她一屁股坐进椅子。"噢，谢谢你。"她说了声，泪水终于流了下来。

他们坐的是飞机的头等舱。科顿一向如此。饭后，苏莎离开他去卫生间。她抱着侥幸的心理，透过垂帘看着经济舱，果然与她的希望相反：越过一排排的靠头椅背，哈桑那张疲倦的棕色面孔正盯着她。

她向走道看去，并跟乘务长压低声音说，她遇到了麻烦。她需要跟她的男友联系，可是她无法摆脱她的意大利父亲，他要她在二十一岁之前身穿铁短裤。他肯不肯打电话给罗马的以色列领馆，给一个叫纳撒尼尔·狄克斯坦的人留个话？就说，哈桑已经把什么都告诉我了，而且他正在跟我来找你。她给了那人打电话的钱，给得过多，算是付小费吧。他记下了口信，并且做了承诺。

她回到科顿身边，说了声"坏消息"。一个阿拉伯人在经济舱。他一准是在跟踪我们。

科顿骂了一声，随后告诉她别在意，那人不久就会得到关照的。

苏莎心想：噢，天啊，我做了什么？

狄克斯坦从悬崖上的大房子走下一条在石头上凿出来的长长的弯来绕去的台阶，来到海边。他溅着浅滩上的水，来到等候着的一条摩托艇旁，他跳进船，向驾船的人点了下头。

引擎吼叫着，破浪驶向大海。太阳刚刚落下。在最后的余晖中，云层在头上聚集，马上遮住了才露面的群星。狄克斯坦陷入沉思，搜索枯肠地想着他还没做的事情，谨防着可能遇到的危险，以及还来得及弥补的漏洞。他把他的计划想了一遍又一遍，如同一个人背诵着他要做的重要演讲词，总希望准备得更好。

斯特罗姆堡号的高大身影在前方隐隐显现，驾驶小艇的人在激起泡沫的弧线中调转船头，停靠在大船的一侧，那里有一架软梯垂到水里。狄克斯坦爬上软梯，来到甲板上。

船长握了他的手，并且做了自我介绍，跟斯特罗姆堡号这条船上所有的官员一样，他也是从以色列海军借来的。

他们在甲板上巡视了一周。狄克斯坦说："有什么问题吗，船长？"

"这条船不怎么样。"船长说，"船速很慢，机器又笨又旧。不过，我们已经把它调到了良好的状态。"

就狄克斯坦在暗光中所见，斯特罗姆堡号比停在安特卫普的它的姐妹船阔帕列里号的情况要好很多。这条船干干净净，甲板上的一切照航船的规矩安置得井井有条。

他们爬上舰桥，俯视着无线电室的强大装备，然后下到食堂，水手们正在结束他们的晚餐。这些普通水手与官员不同，全都是摩萨德的人员，多数人没有多少出海的经历。狄克斯坦曾经和其中的一些人共过事。据他观察，他们全都至少比他年轻十岁。他们个个目光明亮、身材健美，都穿着样式特殊的粗斜纹布服装和家做的毛衣，都是粗豪、幽默、训练有素的汉子。

狄克斯坦端起一杯咖啡，坐到一张桌旁。他的衔级远比他们要高，但在以色列军队中却不分上下，在摩萨德中尤其如此。桌旁的四个人跟他点头，打着招呼。一个在巴勒斯坦出生的以色列人，面孔黝黑、性情阴郁，名叫伊西，他说道："天气变化多端。"

"别说这个。我还打算在这次航程中晒黑点呢。"说话的人是个身材奇瘦、长着亚麻色头发的纽约人，名叫费因伯格，他长着骗人的姣好面容，睫毛长长的，连女人都会羡慕。把这次任务称作"航程"已经成为公认的玩笑。狄克斯坦在当天早些时候的简要报告中，曾经说阔帕列里号在遭到劫持的时候，几乎是一条该废弃的船了。"那条船一穿过直布罗陀海峡。"他告诉他们，"船上的引擎就会坏掉。损坏的严重程度到了无法在海上修理的地步。船长给船主们发电报说明了情况——而我们现在就是船主。出于显然的巧合，我们的另一条船刚好离得很近。那就是吉尔·汉米尔顿号，如今正停泊在这处港湾的对面。该船会驶向阔帕列里号，把工程师以外的全体海员都接走。之后，那条船就会消失在画面以外，驶向听候的下一站，阔帕列里号的船员就在那里下船，并且领到回家的火车费。"

他们当天有一整天的时间考虑他的报告，而狄克斯坦期待着他们提出问题。这时，列维·阿巴斯，一个矮小壮实的汉子——"块头就像坦克，长相也同样英俊"，费因伯格曾经这样形容他——向狄克斯坦问道："你没跟我们说，你怎么就那么肯定阔帕列里号会按照你的意图准时出毛病呢。"

"啊。"狄克斯坦吮着他的咖啡，"你认识海军情报局的迪特尔·科什吗？"

费因伯格认识他。

"他是阔帕列里号的工程师。"

阿巴斯点着头："这也就让我们知道了我们能够怎么修理阔帕列里号。我们知道毛病在哪儿。"

"不错。"

阿巴斯接着说："我们用漆压住阔帕列里号的船名，改成斯特罗姆堡号，更动航海日志，从原来的斯特罗姆堡号上撤下来，驾上改称为斯特罗姆堡号的阔帕列里号，载着货前往海法。可是为什么不在海上把一船货物换装到另一条船上呢？我们有几台起重机呢。"

"我原本也这么想过。"狄克斯坦说，"那样太冒险。我无法保证那样能办成，尤其是遇到坏天气。"

"如果持续有好天气，我们还可以那么做。"

"是啊，可我们如今有了一模一样的姐妹船，换船名比换装货要轻易嘛。"

伊西做出忧郁的样子，说："无论如何，好天气是不会持久的。"

桌旁的第四个人叫波鲁什，是个留着平头的小伙子，胸宽得像啤酒桶，他刚巧要娶阿巴斯的妹妹。他说："既然这活儿这么轻易，还招我们这些粗豪的伙计们来干吗？"

狄克斯坦说："过去的六个月里，我跑遍了全球各地来安排这件事。有那么一两次，我陷入了对方的人的跟踪——难免嘛。我认为他们并不知道我们要干些什么……但是，万一他们知道了，我们就会显示我们有多强横。"

一名官员拿着一纸文件进屋，朝狄克斯坦走来。"从特拉维夫来的电报，长官。阔帕列里号刚刚穿过直布罗陀海峡。"

"这就好了。"狄克斯坦站起身说，"我们一早起航。"

苏莎·阿什福德和阿尔·科顿在罗马换机，并于早晨抵达西西里。科顿的两位表亲在机场迎候他。他们争论了好长时间，虽不是针锋相对，却激动得高声吵嚷。苏莎听不确切他们快速的对话，但是她弄明白了，表亲们想陪伴科顿，但他却坚持这是他非得亲自出马不可的事情，因为这是一份人情债。

看来科顿争赢了。他们在没有表亲的情况下，驾驶着一辆白色的大型菲亚特，离开了机场。苏莎开车，科顿指点着她驶上滨海公路。她上百次地在脑海里反复预演着和纳撒尼尔重逢的场面：她看着他那瘦小的棱角分明的身材；他抬起头来，认出了她，脸上绽出了欣喜的笑容；她扑向他；他们伸出手臂拥抱在一起；他把她搂得紧得生疼；她说："噢，我爱你。"并且亲吻着他的面颊、他的鼻子、他的嘴唇……可是她还怀着负罪感和恐惧感，还有另一个场面，她想得较少，那是他板着面孔说："见鬼，你到底想在这里做什么？"

这有点像那次圣诞夜她表现不好，惹得她妈妈生气，告诉她圣诞老人会在她的圣诞袜中放石头，而不是放玩具和糖果。她不知道该不该相信这番话，就这样睁眼躺了一宿，颠倒着时而期盼、时而畏惧地直到天亮。

她转过头去看旁边座位上的科顿。越洋飞行使他疲惫。苏莎很难想象他跟纳特是同龄人，他这么胖，而且谢了顶，还……哎，还有一种衰颓的做派，本来也许可以逗人开心的，事实上却只是老相而已。

太阳升起来时，岛上的景色很美。苏莎欣赏着美景，转移着自己的思路，以便让时间过得更快些。公路沿海岸蜿蜒着，她驾车驶过一座又一座城镇，她的右方是石头海岸和耀眼的地中海。

科顿点燃了一支雪茄。"我年轻的时候，常干这种事。"他说，"带着一个漂亮姑娘乘上一架飞机，到一处地方，兜兜风，四下看看。那种事情一去不复返啦。多年来，我似乎已在布法罗安定下来了。这都是随生意而来的。你发了财，可总有些操心的事。所以你再也不到处去了，人们都是来见你，带来你的东西。你就变得懒得不想玩了。"

"这是你的选择。"苏莎说。她内心对科顿的同情比表现出来的要多：他是个努力工作的人，可惜干的都是错事。

"是我选的。"科顿承认，"年轻人不会手下留情。"他罕见地勉强一笑，吸了口烟。

苏莎已是第三次从后视镜里看到那同一辆蓝色轿车了。"有人跟踪我们。"她说，尽量让声音保持自然、平静。

"阿拉伯人吗？"

"应该是吧。"她看不到风挡背后的面孔，"我们该怎么办？你说过，你会处理这事。"

"我会的。"

他不出声了。苏莎期待着他再说些什么，就扭过头去看他。他在给一支手枪装上难看的棕黑色子弹。她喘了口气，她还没见过要人命的真枪。科顿抬头看着她，然后看着前方："天啊，瞧瞧这条路。"

她向前望去，在一处急转弯的地方猛踩刹车。"你从哪儿弄到的那玩意儿？"她说。

"从我的表亲那儿。"

苏莎越来越觉得自己像是在梦魇之中。她已经有四天没有在床上睡觉了。从她听到她父亲那么平静地谈到要杀死纳撒尼尔的那一刻起，她就在不停地奔波：逃离哈桑和她父亲可怕的真面目，到狄克斯坦坚强的手臂中寻求安全；如同在噩梦中一样，她跑得越快，目标却退去得更远了。

"你干吗不告诉我，我们到哪里去呢？"她问科顿。

"我琢磨现在可以说了。纳特要我租下一处带码头和不被警察的鼻子嗅到的房子。我们现在就到那栋房子去。"

苏莎的心跳加快了："还有多远？"

"两三英里吧。"

没过多久，科顿说："我们就要到了，别忙。我们不想死在路上。"

她这才反应过来，原来她不自主地把脚踩了下去。她松开油门，但脑子还在飞快地转着。现在随时都会见到他，摸着他的脸，亲吻着他，问候着他，感受着他放在她肩头的双手。

"拐进去，向右。"

她驾车穿过一座敞开的大门，沿着一条蔓生着过于繁茂的野草的短短的石子车道，来到一栋已经废弃的白石砌就的大型别墅跟前。她把车停在建有廊柱的正面时，一心巴望纳撒尼尔从里面跑出来迎接她。

在房子的这一头，没有生命的迹象。

他们下了车，爬上坏损的石阶，来到房子的前门。硕大的木门紧闭着，但是没有上锁。苏莎打开大门，他俩走了进去。

里面是一间大厅，地面铺着拼花的碎石。天花板下陷，墙壁上泅出水渍。大厅中央是一座落下来的大型花枝灯，像一只趴在地上的死鹰。

科顿高叫着："喂，有人吗？"

没有回应。

苏莎心想：这地方很大，他应该在的，只是没听见，大概在外面的花园里。

他们绕过地上的花枝灯，穿过大厅，进入了一个洞穴似的空荡荡的客厅。他们的脚步声发出巨大的回响，直穿过后面没有玻璃的立地门窗。

一座短短的花园向下直抵悬崖。他们走到了可以看见在石头上凿出来的长长的弯来绕去的台阶通向海边的地方。

目光所及，不见人影。

他不在这儿，苏莎心想。这一回，圣诞老人真的给了我石头了。

"瞧。"科顿用一只胖手指着海面。苏莎远眺过去，看到了两条船：一艘大船和一条摩托艇。摩托艇跃过浪头，尖锐的船头劈开海水，飞快地朝他们驶来，船上只有一个人。那条大船驶出了港湾，船后留下了宽宽的尾波。

"看来像是我们刚刚没来得及赶上他们。"科顿说。

苏莎跑下石阶，一边嚷着，一边发疯似的挥着手臂，想引起大船上的人们的注意，尽管她明知这已不可能——他们太远了。她在石头上滑了一下，重重地摔了一跤。她放声大哭起来。

科顿随她跑下，他的沉重的身躯在石阶上摇晃着。"没用的。"他说。他把她拽了起来。

"那条摩托艇。"她绝望地说，"也许我们能乘上那条摩托艇，追上那艘大船——"

"没戏啦。等那条艇来到这儿，大船就会太远了，太远了，而且会比摩托艇开得快多了。"

他领着她回到石阶上来。她往下跑的一段路挺长的，朝上爬费了他沉重的力气。苏莎几乎没有觉察，她内心充满痛苦。

他们走上花园的斜坡，返回到房子里面时，她的脑子里一片空白。

"得坐一会儿了。"他们穿过客厅时，科顿说。

苏莎瞅了瞅他。他大喘着气，面孔憋得发灰，还满是汗水。她猛然醒悟到，爬上爬下对他这种超重的身体确是够呛。一时之间，她忘记了自己无奈的失望。"到楼梯上去吧。"她说。

他们进了毁败的大厅。她引着科顿来到宽阔的扇面状的楼梯前，让他坐在第二级台阶上。他沉沉地坐了下去，把头靠在旁边的墙上，闭上了眼睛。

"听我说。"他说，"你可以给船上打电话……或者发电报……我们仍可以联系上他……"

"安静地歇一会儿吧，"她说，"先别说话。"

"求求我的表亲们——谁在那儿？"

苏莎一下子转过身。花枝灯的碎片发出了声音，这时她看到了那声音的来源。

亚斯夫·哈桑从大厅那头朝他们走来。

猛然之间，科顿拼了全力站起了身。

哈桑停住了脚步。

科顿的呼吸变成了急促的喘气。他把手伸进了衣袋摸索着。

苏莎说："别……"

科顿掏出了枪。

哈桑定在原地，僵住了。

苏莎厉声高叫。科顿踉跄着，枪在他手中举着，直摇晃。

科顿开枪了。两枪发出了两声震耳欲聋的巨响。子弹射偏了一大截。科顿瘫倒在地，面孔死一般的乌青。枪从他的指间落下，撞到裂石地面上。

亚斯夫一跃而起。

苏莎跪在科顿的身边。

他睁开了眼睛。"听着。"他嘶哑着嗓音说。

哈桑说:"别理他,咱们走。"

苏莎转过脸对着他。她可着嗓子喊:"快滚蛋。"跟着就回过头来对着科顿。

"我杀过许多人。"科顿说。苏莎俯身凑近听着,"十一个人,我杀死了自己……我跟许多女人私通……"他的声音拖着减弱下去,他的眼睛闭上了,随后,他用尽气力又开了口,"我这该死的一生都一直在做贼、当恶棍。可是我为朋友而死,是吧?这还是值得的,理应如此,不是吗?"

"是的。"她说,"这确实值得。"

"好啊。"他说。

他跟着就咽了气。苏莎从来没见过人死。挺可怕的。刹那间,周围什么都没有了,除去一具尸体,空无一物,那个人已经消逝不见了。她自忖:莫怪死亡会使我们哭泣。她觉察到自己的面孔上淌着泪水。她心想:直到此时此刻,我都说不上喜欢他。

哈桑说:"你干得很出色,现在,咱们离开这儿吧。"

苏莎没有明白。她扪心自问:我干得出色?随后便醒悟过来。哈桑当然不知道她早已告诉了科顿,有个阿拉伯人一直跟踪他们。就哈桑而论,她只不过做了他要她做的事情,她把他引到了这里。现在,在想办法联系上纳特之前,她应该继续假装站在他的一边。

她想,我再不能说谎和骗人了,我办不到,这太过分了,我累了。

随后你可以给船上打电话,至少发个电报,科顿是这样说的。

她还能警告纳特。

噢，天啊，我什么时候才能睡觉呢？

她站起身："我们还在等什么？"

他们穿过破败的高大房门走了出去。"我们要坐我的车。"哈桑告诉她。

她想到当时就从他身边跑掉，但那是个蠢主意。他不会很快就放她走的。她已经照他的要求做了，不是吗？现在他该送她回家了。

她上了车。

"等一等。"哈桑说。他跑到科顿的车旁，取下钥匙，扔进了草丛。他坐进自己的车。"这样，摩托艇里的那个人就没法追我们了。"他解释道。

车启动之后，他说："我对你的态度很失望。那个人在帮助我们的敌人。一个敌人死掉的时候，你应该高兴，而不该流泪。"

她用一只手捂住眼睛；"他在帮助他的朋友。"

哈桑拍着她的膝盖。"你已经干得挺好的了，我不该指责你。你弄到了我想要的情报。"

她瞅着他："是吗？"

"当然。我们看到的正在出港的那条大船——就是斯特罗姆堡号。我知道那条船的出发时间和最大速度，所以我现在就可以推测出它与阔帕列里号可能相遇的最早的时间。这样我就可以让我的人提前一天到达那里。"他又拍起她的膝盖，这一次，他把手干脆放到她的大腿上了。

"别碰我。"她说。

他把手挪开了。

她闭上眼睛，动起脑筋。她的作为造成了最坏的结果，她把哈桑引到了西西里，但她未能警告纳特。她得找到向船上发电报的办法，并且在跟哈桑分手后马上就发。别的机会只有一个——航班上的乘务员答应过她给罗马的以色列领馆打电话。

她说："噢，天啊，回牛津我可太高兴了。"

"牛津？"哈桑哈哈大笑，"还没到时候呢。你得跟我在一起待到行动结束。"

她心想：亲爱的上天，我受不了啦。"可我太困了。"她说。

"我们很快就会休息的。我不能放你走。安全，你懂吧。反正，你休想错过亲眼看到纳特·狄克斯坦死尸的机会。"

在机场的阿里塔利亚检票台旁，三个人走近了亚斯夫·哈桑。两个年轻人满脸凶相，第三个人是个五十开外的高个子，面部轮廓分明。

年长的那个对哈桑说："你这该死的傻瓜，该挨枪子儿。"

哈桑抬头看着他，说了声："罗斯托夫！"苏莎从他的目光中看到了暴露无疑的惊恐。

苏莎心想：噢，天啊，这是怎么回事？

罗斯托夫抓住了哈桑的胳膊，像是很过了一会儿哈桑才挣脱了手臂。两个年轻人靠上前来。苏莎和哈桑被围在了中间。罗斯托夫把哈桑从检票台旁拉开。一个凶汉拽着苏莎的胳膊跟在他们后边。

他们来到一处安静的角落。罗斯托夫显然怒火中烧，但他压低了声音说："要是你没晚上几分钟的话，你会把整个事情给砸了。"

"我不懂你的意思。"哈桑绝望地说。

"你以为我不知道你一直满世界去找狄克斯坦？你以为我不能就像追踪别的该死的笨蛋那样跟踪你？自从你离开开罗以来，我每小时都能得到一份有关你的行动的报告。是什么让你以为你可以相信她？"他朝着苏莎歪了下大拇指。

"她把我带到了这里。"

"不错，可是你当时并不知道这个。"

苏莎一动不动地站着，心中充满畏惧，嘴里一声没吭。她感到一头雾水，毫无指望。那天上午接二连三的震撼——错过了纳特，眼看着科顿死去，还有眼前这事——使她麻木得丧失了思考的能力。她始终在欺骗哈桑，而告诉了科顿哈桑认为是谎言的一句真话。照这样一直撒谎实在太难了。如今又出现了罗斯托夫，哈桑却在跟他撒谎，她甚至想不出她对罗斯托夫要说的话会是真话还是另一句谎言。

这时哈桑在问："你们是怎么到这儿来的？"

"当然是乘卡尔拉号。我接到报告说你已经在这里登陆的时候，我们离西西里只有四五十英里。我还从开罗获准，命令你马上直接回到那里。"

"我依旧认为我做得没错。"哈桑说。

"从我眼前滚开。"

哈桑走了。苏莎刚要跟上他，罗斯托夫说："没让你走。"他抓住她的胳膊，拽她走开。

她只好跟着他，心想：我现在该怎么办？

"我知道你已经向我们表现了你对我们的忠诚，阿什福德小姐，但是在这样的一次行动中，我们不能允许新招来的人就这么回家。另一方面，我在西西里这儿，除去我所需要的在船上的人，没有别的部下，因此，我没法派人护送你到别处去。恐怕你得跟我到卡尔拉号船上去，直到这件事情了结。我希望你别在意。你知道吗，你长得和你妈一点不差。"

他们已经走出了机场，来到一辆等候的汽车旁。罗斯托夫给她打开了车门。现在该是她跑开的时候了，这以后就太迟了。她犹豫着。一个凶汉站到了她身边。那人的夹克稍稍敞开一点，她看到了他的手枪枪托。她想起了在那废弃的别墅里科顿的枪发出的可怕的声响，她如何尖叫了一声。刹那间，她害怕死掉，像可怜的胖科顿一样变成一抔黄土。她害怕那支枪，害怕那砰的一响和射进她身体的子弹，她开始发抖了。

"怎么回事？"罗斯托夫说。

"阿尔·科顿死了。"

"我们知道。"罗斯托夫说，"上车吧。"

苏莎坐进了车里。

皮埃尔·波尔格驾车驶出雅典，把车停在伸出的海滩的一端，那地方只偶尔有情侣漫步。他下了车，沿着海岸线走去，与对面过来的卡瓦什碰头。他俩并肩站立，远眺着大海，余浪懒洋洋地轻拍他们的双脚。波尔格能够靠星光看清这个高个子阿拉伯双重间谍的英俊面容。卡瓦什不像往常那样自信。

"感谢你的到来。"卡瓦什说。

波尔格不明白自己何以会受到感谢。要是有人该说感谢，那应该是他自己。但随后他明白过来，卡瓦什一直在准确地表达。他做什么都很精妙，包括侮辱的话。

"苏联人怀疑在开罗泄露了什么。"卡瓦什说,"这么说吧,他们正在把他们的牌打到非常接近他们集体的共产主义胸口了。"卡瓦什淡然一笑。波尔格没明白这句笑话。"甚至在亚斯夫·哈桑回到开罗汇报的时候,我们也没了解多少——而我没有得到哈桑提供的全部情报。"

波尔格打了个响亮的饱嗝:他吃了一顿希腊大餐。"请不要拉三扯四地浪费时间。只把你确实知道的告诉我好了。"

"好吧。"卡瓦什和颜悦色地说,"他们知道狄克斯坦要偷盗一些铀。"

"你上次就跟我说了。"

"我认为他们并不了解任何细节。他们打算将计就计,然后再将其公布于世。他们已经往地中海派出了两三艘船,但是他们不知道该派到哪里。"

一个塑料瓶随潮水漂来,停在了波尔格的脚旁。他把瓶子一脚踢回海里。"苏莎·阿什福德的情况怎么样?"

"肯定在为阿拉伯方面工作。听我说,在罗斯托夫和哈桑之间有一场争论。哈桑想弄清狄克斯坦的确切位置,而罗斯托夫认为没有必要。"

"这可是坏消息,接着讲。"

"后来哈桑就处境不妙了。他让阿什福德家那姑娘帮他找狄克斯坦。他们到了美国一处叫布法罗的地方,找到了一个叫科顿的匪首,那人把他们引到了西西里。他们没找到狄克斯坦,但是总算看到了斯特罗姆堡号驶离。哈桑被这件事闹得焦头烂额。他受命返回开罗,不过到目前还没露面。"

"是那姑娘把他们引到了狄克斯坦原来待的地方吗?"

"一点不错。"

"耶稣·基督啊,这可糟透了。"波尔格想到了从狄克斯坦的"女朋友"那里传到罗马领事馆给纳特·狄克斯坦留的口信。他跟卡瓦什说了口信的内容:"哈桑已把一切都告诉了我,他和我现在正来见你。"这到底是什么意思呢?是要警告狄克斯坦还是要拖住他,要不就是让他摸不着头脑?也许是一种双重的连吓带哄——试图让他以为她被胁迫着把哈桑引到他那儿去?

"我得说,是连吓带哄。"卡瓦什说,"她知道她在其中扮演的角色终归会暴露,所以她想让狄克斯坦对她的信任再长久些。你不会把这条口信说给……"

"当然不会。"波尔格的脑筋转到了另外的地方,"既然他们到了西西里,他们就知道了斯特罗姆堡号。他们会从中得出什么结论呢?"

"是斯特罗姆堡号要用来盗窃铀吧?"

"就是的。现在,如果我是罗斯托夫,我就会跟踪斯特罗姆堡号,听凭劫持发生,然后再进攻。该死,该死,该死。我觉得这事应该叫停了。"他用鞋尖在软沙上挖了个洞,"卡塔拉的情况如何?"

"我把最坏的消息留到了最后。全部试验都令人满意地完成了。苏联人在提供铀。到今天为止的三个星期以来,反应堆一直在顺利运转。"

波尔格远眺着大海,他感到自己益发可怜,在他这不幸的一生中,现在比以往任何时候都更加悲观和沮丧。"你知道这条倒霉消息意味着什么,是吧?这就意味着我们无法叫停了。意味着我不能制止狄克斯坦了,意味着狄克斯坦是以色列的最后机会了。"

卡瓦什沉默着。过了一会儿，波尔格看着他。那阿拉伯人的眼睛闭着。"你在干吗？"波尔格问道。

沉默又持续了几分钟。卡瓦什终于睁开了眼睛，瞅着波尔格，露出他那礼貌的淡笑。"在祈祷。"他说。

特拉维夫致斯特罗姆堡号商船

波尔格私信仅供狄克斯坦亲阅，收件人应予记录在案。开始：苏莎·阿什福德肯定是阿拉伯特工。他们在你离后抵达。科顿现已死。此情加上其他根据表明你极有可能在海上受到攻击。我们在这边无法采取进一步的行动。你可自专结束一切并独自脱离。结束。

数日来一直在西地中海上空积聚的乌云，终于在那天夜里降下雨来，浇向斯特罗姆堡号。一股阵风吹来，随着船只在刚刚掀起的浪涛中颠簸摇晃，那条船设计上的弱点，变得明显起来。

纳特·狄克斯坦并没有在意天气。

他独自坐在他的小舱室内用螺丝拧进船首的桌旁，手中握着一支铅笔，面前摊着一个记事本、一个密码本和一组符号，他正在逐字翻译着波尔格令人压抑的来电。

他一遍又一遍地阅读着电文，最后坐在那里，死盯着面对的空空的钢铁船壁。

思索她何以有此作为，认定哈桑胁迫或恐吓她这样一个杜撰的前提，假设她出自错误的信仰或混乱的动机，都是毫无意义的，波尔格曾经说过她是间谍，这话是对的。她自始至终就是个间谍，正因此她才跟他做爱。

她在情报机构中有着远大的未来，那姑娘。

狄克斯坦用双手捧着脸，用指尖挤压着眼球，可是他还能看见她：除去脚上的高跟鞋，全身一丝不挂地靠着那间小公寓厨房的酒柜，一边等着壶水煮开，一边阅读着晨报。

最糟糕的是，他依旧爱她。在遇到她以前，他一直是个废人，一个感情上的截肢者，在他应该有爱的地方，空垂着一只袖管；而她做出了奇迹，使他重新成为完整的人。如今，她背叛了他，取走了她付出的东西，他会比先前更加残废。他曾经给她写了情书。他心想，亲爱的上天，她在阅读那封信时做着什么？她哈哈大笑了吗？她是不是拿给亚斯夫·哈桑看并且说"看看我是怎么让他上钩的"？

假若你遇到一个盲人，让他恢复了视力，可一天以后，趁夜间他睡觉的时候，又让他瞎了，他醒来时就是这种感受了。

他曾经对波尔格说，如果苏莎是间谍，他就杀掉她。可是现在他知道自己在撒谎。不管她做了些什么，他都绝不会伤害她。

天色已晚，除去值更的，大多数水手都已入睡。他离开舱室，爬上甲板，未见一人。他从升降口来到上层甲板，衣服已经湿透，可他没有注意。他站在栏杆边，望着漆黑的海面，看不清水天的分界，任凭雨水像泪珠般的淌下面颊。

他绝不会杀死苏莎，可亚斯夫·哈桑就是另一回事了。

若是一个人有敌人，那他的一个敌人就是哈桑。他曾经爱恋过艾拉，结果只是看到她跟哈桑情意绵绵的拥抱。如今他爱上了苏莎，却发现她早已被这个老情敌引诱了。而且，哈桑还利用苏莎在争战中夺走狄克斯坦的家园。

噢，是的，他要杀死亚斯夫·哈桑，而且如果可能，他要徒手干掉他，以及别的人。这念头使他从愤怒的绝望中自拔：他想听骨头的断裂声，他想看躯体的扭曲，他想嗅恐惧和火药的气味，他想见到四下里横尸一片。

波尔格认为他们会在海上遭到攻击。狄克斯坦在船只破浪前进中紧握栏杆站着；风速瞬间加大，把冰冷的雨水使劲扫向他的面颊；他心想，就是这样了。之后，他张开嘴巴，朝着疾风高喊："让他们来吧——让这帮畜生来吧！"

第十五章

哈桑当时没有回到开罗，而且以后再也没有回去。

飞机在巴勒尔摩起飞后，他心中喜不自胜。虽说双方一直在较劲，但他又一次以智取胜了罗斯托夫！当罗斯托夫说出"从我眼前滚开"的时候，他简直难以置信。他原以为他必定得上卡尔拉号船，从而错过突击队的劫持行动了。然而罗斯托夫认定哈桑过于热情冲动，又缺乏经验。他绝没想到哈桑会是内奸。可是话说回来，事情怎么会是这样呢？哈桑是埃及情报机构派驻这个小组里的代表，而且他又是阿拉伯人。若是罗斯托夫怀疑他的忠诚，倒是应该琢磨他是不是在为以色列工作，因为他们是对手嘛——而如若巴勒斯坦人一旦进入了画面，只能估摸是站在阿拉伯一方。

这妙极了。刚愎自用、颐指气使的罗斯托夫上校，以及名声远扬的实力雄厚的克格勃居然被一个低贱的巴勒斯坦难民，一个他们认为微不足道的小角色戏耍了。

但这事还没有结束。他还得参与突击队，助上一臂之力。

他从巴勒尔摩飞到了罗马，他想换机前往离阿尔及利亚海岸很近的阿纳巴或君士坦丁。最近的航线是飞往阿尔及尔或突尼斯的，他就去了突尼斯。

他在那里找到了一个身穿新式雷诺牌上衣的出租车司机，在那人眼前甩出了比他平日开车挣上一年还多的美金。出租车载着他穿越突尼斯上百英里的国土，越过边界，进入阿尔及利亚，在一座有着天然小港口的渔村，让他下了车。

一名突击队员在等他。哈桑看到他坐在海边上一个小棚子里避着雨，和一个渔民玩着十五子游戏。他们三个进了渔民的船，驶离了岸边。

他们是白天最后出海的船，海面上升起了风浪。哈桑不是水手，唯恐小小的摩托艇会翻船，但是那渔民一路始终咧嘴笑着。

他们航行了不到半个小时。在他们驶近那条船的模糊身影时，哈桑又一次感到了心中腾起的胜利感。一条船——他们有了船了。

乘着接他的那人给渔民付钱，哈桑爬上了甲板，马赫莫德已在那里等候着他。他们拥抱后，哈桑说："我们得马上起锚了，事情现在进展很快。"

"跟我到舰桥上来吧。"

哈桑随着马赫莫德向前走。那条船是载重一千吨左右的沿岸航行的小型船，相当新，而且状态不错。船身细长，设备都在甲板之下。有一个小门通向一个舱室。这条船的设计是为了快速装载少量货物，仅供在北非的当地港口往来运输的。

他俩在前甲板上站了一会儿，向四下打量着。

"这条船正是我们所需要的。"哈桑兴致勃勃地说。

"我给这条船重新起了名字，叫纳布卢斯号。"马赫莫德对他说，"这是巴勒斯坦海军的第一艘船。"

哈桑感到热泪一下子涌进了眼眶。

他们爬上了舷梯。马赫莫德说："我是从一个想救赎自己灵魂的利比亚商人那儿得到这条船的。"

舰桥紧凑而小巧，只缺少一件重要的东西：雷达。许多这种沿岸航行的小型船只依旧没有雷达而将就着使用，这条船则是来不及购买和安装这一设备。

马赫莫德介绍了船长，也是利比亚人——那个商人不但提供了船只，也提供了船员，因为突击队员里没有一个是水手。船长下令起锚，并发动了引擎。

三个人俯身在一张海图上，哈桑把他在西西里听到的事情告诉他们："斯特罗姆堡号在中午时分离开西西里的南部海岸。阔帕列里号按航程应于昨夜的晚些时候穿过直布罗陀海峡，驶向热那亚。它们是姐妹船，有着同样的最高速度，因此，两船相遇的最早时间是在十二个小时之后，地点是在西西里和直布罗陀之间的靠东的一处地方。"

船长计算了一番，并且看着另一张海图。"它们将在米诺卡岛的东南部相遇。"

"我们至少要提前八个小时拦截阔帕列里号。"

船长的手指又沿着商业航道移动："那就要在明天黎明于伊比乍岛正南拦住它。"

"我们能成吗？"

"没问题，时间上还有一点富裕，除非是遇到风暴。"

"会有风暴吗？"

"有时候会在几天后出现的。不过，我认为明天不会。"

"那就好。无线电员在哪儿？"

"在这儿。这位是雅科夫。"

哈桑转过身，看到了一个牙齿被烟草熏黄的笑眯眯的小个子，便告诉他说："在阔帕列里号上有一个叫图林的苏联人，他会向一艘波兰船卡尔拉号发信号。你要监听这个波长。"他随手写了下来，"还有，在斯特罗姆堡号上有一个无线电信标，每隔半小时发送一次简单的三十秒的信号。如果我们每次都能听到那个信号，我们就一定不会让斯特罗姆堡号跑在我们前面了。"

　　船长确定了航线。在下面的甲板上，大副的双手已经摆好。马赫莫德吩咐一名突击队员去检查武器。无线电员向哈桑询问斯特罗姆堡号上的信标一事。哈桑却心不在焉。他在思忖：不管发生了什么事情，这都是一次荣耀之举。

　　船上的引擎吼叫着，码头侧向一边，船头破开水面，他们驶上了航线。

　　阔帕列里号的新任工程师狄埃特尔·科什，于午夜间躺在他的铺位上思考着：要是有人看见了我，我该怎么应对呢？

　　他现在要做的事情十分简单。他只消起身，走到船尾的机械舱，取出备用的油泵并且扔掉，就成了。几乎可以肯定，他这么做不会被发觉，因为他的卧舱紧靠机械舱，而且其他船员都在睡觉，醒着的人都在舰桥上或者在轮机室内，很可能都会一直待在那里。然而，"几乎可以肯定"在如此重大的行动中还是不够的。万一此时或之后有人怀疑他要做的事……

　　他穿上毛衣、裤子、航海靴和防水衣。这件事非做不可，而且要马上动手。他把机械舱的钥匙装进衣兜，打开他的卧舱门，走了出去。他走在通道上，心里想着：我就说我睡不着觉，所以前来检查机械舱。

他开启了机械舱的门，打开灯，进去后在身后关好门。机械零部件摆放在他周围的架子上——垫圈、阀门、插座、缆索、螺栓、滤嘴……码放了一圈，用这些零部件，足可以装起一台新引擎。

他在一个高架子上的一个盒子里找到了备用的油泵。他把那盒子举了下来——个头不大，但挺沉的——然后花费了五分钟查看再没有第二个备用油泵了。

现在到了困难的一步了。

……我睡不着，长官，所以我就来查看一下备用件。好极了，一切都摆放整齐吗？是的，长官。你腋下夹着的是什么？一瓶威士忌，长官。我妈寄给我的一个蛋糕。备用油泵，长官，我打算扔到海里去……

他打开了舱门，向外窥视。

没人。

雨还在下。他只能看出几码远的地方，这倒好，因为这意味着别人也只能看这么远。

他穿过甲板，走向船舷的上缘，探身栏杆外，把油泵扔进大海，一转身，就撞上了一个人。

我妈寄给我的一个蛋糕，太干了……

"谁在那儿？"一个人用带口音的英语问。

"工程师。你是谁？"科什说话的时候，那人转过身，在甲板的灯光中，可以看见他的侧影，科什认出了无线电员的浑圆的身材和长着大鼻子的面孔。

"我睡不着觉。"无线电员说，"我出来……透透气。"

科什揣摩，他和我一样尴尬。我不明白为什么。

"讨厌的黑夜。"科什说，"我要进去了。"

"夜安。"

科什进入船内，一路回到他的卧舱。那个无线电员，一个怪家伙。他不是正式的船员。他是原先的无线电员在加的夫断了腿之后替补上船的。他和科什一样在这船上有点像外人，碰上他比起遇到别的人要强多啦。

他在卧舱里脱掉外面的湿衣服，躺到了床上。他知道自己是不会睡的。明天的计划全都安排好了，没必要再去想一遍了，于是他就想着别的事情：做出世上最好的土豆球的母亲；长着世上最好的头脑的未婚妻；如今住在特拉维夫一家机构中的疯癫的父亲；他在这次任务完成后要用报酬购买的电磁录音机；他在海法的单元住房；他将要有的孩子，以及他们将如何在没有战争的安全的以色列成长。

两个小时以后他从床上起来。他到船尾的厨房去喝些咖啡。厨师的徒弟站在离水两三英寸的地方，给船员们煎咸肉。

"讨厌的天气。"科什说。

"还会更糟呢。"

科什喝着他的咖啡，接着倒满杯子，另外又倒了一杯，拿着两杯咖啡上了舰桥。大副在那儿。"早晨好。"科什说。

"还算不上早晨呢。"大副说，观望着外面的雨幕。

"来点咖啡吗？"

"你真好。多谢啦。"

科什把杯子递了过去。"我们现在到哪儿啦？"

"这儿。"大副指着海图给他看他们的位置，"完全按照行程，尽管天气不好。"

科什点了点头。这就是说，他得在一刻钟之后把船停下。"一会儿见。"他说。他离开了舰桥下到轮机舱里。

他的助手在那里，精神很好，如同在夜班执勤期间长长地打了个盹。"油压怎么样？"科什问他。

"很稳定。"

"昨天有点忽上忽下呢。"

"可是这一夜都没有出麻烦的迹象。"助手说。他有点过分肯定，像是害怕在仪表摆动时他睡着了而受到责怪。

"好的。"科什说，"也许机器自己调整了过来。"他把咖啡杯放到一个水平的整流罩上，跟着又在船体晃动时马上拿了起来。"在你回去睡觉的路上叫醒拉尔森。"

"是的。"

"睡个好觉。"

助手走了，科什喝下了咖啡，动手工作。

油压计装在引擎背后的标度板壁上。标度板则嵌进一个漆成糙黑色的薄薄的金属盒内，由原配的四颗螺丝固定。科什用一个大型的改锥拧下那四颗螺丝，取出了金属盒。其背后是一团通向不同仪表的各种颜色的导线。科什把大改锥换成了一个小的带绝缘把的电器改锥。他转动了几下，就卸开了通往油压计的导线。他把导线的秃头缠上了几英寸的绝缘胶布，然后把它推到标度板的背后，这样，只有仔细观察才会发现与终端断开了。随后，他把金属盒放回原处，用那四颗螺丝固定好。

拉尔森进来的时候，科什正在注满传送器的油路。

"我来干好吗，长官？"拉尔森说。他是个辅助操作工，润滑油是他的本行。

"我这会儿已经干完了。"科什说。他换下了过滤帽，把容器存到一个储藏箱内。

拉尔森揉揉眼睛，点上了一支香烟。他看了看表盘，大吃一惊。"长官！油压成零了！"

"零？"

"是啊！"

"关闭引擎！"

"哎，哎，长官。"

没有油，引擎的金属零件间的摩擦会造成热量迅速上升，直到金属熔化、零件融化、引擎停止，再也开动不了。油压的突然变零实在危险，不用问科什，拉尔森也会主动关掉引擎的。

船上所有的人都听到了引擎停止，感到了阔帕列里号无法前进了，连那些值白班、还在铺上睡觉的人都在梦中听到，一下子惊醒了。在引擎完全停止之前大副的声音就从传话筒里传到了下边。"这里是舰桥！下边是怎么回事？"

科什对着话筒说："油压突然没有了。"

"知道是为什么吗？"

"还不知道。"

"随时向我报告。"

"哎，哎，长官。"

科什转身面对着拉尔森。"我们得下到集油槽去。"他说。拉尔森拿起工具箱，跟着科什来到半层甲板，以便从下面够到引擎。科什对他说："要是主轴承或者顶端的大轴承磨损了，油压会逐渐下降。突然降为零意味着油供应不上。系统中还有大量的油——我先前检查过——而且没有漏油的迹象。因此很可能出现了堵塞。"

科什用一个电扳手卸下了集油槽，两人把它放到甲板上。他们检查了集油槽的滤网、全流动过滤器、过滤嘴减压阀和主减压阀门，都没有障碍。

"如果没有堵塞，毛病就该在油泵上。"科什说，"启用备用油泵吧。"

"应该在主甲板上的储藏室里。"拉尔森说。

科什把钥匙递给他，拉尔森就上去了。

现在科什得赶紧动手了。他从油泵里取下套管，露出了两个宽齿的啮合牙轮。他从扳手上卸下电钻，换了个钻头，钻向牙轮的齿，把它们破成碎渣，完全用不成了。他放下电钻，拿起一根撬棍和一把锤子，把撬棍强行砸进两个牙轮之间，使劲分开它们，直到他听见响亮又沉闷的开裂声。最后，他从衣袋里取出一个经过切削的硬质钢做的螺母——他上这艘船的时候，就已经带在身边了。他把那螺母扔进了集油槽。

完事了。

拉尔森回来了。

科什意识到他还没有把钻头从电钻上取下来：拉尔森走的时候，电钻上本来连着的是扳手。他心想，可别看电钻!

拉尔森说："油泵没在那儿，长官。"

科什从集油槽里捞出了那个螺母。"瞧瞧这个。"他说，分散着拉尔森的眼神不去看那个留下罪迹的电钻，"这就是毛病的原因了。"他让拉尔森看油泵坏损的牙轮，"这个螺母应该是最后一次更换过滤器的时候掉进去的。它进入了油泵，从那时起就在那些牙轮当中转了又转。我很奇怪，我们居然没听到杂音，那是甚至会压倒引擎的响声呢。无论如何，油泵是修不成了，所以你得找到那台备用的。找几个人帮你找吧。"

拉尔森出去了。科什把钻头从电钻上拆下，把扳手重新连到上面。他跑上舷梯，来到轮机主舱，消除其他罪证。他以最快的速度干着，以防别人可能进来，他移开表盘上的套管，把油压计重新装好。这样一来可真的读数为零了。他更换了套管，扔掉了绝缘胶布。

一切就绪。现在只需要蒙过船长的眼睛了。

查验小组刚一承认了毛病，科什立即上到舰桥。他告诉船长："一名机械工在上一次维修引擎时，准是把一个螺母掉进了集油槽，长官。"他把那螺母拿给船长看，"在某一个时刻——大概是在船大力加速时——这螺母掉进了油泵。这之后就只是时间问题了。螺母在牙轮间转来转去，直到把牙轮彻底损坏。我怕我们没法在船上做那样的牙轮。船上应该有备用的油泵的，可是没有。"

船长火冒三丈："等我发现了谁该对此负责，一定让他吃不了兜着走。"

"检查备件是工程师的职责所在，可是你知道，长官，我是在最后时刻才上船的。"

"这就是说，是撒尼的过失了。"

"这倒是一种解释——"

"确实。他花了太多的时间去追逐比利时的妓女，哪儿顾得上他的引擎呢。我们还能凑合着向前开吗？"

"绝对不成了，长官。在船停住之前，我们就移动不了半条船缆了。"

"妈的。无线电员呢？"

大副说："我去找他吧，长官。"说着就出去了。

"你敢肯定，你没法把东西拼凑起来了？"船长问科什。

"恐怕没办法用备用件什么的做出一台油泵了。所以我们得启用备用油泵了。"

大副带着无线电员回来了。船长问："你这鬼家伙跑哪儿去了？"

无线电员就是科什夜间在甲板撞上的那个长着浑圆身材和大鼻子的人。他的样子很委屈。"我帮着在前舱找油泵呢，长官，随后我就去洗了手。"他瞥了一眼科什，但表情中没有怀疑的神色，科什弄不清在甲板上的那次简短的面对面期间，他到底看到了多少，但是，即使他把找不见了的备用油泵和工程师扔下海的包裹联系起来，他也没说什么。

"好吧。"船长说，"向船东发信号，报告引擎损毁，在……我们的具体方位是什么地方，大副？"

大副把方位给了无线电员。

船长继续说："要求新的油泵或者牵引入港。请予指示。"

科什的肩膀一松。他成功了。

船东最终发来了答复：

> 阔帕列里号已售给苏黎世的萨维尔船运公司。你的电文已转给新船东。原地等待他们的指示。

随后，萨维尔船运公司几乎当即发来了电文：

我们的船只吉尔·汉密尔顿号就在你们的海域。它
将于中午前后到达你们船旁。准备将工程师之外的全体
船员转船。吉尔·汉密尔顿号会将他们带到马赛。工程
师要等候新油泵。帕帕郭泊鲁斯。

来往的电文被六十英里以外的吉尔·汉密尔顿号的船长、以
色列海军的一名指挥官索里·温伯格听到了。他咕哝了一句："完
全遵照时间。干得好，科什。"他调整航线对准阔帕列里号，下
令全速前进。

一百五十英里之外的纳布卢斯号上的亚斯夫·哈桑和马赫莫
德没有听到信号。他们待在船长室内，俯身看着哈桑绘制的阔帕
列里号的草图，具体策划着如何登上并夺取那条船。哈桑事先叮
嘱纳布卢斯号上的无线电员聆听两个波长：斯特罗姆堡号上的无
线电信标播发所使用的，和图林在阔帕列里号上发送给卡尔拉号
上的罗斯托夫的秘密信号所使用的。由于阔帕列里号发送的电文
使用的是正规波长，纳布卢斯号就没有收到。过了好久，突击队
才意识到他们劫持的几乎是一条废弃的船。

来往的电文在二百英里之外的斯特罗姆堡号的舰桥上听到
了。当阔帕列里号收到了帕帕郭泊鲁斯的电报时，舰桥上的官员
们鼓掌欢呼。纳特·狄克斯坦靠在舱壁上，手里拿着一杯咖啡，
眼望着雨水，耳听着海涛，并没有欢呼。他的身体紧张地弓起，
面部表情严峻，两只褐色的眼睛在塑料眼罩后面眯成细缝。有一
个人注意到了他的沉默，便说了些头一道障碍已经越过的话。他

咕哝着答应，平淡中却充满最难听的粗话。兴高采烈的官员快快走开，后来他在餐厅中看到，狄克斯坦就像要是有人踩到他的脚尖就会把刀子捅进那人身体的一副样子。

三百英里之外的卡尔拉号上的大卫·罗斯托夫和苏莎·阿什福德也听到了电文。

苏莎从西西里的码头走过跳板登上那艘波兰船的时刻起，就一直昏昏沉沉的。罗斯托夫指给她住的卧舱——那是一个带有卫生间的官员房间——并且说他希望她住得舒服时，她简直没有反应。她坐在了床上。她就这样一动不动地待着，一小时之后，一名水手给她端来了一盘冷餐，什么也没说，只是放到了桌上。她没有吃。天黑以后，她打起冷战，于是便上了床，大睁着眼睛躺着，什么也没看，还是继续打战。

她终于睡着了。起初是一阵阵的，夹杂着没意思的怪梦，后来总算睡熟了。天一亮，她就醒了。

她躺着不动，感到船在移动，目光茫然地环顾四周，随后，她意识到了自己身处何处。如同醒来记起了梦中的莫名恐惧，只是没有"噢，谢天谢地，原来是做梦"的想法，而是意识到那一切全是真的，而且还在继续进行。

她感到了可怕的负疚。她一直在哄骗自己，如今才明白了这一点。她曾经让自己相信，她要不顾危险地找到纳特，警告他。可实际情况却是，她本想找到借口去见他，可她动机乱糟糟的作为的灾难性的后果却接踵而至。纳特确实曾经陷入过危险，可如今的危险更加大了，这全是苏莎的过错。

她想到了这些，她想到了如何乘着由纳特的敌人指挥、周围全是苏联凶徒的一艘波兰船在海上航行。她紧紧闭上了眼睛，把脑袋钻到枕头底下，与涌上喉头的歇斯底里奋争着。

随后她感到了愤怒，才算挽回了她的理智。

她想到了她的父亲，他如何想利用她进一步完成他的政治理念，她感到对他很气恼。她想到了哈桑，那家伙摆布着她的父亲，还把手放到她的膝头，她巴不得有机会能扇他耳光。最后，她想到了罗斯托夫，他的强硬又智慧的面孔、他冷冷的笑容，想到他如何打算撞击纳特的船并且杀死他，她简直要发疯了。

狄克斯坦是她的男人。他有趣，他强壮，可又莫名其妙地脆弱，他写情书，他偷船，他是她如此爱恋的第一个人，她可不想失去他。

她身陷敌人的营垒，成了一名囚徒，当然这只是出于她的观点。他们则认为她站在他们一边，他们相信她。或许她有机会破坏他们的工作。她得找这样的机会。她得隐藏起自己的恐惧，在船上四下走动，跟她的敌人谈话，巩固她得到他们信任的地位，假装分享他们的意愿和关切，一直到她的机会来临。

这念头让她打了个冷战。这时她告诫自己：如果我不这么做，我就会失去他；而如果我失去他，我也就不想活了。

她从床上爬起来，脱掉了睡觉时穿的衣服，洗了把脸，从她的箱子里拿出一件干净的毛衣和裤子换上。她坐在固定在地板上的小桌旁，吃了些头一天留在那里的香肠和奶酪。她梳理了下头发，补了下妆，为的是让自己打起点精神。

她试了下她的卧舱的门，没有锁着。

她走了出去。

她沿着一条通道，循着饭菜的气味来到厨房。她走进去，迅速地向四周瞥了一眼。

罗斯托夫独自坐着，用一只叉子慢慢地吃着鸡蛋。他抬起头来，看到了她。他的表情一下子变得冷冰冰地充满恶意，他的薄嘴唇紧绷着，眼睛毫无表情。苏莎略微迟疑了一会儿，然后强迫自己向他走去。来到他的餐桌跟前，她在一把椅子上靠了一下，因为她觉得腿有些发软。

罗斯托夫说："坐下吧。"

她一屁股坐进那把椅子里。

"你睡得怎么样？"

她气喘得太快了，仿佛刚才走得太急。"很好。"她说，声音有些发抖。

他那充满怀疑的犀利目光似乎钻进了她的脑子。"你好像有点心烦意乱。"他平和地说，既没有同情，也没有敌意。

"我……"词句似乎卡在了喉咙里，憋着她，"昨天……是乱糟糟的。"反正这话不假，这么说挺容易。"我从来没见过有人死在我面前。"

"啊。"罗斯托夫的脸上终于露出了一丝人性，或许他记起了他第一次看见死人的经历。他伸手去够咖啡壶，给她斟了一杯。"你还太年轻。"他说，"你比我的大儿子大不了多少。"

苏莎满心欢喜地啜饮着咖啡，希望他继续照这样谈下去——这样有利于她平静下来。

"你的儿子？"她说。

"尤里·大卫多维奇，他今年二十岁。"

"他是干什么的？"

罗斯托夫的笑容不像先前那样冷冰冰的了。"不幸的是，他把大部分时间都花在了听腐朽的音乐上。他学习不那么努力，不像他弟弟。"

苏莎的呼吸逐渐正常了，她拿起杯子时，手也不再发抖了。她明白，眼前这个男人并不会因为有家就减少几分危险，不过当他说这些话的时候，似乎不那么可怕了。"那你的另一个儿子呢？"她问道，"那个小儿子？"

罗斯托夫点了点头，"弗拉基米尔。"这时他已经一点都不可怕了：他的目光越过苏莎的肩头凝视着，脸上带着一种沉迷的慈爱表情，"他很有天赋。如果受到良好的学校教育，会成为一个伟大的数学家的。"

"这不成问题。"她说，眼睛盯着他，"苏联的教育是世界上最好的。"

谈这种事看来比较稳妥，但是准是对他有什么特殊的意义，因为他那种远望的神情消失了，他的面孔又变得生硬冷漠了。"是啊。"他说，"是不该成问题的。"他接着吃起了鸡蛋。

苏莎急切地想着：他越来越友好了。我这会儿一定不能放松他。她苦苦思索着该说些什么。他们有什么共同之处，可以谈些什么呢？这时她灵机一动："我要是从你在牛津的时候就记住你，那就好了。"

"你那时太小了。"他给自己倒了些咖啡，"人人都记得你母亲。她自然而然地是周围最漂亮的女人，而你长得和她一模一样。"

苏莎心想，这就好多了。她问他："你当时学的是什么？"

"经济学。"

"我琢磨，在那年月算不上一门科学。"

"眼下也好不到哪儿去。"

苏莎扮起一副稍稍认真的表情:"当然,我们谈的是资产阶级的经济学。"

"当然啦。"罗斯托夫看着她,仿佛说不准她是不是当真。看来他认定她是当真的了。

一名军官进了厨房,跟他用俄语讲着话。罗斯托夫遗憾地看着苏莎:"我得到舰桥上去了。"

她得跟着他。她强制自己平静地说:"我可以去吗?"

他犹豫了一下。苏莎觉得:他该让她去。他跟我聊得挺开心,他相信我站在他们一边,就算我得知了什么秘密,他不可能想象,我既然困在了克格勃的船上,我怎么会加以利用。

罗斯托夫说:"为什么不可以呢?"

他走了。苏莎赶紧跟上。

在上面的无线电室,罗斯托夫通读着电文,脸上露出了笑容,还为了苏莎的缘故翻译了出来。他似乎为狄克斯坦的足智多谋而欣喜。"这人真是鬼精灵。"他说。

"萨维尔船运公司是怎么回事?"苏莎问道。

"以色列情报机构的一个前哨。狄克斯坦在排除有理由对那批铀感兴趣的一切人。原来的那家船运公司之所以不感兴趣是因为他们不再拥有那条船。现在他正在让船长和船员都下船。他无疑在某种程度上掌控了那些实际拥有那批铀的人。这是个出色的策划。"

这正是苏莎所需要的。罗斯托夫把她当作一个同事那样跟她谈话,她就在这件事的中心,她应该能够找到一条门路给他把事情搅乱。她说:"依我看,船出了毛病是人为的吧?"

"不错。现在狄克斯坦可以不发一枪地夺到那条船了。"

苏莎脑子飞快地转着。她"背叛"狄克斯坦的时候已经证明了她对阿拉伯一边的忠诚。如今，阿拉伯一边分成了两个阵营：一个是罗斯托夫、克格勃和埃及情报机构；另一个则是哈桑和巴勒斯坦突击队。现在，苏莎可以出卖哈桑来证明她对罗斯托夫阵营的忠诚了。

她尽量随便地一说："这么说，亚斯夫·哈桑当然也能了。"

"什么？"

"哈桑同样可以不发一枪地夺取阔帕列里号了。"

罗斯托夫直视着她。他的血液似乎从他的窄脸上退了下去。苏莎吃惊地看到他刹那间失去了他的矜持和自信。他说："哈桑打算劫持阔帕列里号吗？"

苏莎假装感到惊讶："你是在说你不知情吗？"

"可那是谁呢？肯定不是埃及人！"

"是突击队。哈桑说这是你的主意。"

罗斯托夫用拳头狠击舱壁，一时间样子很不冷静。"哈桑是个骗子和内奸！"

苏莎知道，她的机会到了。她心里给自己鼓着力量，嘴里说："没准我们可以制止他们……"

罗斯托夫看着她："他的计划是什么？"

"在狄克斯坦到达之前就劫下阔帕列里号，然后伏击以色列的小分队，把船驶向……他没告诉我具体地点，大概在北非的什么地方吧。你的计划是什么？"

"在狄克斯坦偷到铀之后猛撞那条船——"

"我们还能那么做吗？"

"不成了。我们离得太远，永远追不上他们了。"

苏莎知道，如果她不把下一步做得一丝不差，她和狄克斯坦就都得死。她抱起双臂来制止自己颤抖。她说："这样的话，我们就只有一招了。"

罗斯托夫抬头看着她："还有办法？"

"我们得警告狄克斯坦突击队要伏击他们的事，这样我们就可以夺回阔帕列里号了。"

嗨。她已经说出口了。她注视着罗斯托夫的脸。他应该是听进去了，这合乎逻辑，是他可以做的正确之举！

罗斯托夫在绞尽脑汁。他说："警告狄克斯坦，以便他能从突击队手中保住阔帕列里号。之后，他就可以按他的计划进行，而我们可以按我们的计划行事。"

"对啦！"苏莎说，"只此一招了！不是吗？不是吗？"

自：苏黎世萨维尔船运公司

致：热那亚安吉鲁斯

　　你们得自F. A. 佩得勒的货物黄饼，由于海上的引擎事故不限期地推迟。请提出最早的新的运送日期。帕帕郭泊鲁斯。

在吉尔·哈密尔顿号进入视线的时候，皮奥特尔·图林把瘾君子拉尔夫挤在了阔帕列里号的甲板间层。图林的行动怀有一种他不自知的自信。他做出一副霸道的姿态，紧抓着拉尔夫的毛衣。图林是条壮汉，而拉尔夫则因吸毒而虚弱。图林说："给我听着，你得给我做件事情。"

"没得说，随你说什么吧。"

图林迟疑了。这事太冒险，可是又别无选择。"你们大家上吉尔·哈密尔顿号的时候，我要留在船上。要是有人问起我怎么不见了，你就说你看见我过去了。"

"好的，没问题。"

"要是我被发现了，不得不登上吉尔·哈密尔顿号，你得明白，我就会把你的秘密告诉他们。"

"我一定尽力而为。"

"你最好说到做到。"

图林放他走开了。他并不放心：这种人会对你什么都答应，但到了危险时刻，就会垮掉的。

全体船员都在甲板上集合，准备换船。海上风浪太大，吉尔·哈密尔顿号无法靠近，只好派出一条汽艇。大家为了跨船，全都穿上救生衣。阔帕列里号的全体官员和水手在倾盆大雨中静默地站立着，清点人数。随后，水手长走到一边，下了舷梯跳进汽艇。

汽艇太小，容不下全体人员——他们只好分成两三拨，图林料到了这一点。当众人的注意力全都盯着第一个人跨过栏杆的时候，图林对拉尔夫耳语说："尽量最后一个走。"

"好吧。"

两个人溜到甲板上人群的背后。官员们都盯着汽艇的一侧。大家都站在那里，面向吉尔·哈密尔顿号等候着。

图林溜到了一道舱壁的背后。

他距离他事先松开遮罩的救生艇还有两步之遥。从船的中间水手们站立的甲板上可以看到艇的前部，却看不到艇尾。图林向艇尾移动，抬起遮罩，钻进艇里，再从里边把遮罩拉回原位。

他心想：要是我这会儿被发现了，我也尽力了。他是个大块头，救生衣又加大了一圈。他吃力地从艇尾爬到艇首，找到了一处可以从遮罩帆布的透眼看到甲板的地方。现在一切就看拉尔夫的了。

他盯视着第二拨人从舷梯下到汽艇的时候，听到大副问："那个无线电员跑哪儿去了？"

拉尔夫犹豫着。"他跟头一拨人过去了，长官。"

好样的！

"你敢肯定吗？"

"是的，长官，我看见他的。"

大副点点头，说了句在这种倒霉的大雨里简直分不清谁是谁。

船长叫来科什，两个人站在离图林藏身的地方很近的舱壁背风的一面交谈着。船长说："我从来没听过萨维尔船运公司，你呢？"

"也没有，长官。"

"全都乱了套，在一条船在海上航行的时候卖掉，然后又留下工程师负责，却把船长接走。"

"是啊，长官。我琢磨这些新船东是航海的外行。"

"他们肯定是外行，不然的话，他们会更懂一些的。可能是一帮会计吧。"停顿了一会儿。"当然，你可以拒绝独自一人留在船上，那样我就可以跟你一块留下来了。事后我会支持你的。"

"我担心我会丢掉许可证的。"

"不错。我不该出这主意的。好啦，祝你好运。"

“多谢，长官。”

第三拨人已经上了汽艇。大副在舷梯上头等着船长，船长嘴里还在咕哝着会计什么的，转身穿过甲板，随着大副下了船。

图林把注意力转向了科什——他现在以为在阔帕列里号上只有他一个人呢。工程师目送着汽艇驶向吉尔·哈密尔顿号，然后爬着梯子，到了舰桥上。

图林骂出了声。他希望科什到下边去，那样他就能去前舱，给卡尔拉号发电报了。他盯着舰桥，看到科什的面孔不时出现在玻璃后边。要是科什待在那里，图林就只好等到天黑，才能联系上罗斯托夫，向他报告了。

看来科什很像是要在舰桥上待一整天。

图林定下心来准备长时间等待。

当纳布卢斯号到达了伊比扎之南、哈桑预期会遇到阔帕列里号的地点时，视野之内却不见一只船影。

他们绕着那地点转了一大圈，哈桑用望远镜扫视着孤零零的海平面。

马赫莫德说：“你弄错了。”

“不一定吧。”哈桑坚信自己会处乱不惊，“这里只是我们会遇到那条船的最早地点。那条船不见得全速前进的。”

“为什么会拖了时间呢？”

哈桑耸了耸肩，没有表现出内心的那么焦急。“大概是引擎运转不好吧。也许他们赶上了比我们还糟的天气。什么原因都会有的。”

“那你有什么主意呢？”

哈桑意识到，马赫莫德同样十分不安。在这条船上，他并不能指挥一切，只有哈桑才说话算数。"我们向西南行驶，迎着阔帕列里号的航线前进。我们迟早会遇上的。"

"给船长下令吧。"马赫莫德说着，就下去到他的队伍中间，把哈桑跟船长留在了舰桥上。

哈桑已经观察到，马赫莫德心中升起了紧张的无名之火，他的部下也是一样。他们本以为会在中午打上一仗，可是现在他们必须等候，在水手区和厨房里闲逛，擦拭武器，打着纸牌，吹嘘以往的战绩。他们打仗成瘾，喜欢危险的动刀子的游戏，以便对自己并在彼此之间证明他们的勇气。其中一个曾经因为一次莫须有的侮辱而同两个海员争吵起来，用破玻璃划破了那两人的面部，然后就大打出手。现在船员们都远远地躲着这帮突击队员了。

哈桑难以想象，他要是马赫莫德，应该如何掌控这些人。他最近反复思考着这些事。马赫莫德依旧是指挥官，可是他才是完成了一切重要工作的人：发现了狄克斯坦，带来了他的计划的情报，想出了反劫持的主意，并且确定了斯特罗姆堡号的方位。他已经在琢磨，到这一切结束之后，他的地位会是什么。

显然，马赫莫德也在琢磨着同样的事。

唉，要是在他们俩之间有一场权力之争的话，那就还要等待。当务之急，他们还得劫持阔帕列里号并且伏击狄克斯坦。哈桑想到这里，感到一阵恶心。对下面那些历经战斗、铁石心肠的人们来说，他们确信所期待的是一场战斗，当然求之不得，可是哈桑从来没有参加过战斗，甚至除去那次在废弃的别墅中的科顿之外，他也没有被枪口对着过。他心中害怕，更担心会像他在别墅中那样转身逃跑，举手投降，从而流露出惧色会失去自己的尊严。但是，他也感到激动，因为如果他们取胜的话——只要他们取胜！

下午四点半钟，他们看到有一条船向他们驶来，结果是虚惊一场：哈桑用望远镜仔细观察之后，宣布那条船不是阔帕列里号，当那条船经过时，他们读到了舷侧的船名——吉尔·哈密尔顿。

随着天色渐暗，哈桑变得焦躁不安。在这种天气里，即使亮着导航灯，夜间航行的两条船在半英里之内，彼此也不会看见。虽然雅科夫早已报告说，罗斯托夫要启用图林，但阔帕列里号的秘密电台整个下午也没有发出一点信号。为了有把握让阔帕列里号不会在夜里驶过纳布卢斯号，他们只好在四下里巡航，并且以阔帕列里号的速度在夜间向热那亚前进，等到天亮之后再恢复搜索。可是到了那时候，斯特罗姆堡号就会在近旁，突击队可能就失去了给狄克斯坦布下罗网的机会了。

哈桑正要把这些情况向刚刚返回舰桥的马赫莫德解释，远处有一个亮光闪了起来。

"那条船在抛锚。"船长说。

"你怎么知道的？"马赫莫德问道。

"单独一个白灯的含义就是抛锚。"

哈桑说："这就解释了那条船何以没像我们预期的那样靠向伊比扎。如果那是阔帕列里号，你就准备登船吧。"

"我同意。"马赫莫德说着，就去告诉他的人了。

"打开你的导航灯。"哈桑吩咐船长。

纳布卢斯号离那条船越来越近的时候，夜幕降临了。

"我几乎可以肯定，那就是阔帕列里号。"哈桑说。

船长放下了手中的望远镜。"它的甲板上有三台起重机，它的上层建筑在舱口的后边。"

"你的视力比我好。"哈桑说，"它就是阔帕列里号。"

他下到厨房里，马赫莫德正在那儿对他的队伍讲话。他走进去的时候，马赫莫德看了他一眼。哈桑点了下头："就是它。"

马赫莫德转过身面对他的人。"我们不会遇到什么抵抗。那条船上都是普通水手，而且没理由配备武装。我们乘两只艇过去，一只攻击左舷，一只攻击右舷。在船上，我们的第一个任务是占领舰桥，防止船员使用无线电台，然后我们要把船员围在甲板上。"他停了一下，转过来对哈桑说："告诉船长尽量靠近阔帕列里号，然后关闭引擎。"

哈桑转身要走。一时间他又成了听差了：马赫莫德显示出，他依旧是战斗领袖。哈桑感到羞辱，一股血涌上面颊。

"亚斯夫。"

他转身回来。

"给你武器。"马赫莫德扔给他一支枪。哈桑接住了。那是一支小型手枪，就是女人可以放在手袋里的那种，简直是个玩具。突击队员们哄堂大笑。

哈桑心想：我也可以玩这种游戏。他看到了像是保险机的东西，就扳开了。他瞄准了地板，扣动了扳机。响声极大。他对着地板打空了枪。

一片沉寂。

哈桑说："我觉得我看到了一只老鼠。"他把枪扔还给马赫莫德。

突击队员们笑声更大了。

哈桑走了出去。他回到舰桥，向船长传达了口信，又回到甲板上。这时天已经黑透。一时之间，阔帕列里号唯有灯光可见了。随后，就在他全力注视的时候，一个漆黑的侧影在深灰的海水的衬托下变得清晰起来。

此时无声无息的突击队员们已经从厨房出来，和船员们一起站到了甲板上。纳布卢斯号的引擎关闭了。船员们放下了两条小艇。

哈桑和他的突击队员翻过船舷。

哈桑和马赫莫德在同一条船上。小艇在此时看似无边无际的海浪中颠簸前进。他们接近了阔帕列里号的船侧。船上毫无动静。哈桑心想，值更的军官一定听到了两台引擎接近的声响了吧？可是没响起警报，没有灯光照射到甲板上，也没人高声下令或者趴到栏杆上观察。

马赫莫德第一个爬上舷梯。

到哈桑上到阔帕列里号的甲板上的时候，另一组人正在蜂拥越过左舷的上缘。

人们涌下升降口，又爬上舷梯，可是依旧不见阔帕列里号船员的人影。哈桑心惊地预感到发生了骇人的错误。

他随着马赫莫德上了舰桥，已经有两名突击队员在那里了。哈桑问道："他们有时间使用电台吗？"

"谁？"穆罕默德说。

他们又返回到甲板。人们慢慢地从舱里出来，个个面带疑虑，冰冷的枪都握在手里。

马赫莫德说："玛丽·瑟勒斯特号的失事。"

两名突击队员夹着一个吓坏了的水手走过甲板。

哈桑用英语对那水手说："这里发生了什么事？"

那水手用另一种语言回答了他。

哈桑突然出现了可怕的念头。"咱们检查一下货舱。"他对穆罕默德说。

他们找到了通向下边的升降口，下到了货舱里。哈桑发现了一个电灯开关，就打开了灯。

货舱里满是大油桶，全都封着，还加了安全木楔。油桶侧面漏印有铅酸盐的字样。

"就是它了。"哈桑说，"这就是铀。"

他俩看着油桶，又交换了一下眼色。一时间，一切敌对情绪都烟消云散了。

"我们成功了。"哈桑说，"真主啊，我们成功了。"

夜幕降临时，图林看到工程师走到前面去打开了白灯。回来后，他并没有上舰桥，而是继续往船后走，进了厨房。他打算弄点吃的。图林也饿了。他宁可给出一条胳膊，换上一盘咸鲱鱼和一块黑面包。他整整一下午窝在救生艇里，等着科什离开，已经除去饥饿什么都不顾了，折磨他的就是鱼子酱、熏鲑鱼、腌蘑菇，而最多的就是黑面包。

还不到时候，皮奥特尔，他叮嘱自己。

科什刚一消失，图林就从救生艇里爬出来，他伸展着肌肉不听话的四肢，匆匆沿甲板跑向船首。

他早先就移开了主舱中的盒子和杂物，挡住他的小小的无线电室的入口。这时他不得不趴下来，四肢着地，拉开一个盒子，爬过一条窄道，进到里边。

电台反复着两个字的信号。图林查看了下电码本，弄明白意思是：在表示收到以前，先要换到另一个波长。他把电台调到发射段，等待着指示。

罗斯托夫当即回答了。计划改变。哈桑要攻击阔帕列里号。

图林费解地皱起眉头，应道：请重发。

哈桑是内奸。突击队要攻击阔帕列里号。

图林脱口自语："天啊，这是怎么回事？"阔帕列里号就在这儿，他就在船上……哈桑为什么要……当然是为了铀。

罗斯托夫还在发报。哈桑计划伏击狄克斯坦。为执行我们的计划，我们要警告狄克斯坦伏击一事。

图林译出电文后紧锁眉头，明白之后面部才开朗。"这么说，我们得回到修正预案了。"他自言自语说，"这很聪明。可我该做什么呢？"

他发电：怎么办？

你要以阔帕列里号的常规波长呼叫斯特罗姆堡号，并反复精确发送下列电文："阔帕列里致斯特罗姆堡，我认为我船上来了阿拉伯人。当心。"

图林点点头。狄克斯坦会认为，科什在阿拉伯人杀死他之前还争取时间发出了几个字：预警。狄克斯坦应该有能力夺取阔帕列里号。随后，罗斯托夫的卡尔拉号就能够按计划撞上狄克斯坦的船了。图林又想：可是我呢？

他回复：明白。他听到远处砰的一响，像是有什么东西撞到了船体。起初他没在意。随后想起来船上除去他和科什再没别人了。他来到前舱的门口，向外张望。

突击队已经来了。

他关上门，赶回他的发报机跟前。他发出：哈桑已到。

罗斯托夫回电：现在电告狄克斯坦。

我然后怎么办？

藏匿。

图林心想：多谢啦。他停止发文，转到常规波长给斯特罗姆堡号发报。

一个念头飞快地掠过他的脑海：他可能再也吃不到咸鲱鱼了。

"我听说过武装到牙齿，那真太可笑了。"纳特·狄克斯坦说，大家都笑了。

来自阔帕列里号的电文改变了他的心情，他先是震惊。对手怎么会掌握这么多他的计划，居然能够抢先劫夺阔帕列里号呢？他准是在什么地方出现了严重的判断失误。苏莎……但现在不是自责的时候。马上就要有一场战斗了。他的阴郁沮丧消失了。紧张还在，如同一根钢簧似的紧紧绷住他的内心，不过，他现在能够驾驭它、利用它，可以用来做些什么了。

斯特罗姆堡号食堂里的十二个人觉察到了狄克斯坦的变化，也感染到了他对战斗的渴望，尽管他们知道，他们当中的一些人不久就会死掉。

他们都武装到了牙齿。每个人配备了一支Uzi式9毫米口径的冲锋枪，那是一种小型的可靠性很强的武器，装上25发的弹夹才重达九磅，加上伸出去的金属枪托只有两英尺一英寸长。每支枪有三个备用的弹夹。每个人的腰带上都别着一支带套的鲁格尔手枪——这种手枪和冲锋枪使用同样的子弹——腰带的另一侧挂着一组四颗手榴弹。他们几乎肯定每个人都另有自选的额外武器：刀子、包皮的棍棒、刺刀、带刺的指节套，以及其他一些怪模怪样的令人生畏的装备，与其说是作战用具倒是更像祈福饰物。

狄克斯坦了解他们的心情，知道那是从他身上传递过去的。他以前和人们在投入战斗前都有过这种感受。他们害怕——但似乎矛盾的是——恐惧反倒使他们急于开始战斗，因为等待是再糟不过的事了，战斗本身是麻醉剂，之后无论生死，就再也无所谓了。

狄克斯坦事先已经把作战细节琢磨透了，并且给大家作了概括介绍。阔帕列里号设计得如同一条微型的油轮，前部和中部是货舱，后甲板是上层建筑，船尾是次级上层建筑。主要上层建筑包括舰桥、官员区和食堂，往下是水手区。船尾的上层建筑里有厨房，下面是轮机室。两个上层建筑高出甲板，彼此相隔，但是在甲板下面有甬道相通。

他们要分三组登船。阿巴斯的人将攻击船首。由贝达和吉卜力分别率领的其余两组将从船尾的左右两舷的舷梯上船。

船尾的两组上船后，一组要到下面，另一组要前进到中部，在那里把可能被阿巴斯小组的人从船首逼退过来的敌人消灭。这种战法可能会在舰桥上留下一个抵御圈，而狄克斯坦计划由他亲自夺取舰桥。

攻击将在夜间进行，否则，他们会无法登船——他们会在翻越栏杆时被击中。但夜间攻击会出现如何避免射中自己人以及同敌人乱射的问题。为此，他提出了一个人彼此辨认的信号，就是阿利亚斯这个字眼，按照这一进攻计划，他们直到战斗结束，才会彼此照面。

现在他们在等待。

他们在斯特罗姆堡号的食堂里围成松松的一圈，这里与阔帕列里号的食堂相同，在那里他们会很快投入战斗或者死去。狄克斯坦在对阿巴斯讲话："你们要从船首控制前甲板，那里是一片交火的开阔地。把你的人布置在掩蔽物后面，并且守在那里。当甲板上的敌人暴露他们的位置时，就把他们消灭。你们的主要问题是从舰桥上展开火力。"

阿巴斯瘫坐在椅子上，那副样子比平素更像一辆坦克。狄克斯坦很高兴有阿巴斯在他的身旁。"开头我们要控制我们的火力。"

狄克斯坦点点头："你们大有机会不被发现地登到船上，在确认我们其余的人到达之前不要开枪。"

阿巴斯点着头："我看到了波鲁什在我的组里。你知道他是我妹夫。"

"知道。我还知道，他是我们这里唯一结了婚的。我认为你可能要关照他一下。"

"谢谢。"

费因伯格正擦着他的刀子，这时抬眼来看。这个骨瘦如柴的纽约人头一次没了笑容。"你们怎么评估这些阿拉伯人？"

狄克斯坦摇了摇头："他们可能是正规军或者突击队。"

费因伯格笑了："但愿他们是正规军——我们一做鬼脸，他们就投降。"

那是个低俗的笑话，不过他们还是全都笑了。

一向悲观的伊西两腿跷到桌子上，闭着双眼说："翻越栏杆将是最糟的部分。我们会像婴儿一样赤裸裸地暴露在那儿。"

狄克斯坦说："要记着，他们相信我们以为要夺取的是一条废弃的船只。他们的伏击假定是完全出乎我们意料的。他们期待的是一场轻而易举的胜利——可是我们是有准备的。何况天色漆黑……"

门开了，船长走了进来。"我们已经看到了阔帕列里号。"

狄克斯坦站起身。"咱们走吧。好运，别捉活口。"

第十六章

拂晓前的最后几分钟，三条小艇从斯特罗姆堡号出发了。

他们身后的大船很快就看不见了。大船上没开导航灯，甲板上和舱房的灯也已关闭，连水线以下的灯亮都没有，以确保没有一丝亮光会使阔帕列里号警觉。

入夜后天气益发糟糕了。斯特罗姆堡号的船长说还没有遭到称作暴风雨的地步，可是雨下得瓢泼一般，狂风刮得一个钢质吊桶在甲板上咔咔乱响。巨浪迫使狄克斯坦只好紧紧抓住摩托艇里的板凳座位。

有一段时间，他们处于地狱的边缘，前后都一无所见。狄克斯坦连跟他同船的四个人的面孔都看不见。费因伯格打破了沉寂："我依然要说我们应该把这次下网捉鱼的行动推迟到明天。"

口哨声掠过了墓地。

狄克斯坦和其余的人一样迷信：在他的防水衣和救生衣里面，他穿着他父亲的一件旧的条纹背心，胸兜里装着一只碎裂的怀表。那只怀表曾经为他挡住一颗德国人的子弹。

狄克斯坦有条不紊地思考着，但他多少有些想入非非。他和苏莎的恋情还有她的背叛已经使他思绪混乱了，他的旧有的价值观和动力已被颠覆，而他从她那里获得的新观念又在他手中化作尘埃。他依旧在乎一些事情：他想取得这场战斗的胜利，他想让以色列拥有铀，他还想除掉亚斯夫·哈桑，他唯一不在乎的是他自己。刹那间，他对子弹、痛苦和死亡都不畏惧了。苏莎已经背叛了他，他已经没有了带着往事长寿的热切欲望了。只要以色列有了自己的核弹，以斯帖①就会平静地死去，摩蒂就会结束《金银岛》，而伊格尔就会寻找葡萄。

他握紧防水衣下面的冲锋枪的枪管。

他们爬过一道海浪，在接下来的一处浪底，猛然看见了阔帕列里号。

经过前前后后、接二连三的几次快速调头，列维·阿巴斯的摩托艇靠近了阔帕列里号的船头。他们头上的白光使他们看东西清清楚楚，而外轮廓呈弧线的阔帕列里号船体则遮住了甲板或舰桥上任何人的视线，无法看到他的小艇。在小艇紧靠舷梯时，阿巴斯取出一根绳索，捆在防水服里面的腰间。他迟疑片刻，便脱去防水服，打开枪支的包层，把枪挂到脖子上。他一只脚在艇里，另一只跨上艇舷的上缘，等待时机一跃而上。

他的双手和双脚触到舷梯。他解下腰间的绳索，拴牢在舷梯的一根横撑上。他沿着舷梯几乎爬到了顶端，就停了下来。他的人要尽可能一个接一个地跨越栏杆。

他回头向下看。夏瑞特和撒皮尔已经紧随着他爬上了舷梯。就在他看的时候，波鲁什向前一跳，笨拙地落下脚，手却没有抓

---

① 以斯帖是《圣经·旧约·以斯帖记》中的女主角，是公元前五世纪中期的古代波斯的王后，是美丽善良的犹太女英雄，她运用自己的智慧挽救了在波斯境内的犹太人的性命。

住，阿巴斯的呼吸一时提到了嗓子眼，不过波鲁什只滑下了一根横撑，便用一条胳膊挽住舷梯的一侧，止住了下落。

阿巴斯等候着波鲁什紧接着到了撒皮尔的身后，随即翻过栏杆。他轻轻地手脚着地，紧挨船舷的上缘用低姿匍匐。其余的人迅速跟上：一个、两个、三个。白光就在他们头顶，他们暴露无疑。

阿巴斯向四下观察。夏瑞特个子最小，而且能像蛇一样的蜿蜒前进。阿巴斯触了一下他的肩头，指点着甲板的对面："在左舷隐蔽起来。"

夏瑞特匍匐过两英尺的空旷甲板，将身体部分地隐藏在前舱口的高出的边缘旁。他一步步地向前移动。

阿巴斯来回观察着甲板。他们随时都可能被发现，他们会懵懵懂懂地被子弹击中。快，赶快！在船尾上面竖着绞动船锚的轮盘，松松地缠着一大堆锚链。"撒皮尔。"阿巴斯指点着，撒皮尔当即向那里爬去。

"我喜欢那吊车。"波鲁什说。

阿巴斯看了一下头顶上的起重机摇臂，那家伙俯控着整个前甲板。操作室大约高出甲板十英尺。那是个危险的位置，可也是个良好的制高点。"上。"阿巴斯说。

波鲁什沿着夏瑞特的路线匍匐向前。阿巴斯边观察边思考：小组里有一个大屁股——我妹妹把他喂得太好了。波鲁什到达了起重机的底部，开始爬梯子。阿巴斯屏住了呼吸，波鲁什正在爬梯子的当口，万一有个敌人刚好朝这个方向看呢？随后他接近了操作室。

在阿巴斯的身后的船首上，是一个升降口，有短短的几级阶梯往下通往一座小门。那地方狭小，称不上艏楼，而且里面几乎可以肯定没有合适的生活区舱室，仅仅是个载货的前舱。他朝那里爬去，蹲伏在小井口里的阶梯脚下，轻轻砸开门。里面黑洞洞的。他关上门，转过身，把枪放在阶梯顶上，为独处在那地方很是满意。

船尾只有微弱的光亮，狄克斯坦那条艇只好紧靠阔帕列里号的右舷舷梯。担任小组长的吉卜力发现难以将船保持在位。狄克斯坦看到汽艇舱内有一个挂船钩，就用来将船稳稳固定下来，在海浪要把小艇从大船分开或者撞向大船时，能够拉着小艇靠住阔帕列里号。

吉卜力原先当过兵，坚持要按以色列军队的传统，由军官冲锋在前，而不是为队伍殿后：他要第一个上。他总是戴着一顶帽子，遮住他那退去的发线，此时他头上戴的是贝雷帽。他在小艇随浪下滑时，蹲在艇边，然后，趁着小艇和大船在水槽中靠近时，他奋身一跃，便在舷梯上平稳落脚，向上爬去。

费因伯格在船边等待时机，他说："现在，听我数到三，就打开我的降落伞，对吧？"接着他就一跃而起。

卡赞接着越过，然后是拉乌尔·德沃拉特。狄克斯坦卸下船钩，随在他们身后到了舷梯上。他在舷梯上向后靠着，透过雨水的雾气向上望去，只见吉卜力爬到舷梯的上缘，然后摆开一条腿，越过栏杆。

狄克斯坦回头眺望，看到远处的天际泛出一条淡淡的浅灰，那是黎明的第一个迹象。

这时，突然响起冲锋枪的开火声和叫喊声。

狄克斯坦再次向上看的时候，只见吉卜力从舷梯的顶上头朝后慢慢地落了下来。他的贝雷帽掉下，被风吹跑，消失在黑暗中。吉卜力跌落下来，经过狄克斯坦的身边，掉进了大海。

狄克斯坦高呼："冲啊，冲啊，冲啊！"

费因伯格飞越过栏杆。他触到甲板时，就势一滚，狄克斯坦知道，随后——的确，紧接着他的枪就响了，那火力掩护着其余的人——

卡赞翻了过去，然后是四支、五支，许多支枪都嗒嗒地开了火，狄克斯坦一跃而过脚下的舷梯，用牙齿拽开一颗手榴弹的撞针，越过栏杆，掷向前方三十码的地方，造成对方注意力的转移，而不致伤及已在甲板上的自己人。紧接着，德沃拉特越过栏杆，狄克斯坦看到他着甲板后一滚便站稳脚跟，又跃身船尾上层建筑的后面隐蔽起来，狄克斯坦叫了声"我来了"，便用滚式跳高的身姿，用双手双膝着地，在一排掩护火力下，躬身跑向船尾。

"敌人在哪儿？"

费因伯格停止了射击，回答他。"在厨房。"他说着，朝着他们身边的舱壁伸出一根大拇指，"在救生艇里，还有的在船中央的门洞里。"

"好的。"狄克斯坦站起身，"我们守住这处阵地，等待贝达的小组登上甲板。你听到他们开火后，再转移。德沃拉特和卡赞，朝厨房门开枪，然后下去。费因伯格掩护他们，然后沿甲板边缘夺路前进。我来收拾救生艇。与此同时，要设法把他们的注意力从左舷船尾的舷梯和贝达那儿转移开。随意开火吧。"

哈桑和马赫莫德在射击开始时，他们正在舰桥后部的海图室内盘问那名水手。那名水手只肯说德语，好在哈桑会讲德语。他说的故事是：阔帕列里号开不动了，船员都被接走了，留下他在船上等待送来的备用部件。他对铀、劫持和狄克斯坦都一无所知。哈桑并不相信他，因为——正如他对马赫莫德指出的——既然狄克斯坦能够安排船只出事，就一定会安排他的一个人留在船上。那名水手被绑在一把椅子上，此时马赫莫德要把他的手指一根根地砍下，以便让他说出真情。

他们听到了一声突发的枪声，然后是一阵沉寂，接着是第二声枪响和随之而来的一排掩护射击。马赫莫德把刀子入鞘，走下由海图室通往官员生活区的阶梯。

哈桑竭力要弄清局面。突击队分成小组，待在三个地方——救生艇、厨房和船中央的主要上层建筑里。哈桑从他所在的地方能够看到甲板的左右两舷，要是他从海图室前往舰桥，就可以看到前甲板。大多数以色列人好像是从船尾上来的。突击队员，无论是在哈桑正下方的，还是在船两侧的救生艇里的，都在朝船尾开火。厨房没有战斗声，那就意味着，以色列人已经占领了那里。他们应该已经下去了，但是他们仍把两个人留在了甲板上，一边一个守护着他们的后方。

如此看来，马赫莫德的伏击计划失败了。原想把以色列人在他们越过栏杆时统统射杀。事实上他们成功地到达了有掩护的地点，现在，战斗相持不下。

甲板上的战斗僵持着，因为双方都利用良好的掩蔽物互相对射。哈桑揣摩，这正是以色列人的意图：保持对方在甲板上招架，他们则趁机在下面取得进展。他们在通过两层甲板间的甬道后，会从下面攻击突击队员的堡垒，也就是船中央的上层建筑。

最佳位置在哪里呢？哈桑认定，就是他所在的地方。以色列人要想接近他，就得一路打通甲板间的甬道，然后向上穿过官员区，再上到舰桥和海图室。这里是个难以攻取的地方。

舰桥上传来一声巨大的爆炸声。隔开舰桥和海图室的厚门炸碎了，垂在合页上，慢慢地倒向里边。哈桑向外面看去。

原来是一颗手榴弹落在了舰桥上。三个突击队员的尸体瘫在舱壁对面。舰桥上所有的玻璃全都震碎了。手榴弹应该来自前甲板，说明船首另有一伙以色列人，仿佛要证明他的假设，这时，一阵枪声从前甲板的起重机处传来。

哈桑从地板上捡起一支冲锋枪，架在窗台上，开始向后边射击。

列维·阿巴斯眼看着波鲁什的手榴弹飞过空中，落进舰桥，然后又看见炸碎后剩下的玻璃。那个区域的枪声沉寂了片刻，然后又开始了新一轮的射击。阿巴斯一时之间判断不出这轮新射击的目标是哪里，因为没有一颗子弹落在他身旁。他朝两个方向望去。撒皮尔和夏瑞特都在向舰桥开火，可看来他俩谁也没暴露在火力之下。阿巴斯抬头看着起重机。波鲁什——是他受到了火力的压制，在波鲁什还击的时候起重机的操作室里传来了枪声。

舰桥上的射击很外行，是漫无目标的瞎射一气，那人只是在喷射子弹。但是他占据了有利地形：他居高临下，而且有高高的舰桥壁做掩体。他迟早会射中什么的。阿巴斯拿出一颗手榴弹，甩了出去，但中途落了下来。只有波鲁什的位置接近，可以把手榴弹掷上舰桥，可惜他已经用光了手榴弹——只有第四颗命中了目标。

阿巴斯重新开火，随后抬头望向起重机的操作室。他看到波鲁什从操作室外背朝下落下，在空中转了一个身，便像死物一样的落在了甲板上。

阿巴斯心想：我要怎么告诉我妹妹呢？

舰桥上的射手停止了射击，随后又朝着夏瑞特的方向重新猛烈开火。夏瑞特跟阿巴斯及撒皮尔不同，他被挤在一台绞盘和船舷上缘之间，没有什么掩护。阿巴斯和撒皮尔都向舰桥射击。那个看不见的枪手有了进步：子弹穿过甲板上的一道缝隙，射向夏瑞特的绞盘，之后，夏瑞特尖叫一声，向旁边一跳，像触电一般猛地倒下，这时更多的子弹射进他的身体，直到最后他躺在那里一动不动，停止了叫喊。

形势不妙。阿巴斯的小组本应该控制前甲板，可是如今却被舰桥上的那个人做到了。阿巴斯得除掉他。

他又掷出了一颗手榴弹。在不到舰桥的地方落地爆炸了，火光可能会使那枪手眼睛花上一两秒钟。于是，爆炸响起时，阿巴斯站起了身，向起重机跑去，撒皮尔的掩护枪声在他的耳畔响着。他来到梯脚，赶在舰桥上那枪手发现他之前开了火。随后，子弹在他周围的钢梁上打得劈啪作响。似乎他每爬一步，都要用上一辈子的时间。他脑海中的怪念头开始数着步子：七一八一九一十……

他被一颗跳弹击中了。子弹射进了紧靠臀部的大腿。他没有死，但那一枪似乎使他下半身的肌肉麻痹了。他的双脚从梯撑上滑下。在他发现双腿不能动弹的瞬间，有一些混乱的惊慌。他本能地伸出双手去抓梯子，但是没有抓住，就掉了下来。他侧转过身，样子难看地落在甲板上，摔断了脖子，死去了。

前舱的门轻轻打开，一张惊慌失措的苏联人的面孔，大睁着眼睛朝外窥视，不过没人看见他，他缩了回去，关上了门。

在卡赞和多夫拉特突袭厨房时，狄克斯坦利用菲伯格的火力掩护向前运动。他弯腰跑过他们登船的地点和厨房门口，卧倒在已经被手榴弹炸过的第一条救生艇的背后。在黯淡却渐明的光线中，他从那里能够看清船中央上层建筑的轮廓，如同一段三级阶梯似的在前方耸立着。在主甲板的层面上是官员的食堂、官员的活动室、病号间和用作干货舱的客房。上面一层是官员的房间、卫生间和船长生活区。在顶层甲板上是连着海图室和无线电室的舰桥。

大部分敌人现在应该在甲板层的食堂和活动室内。他可以爬过靠近通风口的梯子，向前绕着二层甲板通道，来避开他们，但是到舰桥去的唯一路线是二层甲板。他得独自消灭掉房间里的任何敌人。

他回头望去，菲伯格已经退到了厨房的后边，大概是重新装子弹。他等到菲伯格再次开火时就立起身。他朝身后一阵狂射，从救生艇的后面冲出来，穿过后甲板来到梯子跟前。他不住脚地一步跳上第四个横撑，向上攀爬，心中明智地想到，自己很快就会成为易射的靶子，此刻耳边响着子弹噼噼啪啪打在他身旁的通风口上的响声，直到他到达上层甲板，纵身跃过通道才停下身来。这时他躺倒在官员生活区的门口，喘着粗气，因吃力而周身颤抖着。

"打死这些该死的乌鸦。"他咕哝着。

他给枪重新装好子弹。他把后背贴紧房门，慢慢地滑身向上，站到齐眼高的门孔处，他大着胆子朝里窥视，看到一条通道，两侧各有三座门，尽头有梯子向下通向食堂，向上通向海图室。他知道有两架露天梯子向上通往舰桥：一条从主甲板上去，一条经过海图室到达。幸好，阿巴斯小组依旧控制着那段甲板，可以用火力控制那两架露天的梯子，因此，这里便成了通往舰桥的唯一途径了。

他打开门，迈步进去。他爬行经过第一座舱室的门，把门打开，往里边扔了一颗手榴弹。他看到其中一个敌人正要转身，就关上了门。他听到手榴弹在那狭小的空间里爆炸了，便跑到同一侧的另一扇门，打开门，扔进了另一颗手榴弹。爆炸的是空屋。

这一侧还有一扇门，可是他已经没有手榴弹了。

他冲向那扇门，猛地把门打开，扫射着进去。室内只有一个人。那人一直从舷窗向外射击，现在他刚把枪从舷窗口取下，转过身来。狄克斯坦的扫射把他打成两截。

狄克斯坦转身面对着门口，守候着。对面舱室的门一下子敞开，狄克斯坦把门后的人射倒了。

狄克斯坦跨进通道，盲目地射击着。还有两间舱室要对付。较近的一间的门开了，狄克斯坦扫射过去，一个人尸体应声而倒。

还剩一间了。狄克斯坦等待着。那扇门开了一道缝，又赶紧关上。狄克斯坦跑过通道，一脚把门踹开，向舱室里扫射。没有还击。他进入室内：里面的人中了跳弹，倒在铺位上流着血。

狄克斯坦被一种发疯的狂喜攫住，他靠自己一人之力夺取了整条甲板。

下一步就是舰桥了。他沿通道向前跑去。顶端是个升降口，向上通海图室，向下通官员的食堂。他跨上梯子，向上看，一个枪口伸下来朝他开火，他纵身跳下，躲开了那里。

他的手榴弹用光了。可是用枪是打不到海图室里的那个人的。而那人却可以躲在通道顶部的边上，对梯下乱开枪。狄克斯坦要想上去，就非得上梯子不可。

他进了前面的一间舱室，扫视了一下甲板，尽量估量着形势。他看到前甲板上的局面大吃一惊：阿巴斯小组的四个人里只剩下一个人还在射击，而狄克斯坦只能看到三具尸体。舰桥上似乎有两三支枪在向活着的那个以色列人开火，把他逼在一堆锚链后边动弹不得。

狄克斯坦向一侧望过去。菲伯格仍好好地待在后面——他并没有试图前进，而下去的人依然不见踪影。

突击队员们隐蔽在他下面的食堂里。他们以优势地位，能够把甲板上的人和他们下面二层甲板里的人困住。夺取食堂的唯一手段是从四下里——也包括从顶上同时进攻，但那就意味着先要占领舰桥。可是舰桥不可及啊。

狄克斯坦沿通道向回跑，出了后面的门。雨还在下，但天上有一抹暗淡的冷光。他能够看清菲伯格和多弗拉特各在一边。他呼叫着他们的名字，直到引起他们的注意，这时他就指点着厨房。他从通道跃上后甲板，快速通过后就扎进了厨房。

他们明白了他的意思，随后就跟了进来。狄克斯坦说："我们得占领食堂。"

"我想不出怎么干。"菲伯格说。

"闭嘴，听我告诉你们。我们从各个方向——左舷、右舷、下面和上面同时进攻。我们得先占领舰桥。这由我去做。我到达之后就拉响雾号。那就是信号。我想让你们俩下去，告诉那里的人。"

"你怎么到舰桥上去呢？"菲伯格问。

狄克斯坦说："从顶上过去。"

在舰桥上，马赫莫德和另外两名突击队员来到了亚斯夫·哈桑的身旁。那两个人找好了射击的位置，而两位领导人则坐在地板上商议起来。

"他们胜不了，"马赫莫德说，"我们从这里控制了好大一片甲板。他们无法从下面进攻食堂，因为甬道很容易从上方封锁。他们也不能从左右两侧或前面进行攻击，因为我们能够从这里向下把他们打倒。他们更不能从上面进攻，因为我们控制着下层甬道。我们只消一直射击下去，直到他们投降。"

哈桑说："他们有一个人几分钟之前想夺取这条甬道，被我打退了。"

"你刚才就一个人在这里吗？"

"是啊。"

他把双手放到哈桑的肩头。"现在你是一名突击队员了。"他说。

哈桑说出了他们两人的想法："在这之后呢？"

马赫莫德点着头："平起平坐的伙伴。""

马赫莫德又说："现在，我认为他们会竭力再次攻占那条甬道——那是他们唯一的希望。"

"我来从海图室控制那里。"哈桑说。

他们俩站起了身，这时，一排子弹从前甲板穿过没了玻璃的窗口射了进来，打中了马赫莫德的脑袋，他当场就死了。

哈桑成了突击队的领导人。

狄克斯坦卧倒在顶棚上，顶棚呈弧形，而且无处可抓，加之下雨打滑，他只能摊开四肢，吃力地一英寸一英寸地向前爬行。随着阔帕列里号在风浪中摇摆，顶棚也乱晃起来。狄克斯坦只能紧紧贴在钢板上，尽量减缓他的下滑。

在顶棚的前端是一盏导航灯。他爬到那里就安全了，因为他可以抓住它。他向那里的爬行进程，痛苦而缓慢。在他离那儿只有一英尺的时候，船向左侧倾斜，把他滑到了一边。他滚动了好长的距离，一直到了顶棚的边缘。一时间，他仅靠一只手臂和一条腿挂在离甲板三十英尺的高处。船又晃动了一下，他的那条腿也给甩了出去，他用力用挂着的那只右手的指甲死死抠进金属顶棚的油漆里。

接着是一段折磨人的停顿。

阔帕列里号摇回了原位。

狄克斯坦借着这次摇动回到了顶棚，越来越快地向着导航灯滑去。

可是船这时向上翘起，顶棚后仰，他滑了长长的一条弧线，差一码没有抓住导航灯。他又一次把四肢紧贴在金属顶上，尽量减慢下滑的速度；他又被甩到边缘；又吊在那里，眼看就要掉到甲板上；不过，这一次甩出去的是他的右臂，他的冲锋枪从右肩上溜下，落进了救生艇。

船后退又前冲。狄克斯坦发现自己以加速度滑向导航灯。这一次他总算够到了。他用两只手紧紧抓住。导航灯离顶棚的前缘大约一英尺。正下方就是舰桥的前窗，窗玻璃早已粉碎，从窗口探出两支枪管。

狄克斯坦虽然抓着导航灯，仍止不住滑动。他的头部对着边缘，身体转了一大圈。他看到顶棚的前缘与两侧不同，有一个狭窄的滴水管，用来泄掉下面玻璃上的雨水。就在他的身体甩过那里时，他松开了握灯的手，随着船身的下沉，用指尖抠住了滴水管，摆动双腿，进了室内。他从破窗飞进去，双脚在舰桥的中间落了地。他先弯曲双膝，以减轻着地的震动，马上就站直了。他的冲锋枪已经掉下，又来不及抽出手枪或匕首。舰桥上有两个阿拉伯人，位于他的两侧，都握着冲锋枪在向甲板上开火。狄克斯坦站直身体时，他们转过身来，满脸惊惧地面对着他。

狄克斯坦距离左舷的那人稍微近一些。他踢出一脚——靠运气而不是靠判断——正中那人的臂肘的凸点，把他的持枪手臂踢麻了。狄克斯坦马上飞身扑向另一个人。他准备向狄克斯坦扫射的冲锋枪开火稍迟刹那，狄克斯坦已经逼到他跟前。他举起右手，击出他自己所知的最狠毒的两招：掌跟打在那个阿拉伯人的下巴上，将他的头部后仰，接着的第二掌用上了空手道的招数，紧紧地掐进对手暴露出来的软喉。

狄克斯坦没等那人倒下，就抓住他的上衣，抡起他来挡在自己和另一个阿拉伯人中间。那人正在抓起枪。狄克斯坦赶在他开火之前，举起死人，抛过舰桥。尸体挡住了子弹，撞到那人的身上，他立脚不稳，向后倒去，摔出敞着的门洞，落到了下面的甲板上。

海图室还有第三个人，守卫着通向下面的甬道。在狄克斯坦落脚在舰桥上的三秒钟时间里，那个人站起来，转过了身，这时狄克斯坦认出了原来他是亚斯夫·哈桑。

狄克斯坦蹲下去，对着地面上倒在他俩中间的破门板踢出了一脚。门板滑过甲板，砸在了哈桑的脚上。这一砸只让他站立不稳，就在他伸出双臂寻求平衡时，狄克斯坦已经启动了。

到此时为止，狄克斯坦一直像一台机器，灵活地对他身临的局面作出反应，不假思索地听凭他的神经系统自主地应对一切，可是眼下却不仅如此了。此刻，面对着敌视他所热爱过的一切的这个人，他周身都被盲目的仇恨和疯狂的愤怒所攫住。

这给他增加了额外的速度和力量。

他抓住了哈桑握枪的那条手臂的手腕和肩头，向下一拽，就在他的膝头折断了那条胳膊。哈桑尖叫一声，枪便从断掉的手臂中掉落下来。狄克斯坦稍稍转身，用肘部刚好击中哈桑的耳下。哈桑调转身，向下倒去。狄克斯坦从后面抓住他的头发，拽得他头部后仰，在哈桑从他身边瘫倒下去时，他高高地抬起脚踢着。就在他猛拉哈桑的头部时，他的脚跟踢中了哈桑的后颈。这一下使得哈桑全身肌肉松弛下来，脑袋毫无支撑地垂到了肩上。

狄克斯坦松开手，哈桑的尸体便倒在了地上。

他瞪着那具再也不能为害的尸体，耳中响起狂喜的轰鸣。

这时他看到了科什。

这位工程师被捆在椅子上，衣服上印着血迹。他精神萎靡，脸色像死人一样煞白，不过还有知觉。狄克斯坦抽出匕首，割断了捆绑科什的绳子。这时他看到了那人的双手。

他说了声："天啊。"

"我会活下去的。"科什低声说。他没有从椅子上站起来。

狄克斯坦捡起哈桑的冲锋枪，查看了一下弹夹，几乎是满的。他走到外面的舰桥上，找到了雾号。

"科什。"他说，"你能从椅子里起来吗？"

科什站了起来，不稳地摇晃着，狄克斯坦赶过来扶住他，搀着他走向舰桥。"看到这个按钮了吗？我想要你慢慢地数到十，然后按住。"

科什晃了下头，让自己清醒清醒。"我觉得我能成。"

"现在就开始数吧。"

"一，"科什数着，"二。"

狄克斯坦下到甬道，来至他独自扫清敌人的二层甲板。那里依旧空荡荡的。他继续往下走，在朝下通往食堂的阶梯前站住脚。他判断，全部残余的突击队员应该都在里面，贴墙站着，从舷窗和门洞向外射击，有一两个可能在监视着甬道。要想夺取这个牢固的防御阵地，是没有安全和小心的途径的。

加油啊，科什！

狄克斯坦原想在甬道里待上一两秒钟。某个阿拉伯人随时都可能抬头向上看，检查这里。万一科什垮倒，他就只好回到那上边去，并且——

雾号响起来了。

狄克斯坦跃身而起，不等落地就开了火。靠近梯脚的地方有两个人。他先把他们射倒。从外面射进来的火力在加强。狄克斯坦急速地转了半圈，跪下一条腿，以减小目标，接着便向靠墙的突击队员扫射。伊西从下面上来时，一下子就多了一支枪；这时，那名突击队员靠近门洞射击着；已经受伤的德沃拉特从另一个门洞进来了。之后，好像是遵照着信号，他们都停止了射击，沉寂倒像是惊雷一般。

全部突击队员都已死光。

狄克斯坦依旧保持着跪姿，头无力地垂着。过了一会儿，他站起身，巡视着他的人。"别的人呢？"他问道。

费因伯格给他做了一个怪相。"前甲板上大概还有人吧，我琢磨是撒皮尔。"

"余下的呢？"

"就这些了。"费因伯格说，"其余的全死了。"

狄克斯坦狠狠捶了一下舱壁。"多大的代价啊。"他悄声说。

他朝粉碎的舷窗外面望去，天已经亮了。

第十七章

一年以前，苏莎·阿什福德在机上为旅客供餐时，那架英国海外航空公司的喷气式航班，在没有明显原因的情况下，突然在大西洋上空失控了。驾驶员打开了系上安全带的提示灯。苏莎正在通道里来回走着，看着人们系好安全带，她心里一直在想：我们要死了，我们全都要死了。

她现在的感觉就跟当时一样。

从图林那里传来过一条信息：以色列人在进攻，随后就沉默了。这时纳撒尼尔正在遭到射击。他可能受伤，可能已被俘，可能已死掉，就在苏莎由于神经紧张而透不过气来的时候，却不得不对着无线电员做出她在海外航空公司航班上的那种可掬的笑容，并且说："你这台设备真不错。"

卡尔拉号上的无线电员是个灰头发、大个子的敖德萨人。他名叫亚历山大，讲着一口说得过去的英语。"值十万美金呢。"他颇为骄傲地说，"你懂得无线电？"

"一点点……我原先是飞行小姐。"她说到"原先是"的时候是脱口而出，可是此时此刻她却不晓得那种生涯是不是当真一去不复返了。"我见识过航班机组使用无线电。我懂得一些基本知识。"

"真格的，这是一部可以同时使用四个频道的电台。"亚历山大解释着，"一个接收斯特罗姆堡号的信标。一个收听阔帕列里号上图林的消息。一个监听阔帕列里号的常规波长。而这个则漫游。瞧。"

他指给她看一个表盘，上面的指针缓缓地摆动着。"它在寻找着一个发射台，找到了就会停下来。"亚历山大说道。

"简直不可思议。是你的发明吗？"

"我只是个无线电员，可惜不是发明家。"

"可是只消调到发送位置上，你就能向任何频道发送了吧？"

"不错，可以用摩斯电码，也可以直接通话。不过，在这次行动中，当然不会有人通话啦。"

"你们得经过长时间的训练才能成为一名无线电员吧？"

"不算长。学会摩斯电码很容易。但是要当船上的无线电员，就得会修理设备。"他压低了声音，"而作为一名克格勃的无线电员，你还得进间谍学校。"他笑出了声，苏莎也随着他哈哈笑着，心里却在想：来吧，图林。之后，她的希望便实现了。

信号开始了，亚历山大一边记录着，一边对苏莎说："是图林。去叫罗斯托夫吧，快请。"

苏莎不情愿地离开了舰桥，她想知道来电的内容。她匆匆跑到食堂，满以为会看到罗斯托夫在那里喝着浓烈的黑咖啡，可是屋里空无一人。她又下了一层甲板，一路来到他的舱室。她敲响了门。

他用俄语说了句什么，意思可能是请进。

她打开了门。罗斯托夫穿着短裤站着，在一个盆里洗东西。

"图林来电了。"她说完，转身要走。

"苏莎。"

她转身回来。"如果你只穿内衣，让我惊动了，你要说什么呢？"

"我会说快滚。"她说。

"在门外等我吧。"

她关上门，心想：活该。

他走出门时，她说了声："抱歉。"

他绷着脸干笑着。"我不该那么不职业的。咱们走吧。"

她跟着他上去到了无线电室，那房间就在舰桥的正下方，原来应该是船长室。亚历山大解释说，由于乱糟糟的额外设备，没办法让无线电员依照惯例毗邻舰桥了。苏莎原已料到，这样安排还有附加的优越性：把电台和船员分开，因为船上混杂着普通水手和克格勃人员两种人。

亚历山大已经译出图林的电文。他把它交给了罗斯托夫，罗斯托夫用英语读了出来。"以色列人已夺取阔帕列里号。斯特罗姆堡号就在旁边。狄克斯坦活着。"

苏莎大松了一口气，腿脚都软了。她站立不稳，跌坐进了椅子里。

没人注意到她。罗斯托夫正在构思给图林的回电："我们将于明天早六点进攻。"

苏莎的放松劲过去了，她心想：噢，天啊，我现在该怎么办呢？

纳特·狄克斯坦戴着一顶借来的水手帽，默默地站立着，这时，斯特罗姆堡号的船长正在为死者诵读祷文，他为了压过风声、雨声和涛声，把嗓音提得很高。用帆布包裹的尸体被一个个地扔过栏杆，抛进黑色的大海之中：阿巴斯、撒瑞特、波鲁什、吉卜力、贝达、勒曼和捷波廷斯基。十二个人里死了七个。铀是这个世界上最昂贵的金属。

早些时候，还有一场葬礼。有四名突击队员活了下来——三个受了伤，一个精神失常，躲了起来——在他们被解除武装后，狄克斯坦允许他们埋葬他们当中的死者。那场葬礼规模要更大些——他们海葬了二十五个人。他们在三名活下来的以色列人的盯视和枪口下匆匆完成了葬礼，以色列人明白，这一礼仪是献给敌人的，没必要喜欢。

与此同时，斯特罗姆堡号的船长已经把他那条船的全部文件拿了过来，以备把阔帕列里号改成斯特罗姆堡号之需的一伙装配工和细木工也一起上了船，这时他们开始动手修补战斗造成的损坏。狄克斯坦告诉他们集中精力在甲板上看得见的地方：其余的可以等到他们进港之后再说。他们于是开始填补破洞，修理家具，利用要报废的斯特罗姆堡号上的拆下来的材料更换玻璃和金属部件。一名油漆工走下梯子把船体上的船名阔帕列里用模板漏字改成斯–特–罗–姆–堡的字样。他干完这件事后，又接着油漆舱壁和甲板上的木件。阔帕列里号上的救生艇全都坏得无法修复，就拽上来扔出船外，并且把斯特罗姆堡号上的救生艇移过来取而代之。斯特罗姆堡号上按照科什的要求已经载有一部新的油泵，也安装到了阔帕列里号的引擎上。

由于葬礼，修复工作停顿了下来。这时，船长刚刚说完祷文的最后一个字眼，修复立刻继续。到黄昏时分，引擎轰隆隆地吼着恢复了生命。狄克斯坦和船长并肩立在舰桥上，船起锚了。斯特罗姆堡号上的船员们马上在与原来的船一模一样的阔帕列里号上各就各位。船长确定了航线，下令全速前进。

狄克斯坦觉得，大功已基本告成。阔帕列里号已经消失不见：出于所有的动机和目的，他现在的航船是斯特罗姆堡号，合法地为萨维尔船运公司所拥有。以色列得到了铀，而无人知晓其来路。此次行动的每一节链条都得到了关照——只有仍是黄饼的合法所有人的佩得勒是个例外。若是他无论出于好奇还是敌对，就可能成为败事的一个人。帕帕郭泊鲁斯现在就会把他摆平：狄克斯坦默默地祝他好运。

"我们畅通无阻了。"船长说。

海图室里的爆破专家拉动了无线电遥控起爆器的杠杆，大家全都盯着一英里开外的空壳的斯特罗姆堡号。

随着打雷似的一声闷响，斯特罗姆堡号的中部眼看着下陷了。船上的油箱起了火，暴风雨的夜晚被直冲天际的火苗照亮。狄克斯坦瞅着如此巨大破坏的景象，暗自得意之中夹杂有几分忧心。斯特罗姆堡号开始下沉，起初比较缓慢，随后就越来越快了。船尾沉下海中，几秒钟之后船首继而下沉，船上的烟囱一时之间还翘在水面之上，如同一个溺水之人伸出的一只手臂，随后便不见了。

狄克斯坦淡然一笑，转过身去。

他听到了一阵骚动。船长也听到了。他们来到舰桥边上，向外看，明白了究竟。

原来在下面的甲板上，人们在欢呼。

弗朗茨·埃尔伯列奇·佩德勒坐在他的位于威斯巴登郊外的办公室里，骚着他雪白的头。来自热那亚的安吉鲁奇暨彼严克公司的电报，由他的掌握多种语言的秘书译成了意大利文，意思十分直白，却又完全费解。电文如下：

请将黄饼最快的新的预期运抵日期告知。

就佩德勒所知，原有的数日后的预期运抵日期没有任何问题。显然，安吉鲁奇暨彼严克公司知道一些他不了解的情况。他曾经给船运公司发去过电报：

黄饼拖期否？

他对他们有些恼火。果真出现拖期，他们当然应该通知他和接收的公司。不过，也许意大利人之间交换过电报。佩得勒在战争期间就形成了一种概念：你永远不能相信意大利人完成他们受嘱托的事情。他原以为如今对他们可能要刮目相看了，可是他们可能依然故我。

他站在窗边看着夜幕在他的小小的厂房建筑群落上笼罩下来。他恨不得自己没有购买那些铀才好。和以色列人的交易都已签字、加封和运送了，那会使他的公司赚得够他余生的一大笔利润，不必再投机了。

他的秘书拿着已经译好的回电走了进来。

阔帕列里号已售给苏黎世的萨维尔船运公司，现由他们对你的货物负责。我们向你们确保购买完全可靠。

随后便是萨维尔船运公司的电话号码及下列文字：

与帕帕郭泊鲁斯通话。

佩德勒把电报递还给秘书。"你能不能给苏黎世的这个号码挂个电话，让这位帕帕郭泊鲁斯接听，好吗？"

秘书几分钟后返回："帕帕郭泊鲁斯要给你把电话打过来。"

佩德勒看了看手表。"我看最好还是等他来电话吧。既然我已经着手了，我很可能要奉陪到底了。"帕帕郭泊鲁斯的电话在十分钟之后接了过来。佩德勒对他说："我得到消息，现在由你负责我在阔帕列里号上的货物。我接到意大利人的电报，要得到新的交货日期——会有什么拖期吗？"

"不错，是有。"帕帕郭泊鲁斯说，"应该早通知你的——我十分抱歉。"那人的德语很地道，但是仍听得出来他不是德国人。同样显而易见的是，他并非由衷地十分抱歉。他接着说："阔帕列里号的油泵在海上报废了，船只好停了下来。我们在做出安排，让你的货尽早运到。"

"好吧，我该跟安吉鲁奇暨彼严克公司怎么说呢？"

"我已经告诉他们，只要我一获悉新的抵达日期，我就会立刻通知他们，"帕帕郭泊鲁斯说，"把这件事交给我好了。我会让你们双方都及时知晓的。"

"好极了。再见。"

佩德勒挂断电话时心里想：怪事。他朝窗外看去，只见所有的工人都已离开。员工的停车场已经空荡荡的，只剩下了他的奔驰和秘书的大众。见鬼，该回家了。他穿上了外衣。铀是保了险的。假如丢失，他能得到赔款。他把办公室的灯关掉，帮他的秘书穿上外衣，然后，他上了自己的汽车，回家去见妻子了。

苏莎·阿什福德一整夜都没合眼。

纳特·狄克斯坦的生命又一次陷入危险。她也又一次成为唯一能够警告他的人。而且，这一次她无法用欺骗别人的办法来得到帮助了。

她只好去单打独斗。

事情很简单。她得去卡尔拉号的无线电室，甩掉亚历山大，呼叫阔帕列里号。

她心想，我绝对做不成的。船上全都是克格勃的人。亚历山大又是个大块头。我想睡觉。永远睡下去。我不可能办到的。

噢，纳撒尼尔。

凌晨四点，她穿上牛仔裤、毛衣、靴子和雨衣。她把从厨房拿回的一整瓶伏特加——"帮助我睡觉"——放到了雨衣的内兜里。

她需要了解卡尔拉号的方位。

她来到舰桥上。大副朝他微笑着。"睡不着吗？"他用英语说。

"这么干等着太难受了。"她回答他。她脸上是英国海外航空公司飞行小姐式的笑容可掬。你的安全带系好了吗，先生？只是有一点颠簸，别担心。她问大副："我们在哪里？"

他把他们的位置在地图上指点给她看，还估计了阔帕列里号的方位。

"用数目标示的是什么？"她问。

他告诉她，那是卡尔拉号的坐标、航线，以及速度。她先是出声地重复了一遍那些数字，又在心里默读一遍，以便牢记在脑海里。"真有趣。"她快活地说，"船上的每一个人都有专长……你觉得我们会按时遇到阔帕列里号吗？"

"当然。"他说，"然后就是——砰。"

她向船外看着。一片漆黑——目光所及，既没有星星，也没有船上的灯光。天气越发恶劣了。

"你在打战。"大副说，"你冷吗？"

"冷啊。"她说，尽管她打战不是因为天气。"罗斯托夫上校什么时候起床？"

"说好在五点钟叫他。"

"我想我得设法再睡一小时了。"

她下去到了无线电室。亚历山大在那里。"你也睡不着吗？"

"不是。我已经打发我的助手去睡了。"

她朝一边的无线电设备瞥了一眼。"你还在监听斯特罗姆堡号吗？"

"信号已经停止了。要么是他们找到了灯塔，要么是他们把船沉掉了。我认为是他们沉掉了船。"

苏莎坐下来，取出了那瓶伏特加。她拧开了瓶盖。"喝点吧。"她把酒瓶递给他。

"你冷吗？"

"有一点。"

"你的手在发抖呢。"他接过酒瓶，放到嘴边，长长地喝了一大口。"啊，谢谢你啦。"他把酒瓶还给她。

苏莎吸了一小口给自己壮胆。那是烈性的苏联伏特加，下咽时烧着她的喉咙，但起到了预期的效果。她拧上瓶塞，等待着亚历山大转身背对着她。

"跟我说说在英国的生活吧。"他聊天似的说，"穷人饿肚子，富人在发胖，这是真的吗？"

"饿肚子的人不是很多。"她说。转过身，该死，转过身。我面对着你办不到。"不过，存在着极大的不平等。"

"对于富人和穷人，有不同的法律吗？"

"有一种说法：'法律对富人和穷人同样禁止偷面包和睡桥下。'"

亚历山大失声笑了。"在苏联人人平等，不过有些人有特权。现在你打算住在苏联吗？"

"我不知道。"苏莎打开了酒瓶，又递给了他。

他又长长地喝了一大口，再递还给她："在苏联，你不会有这样的衣服的。"

时间过得太快了，她必须马上动手。她站起身来接过酒瓶。她的雨衣的前襟敞着。她站在他眼前，仰起脖子从瓶里喝酒，明知对方会盯视她那高高挺出的双乳。她让他看个够，随后倒握着手中的酒瓶，使尽全力砸向他的头顶。

酒瓶砸到头顶，令人恶心地响了一声。他直着眼睛瞪着她。她心想：你就该给砸晕！他的眼睛不肯闭上。我该怎么办？她迟疑了一下，然后咬紧牙关，又狠砸了他一下。

他的眼睛闭上了，身体瘫在了椅子里。苏莎抓住他的两只脚，用力拽。他从椅子上落下来时，头碰到了甲板上，让苏莎畏缩了一下，可是跟着就想：这倒也好，他可以多晕一会儿。

她把他拖进柜橱，由于害怕，也由于吃力，她气喘吁吁。她从仔裤兜里取出了她从船尾捡到的一根钓鱼线。她捆住亚历山大的双脚，再把他翻过身，把他的双手反绑在他的背后。

她必须把他拖进柜橱。她瞥了一眼舱门。噢，老天，可千万别让人这会儿进来！她先把他的脚拽进去，然后跨立在那个失去知觉的人身上，想把他拽起来。他身子很沉啊。她抬起他的上半身，可是在她尽力把他塞进柜橱时，他却从她的手中滑脱了。她绕到他的身后再试。她抓住他的两个腋窝，把他抬起。这个办法比较好，她可以把他的体重靠在她胸口，倒倒手，歇口气。她再次把他的上半身抬起来，用双臂揽在他的胸前，一点点地往一边拖。她不得不跟他一起进了柜橱，然后松开手，再从他背后钻出来。

现在他坐在了里边，双脚抵在柜橱的一侧，两膝弯曲，后背顶着另一侧。她检查了一下捆绑他的绳子，依旧很紧。不过他还能叫嚷！她四下张望，想找件东西堵住他的嘴。什么也没有。她又不能离开这舱室去找，因为他可能在这会儿醒来。她能想到的唯一的东西就是她的连裤袜了。

她脱袜子似乎用了漫长的时间。她得脱掉借来的海员靴，脱下仔裤，褪下连裤袜，再穿上仔裤，套上靴子，然后把尼龙袜团成一团，塞进那人松弛的嘴里。

她关不上柜橱的门。"噢，天啊！"她脱口叫出了声。原来是亚历山大的一个臂肘碍事。他绑着的双手压在柜橱的底板上，由于他那瘫软的姿势，他的两条胳膊向外撑出。无论她如何又推又抬那扇门，有那个臂肘挡着，门就是关不上。最后，她只好再钻进柜橱，把他稍稍挪向一边，让他靠紧角落。这一下，他的臂肘才不碍事了。

她看了他一阵子。砸晕的人得多久才会醒过来？她说不上。她只知道她得再砸他一下，可是又怕把他砸死。她去找来酒瓶，甚至已经举过了头顶，然而在最后的关头，她心慌了，于是把酒瓶放下，把柜橱门使劲关上。

她看了看手表，沮丧地惊呼一声：已经差十分就要五点了。阔帕列里号很快就要出现在卡尔拉号的雷达显示屏上了，罗斯托夫就会来到这里，她的机会也就失去了。

她坐到了无线电桌旁，调到发射位置，选好已有的阔帕列里号波长，俯身对着话筒。

"呼叫阔帕列里号，请接收。"

她等候着。

没有回音。

"呼叫阔帕列里号，请接收。"

没有回音。

"见你的鬼去吧，纳特·狄克斯坦，跟我说话呀。纳撒尼尔！"

纳特·狄克斯坦站在阔帕列里号中间的货舱里，凝视着花费巨大的一桶桶的浅黄色的金属矿。它们的样子极普通——不过是侧面漏印着铅酸盐字样的黑色大油桶。他真想打开一桶，摸摸那玩意，只是要看看它的模样，可是桶盖牢固地封装着。

他有一种性命攸关之痛。取代胜利愉悦的是一种伤感之情。他无法为他杀的人兴奋，他只能为他自己的死亡悲悼。

他再次回顾了那场战斗，在他这个不眠之夜，他一直翻来覆去地想着。若是他嘱咐阿巴斯一上船就开火，就会吸引突击队的注意力，给吉卜力充分的时间翻过栏杆，而不致遭到枪击。若是在战斗刚一开始时，他和他的三个人用手榴弹占领舰桥，就可能早一些夺取食堂，好几条命就可以活下来了。若是……不过，如若他能够预见到未来，或者他更聪明一些，就会有上百种不同的办法。

好啦，现今以色列会拥有原子弹，可以永远自卫了。

连这样一种想法都未能使他高兴起来。一年以前，他会为此激动不已。可是一年以前，他还没有遇到苏莎·阿什福德啊。

他听到一阵嘈杂的声音，便抬头去看。那声响像是人们在甲板上跑来跑去。无疑是什么海上的危险。

苏莎改变了他。她教会了他期待生活中打胜仗之外的更多的东西。当他期望着这一天，当他想到取得这场大胜会有何等样的体会时，她始终都在他的幻想之中，在某个地方等待着他，准备分享他的胜利。然而她不会在那里。任何人都不会的。而在一场孤独的庆贺中，是没有欢乐可言的。

他凝视的时间够长了。他从舱里爬上了梯子，不知自己的余生该何去何从。他来到甲板上。一名海军士兵盯着他。"狄克斯坦先生吗？"

"我是。你有什么事吗？"

"我们在船上到处找你，长官……是无线电，有人呼叫阔帕列里号。我们还没有回答，长官，因为我们还不算是阔帕列里号，是吧？可是她说……"

"她？"

"不错，是个女的，长官。她呼叫得很清楚——直接用语言，而不是摩斯电码。听声音她离得很近。而且她急得要命。'跟我讲话，纳撒尼尔。'她这么说，大概就是这样，长官。"

狄克斯坦抓住了那海军士兵豆青色的上衣。"纳撒尼尔？"他高叫，"她说的是纳撒尼尔？"

"没错，长官，对不起，要是……"

可是狄克斯坦已经急速奔向舰桥了。

纳特·狄克斯坦的话音通过无线电传来："谁在呼叫阔帕列里号？"

苏莎猛然间说不出话来了。经历了所有的那一切之后，总算听到了他的声音，这使她感到软弱无助。

"谁在呼叫阔帕列里号？"

她找回了自己的声音："噢，纳特，终于找到你了。"

"苏莎？是苏莎吗？"

"是我，是我。"

"你在哪里？"

她整理好思绪。"我和大卫·罗斯托夫一起，在一条叫作卡尔拉号的船上。把这个记下来。"她把大副告诉她的方位、航线和速度一五一十地说给他，"那是今天凌晨四点十分时的数据。纳特，这条船要在早晨六点钟撞你们的船。"

"撞船？为什么？噢，我明白了……"

"纳特，他们随时都会在电台旁边抓到我，你们打算怎么办，赶紧……"

"你能准时在五点三十分制造点转移注意力之类的事情吗？"

"转移？"

"放上一把火，叫嚷'有人落水了'，让他们一时忙乱起来就成。"

"好啦——我来试试看——"

"尽力而为吧。我想让他们全都乱跑一气，没人知道出了什么事，或者该干什么——他们都是克格勃吗？"

"都是。"

"好吧，现在……"

无线电室的门打开了——苏莎把旋钮转到发送上，狄克斯坦的声音没有了，大卫·罗斯托夫走了进来。他说："亚历山大呢？"

苏莎努力做出笑容。"他去喝咖啡了。我替他盯一会儿。"

"这该死的蠢材……"他的咒骂变成了俄语，边骂边火急火燎地冲了出去。

苏莎把旋钮调到接收上。

纳特说："我听清了。你最好溜开躲起来，到五点三十……"

"等一等。"她叫道，"你打算怎么办？"

"怎么办？"他说，"我要过来接你。"

"噢，"她说，"噢，谢谢你。"

"我爱你。"

她关掉通话钮，摩斯电码这时在另一台机器上传了过来。图林应该听到了她说的每一句话，现在他要警告罗斯托夫了。她忘记告诉纳特图林的事了。

她能够再次接通纳特，但那样做会很冒险，何况，当纳特的人在阔帕列里号上搜寻，找到图林，毁掉他的设备的同时，图林

416　肯·福莱特

会把他的信息传给罗斯托夫。而罗斯托夫一得到图林的情报，就会知道纳特要来，也就会做好准备了。

她得封掉信息。

她还得躲开。

她决定破坏无线电。

怎么破坏呢？全部线路应该在那些面板背后。她得拆下一块面板。她需要一把改锥。赶快，赶在罗斯托夫放弃寻找亚历山大之前！她发现亚历山大的工具在角落里，便从中挑了一把小改锥。她把面板两个角上的螺丝起了下来。她焦急地把改锥放进衣兜，双手用力去扳下面板。里面是一大堆让人眼花缭乱的绝缘线。她拽住一把导线，往下拽。拽不动，她那一把攥得太多了。她挑了一根，往外拽，拽出来了。她气冲冲地拽呀拽的，直到有十五到二十根导线给拽松了。可是摩斯电码还在滴滴答答地响。她把余下的沃特加倒进了无线电的内部。电码停止了，面板上所有的灯都熄灭了。

柜橱里砰的一响。准是亚历山大苏醒了。反正，他们一看到无线电台现在这副样子，马上就明白一切了。

她走了出去，在身后关上了门。

她下了梯子，来到外面的甲板上，想找个她可以藏身的地方，并且想着制造什么样的混乱。此时喊"有人落水啦"已经没用了——经过她对他们电台的破坏、对他们无线电员的伤害，他们当然不会相信她了。把锚放下去吗？她根本不知道从何下手。

罗斯托夫此刻可能怎么做呢？他会在厨房、食堂和舱房里四下寻找亚历山大。找不到他，罗斯托夫就会回到无线电室，然后就会在全船查找她。

他是个办事有条理的人。他会从船首开始，沿着主甲板一步步地向后排查，然后会派出一个小组搜寻上层建筑，另一个小组排查下面，从上到下，逐个甲板地查找。

船的最底下，轮机舱，怎么样？那里该是她的藏身之处。她进入船里，找到了向下的通道。她刚刚把脚踏上梯子的最上一个横撑，便看到了罗斯托夫。

他也看见了她。

她不知道自己接下来的话从哪里冒出来的："亚历山大回到了无线电室，我过一会儿就回来。"

罗斯托夫脸色难看地点了下头，朝无线电室的方向走去。

她径直穿过两层甲板，进了轮机舱。工程师的副手在值夜班，她进门走向他时，他瞥了她一眼。

"这里是船上唯一的暖和地方。"她快活地说，"你不反对我在这儿给你做伴吧？"

他的神情很迷惑，慢慢地说道："我不会……讲英语……对不起。"

"你不讲英语？"

他摇了摇头。

"我觉得冷。"她说着，假装打了个冷战。她把手伸向抖颤着的引擎，"行吗？"

有这么一个漂亮姑娘陪在轮机舱里，他喜不自胜。"行。"他说着，使劲点着头。

他满脸欣喜地继续端详着她，后来他突然想起或许该表示一下热情好客。他四下张望，然后从兜里掏出一盒香烟，请她抽一支。

"我平常不抽烟，不过我现在还是来一支吧，"她说着，便取了一支。烟的过滤嘴是一个小小的硬纸。工程师给她点燃了烟。她抬头看了看小门，准备着罗斯托夫会进来。她看了看手表。还不到五点二十五分呢！她来不及想了。混乱，制造混乱。叫嚷"有人落水了"，放下铁锚，放一把火——

放一把火。

用什么呢？

汽油，准有汽油，或者柴油，或者别的什么，就在这轮机舱内。

她朝引擎望去。燃油的进口在哪里呢？机器上有一堆大大小小的管道。集中，集中注意力！她恨不得此前多学一点她的汽车发动机的事情。船用引擎是一样的吗？不，船上有时候是使用卡车燃油的。这条船上用的是什么呢？这算是条快船，所以，可能使用汽油，她模糊地记得汽油引擎要贵，可是速度更快。要是汽油引擎，就会更类似她的汽车发动机了。有电线通向点火塞吗？她曾经更换过一次点火塞。

她瞪眼瞧着。不错，是像她的汽车。有六个点火塞，由铅管通向一个像是配电盘的圆帽。什么地方应该有个汽化器的。那东西不大，有时会堵塞——

传话筒里用俄语叫着，工程师走上前去应答。他背对着苏莎。

她必须现在就动手。

有一个大小像咖啡罐的东西，顶上的中心用一根螺丝固定着。那应该是个汽化器。她抻着身体，隔着引擎，想用手指拧开螺丝。没有拧动。一根粗粗的管子伸进里边。她攥住那根管子，使劲拽。她拽不出来。她想起来她把亚历山大的小改锥放到雨衣口袋里了。她掏出小改锥，用尖头扎进那根管子，管子的塑料又粗又硬。她使尽全力把改锥拧进去。管子的表面裂开了一个小口。她把改锥的尖头插进裂口，继续拧转着。工程师走到传话筒跟前，对着话筒口讲着俄语。

苏莎感觉到改锥穿透了塑料管壁。她拔出了改锥。一股清澈的液体从那个小口喷了出来，空气中充满了毫无疑问是汽油的气味。她放下改锥，跑向梯子。

她听到那工程师用俄语答了声是，还对着话筒的问题点了下头。接下来是一声命令，声音很气愤。她赶到梯脚时，回头望了一眼，工程师的笑脸已经变成了一副威胁的模样。就在他跑过舱室追她的时候，她爬上了梯子。在梯子的顶端，她转过身。她看到舱面上漫着一大片汽油，而工程师已经踏上了梯子最下面的横撑。她的手里依旧掐着他给她的那支香烟。她把香烟掷向引擎，瞄的是管子向外喷出汽油的地方。

她没等着看到香烟落地。她继续向上爬。她的头部和肩部已经高出那一层甲板，这时呼的一声巨响，从下面腾起一片亮红和一股灼热的气浪。苏莎惊声尖叫，她的裤脚着了火，腿部的皮肤烧得生疼。她跃上了最后几英寸梯子，就地一滚。她拍打着裤子，然后挣扎着脱下雨衣，勉强包住她的双腿。火是扑灭了，但腿更疼了。

她很想瘫倒。可她心里明白，她要是一倒下，就会昏过去，也不觉得疼痛了，但是，她必须逃离火海，到一处纳特能够找到她的地方。她强使自己站起身。她感到腿上依旧火烧火燎。她低头看去，瞧见像是燃着的纸片落了下去，她不晓得那是她的裤子还是她的血肉。

她迈出了一步。

她还能走。

她在舷梯上蹒跚前行。火警的笛声响彻了整条船。她抵达了舷梯的尽头，靠在了梯子上。

起来，她得站起来。

她抬起一只脚，放到梯子最下面的横撑上，开始了她一生中最为漫长的爬行。

第十八章

在二十四小时之内，纳特·狄克斯坦第二次乘着一条小船，越过茫茫大海，登上一艘敌船。他的装扮一如先前：救生衣、雨衣、海员靴；武装也是一样：冲锋枪、手枪和手榴弹；不过他这次是单枪匹马，而且胆战心惊。

在阔帕列里号上，接到苏莎的无线电信息后，大家就如何应对有过一场争论。她和狄克斯坦的对话，船长、费因伯格和伊西都听到了。他们从纳特的脸上看到了欢欣鼓舞的内心，他们也感到义不容辞地要和他争论，他的判断受到了个人感情的干扰。

"这是个圈套。"费因伯格争辩说，"他们抓不住我们，就转而让我们调头跟他们作战。"

"我了解罗斯托夫。"狄克斯坦激烈地说，"这是地道的他的思路：他等着你一喘口气，他就届时猛扑过来。这种撞船的主意处处表现出他的特色。"

费因伯格生气了："这可不是儿戏，狄克斯坦。"

"听着，纳特。"伊西说得更理智一些，"要是他们一旦抓住我们，我们要准备好投入战斗。我们如果派出一个登船小组，会赢得什么呢？"

"我不主张去一个小组，我自己去就可以了。"

"别犯傻了。"伊西说，"要是你一人去，那我们——你无法独自夺取一条船。"

"瞧。"狄克斯坦说，竭力想安抚他们，"如果我成功了，卡尔拉号就永远抓不到这条船了。如果我失败了，你们其余的人在卡尔拉号接近你们的时候，依旧可以战斗。而卡尔拉号果真未能抓到你们，并且这是个圈套，那么只有我一个人落入圈套。这是最佳方案了。"

"我不认为这是最佳方案。"费因伯格说。

"我也不这么认为。"伊西说。

狄克斯坦微微一笑："不过，我还坚持，这是我的命运攸关，何况，我还是这里的最高长官，我就这样定了，你们都见鬼去吧。"

于是他便把自己穿戴和武装起来，船长此前已经指点过他如何操作汽艇的无线电和如何保持直冲卡尔拉号的航线，这时大家放下汽艇，他爬了进去，将艇开走。

他心惊胆战。

他不可能靠单打独斗击败一整船的克格勃人员。其实，他并没有那样的打算。他会尽力避免和他们动武。他要登上船，躲藏起来，直到苏莎制造的混乱开始，那时候他就要去找她，找到之后，就带上她逃离卡尔拉号。他随身携带着一颗小型的磁雷，准备在登船之前就装到卡尔拉号的船侧。以后，不论他能否离船，不论整个事态是圈套还是真情，卡尔拉号的船帮上都会炸出一个大洞，就无法抓住阔帕列里号了。

他坚信这不是圈套。他知道她在那里，他知道她出于某种原因被他们挟持，并被胁迫帮助他们，他知道她冒着生命危险来搭救他。他知道她爱他。

正因如此，他才心惊胆战。

突然之间，他感到了生存的欲望。那种嗜血的劲头已经消失：他不再对消灭敌人、打败罗斯托夫、挫败突击队的阴谋或者智胜埃及的情报机关感兴趣。他只想找到苏莎，想带她回家，与她共享余生。他害怕会死。

他集中精力掌握着汽艇的航向。在漆黑的夜里找到卡尔拉号绝非易事。他可以保持稳定的航线，但是他必须对风浪会造成他多大的偏差予以估测并留有余地。十五分钟之后，他知道他该到卡尔拉号的跟前了，可是却丝毫不见那艘船的踪影。他开始采取蛇形前进的搜索方式，完全不知自己已偏离航道有多远了。

他正在考虑用电台联络阔帕列里号重新定位时，卡尔拉号在暗夜里突然出现在他的艇旁。那条船行驶得很快，超过了他的汽艇的速度，他只好赶在卡尔拉号超越他之前抵达该船船首的舷梯，同时还要避免碰撞。他操纵着汽艇向前，在卡尔拉号向他冲来时避向一旁，然后再转回，趁着那条大船驶往一边时，对准它。

他已经把绳索在腰间系好。舷梯已经触手可及。他把汽艇的引擎调到空转的位置，站到艇帮上，奋力一跃。他跨上了卡尔拉号的舷梯，而它已冲向前方。船首没入浪中，他紧紧抓住舷梯。海水淹到他的腰际，又没到他的肩头。他赶在水过头顶之前，深吸了一口气。他似乎要永远沉在海面之下了。卡尔拉号还在下沉。他感到自己的肺部就要炸裂了，这时，大船迟疑了一下，终于开始浮出水面，上浮的过程好像没有尽头。他的头终于露出水面，他足足地吸了一大口气。他上了几级舷梯把腰际的绳索牢系在舷梯上，确保他的汽艇拴在卡尔拉号上，给自己留下退路。在他的肩头上挎有一根绳索，系着磁雷。他把磁雷取下来，吸附在卡尔拉号的船帮上。

铀现在安全了。

他脱下雨衣，爬上舷梯。

汽艇引擎的响声，被风声、涛声和卡尔拉号自身的引擎声压倒，听不到，不过，就在狄克斯坦的头部伸到与甲板持平时，准是有什么东西吸引了那人的注意，他向栏杆外面窥视。他满脸惊诧地瞪了狄克斯坦一会儿。这时，狄克斯坦跨过栏杆伸手一拉。那人出于帮人上船以免落水的自然本能，自动地抓住了他的一条胳膊。狄克斯坦一条腿越过栏杆，用另一条手臂抓住那伸过来的胳膊，就势把那人甩出去，抛进了大海。那人的呼叫声淹没在风声之中。狄克斯坦把另一条腿跨过栏杆，蹲伏在甲板上。

似乎没有人看到刚刚的这一幕。

卡尔拉号不大，比起阔帕列里号要小许多。只有一个两层甲板高的上层建筑，位于船的中间。船上没有起重机。前甲板处有一个大舱门盖着前舱，不过没有后舱，狄克斯坦判断，水手的生活区和轮机舱应该占据了船尾甲板下的全部空间。

他看了一眼手表。五点二十五分。苏莎如果能够办到的话，她制造的混乱随时可能开始。

他沿着甲板走着。船上的灯光照出了一些光亮，不过，要是有个水手想弄清他是不是船上的人，非得看上两次不可。他把腰间的匕首拔出鞘：除非万不得已，他不想用枪，因为枪声会惊动人们大喊大叫。

当他来到上层建筑的近旁时，一扇门打开了，一股黄色的光线投射到洒了雨水的甲板上。他藏到角落里，身体紧贴船首的舱壁，他听到两个人讲着俄语。门关上了，那两个人在雨中走向船尾，说话声听不到了。

在上层建筑的掩护下，他跑过甲板，来到左舷，继续向船尾走去。他在拐角处停了下来，警惕地打量着四周，看到那两个人在后甲板跟船尾的一个人说话。他禁不住想用冲锋枪一下子扫死这三个人——三个人大概是五分之一的敌人——但是，他还是决定不用枪，为时尚早，苏莎还没有制造出混乱，他也不晓得她身在何方。

那两个人沿右舷甲板走了回来，进了舱门。狄克斯坦朝船尾剩下的那个人走去，那个人像是在放哨。狄克斯坦咕哝了句什么，那人回应了一个问题，此时，狄克斯坦已经来到跟前，向前一跃，割断了那人的喉咙。

他把那人的尸体抛出船去，继续向前走。已经干掉两个人了，他们依旧不知道他已来到船上。他又看了下手表。夜光针指示着五点三十。该进舱了。

他打开了一扇门，看到了一条甬道和一架向上面大概是通向舰桥的舷梯。他爬上梯子。

舰桥上吵吵嚷嚷。他从舷梯顶端露出头时，看到了三个人——他猜大概是船长、大副和少尉。大副在对着传话筒高声叫喊。从船后传来奇怪的声响。就在狄克斯坦端平他的冲锋枪的时候，船长拉动一个杠杆，警报开始响彻全船。狄克斯坦扣动了扳机。响亮的达达声被警报器的叫声掩盖了大部分。舰桥上的三个人没动地方就被射杀了。

狄克斯坦匆匆退下梯子。警报声说明苏莎已经制造了混乱。

眼下，他唯一要做的就是保护自己，直到找到她。

从舰桥向下的舷梯，在两条甬道的交汇处与甲板相连——横向的一条是刚才狄克斯坦用过的，另一条沿着上层建筑的长度的走向。警报一响。各个舱门全都打开了，人们纷纷涌下两条甬道。他们谁都没带武器：响起的是火警，而不是各就战斗岗位的呼叫。狄克斯坦决定使用虚虚实实的策略，实在不成再开枪射击。他沿着中央甬道迅速前进，在乱作一团的人群中夺路而行，嘴里用德语高喊"别挡道"。人们瞪着他，不知他是何许人，也不知道他在做什么，只觉得他像个权威人士，而且当时有火情。有一两个人跟他搭话，他不予理睬。从什么地方有人粗声粗气地发号施令，人群开始有目的地移动起来。狄克斯坦来到了甬道的尽头，准备走下梯子，这时那个下令的军官走进视线，指点着他，高声问了句什么。

狄克斯坦溜下了梯子。

下层甲板上比较井然有序。人们都朝向一个方向——船尾奔跑，有一个三人小组在一名军官的督导下，打开了消火栓。就在甬道扩宽容纳水管的地方，狄克斯坦看到了什么，使他一时心慌意乱，眼睛由于充满仇恨而变红了。

苏莎背靠着舱壁，坐在地板上。她的双腿前伸，裤腿撕破。他透过破裤片可以看到她烧焦的黑乎乎的皮肤。他听到罗斯托夫压倒警报的声音："你告诉狄克斯坦什么了？"

狄克斯坦从梯子跳到甲板上。一名水手在他眼前走过。狄克斯坦用肘击他的脸，把他打倒，便跃向罗斯托夫。

即使在他狂怒之际，他仍意识到：在这狭小的地方，罗斯托夫又离苏莎这么近，他是不能开枪的。再说，他想用双手杀死这家伙。

他抓住罗斯托夫的肩膀，把他扭过身来。罗斯托夫看到了他的脸。"是你！"狄克斯坦先是一拳打在他的腹部，又用一记重拳打在他的腰眼，让他直不起腰，只有大口喘气。在他低下头的当儿，狄克斯坦迅速地提起一条腿，用膝盖向上猛砸罗斯托夫的下颚，打碎了他的下巴。紧接着，他继续行动着，使尽全力向罗斯托夫的喉咙踢出一脚，把他的脖子踢断，使他退后几步，撞到舱壁上。

不等罗斯托夫彻底跌倒，狄克斯坦马上转过身，跪下一条腿，从肩上取下冲锋枪，侧着身体遮住苏莎，朝出现在甬道里的三名水手开了火。

他再调转身，用消防队员的方式提起苏莎，尽量不碰到她烧伤的肌肤。这会儿他有时间思考了。显然，火势在船尾，就是人们跑去的方向。如果他此刻向前跑，就不大可能被撞见。

他一路跑过甬道，随后又扛着她上了梯子。他从肩头感到的她的身体，知道她还有知觉。他从梯子顶端来到主甲板上，看到一扇门，就走了出去。

甲板上乱成一团。一个人经过他身边，跑向船尾，另一个却跑向相反的方向。有人在船首。船尾处有人倒在甲板上，大概是让火烧伤了，两个人俯在他身体上方。

狄克斯坦向前跑到他上船时用的舷梯。他把冲锋枪在肩头背好，用另一个肩头上把苏莎扛起，便跨过栏杆。

他在向下爬时，向甲板扫了一眼，知道他们已经发现了他。

看到船上有一个陌生的面孔，不知他是谁，从而拖延了询问的时间，直到火警响起，这还不足为奇，而发现一个人扛着另一个人要离船，可就是另一码事了。

他刚刚下到舷梯的中途，他们就开始向他开火了。

一颗子弹打在他头旁的船体上砰的一响。他抬头一看，只见三个人俯身在栏杆外，两个人用的是手枪。他用左手握住舷梯，用右手抓起冲锋枪，瞄向上边开了火。他没有射中目标，但那三个人缩了回去。

他失去了平衡。

在船首上扬的时候，他给甩向了左边，枪也掉进了海里，只有右手还死死抓住舷梯。他的右脚滑出了梯撑——这时，他惊骇万分地感到，苏莎开始从他的左肩下滑了。

"抓紧我！"他朝她高叫，这时已经没把握她还有没有意识了。他感到她紧抓着他的毛衣，可仍然止不住下滑，她那失去平衡的体重进一步把他拉向左侧。

"别！"他吼叫着。

她滑下了他的肩头，跌进了大海。

狄克斯坦转头看到了汽艇，往下一跳，落进艇里，震得小艇嘎嘎摇晃。

他朝着周围的大海高叫她的名字。把汽艇从一边摆向另一边，随着她未能浮出水面的每一秒钟，他的绝望也与时俱增。这时他听到了盖过风声的尖叫。他把汽艇朝着尖叫声驶去，看到在汽艇和卡尔拉号船体中间，她的头刚刚露出水面。

他够不到她。

她又尖叫一声。

汽艇是用绳索拴在卡尔拉号上的，绳索的大部分盘在汽艇的甲板上。狄克斯坦用刀子割断了绳索，松开系在卡尔拉号舷梯的那一端，把剩下的这一段抛向苏莎。

就在她伸手够绳索的时候，海面掀起浪涛，又将她吞没了。

在卡尔拉号的甲板上，有人又伏在栏杆上开始射击了。

他不理睬枪弹。

狄克斯坦的目光搜寻着海面。随着大船和小艇朝不同的方向颠簸摇动，碰撞的可能性倒是微乎其微了。

经过如同数小时似的漫长的几秒钟之后，苏莎又一次浮出了水面。狄克斯坦再次把绳索抛向她。这一次，她总算抓住了。他急忙拉紧，把她一点点地拽向汽艇，直到他能够冒险探出艇帮，抓住她的手腕。

他现在得到她了，他再也不会放走她了。

他把她拽进汽艇。头上有冲锋枪又开火了。狄克斯坦把汽艇挂上挡，随即扑到了苏莎的身上，用自己的身体为她挡着子弹。汽艇驶离卡尔拉号，如同一块失控的冲浪板，在浪涛中漫无目的地漂动。

射击停止了。狄克斯坦回头望去。卡尔拉号不见了踪影。

他轻柔地把苏莎翻了个身，担心着她的死活。她的眼睛闭着。他握住汽艇的舵轮，看着罗盘，确定了大致的航线。他打开了无线电，呼叫阔帕列里号。在等候他们回应的时候，他抬起苏莎的身体，搂在了怀里。

从海面上传来一声闷响，像是远处的爆炸：是磁雷。

阔帕列里号回答了。狄克斯坦说："卡尔拉号着火了。调头来搭我。为这姑娘备好病床——她受了严重的烧伤。"他等到他们确认的回音，随后便关闭了电台，凝视着苏莎毫无表情的面孔。"别死。"他说，"请你千万别死。"

她睁开了眼睛，向上望着他。她张开了嘴，挣扎着要说话。他向她低下头去。她说："真的是你吗？"

"是我。"他说。

她的嘴角向上翘起，勉强淡笑。"我办到了。"

传来了惊人的爆炸声。卡尔拉号船上的火烧到了油箱。天空被火苗照亮了几分钟，空气中充满着轰响，雨停了。火光和轰响消失了，卡尔拉号也消逝了。

"它沉了。"狄克斯坦对苏莎说。他看着她。她的眼睛合上了，她又失去了知觉，但脸上依旧挂着笑容。

尾　声

纳撒尼尔·狄克斯坦从摩萨德退役了，他的名字被人们口口相传，成了神话。他娶了苏莎，带她回到农庄。在农庄里，他们白天种植葡萄，半夜里夫妻夜夜销魂。他利用业余时间，组织了一次改变法律的政治运动，以便他的孩子们可以成为犹太人，或者进一步，从根本上取消种族类别。

在一段时间里，他们没有孩子。他们准备等待：苏莎还年轻，他没什么可急的。她的烧伤一直没有痊愈。有时候在床上，她会说："我的腿真吓人。"而他就一边亲吻着她的膝头，一边说："你的腿漂亮极了，救了我一命呢。"

当希伯来赎罪日之战的爆发使以色列军队大吃一惊时，皮埃尔·波尔格因为没有事先得到情报而受到指责，遂引咎辞职。实际情况要复杂得多。他的失职与一位叫作大卫·罗斯托夫的苏联情报官有关——那位外表老相的人只能终身一刻不离地戴着颈套。早在1968年罗斯托夫就去过一次开罗，审讯并处死了一名以色列特工陶菲克，他从那时开始，调查了那一年里的全部事件，从而得出结论：卡瓦什是个双重间谍。罗斯托夫没有将卡瓦什以间谍罪名进行审讯和处以绞刑，而是告诉埃及人如何为他提供假情报，卡瓦什在一无所知的情况下，照常把情报传递给了皮埃尔·波尔格。

结果就是纳特·狄克斯坦重新出山，在战争期间接替皮埃尔·波尔格的工作。1973年10月8日星期一，他出席了内阁的一次紧急会议。开战三天之后，以色列人身陷困境。埃及人已经越过苏伊士运河，迫使以色列以严重的伤亡退回到西奈半岛。在另一条战线戈兰高地上，叙利亚人也在向前推进，同样造成以色列一方的重大伤亡。提到内阁面前的建议是向开罗和大马士革投下原子弹，然而连大多数鹰派部长们都不同意这一主张，但是情况已经十分危急，可能挽救那一天的美国武器空运也拖拖拉拉。

会议进行到了就要接受使用核武器的主张时，纳特·狄克斯坦才对议案做出了唯一的发言："当然，我们可以告诉美国人我们准备——比如说，在星期三——扔下那些炸弹，除非他们马上恢复空运武器……"

而他们也当真那么做了。

空运武器改变了战争的态势，后来，一次类似的紧急会议也在开罗召开。同样没人主张在中东打一场核战争，政治家们同样围着桌子，开始彼此劝说已经没有别的选择，而议案也同样被一个出乎意料的意见所制止。

这次是军方插进了一腿。他们了解到议案将要提到开会的要员们面前，本想布下核打击力量，准备支持这一决定。而他们却发现炸弹中的填充物钚全都被取出，换成了铁。他们认定这是苏联人干的，因为在1972年苏联人被逐出埃及之前，他们曾神秘地出让了位于卡塔拉的无法使用的核反应堆。

当晚，一名要员在他的椅子里入睡之前，跟他的夫人说了五分钟的话。"全都过去了。"他告诉她，"以色列获得了胜利——永久的胜利。他们拥有核弹，而我们却没有，单单这一事实，就决定了我们这一地区在本世纪余下的时间里的历史进程。"

"巴勒斯坦难民怎么办呢？"他的夫人问。

那位要员耸了耸肩，点燃了那一天里他吸的最后一次烟斗。"我记得在伦敦的《泰晤士报》上读到过一篇故事，我想，那应该在五年以前吧。故事说，威尔士自由军在加的夫的警察局里放置了一枚炸弹。"

"威尔士？"他夫人说，"威尔士在哪里？"

"算是英国的一部分吧。"

"我想起来了。"她说，"那地方有煤矿和歌队。"

"不错。你知不知道盎格鲁-萨克逊人多少年前征服的威尔士？"

"一点都不知道。"

"我也不知道，但是应该在一千多年以前了，因为诺曼法国人征服盎格鲁-萨克逊人是在九百多年以前。你明白了吗？一千多年了，可他们还在爆炸警察局！巴勒斯坦人会像威尔士人一样的……他们会把以色列炸上一千年，可是他们永远都会是失败者。"

他的夫人抬头看着他。他们夫妻俩这么多年来一直生活在一起，可是他仍能使她惊诧。她绝没想到从他嘴里会说出这样的话。

"我来跟你说些别的事。"他继续说，"会有和平的。我们眼下不可能取胜，所以我们要维持和平。现在不行，也许还要再过五到十年。但那一时刻终将到来，到时候我就要到耶路撒冷，宣布'再也没有战争了'。当尘埃落定之后，我甚至可以为此获得荣誉。我并非一心要名垂青史，但这是个取得一切的不算坏的途径。'为中东带来和平的人'。你对这件事怎么看？"

他的夫人从椅子上站起，走过来握住他的手，她的眼睛里含着泪水。"我要感谢真主。"她说。

弗朗茨·阿尔伯列席特·佩德拉于1974年去世。他死得心满意足。他的一生历经沉浮——他曾经经历了他的国家历史上最不光彩的一段时期——但他得以幸存并最终幸福地辞世。

他猜到了那些铀的下落。早在1969年的一天，他的公司曾经接到了一张由帕帕郭泊鲁斯签署的二百万美元的支票，并附有一段萨维尔船运公司的声明："为失去的货物而付。次日，一名以色列军队的代表来访，带来了海运第一批物资清账的付款。"那名军人离开时说了下面这番话："至于你丢失的货物，如果你不再进一步追问的话，我们将十分高兴。"

佩德拉当时就恍然大悟了。"可要是欧洲原子能共同体追问起我来呢？"

"告诉他们实情。"那人说，"货物丢失了，在你想弄清发生的情况时，你发现萨维尔船运公司已经关张。"

"他们停业了？"

"是的。"

佩德拉就这样对欧洲原子能共同体讲了。他们派调查员来见他，他反复这样说着，那番话即使不是真情的全部，却完全属实。他对调查员说："我估计不久就会对此舆论大哗了。"

"我怀疑。"调查员告诉他，"这事反应对我们不利。我认为，我们不会大张旗鼓地宣扬此事，除非我们得到了更多的信息。"

他们当然没有得到更多的信息，至少没有在佩德拉的有生之年。

1974年希伯来人赎罪日那天，苏莎·狄克斯坦生下了小孩。

依照该农庄的习俗，婴儿由父亲接生，助产妇在一旁给予指点和鼓励。

婴儿和父母一样个头矮小。刚一露头就张嘴大叫。狄克斯坦的目光变得湿润模糊起来。他托着婴儿的头，查看脐带没有绕着脖子，说道："就快出来了，苏莎。"

苏莎又一使劲，婴儿的肩头出来了，之后就一切顺利了。狄克斯坦在两处扎住后剪断了脐带，随后——仍旧依照当地的习俗——他把婴儿放进母亲的怀抱。

"没问题吧？"她说。

"好极了。"助产妇说。

"是男是女？"

狄克斯坦说："噢，天啊，我还没顾上看……是个男孩。"

过了一会儿，苏莎说："我们管他叫什么名字呢，纳撒尼尔？"

"我想叫他陶菲克。"狄克斯坦说。

"陶菲克？那不是阿拉伯人的名字吗？"

"是的。"

"为什么？为什么叫陶菲克？"

"哎。"他说，"说来话长了。"

（完）

肯·福莱特经典作品

世纪三部曲　各国读者平均3个通宵读完

《巨人的陨落》2016年5月出版

从危险的煤矿到华丽的宫殿，从代表着权力的走廊到爱恨纠缠的卧室，五个家族迥然不同又纠葛不断的命运，将展现一个我们自认为了解，但从未如此真切感受过的20世纪。

《世界的凛冬》2017年3月出版

时代的剧变，让一群处于人生黄金时代的少男少女困惑不已。父辈的命运因一战而变，如今世界再次破碎，但这就是他们的时代！在时间永恒的流动中，每个人都在创造历史。

《永恒的边缘》2017年5月出版

如果说《巨人的陨落》是祖辈的传奇，《世界的凛冬》是父辈的人生，那么，《永恒的边缘》就是新一代的奋斗。世上只有一种英雄，就是在认清生活真相之后，依然热爱生活。

悬疑经典　各国读者平均1个通宵读完

《针眼》2017年11月出版

　　获爱伦·坡优秀小说奖，美国《出版人周刊》《时代杂志》等媒体强烈推荐的畅销小说。

《危险的财富》2017年11月出版

　　一部维多利亚时代浮华糜烂的家族史诗，交织着贪婪和仇恨、自私与残忍、冷血的谋杀和虚幻的爱情。

《寒鸦行动》2017年11月出版

　　一群代号为"寒鸦"的女人，在拼命抗击纳粹的同时，却被出卖。一张天罗地网正等待着"寒鸦"们......

《大黄蜂奇航》2017年11月出版

　　一名少年无意间闯入了德军秘密基地，发现了纳粹的秘密。翻看本书，直面二战的现场与真相。

《鹰翼行动》2017年11月出版

　　奥斯卡获奖影片《逃离德黑兰》前传！没有任何一个好莱坞编辑能像肯·福莱特一样完美地讲述这场著名的冒险。

《突然亡命天涯》2017年11月出版

　　致命的三角关系、危险的秘密任务、异国的场景、巧妙的情节......在这条亡命之路上，幸福与和平能否最终来临？

《燃烧的密码》2017年12月出版

　　在尼罗河上的船屋里，充满了阴谋与血腥、欲望与爱情。紧张的局势就像不停收紧的绳索，每一个意想不到的反转都让人尖叫！

《飞剪号奇航》2017年12月出版

　　33小时的致命旅程，19个人的绝境求生，紧张地让人头皮发麻！不要害怕改变，去折腾，去受伤，去热烈地生活！

《军方的怪物》2018年1月出版

　　到底我是一个什么样的人？到底是什么决定了我是谁？一次突如其来的栽赃嫁祸，揭开了身世之谜背后的滔天阴谋。

《边缘人的战争》2018年1月出版

　　为了守护自己生存的地方，以神甫为代表的一帮离群索居的老嬉皮士，向整个外部世界发起威胁，与FBI特工展开一场惊险刺激的较量。

激发个人成长

多年以来，千千万万有经验的读者，都会定期查看熊猫君家的最新书目，挑选满足自己成长需求的新书。

读客图书以"激发个人成长"为使命，在以下三个方面为您精选优质图书：

1、精神成长

熊猫君家的精彩绝伦的小说文库和人文类图书，帮助你成为永远充满梦想、勇气和爱的人！

每个人的生命中，
都有最艰难的那一年，
将人生变得美好而辽阔。

《无声告白》

《恋情的终结》

《教父》

《沙丘》

2、知识结构成长

熊猫君家的历史社科类、知识小说类图书，帮助你了解从宇宙诞生、文明演变直至今日世界之形成的方方面面。

其实是一本严谨的极简中国史
看半小时漫画，通三千年历史，
脉络无比清晰，看完就能倒背。

《丝绸之路》

《藏地密码》

《清明上河图密码》

《巨人的陨落》

3、工作技能成长

熊猫君家的经管类、家教类图书，指引你更好地工作、更有效率地生活，减少人生中的烦恼。

《可口可乐传》

《别独自用餐》

提升领导力，你会拥有想拥有的工作，成为你想成为的人，做任何你想做的事。

《参与感》

《好妈妈胜过好老师2》

每一本读客图书都轻松好读，精彩绝伦，充满无穷阅读乐趣！

认准读客熊猫

读客所有图书，在书脊、腰封、封底和前后勒口都有"**读客熊猫**"标志。

两步帮你快速找到读客图书

1、找读客熊猫

2、找黑白格子

马上扫二维码，关注"**熊猫君**"

和千万读者一起成长吧！

图书在版编目（CIP）数据

三角谍战 : 肯·福莱特历史悬疑小说经典 / (英)
福莱特 (Follett,K.) 著 ; 胡允桓译. -- 南京 : 江苏
文艺出版社, 2018.5

ISBN 978-7-5399-6281-8

Ⅰ. ①三… Ⅱ. ①福… ②胡… Ⅲ. ①长篇小说—英
国—现代 Ⅳ. ①I561.45

中国版本图书馆CIP数据核字(2013)第112719号

TRIPLE copyright © 1979 by Ken Follett
Simplified Chinese translation copyright © 2018 by Shanghai Dook Publishing Co.,Ltd

中文版权 © 2018上海读客文化股份有限公司
经授权，上海读客文化股份有限公司拥有本书的中文（简体）版权
图字：10-2013-181号

书　　名　三角谍战
著　　者　（英）肯·福莱特
译　　者　胡允桓
责任编辑　丁小卉　姚　丽
特邀编辑　刘　娟　黄迪音
责任监制　刘　巍　江伟明
策　　划　读客文化
版　　权　读客文化
封面设计　读客文化　021-33608311
出版发行　江苏凤凰文艺出版社
出版社地址　南京市中央路165号，邮编：210009
出版社网址　http://www.jswenyi.com
印　　刷　三河市吉祥印务有限公司
开　　本　890mm x 1270mm 1/32
印　　张　14.25
字　　数　305千
版　　次　2018年5月第1版　2018年5月第1次印刷
标准书号　ISBN 978-7-5399-6281-8
定　　价　59.90元

如有印刷、装订质量问题，请致电010-87681002（免费更换，邮寄到付）